Der
Preis der
Freiheit

WEITERE TITEL VON CATHERINE HOKIN

IN DEUTSCHER SPRACHE
Alles, was wir nicht wussten
Alles Glück, das wir hatten

HANNI WINTER-SERIE
Der Mut einer Tochter
Der Preis der Freiheit
Das Mädchen auf dem Foto

IN ENGLISCHER SPRACHE
HANNI WINTER-SERIE
The Commandant's Daughter
The Pilot's Girl
The Girl in the Photo
Her Last Promise

AUSSERDEM
The Secret Hotel in Berlin
The German Child
The Secretary
The Lost Mother
What Only We Know
The Fortunate Ones

CATHERINE HOKIN

Der Preis der Freiheit

Übersetzt von Angelika Lauriel

bookouture

Die Originalausgabe erschien 2022 unter dem Titel
„The Pilot's Girl"
bei Storyfire Ltd. trading as Bookouture.

Deutsche Erstausgabe herausgegeben von Bookouture, 2024
1. Auflage September 2024

Ein Imprint von Storyfire Ltd.
Carmelite House
50 Victoria Embankment
London EC4Y 0DZ

deutschland.bookouture.com

Storyfire Ltd ist gesetzlich vertreten in der EEA durch Hachette Ireland
8 Castlecourt Centre
Castleknock Road
Castleknock
Dublin 15, D15 YF6A
Ireland

Copyright © Catherine Hokin, 2022
Copyright der deutschsprachigen Ausgabe © Angelika Lauriel, 2024

Catherine Hokin hat ihr Recht geltend gemacht,
als Autorin dieses Buches genannt zu werden.

Alle Rechte vorbehalten. Diese Veröffentlichung darf ohne vorherige schriftliche Genehmigung der Herausgeber weder ganz noch auszugsweise in irgendeiner Form oder mit irgendwelchen Mitteln (elektronisch, mechanisch, durch Fotokopie oder Aufzeichnung oder auf andere Weise) reproduziert, in einem Datenabrufsystem gespeichert oder weitergegeben werden.

ISBN: 978-1-83618-146-0
eBook ISBN: 978-1-83618-145-3

Dieses Buch ist ein belletristisches Werk. Namen, Charaktere, Unternehmen, Organisationen, Orte und Ereignisse, die nicht eindeutig zum Gemeingut gehören, sind entweder frei von der Autorin erfunden oder werden fiktiv verwendet. Jede Ähnlichkeit mit tatsächlichen lebenden oder toten Personen oder mit tatsächlichen Ereignissen oder Orten ist völlig zufällig.

Für Robert,
für alles und immer

PROLOG

VIKTORIAPARK, BERLIN, 29. MAI 1947

Das Bild war so lebendig, dass Hanni das Lachen des Kindes hören konnte.

Ein kleiner Junge, sein Haar so dunkel wie das von Freddy, aber mit ihren Locken. Ein neugieriger Bub mit einem Auge für Muster. Seine Taschen waren immer ausgebeult von Kieselsteinen, Federn und besonders gemusterten Laubblättern. Er war vollkommen und so real. Hanni konnte ihn sehen, nur wenige Meter von der Bank entfernt, auf der sie saß, am Rand des Wasserfalls im Viktoriapark kauernd. Sie beobachtete, wie der feine Wassernebel über seinem Kopf tanzte, während der Junge auf den rutschigen Steinen den schnellsten Weg nach oben suchte. Ein Kind so voller Leben und völlig unerschrocken.

Er ist der Sohn seines Vaters – und meiner. Der schönste Junge der Welt. In ihm würde sich das Beste von uns beiden in einer Person vereinen.

Sie wirbelte herum, den Blick noch vom Sonnenlicht und ihren Träumen verklärt. Sie vergaß, dass sie gerade Freddys Hoffnungen einer gemeinsamen Zukunft zerstört hatte. Sie vergaß ihr »Wir können nicht« und »Wir dürfen nicht«, die sie zwischen ihnen aufgetürmt hatte.

»Vielleicht habe ich mich geirrt, und es ist doch nicht unmöglich – vielleicht ...«

Die Worte entschlüpften ihr, bevor Hanni sie aufhalten konnte. In diesem Moment sah der Junge in ihrer Vorstellung auf und lächelte; und aus seinem Lächeln wurde das spöttische Grinsen ihres Vaters. Nur eine kleine Änderung des Blickwinkels, und alle Möglichkeiten zerstoben.

Hanni ließ Freddys Hand fallen, rieb sich die Sonne mit ihren Irrlichtern und falschen Versprechungen aus den Augen. Sie sprang auf und ging von der Bank und ihm weg.

»Was ›vielleicht‹, Hanni?«

Die Verzweiflung auf Freddys Gesicht konnte sie nicht mehr anschauen. Er brauchte sie so sehr, und sein Bedürfnis lag so dicht unter der Oberfläche – nur noch ein Wort mehr, und seine Wunden würden aufreißen.

Hanni schüttelte den Kopf und hob abwehrend die Hände. Freddy kam trotzdem näher.

»Was hast du gemeint? Was hast du die ganze Zeit angeschaut?«

Er stand da und streckte suchend die Arme aus. Wenn sie noch einen falschen Schritt machte, würde sie sich darin verlieren.

»Gar nichts.«

Was sollte sie schon sagen? *Ich habe die Welt gesehen, die ich mir wünsche?* Es wäre die Wahrheit. Aber genauso wahr wäre: *Ich habe das falsche Lächeln gesehen, ich habe den Schatten gesehen, der uns zerstören würde.* Und diese Wahrheit war mächtiger.

»Ich habe nichts angeschaut, Freddy. Es war nur eine Lichtspiegelung.«

Sie trat zurück, als er anfing zu widersprechen. Sie zwang sich, ihm gegenüber taub und blind zu sein.

»Hör auf, ich kann nicht mehr zuhören. Ich muss los.«

»Musst du nicht, Hanni. Musst du nicht.«

Aber seine Worte wurden vom Wasserrauschen und dem Ruf eines Vogels übertönt. Hanni wappnete sich mit all dem Schmerz, der ihr Herz im festen Griff hatte, und dann war sie weg.

KAPITEL 1

29. JUNI 1948

Er kehrte zurück.
Was für ein seltsamer Gedanke. Es war das falsche Wort. *Zurück* würde bedeuten: an einen Ort, an dem jemand oder etwas auf ihn wartete oder ihn wollte. Das war in keiner Weise der Fall, aber das Wort *heim* konnte er wohl kaum benutzen. Also musste es *zurück* sein. Nach Berlin. Nach elf Jahren, die er unfreiwillig weg gewesen war. Auch das war ein seltsamer Gedanke.
Es hätte keine so lange Abwesenheit sein sollen. Eigentlich hatte es gar keine Trennung geben sollen. Als sein Vater ihn im Jahr 1937 auf das Schiff drängte, das ihn über das Meer zu einer Familie bringen sollte, die ihn nicht mehr wollte als die Familie, die er verließ, hatte Aaron erwartet, dass sein Vater sich umdrehen würde. Dass er sagen würde: »Keine Angst, du kannst jetzt wieder herunterkommen, du reist nicht wirklich ab.« Aaron hatte sich über die Reling gestreckt, die Augen vor dem Wind und der salzigen Gischt geschützt und sich angestrengt, um die abfallenden Schultern von Elkan Müller und die hintere Krempe seines Hutes in dem Gewimmel auf dem Kai zu erkennen. Er hatte erwartet, dass sein Vater zurückkäme

und Aaron fragen würde, ob er endlich seine Lektion gelernt hätte. Aber das tat Elkan nicht. Elkan war nicht unter all den Menschen. Aaron hatte gerufen und gewinkt, aber kein Fitzelchen von seinem Vater mehr gesehen.

Dann war die Gangway eingezogen worden. Der Kai hatte sich entfernt. Zwischen dem Schiff und der Hafenmauer hatte sich ein Abgrund stahlgrauen aufgewühlten Wassers geöffnet, und die Zeit der Suche und der Hoffnung endete abrupt. Die *SS Hamburg* folgte den Schlepperbooten, die sie aus dem Cuxhavener Hafen hinauseskortierten, auf die unvorstellbare Weite der Nordsee. Niemand war zurückgekommen, um Aaron abzuholen.

Ein einziger Fehler hatte gereicht, dass er mit sechzehn Jahren von jedem und allem verbannt wurde, was er je gekannt hatte. Er wurde zum Wohltätigkeitsprojekt eines Onkels, der für Aarons Visum aus Pflichtbewusstsein, nicht aus Liebe gezahlt hatte, und der keine Gelegenheit ausließ, sein Bedauern darüber zu äußern.

Nur dass meine Tat kein Fehler war, sondern ein Akt der Tapferkeit. Einer Tapferkeit, zu der mein Vater nicht fähig gewesen wäre. Sie hätten mich dafür loben sollen, anstatt in Panik zu verfallen.

Vor dem Fenster des Besprechungsraums rollten Flugzeuge über den Teer. Der Kompaniechef verlas eine Liste von Zahlen, die seinen Männern die Ernsthaftigkeit ihrer Mission klarmachen sollte; sie sollten die Berlinblockade durch die Sowjets durchbrechen. Die Bevölkerungsgröße; die Menge der Nahrungsmittel, die sie brauchte, die Anzahl der in Berlin stationierten Sowjettruppen. Tony – das war heutzutage sein Name; der hilflose Junge Aaron war vor langer Zeit verschwunden – hörte kaum hin. Er war kaum anwesend. Im Gegensatz zu seinen Kameraden geisterten durch seinen Kopf nicht hungernde Berliner oder säbelrasselnde Sowjets, ja, nicht einmal das Dröhnen der Flugzeuge, die bereits von der Westover Air Force Basis in Richtung Deutschland abhoben. In seinem Kopf hörte er das Stampfen marschierender Füße, die vor zwölf Jahren sein Blut in Wallung gebracht hatten. Als er zum ersten Mal diese Ratten der Hitler-Jugend unter ihren Hakenkreuzen auf der Suche nach Ärger durch Berlin Mitte hatte marschieren sehen. Er spürte wieder das Erschauern, das ihn beim ersten Kampfruf durchlaufen hatte.

Die Bande, zu der er gehörte, hatte still Stellung bezogen, als der Waffenruf durch ihr Viertel geklungen war. Es war von Anfang klar, dass es kein Kampf mit gleichen Chancen würde. Seine Bande kannte die Straßen, die Nazischweine kannten sie nicht. Sie blockierten die Durchgänge und kreisten mit ihren Schlagringen und den mit Nägeln beschlagenen Stöcken die Faschisten ein. Sie waren alle darauf aus, sich zu beweisen und suchten den Ärger, allerdings suchte ihn keiner so sehr wie Aaron.

»Mischt eure Gegner auf. Brecht ihnen die Rippen. Die blauen Flecken und Narben sollen sie an uns erinnern. Macht ihnen klar, dass das hier unser Bezirk ist und auf unseren Straßen kein Platz für ihresgleichen ist.« Die Anweisung »Bringt sie nicht um« wurde zwar nicht eigens ausgesprochen, aber alle verstanden sie.

Im Jahr 1936, als Aaron Aufnahme im örtlichen Zweig der Ringvereine – dem Netzwerk aus kriminellen Banden, das sich wie ein Spinnennetz über Zentralberlin erstreckte – gefunden hatte, konzentrierten sich seine Vereinskameraden schon mehr darauf, am Leben zu bleiben als auf das Bekämpfen ihrer Feinde. Nachdem Hitler die Ringvereine 1934 als ungesetzlich erklärt hatte, standen die Banden nicht mehr unter dem Schutz korrupter Polizisten, sondern wurden von der Gestapo gejagt. Berlins Bandenmitglieder hatten gelernt, sich angesichts dieser Bedrohung umsichtiger zu bewegen. Mit Ausnahme einiger weniger, wie Aaron zum Beispiel.

Aaron hatte die Worte *Bringt sie nicht um* nicht gehört.

Nach dem Krachen der ersten Hiebe hatte er gar nichts mehr gehört. Weder die Rufe seiner Kumpane, dass er aufhören solle, noch das Flehen um Gnade, als der Junge blutüberströmt auf der Erde zusammensackte. Nach den ersten Hieben war Aaron in einen Rausch aus Tritten, Fausthieben und Zorn verfallen. Er spürte keine Reue, als der Junge am Ende tot war, seine Kumpel sich verzogen und die Sirenen aufheulten. Er war von seiner persönlichen Macht und der Erleichterung, endlich aus der Wut herauszufinden, in der er lebte, zu berauscht gewesen. Aber dann ...

Sie haben es aufgegeben mit mir.

Mit blutigen Fingerknöcheln war er nach Hause gestolpert, mit zerrissenen, rotgetränkten Kleidern war er in die Wohnung gestürzt. An dem Tag war er in seiner Welt der König. An dem Tag hatte er, in den Worten seines Vaters, aber auch »das im Herzen deiner Mutter gebrochen, was noch nicht zerstört war«.

Sie haben mich zu einem Fremden gemacht.

Im Leben seiner Eltern war er von da an ein Ausgestoßener gewesen. Seine Geschwister, außer seinem kleinsten Bruder David, den keiner davon überzeugen konnte, dass Aaron kein Held sei, hatten wie ihre Eltern gehandelt. Die Bandenmitglieder, denen er einen Blutschwur geleistet hatte, hatten sich verzogen, weil seine rasch aufflammende Gewalttätigkeit und ihre möglichen Folgen sie aufgeschreckt hatten. Seine Familie hatte ihn wie ein Gefahrengut behandelt, das um jeden Preis weggeschickt werden musste, bevor es den Rest der Familie verdarb. Keiner sah in ihm das, was er wirklich war: ein furchtloser Kämpfer, der einen von Hitlers Gefolgsmännern ausgelöscht hatte. Der noch ein Dutzend von ihnen auslöschen würde, gäbe man ihm die Gelegenheit dazu.

Weil sie zu vertrauensvoll waren, und deshalb sind sie auch umgekommen.

Diese Wahrheit tat heute noch so weh wie damals, und noch immer konnte Tony sie nicht beiseiteschieben.

Weil sie dachten, wenn sie nur gute Deutsche wären, würde sie das retten. Gute Deutsche zu sein wäre wichtiger als Juden zu sein.

Tony hatte diesen Irrsinn schon als Kind begriffen. Er hatte jede Minute seines Lebens versucht, seine Familie zu beschützen, noch bevor er der Bande beigetreten war, in der er andere kennenlernte, die über das neue Deutschland genauso wütend gewesen waren wie er. Er hatte versucht, seinen Eltern die Wahrheit zu zeigen: wohin die Reden und Versammlungen führen würden. Er hatte die Zeitungen mit den widerlichen antisemitischen Karikaturen nach Hause gebracht. Jedes einzelne »Juden verboten«-Schild, das in ihrem Viertel auftauchte, hatte er verzeichnet. Immer wieder hatte er gesagt, das sei nicht mehr das Deutschland, das sie kannten. Der Führer habe die Welt in *wir* und *die* unterteilt, und die Müllers würden es nie auf die Seite schaffen, die wirklich zählte. Genauso gut hätte er den Mond anheulen können.

Aaron hatte sich zum Handeln entschlossen, seine Eltern zum Rückzug. Sie hatten ihre Kinder in jüdischen Schulen angemeldet und waren zur Synagoge gelaufen, als ob neue Klassensäle und noch mehr Gebete die Rassengesetze zurückdrängen würden. Sie hatten so getan, als wären die Backsteine, die die Fenster ihrer kleinen Schmuckläden zerbrachen, von dummen Jungen geworfen worden, nicht von Rüpeln mit Hakenkreuzen. Sie hatten lieber geglaubt, die zunehmende Verfolgung sei vorübergehend, eine Verwirrung, die genauso schnell aufhören würde, wie sie begonnen hatte. Dass das Land, das sie liebten, wieder zur alten Güte zurückkehren würde. Sie hatten es nicht in Betracht gezogen, ihre Heimat zu verlassen und etwas anderes zu werden als die Deutschen, die sie seit Generationen waren. Ihre Sturheit hatte Aaron zur Verzweiflung getrieben, aber er hatte sie nicht umstimmen können.

Sie wollten nicht gehen, mich aber auch nicht bleiben lassen.
Diese Wahrheit hatte er auch nie beiseiteschieben können.

»Es ist zu deinem Besten, damit du in Sicherheit bist.«

Das hatte sein Vater in den turbulenten Tagen zwischen seinem »Verbrechen«, wie seine Eltern es weiterhin nannten, und dem Datum seiner Abreise, gebetsmühlenartig wiederholt. Aaron hatte gewusst, dass »zu deinem Besten« in Wirklichkeit »zu unserem Besten« bedeutete. Dass Elkans Worte im Grunde bedeuteten »Wir wollen dich nicht«. Es hatte ihm das Herz gebrochen. Aber seine Liebe zu ihnen hatte es nicht gebrochen. Damals nicht und heute nicht.

Was seine Familie ihm auch angetan hatte – sie waren gute Menschen, viel bessere als er selbst. Tony wusste, was sie geopfert hatten: Die Kosten seiner Papiere und der Überfahrt nach Amerika hatten ihr letztes Erspartes aufgebraucht. Er wusste, dass ihre Enttäuschung über ihn viel tiefer gegangen war als der Tod des Hitlerjungen. Er hatte akzeptiert, dass sie keinen Grund hatten, ihn zu lieben. Aber er liebte seine Familie, jedes einzelne Mitglied. Weggeschickt worden zu sein hatte daran nichts geändert. All die Jahre in der Ferne hatten nichts geändert. Am meisten schmerzte ihn, dass er nie die Chance bekommen hatte, zu beweisen, wie tief seine Liebe ging.

»Wach auf, Miller – wir brechen auf. Hör auf, von den Fräuleins zu träumen, die du becircen willst, sondern sieh zu, dass du über den großen Teich kommst und es einfach machst!«

Tony stimmte in das Gelächter ein, das auf den Ausruf des Kompaniechefs folgte, obwohl er diesen oder andere Scherze auf seine Kosten nicht witzig fand. Überall sonst als im Besprechungsraum hätte jemand dafür zahlen müssen.

Er hob seine Tasche auf und folgte der restlichen Gruppe aufs Flugfeld hinaus. Er sonderte sich etwas ab, als der übliche Aufruhr ausbrach, der den Beginn einer neuen Mission begleitete. Seine Pilotenkollegen vibrierten vor Adrenalin, stießen sich gegenseitig an, griffen nach Rucksäcken und Seesäcken und taten, als schleuderten sie sie über die wartende Transportmaschine. Tony blieb auf Abstand und hielt seine Tasche fest.

Ihr Inhalt war ihm wichtiger als alles, was er bald in das blockierte Berlin befördern würde. Die Tasche enthielt den letzten Fitzel dessen, was er einst gewesen war.

Zwischen seiner Kleidung war ein Foto versteckt, das ihm seine Mutter in den letzten, in seiner Erinnerung verschwommenen Augenblicken in die Hand geschoben hatte, bevor die Tür zwischen ihnen zugeschlagen worden war. Es war ein Gruppenfoto. Seine Eltern, seine ältere Schwester und seine Brüder, außerdem Onkel, Tanten, Cousinen und Vettern. Ein ganzes Dutzend war um sein zehnjähriges Ich versammelt, in Sommerkleidung auf der von Gänseblümchen übersäten Wiese, und sie lachten und winkten in die Kamera.

Kein Tag war vergangen, an dem Tony nicht einen Moment innegehalten und das Bild betrachtet hatte. Er hatte die Menschen angeschaut, die ihn früher geliebt hatten, und die gedacht hatten, seine Handlungen hießen, er würde sie nicht lieben. Sie hatten gedacht, er hätte sie im Stich gelassen.

Wie sie sich geirrt hatten! Aber sie waren alle tot, dem tödlichen Blutdurst der Nationalsozialisten zum Opfer gefallen – ein Grauen, für das niemand je zur Rechenschaft gezogen worden war.

Tony stieg ins höhlenartige Innere des Flugzeugs und klemmte sich den Rucksack fest zwischen die Knie. Er wusste nicht, was es bedeutete, zurückzukehren. Er wusste nicht, wie es sich anfühlen würde, wieder in Berlin zu sein, aber eines war sicher: Es war ein Verbrechen verübt worden, für das noch niemand gezahlt hatte. Diesen Fehler würde Tony Miller eines baldigen Tages korrigieren, auf die eine oder andere Weise.

KAPITEL 2

16. AUGUST 1948, MORGENS

Sie sind wieder da und bombardieren uns. Schnell, beweg dich!
Auch nach sechs Wochen Berlinblockade der Sowjets riss der Motorenlärm Hanni immer noch aus dem Schlaf und versetzte sie in Fluchtbereitschaft. Tag und Nacht flogen die Flieger; ununterbrochen war der Himmel voll von ihnen. Manche Stunden waren leichter zu ertragen als andere. Bei Tageslicht konnte Hanni mit eigenen Augen sehen, was ihrer belagerten Stadt widerfuhr, oder besser gesagt, war ihr nicht widerfuhr. Es bedeutete keine Gefahr, zur Tür hinaus zu gehen. Der Bürgersteig zitterte nicht und zerbarst nicht in Bombenkrater, wenn die Transportflugzeuge über ihren Köpfen flogen. Die Gebäude stürzten nicht zitternd in sich zusammen. Die Luft war nicht vom Staub der Backsteine geschwängert, dass man kaum noch atmen konnte. Draußen in der Sonne konnte Hanni die Fassung bewahren. Sie konnte sich darauf verlassen, dass es 1948 war und nicht mehr die letzten, schrecklichen Wochen des Krieges. Sie kauerte sich nicht mehr zusammen – auch wenn sie von dem Lärm über ihrem Kopf vielleicht zusammenzuckte –, und sie rannte nicht mehr wie von Furien gehetzt und suchte Deckung.

Unter dem Himmel, der nicht mehr von den dunklen Umrissen übersät war, die wie Regen gefallen waren, konnte sie sich ihre allzu oft wiederholte Beschwichtigung »Es ist die Luftbrücke, kein Bombenangriff« glauben. Ohne die Explosionen, die den Boden damals so unsicher wie Wasser hatten werden lassen, klang auch das Versprechen in den Zeitungen – die amerikanischen und britischen Piloten brächten Brot, nicht Bomben – wie die Wahrheit, nicht wie eine List. Bei Tageslicht gelang es Hanni. Bei Nacht sah es allerdings ganz anders aus. Nachts oder in den Momenten, in denen man zwischen Schlaf und Wachen blinzelnd die Augen öffnete, die Welt noch verschwommen war und die Träume noch verweilten, war es viel leichter, an Luft- und Bombenangriffe zu glauben als an eine Rettung durch die Alliierten.

In diesen Momenten schrak Hanni im Bett hoch und war überzeugt, es wäre April 1945, und die Besatzung Berlins hätte einen ganz anderen Charakter. In jenen Momenten sammelten sich Entscheidungen in ihren Gedanken an, die sie kaum treffen konnte. Ob sie auf den Dachboden oder in den Keller laufen sollte, um den Bomben, den Granaten und den russischen Soldaten zu entkommen, die in die Straßen brachen. Wie viel Wasser sie an ihren Fluchtort mitnehmen konnte, welcher es am Ende auch sein mochte. Auch die Überzeugung, dass ihre Mutter noch lebte, Angst hatte und Hannis Hilfe brauchte, stieg ihr dann in den Kopf. Die Verwirrung mochte nur kurz sein, aber sie traf sie bis ins Mark.

An den erschöpften Gesichtern der Menschen auf den Straßen erkannte Hanni, dass sie nicht als Einzige nachts so verwirrt aufschrak und erst bei Tagesanbruch Freund und Feind auseinanderhalten konnte. Das zu wissen, verlangsamte ihren rasenden Herzschlag aber nicht. Und jetzt, wo der Himmel wieder überfüllt war, weil die Zahl der Transportflüge in die Stadt stieg und Flugzeuge sowohl aus den Wolken brachen als auch immer weiter hineinstiegen ...

Sie krabbelte aus dem Bett und wappnete sich vor dem kalten Wasser. Wenigstens hatten die Russen beschlossen, ihren Kontrollring im Sommer um die Stadt zu ziehen, als Kohlemangel und die daraus folgenden Stromabschaltungen weniger bedeutend waren. Gott möchte ihnen allen beistehen, wenn sich die Blockade als undurchdringlich erwies und die Berliner Schienen, Straßen und Flüsse als Verbindungen zum Rest der Welt bei Wintereinbruch abgeschnitten blieben. Oder wenn die Alliierten beschlössen, dass sie es sich nicht mehr leisten konnten, Berlin so mit Essen und Gütern zu versorgen, wie sie es jetzt vollmundig versprachen. Oder wenn ein neuer, noch erschreckenderer Krieg seine Pilzwolken über Europa verteilen und ihre Stadt an die vorderste Front stellen würde, wie die Sowjets gedroht hatten.

Einen Atemzug nach dem anderen. Der Angst nachzugeben, macht es nicht leichter.

Hanni machte sich schnellstens fertig und zog sich an, bevor die Last des Tages unüberwindbar würde, und wandte ihre Aufmerksamkeit ihrer Kameratasche zu. Die Kontrolle, dass alle Linsen, Glühbirnen und die Filme, die sie brauchen würde, an Ort und Stelle lagen, war ein beruhigendes Ritual. Wenn sie damit fertig war, war der Montag einfach ein Montag, und es fiel ihr leichter, mit ihrem Alltag zu beginnen.

Frau Greber, die Vermieterin der Pension, in der Hanni seit fast zwei Jahren wohnte, klapperte schon geschäftig in der Küche herum, als Hanni die Treppe herunterkam. Sie störte die Vorbereitungen fürs Frühstück nicht.

Ihr heutiger Fotoauftrag galt einer Pressekonferenz, die Ängste in der Öffentlichkeit beschwichtigen sollte, weil die Anzahl der echten und der Beinahe-Zusammenstöße in den ersten Wochen zugenommen hatte, seit die Alliierten die Luftbrücke eingerichtet hatten. Es war ein Gefallen der *Neuen Zeitung*, der beliebtesten Zeitung im amerikanischen Sektor des besetzten Berlin und eine von Hannis wichtigsten Auftraggebern. Sie hatte das Büro des Redakteurs so lange belagert, bis er nachgegeben und ihr den Job übertragen hatte. Bisher war der Notgroschen, den sie ansammelte, noch klein, aber er würde wachsen, und jeder Auftrag, den sie ergattern konnte, trug zu dem Pott bei, aus dem sie eines Tages, dazu war sie fest entschlossen, das *Fotostudio Hanni Winter* finanzieren würde. Sich darauf zu konzentrieren, war ein sehr gutes Gegenmittel gegen die Flieger und die Knappheit. Obendrein kam noch der Bonus amerikanischer Gastfreundschaft hinzu ...

Die Pressekonferenz – oder der Werbetrick, wie die Polizei, ihr anderer Hauptauftraggeber es bezeichnen würde – wurde am Flughafen Tempelhof abgehalten, der Basis der amerikanischen Luftbrücke; es war nur ein kurzer Fußmarsch. Das Frühstück dort bestand aus Unmengen von Zuckerguss triefenden Doughnuts und echtem Kaffee, und es war fast so willkommen wie das großzügige Tageshonorar. Es war auf jeden Fall eine beträchtliche Abwechslung von dem wässrigen Haferschleim und altbackenen Brot, das Frau Greber auftischte.

Und das ist immer noch mehr, als sich so mancher leisten kann.

Sobald Hanni aus der Tür trat, kamen die Bettler. Es waren nicht die Kriegskrüppel, die der Krieg brotlos zurückgelassen und zum Leben auf der Straße verdammt hatte, sondern zwei Frauen näherten sich ihr mit gesenkten Köpfen und ausgestreckten Händen. Hanni hörte Geschichten wie die, die die beiden Frauen erzählten, sicher ein Dutzend Mal pro Woche; das machte sie aber nicht weniger herzzerreißend. Beide Frauen hatten Kinder, die sie ernähren mussten, aber keine Beziehungen zum Schwarzmarkt oder anderen Quellen, die helfen konnten. Beide waren ausgezehrt vom Hunger, der in die blockierte Stadt zurückgekehrt war und genauso grausam war wie in den letzten Kriegstagen. Ihre ausgemergelten Gesichter ließen die Vermutung entstehen, dass für viele das Leid des Hungerns nie aufgehört hatte.

Das ist wie im Mittelalter. Die Sowjets schneiden uns die Versorgung ab und hungern uns aus, damit wir ihre Regeln befolgen und uns ihrer Lebensweise unterwerfen. Es ist barbarisch.

Nach den verhärmten Gesichtern der Frauen zu urteilen, begann die Methode zu funktionieren.

Hanni hatte selbst in den schlimmsten Kriegsjahren ein ganz gutes Leben gehabt. Darauf war sie nicht stolz, denn sie war sich nur allzu bewusst, dass es den meisten Menschen nicht so ergangen war. Sie hatte die schlimmsten Gesichter des Hungers gesehen, und die Erinnerung an die leeren Augen und die ausgezehrten Lippen, die er mit sich brachte, verfolgten sie noch immer. Berlin war noch nicht in einem so verzweifelten Zustand, aber die Angst, dass es schon bald so weit kommen würde, breitete sich wie Gift in den Straßen aus.

Jeder, der hier wohnte, wusste, dass die Stadt sich nicht selbst ernähren konnte, sondern dass die Milch, das Fleisch und das Getreide, das die zwei Millionen Berliner brauchten, aus dem Umland kamen. Diese Schwäche war den Sowjets nur allzu bewusst. Die Aufteilung Deutschlands im Jahr 1945 zwischen Russland und den Westalliierten hatte die ertragreichen Landesteile unter sowjetische Kontrolle gebracht, weshalb Kooperation wesentlich war, um alle Menschen in Deutschland zu ernähren. Für Berlin, das tief im sowjetischen Sektor isoliert war, war diese Zusammenarbeit lebenswichtig. Dieser Schwäche waren sich die Sowjets ebenfalls allzu bewusst.

Vor zwei Monaten hatten die Sowjets plötzlich beschlossen, dass sie ihre politischen Überzeugungen nicht länger mit Menschen in Einklang bringen wollten, die anderer Ansicht waren, und erkoren die Ernährung zur Waffe aus, die sie einsetzten. Es war eine sehr wirkungsvolle Waffe. Berlins magere Vorräte waren innerhalb von Wochen aufgebraucht. Bis zum August hatten die Alliierten hastig eine Operation eingeleitet, dank der von überall, wo noch Vorräte verfügbar waren,

Essen und Kohle in die Stadt geflogen wurden, wo diese Ressourcen dringend gebraucht wurden. Es war jedoch kaum ein Tropfen auf den heißen Stein, wenn man die Mengen bedachte, die Berlin benötigte. Berlin war wieder an derselben Stelle wie 1945: verzweifelt auf Hilfe und Nahrungszuteilung angewiesen, die von den Engländern und Amerikanern gewährleistet wurden. Diese Zuteilung war, genau wie drei Jahre zuvor, viel zu gering. Sie ließ diejenigen, die darauf angewiesen waren, ausgebrannt und müde zurück.

Oder als Bettelnde.

Hanni gab den Frauen so viele Münzen, wie sie konnte, und wünschte, sie könnte sie mit zum Tempelhof nehmen. Sie bräuchten das gehaltvolle Essen dort viel dringender als sie selbst.

Und viel dringender als die Amerikaner. Die müssen die am besten genährten Menschen auf dem Planeten sein.

Hanni eilte die Straße hinunter und schob diesen Gedanken beiseite. Die amerikanischen Truppen, die jetzt in Berlin stationiert waren, waren vielleicht besser genährt und wohnten besser als die deutschen Zivilisten, und manche hielten sich vielleicht immer noch für die besseren Menschen, aber sie waren hier und halfen. Es gab schon genug Spaltung in der Stadt, auch ohne dass man sich gegen die Hand zu wenden brauchte, die sie wortwörtlich fütterte.

Niemand lächelte oder grüßte Hanni, als sie vorbeiging. Alle hielten die Köpfe gesenkt, die von den eigenen Problemen schwer waren, und keiner hatte die Zeit oder die Energie, nachbarschaftlich zu handeln. Die Bürger Berlins waren genauso geteilt wie die Stadt.

Als Hanni 1946 ihre Arbeit als Tatortfotografin bei der Polizei von Kreuzberg aufgenommen hatte, war Berlin zwar schon politisch zwischen den vier Siegermächten aufgeteilt gewesen, hatte aber in allen Belangen noch als Einheit funktioniert. Polizisten im britischen, französischen und amerikanischen Sektor hatten ihre Ressourcen und ihr Wissen mit den deutschen Kollegen in den russisch kontrollierten Stadtteilen geteilt. Es war nicht immer eine offizielle Zusammenarbeit gewesen, aber ihre Existenz und ihr Wert waren allgemein bekannt. Inzwischen gab es keine Zusammenarbeit mehr.

Berlin war in zwei gegensätzliche Blöcke gespalten – wobei die Sowjets die eine Seite, die westlichen Alliierten die andere kontrollierten – und jeglicher Anschein von Zusammenarbeit war verschwunden. Mittlerweile hatte die Stadt kaum mehr als den Namen und die Sprache gemein. Aus einer Währung waren zwei geworden, und Organisationen, die einst zusammengearbeitet hatten, einschließlich der Polizei, hatten ihre Führung und ihre Vorgehensweise auseinander dividiert und sich in komplett unterschiedliche Körperschaften verwandelt. Immer, wenn Hanni die Polizeistation in Kreuzberg betrat, hörte sie Gerüchte darüber, dass bei der Polizei im sowjetischen Sektor Methoden der Gestapo eingesetzt wurden, darunter Folter und Entführung aller Personen, die der Osten als wertvoll betrachtete. Diese Praxis hatte ein besorgniserregendes Maß angenommen.

Das alles wurde noch dadurch verstärkt, dass die Sowjets Berlin mit jeder gesperrten Brücke und jedem blockierten Fluss in der Zeit zurückkatapultiert hatten.

Nur ein Blinzeln, und wir könnten wieder mitten in den letzten, hoffnungslosen Kriegstagen stecken.

Es war noch nicht neun Uhr, aber die Kreuzberger Straßen waren schon voll. Nicht mit Menschen, die zur Arbeit eilten oder ihre Kinder zur Schule brachten – außer Hanni eilte niemand irgendwohin. Langsam vorrückende Schlangen standen vor den Bäckereien und Lebensmittelläden an, die als Verteilungszentren für das von den Alliierten eingeflogene Essen eingeteilt worden waren. Oder was als Essen durchging. So viele der Nahrungsmittel waren in getrockneter Form abgepackt, um mehr davon in die Flugzeuge laden zu können, dass die Läden halb mit Pulver bedeckt waren. Hanny hatte aufgehört, zu zählen, wie oft die Zeitungen ihre liebste Karikatur zur Blockade abgedruckt hatten – einen Klapperstorch, der einen halbverhungerten Säugling in die Stadt flog. Nur noch wenige Menschen konnten darüber lachen.

Sie umrundete die schweigenden Schlangen und stieg vorsichtig über die Wurzeln von Bäumen, die bald zu Feuerholz gehackt werden würden. Die Bürgersteige waren inzwischen Gott sei Dank wieder frei und lagen nicht mehr voller Trümmer wie bei Kriegsende, aber es gab noch immer zu viele Bombenkrater, die kaum besser als Ödland waren, und zu viele unberührte Ruinen. Das Wiederaufbauprogramm war, wie so vieles im Leben des blockierten Berlin unterbrochen worden, weil die Materialien fehlten, um weiterzumachen.

Hanni ging den Mehringdamm entlang zum Viktoriapark und dem Flughafenkomplex und versuchte, die Fenster, die noch mit Dachpappe ausgefüllt waren statt mit Glas, nicht zu zählen. Oder die Häuser, die aus kaum mehr als Kellern bestanden. Auch am Park sammelten sich Leute, allerdings eher in Trauben als in Schlangen. Der Schwarzmarkt am Viktoriapark war nur ein Bruchteil derjenigen, die sich am Alexanderplatz und am Potsdamer Platz gebildet hatten, aber er war immer da. Er galt entweder als kriminelles Nest oder als Lebensretter, je nachdem, wie leer der Magen des Kommentators gerade war.

Hanni blieb stehen. Sie ignorierte die Händler, die auf sich aufmerksam zu machen versuchten, und nickte den beiden abgerissenen Jungen zu, die als Laufjungen fungierten. Sie gehörten zu einer Bande Taugenichtsen und verlorenen Seelen, die ihre Zeit und ihr Einkommen darauf aufteilten, die Märkte zu beobachten, Informationen über ihre Rivalen an die örtliche Polizei zu liefern, und die Geheimnisse der Stadt zu wahren. Hanni kannte all diese Jungen durch ihre Arbeit als Fotografin, wobei einige von ihnen erst in ihren Radar geraten waren, als sie angefangen hatte, für die Polizei zu arbeiten. Sie alle vertrauten ihr – oder ihrer Geldbörse – und winkten sie nie weg, wenn sie die Kamera herauszog.

Hanni begann, die Szenen vor ihren Augen einzuordnen, und stellte sie sich als Teil einer Ausstellungsserie vor, die sie jetzt schon für die Zeit plante, wenn sie ihr eigenes Studio eröffnete. Geschäftig schoss sie Fotos, konzentrierte sich dabei auf die Koffer voller Zigaretten und die fliegenden Hände darüber, da kam ihr ein Titel in den Sinn: *Schwarzmarkttage – Von den Bomben zur Blockade*. Es würde ein Erfolg, das spürte sie. Etwas so Aktuelles hatte keine der Galerien in der Stadt zu bieten.

Sie schoss mehrere Dutzend Fotos und hörte mit ein paar Bildern der Laufjungen auf, wobei sie wie immer über ihre verkniffenen und zu alt wirkenden Gesichter nachsann. Ihr liebstes Fotomodell, Oli, den sie beim ersten Mordfall kennengelernt hatte, und über den sie ein Feature machen wollte, war nirgends zu sehen, aber die anderen Jungen waren ebenfalls gute Studienobjekte.

Während sie arbeitete, wurde der Markt lebhafter, füllte sich mit Gestalten, die ihrerseits eine Ausstellung wert gewesen wären. Trotz der Pressekonferenz, die ihr heutiges Projekt war, fiel es ihr schwer, sich loszureißen. Die Polizeiarbeit faszinierte Hanni, aber am meisten reizte sie noch immer das Erzählen von Alltagsgeschichten.

Auch wenn ich mir ursprünglich nicht geschworen hatte, Alltagsgeschichten zu erzählen.

Sie blieb stehen und vergaß ihr aktuelles Projekt, als sich, wie immer, die Vergangenheit aufdrängte. Es war eine andere, viel brutalere Ausstellung nötig. Eine, die nur ihr Studio zeigen konnte.

Die mich das Leben kosten kann, sobald ich sie eröffne.

Um sie herum ging das Markttreiben weiter, während sie sich ausmalte, wie sie die Ausstellung gestalten wollte: weiße Wände, von denen sich die schwarzgerahmten Fotos abheben würden. Fotos von Kindern, die ihre Lebenshoffnung schon verloren hatten, bevor sie zu leben begonnen. Bilder von Erwachsenen, deren Gesichter von Hunger und Angst bis auf die Knochen abgemagert waren. Und dagegen der andere, ihr Vater. Vor Gesundheit strotzend und makellos in seiner Uniform, sein Lächeln so blitzend wie der silberne Totenkopf auf seiner Mütze. Und dann formte sich wie eine Schlagzeile die Frage in ihrem Kopf, die alle stellen würden, und die sie nicht ignorieren konnte: Wie um Himmels willen hast du es geschafft, so vernichtende Fotos zu machen? Darauf hatte sie noch keine passende Antwort gefunden.

»Schau mal, ich bin Al Capone!«

Hanni löste sich von dem unmöglichen Gedanken, mit »Weil ich dabei war« zu antworten, und drehte sich zu dem Jungen um, der nach ihr pfiff. Er hatte sich einen zu großen Hut aufgesetzt und sich in Pose geworfen, mit einer Hand formte er eine Pistole, in der anderen wedelte er eine imaginäre Zigarre, die dicker als sein Handgelenk war. Hanni hob die Kamera wieder vors Gesicht und war froh, sich mit Verschlusszeit und Belichtung abzulenken.

Es existierten Bilder, die noch gezeigt werden mussten. Es existierte eine Rechnung mit ihrem Vater, Reiner, die noch beglichen werden musste. Aber nicht heute. Heute schien die Sonne. Heute gab es Arbeit, die sie wieder etwas voranbrachte, Arbeit, die einen Hauch des Glanzes versprach, von dem so wenig übriggeblieben war. Was die Vergangenheit von Hanni auch forderte, sie konnte nicht so tun, als würde sie sich danach nicht sehnen.

Glanz.

Hanni schämte sich, dass sie dieses Wort so gedankenlos als Teil ihres Zieles betrachten konnte. Der Flughafen Tempelhof war inzwischen vielleicht ein Außenposten der amerikanischen

Behörden, aber der Besitzerwechsel löschte seine Geschichte nicht einfach so aus.

Sie folgte dem amerikanischen Luftwaffenoffizier, der den Presseleuten zugewiesen worden war, durch das Gebäude und nickte lächelnd zu seinen Erklärungen des Baus, als hätte sie sich noch nie in diesen riesigen Hallen aufgehalten.

Das Aussehen des Flughafens hatte sich verändert. Die Hälfte der einst glänzenden, bodentiefen Fenster waren mit Brettern verschlagen, und der Marmorfußboden der Lobby war von schmutzigen Stiefelabdrücken und öligen Flecken übersät. Hanni nahm nichts davon wahr. Sie sah die Hallen so, wie sie vor zehn Jahren gewesen waren, als sie mit ihren Eltern an die Spitzen der langen Besucherschlangen geführt worden war. So, wie es hier ausgesehen hatte, nachdem der Flughafen 1936 neu gestaltet worden war, als Tor zur künftigen Hauptstadt des Dritten Reichs, Germania. In Hitlers Vision und der seines Architekten Albert Speer sollte Berlin sowohl einen neuen Namen erhalten als auch auf eine Weise umgestaltet werden, die den Rest der Welt überstrahlen würde. Tempelhof sollte sein erster, ehrfurchtgebietender Empfangspunkt sein. Man hatte die alten, unscheinbaren Gebäude in eine monumentale, beeindruckend extravagante Anlage verwandelt, auf deren Säulen, innen wie außen, Adler thronten, deren ausgebreitete Schwingen die weitläufigen Formen inspirierten.

Und alles war mit Hakenkreuzen dekoriert. Und im Zentrum, vor dem gigantischen Hitlerporträt, blieb mein Vater immer stehen, um zu salutieren.

Hanni musste sich zum Lächeln und Weitergehen zwingen und sich beherrschen, um bei der Erinnerung an das Leben, das sie einst aufgesogen hatte, nicht zu erschauern. Sie bemühte sich, im Hier und Jetzt zu bleiben, als die Hanni Winter, die sie inzwischen war, nicht mehr das Mädchen, das sie mit fünfzehn gewesen war. Die Tochter eines hochrangigen SS-Offiziers, der ein enger Freund des Führers und seines inneren Zirkels gewesen war.

»Was habe ich verpasst?«

Sie zuckte zusammen, als Matz Laube, Hilfsinspekteur der Kreuzberger Polizei und einer ihrer liebsten Kollegen, an ihrer Seite aufkreuzte. Er war neben ihr im hinteren Feld der Gruppe erschienen, während sie noch in Gedanken an ihr früheres Ich verloren war. *Die Wahrheit über Hanni Winter* – die erste Antwort, die ihr auf seine Frage in den Sinn kam – war wohl unpassend.

»Nicht viel. Haufenweise Fakten und Zahlen über die Luftbrücke. Ich habe nicht wirklich zugehört. Nach den Flugzeugzusammenstößen hat noch keiner gefragt.«

Sie runzelte die Stirn, als Matz seinen Schlips und das Hemd richtete, das ihm bei seinem eiligen Erscheinen aus dem Bund gerutscht war.

»Wieso bist du überhaupt da? Sollte nicht ... Freddy in dieser Sache der Verbindungsoffizier sein?«

Warum kann ich seinen Namen nicht ohne Stolperer aussprechen?

Matz' Seitenblick zeigte ihr, dass er den gleichen Gedanken hatte.

»Theoretisch ja, aber es war nie seine Absicht. Du weißt, dass er für die ganze Öffentlichkeitsarbeit im Grunde keine Zeit hat. Und er ist nicht gerade der Liebling der Amerikaner, seit er sie letztes Jahr so gegen sich aufgebracht hat, also hat Brack entschieden, dass ich als Vertreter der Abteilung herkommen sollte.«

Hanni zuckte die Achseln, als sei ihr Freddys An- oder Abwesenheit egal. Es sollte eigentlich eine Erleichterung sein, dass er nicht da war, denn sonst wäre der Tag noch komplizierter. War es aber nicht. Sie hatte gehofft, Freddy zu sehen. Wenn er doch nur wüsste, wie man das Spiel spielte, wie Matz es nennen würde. Wenn sie beide doch nur nicht ...

Sie brach die Gedanken, die zu nichts Gutem führen würden, ab. Hanni hatte beschlossen, sich keinerlei Träume über eine Zukunft mit Freddy mehr zu erlauben, seit sie sich vor einem Jahr im Viktoriapark aus seinen wartenden Armen befreit hatte. Er war nicht hier, und das war aus vielerlei Gründen zweifellos das Beste.

Freddy Schlüssel wurde allgemein – nicht nur von Matz und Hanni – als einer der besten Ermittler in Westberlin angesehen. Er war im Dezernat und in der Stadt zum Helden avanciert, nachdem er im vergangenen Jahr mit Hannis Hilfe eine Reihe von Morden aufgeklärt hatte. So gescheit und mutig er war, war er aber auch ein weniger fügsamer Mann als sein Untergebener Matz. Hauptkommissar Brack, der kommandierende Offizier der Polizei in Kreuzberg, hasste ihn, und die Amerikaner hielten ihn nicht für vertrauenswürdig. Nach Hannis Meinung konnte Freddy aber nichts dafür. Brack war ein Grobian, dem es gelungen war, seine zweifelhafte Akte aus der Kriegszeit bei der damaligen, von den Nazis beherrschten Polizei verschwinden zu lassen. Er hasste Freddy, weil dieser Jude war. Und Freddy hatte nicht vorgehabt, die Amerikaner zu verärgern, sondern einfach das getan, was er tun musste, um einen schwierigen Fall zu lösen. Deswegen, und wegen ihrer komplizierten Beziehung, war der unkomplizierte Matz der viel einfachere Zeitgenosse. Hanni wünschte sich immer noch, Freddy stünde neben ihr. Auch das war der Aufmerksamkeit von Matz nicht entgangen.

»Was ist das zwischen euch beiden, Hanni? Während wir an dem Fall des SS-Mörders gearbeitet haben, hätte ich darauf gewettet, dass aus dir und Freddy ein Paar werden würde. Jetzt benehmt ihr euch, als würdet ihr euch kaum kennen. War da nicht etwas zwischen euch? Habe ich mich so geirrt?«

Hanni konnte seinem Blick nicht standhalten. Sie konnte nichts dazu sagen. *Ja, du hast dich geirrt* wäre gelogen, *Nein, du hast völlig recht* hätte aber weitere Antworten nötig gemacht, die sie ihm nicht geben konnte. Der Funken zwischen ihr und Freddy war so brennend heiß gewesen, dass sie ihn nicht hatten dimmen können, aber wie könnte sie das Matz gegenüber eingestehen, wenn sie beide es nicht einmal einander eingestehen konnten?

So war es immer gewesen. Als sie Freddy im November 1946 in den Ruinen eines Ministerpalastes in der Wilhelmstraße kennengelernt hatte, wo Hanni die erste einer ganzen Reihe Leichen gefunden hatte, war die Anziehung zwischen ihnen vom ersten Moment an da gewesen. Sie hatten sie beide gespürt und ihr nachgegeben – kurze Zeit. Sie wusste, dass nicht nur sie geträumt hatte. Die Anziehungskraft war immer noch da: in seinen Augen, wenn er dachte, sie sähe es nicht, und in ihren, wenn sie sich sicher war, er sähe es nicht. So waren auch die Barrikaden noch da, die Hanni errichtet hatte und noch nicht wieder einreißen konnte.

Matz wusste nicht, dass diese Barrikaden existierten. Er wusste, wie sie, dass Freddy Schlüssel früher Fredi Schlüsselberg gewesen war. Dass er Jude war und seine ganze Familie in den KZs verloren hatte. Aber weder Matz noch Freddy wussten, dass auch Hanni im Nachklang des Krieges ihre Identität geändert hatte. Dass sie früher Hannelore Foss, die Tochter des SS-Mannes Reiner Foss, eines linientreuen Nationalsozialisten war, der bei der Verwaltung von Theresienstadt geholfen hatte, dem Ghetto in Böhmen, in dem man Tausenden Juden das Paradies verheißen hatte, und in dem sie stattdessen ihr Leben verloren hatten. Außerdem hatte ihr Vater das Arbeitslager von Leitmeritz einige Kilometer von Theresienstadt entfernt mit verwaltet. Hanni hasste diesen Mann. Er hatte nicht nur dank eines neu erfundenen Lebenslaufes den Krieg überlebt, sondern war in den Jahren danach richtig erfolgreich geworden – trotz des Bluts an seinen Händen. Mit seiner neuen Identität als Emil Foss, nicht Reiner, hatte er eine erfolgreiche Karriere im Bildungswesen im britischen Sektor gestartet.

Außerdem hatte er seiner Tochter gedroht, sie zu töten, wenn sie ihn auslieferte, und es bereits versucht.

Hanni konnte Matz nichts von alledem erzählen, und erst recht nicht Freddy. Sie wusste, dass er sie sonst hassen würde. Denn sie hatte schon einmal versucht, jemandem, der sie liebte, ihr Lebensgeheimnis zu enthüllen. Bei diesem Gedanken stockte ihr der Atem. Der Schmerz, den ihm ihr Betrug – denn wie sonst sollte er ihr Schweigen verstehen? – zufügen würde, würde ihr Herz stillstehen lassen. Deshalb hatte Hanni Freddy einfach das denken lassen, was er wollte: dass sie nicht frei war, dass sie ihre Liebe nicht zulassen konnte, weil ihr Herz schon von einem anderen besetzt war. Das hatte allerdings weder ihn noch sie bremsen können. Sie taten beide nur so.

Nichts davon konnte Hanni Matz auftischen. Glücklicherweise brauchte sie es auch nicht, denn seine Gutherzigkeit trat gerade wieder zutage.

»Beachte mich einfach nicht. Das geht nur euch was an, nicht mich. Ich halte Freddy allerdings für einen Narren, dass er sich dich nicht geschnappt hat, und da bin ich wohl nicht der Einzige.«

Matz nickte zu dem Offizier, der auf sie wartete, und der noch mehr strahlte, als Hanni ihn ansah.

»Du weißt ja, wie Freddy ist: schmallippig und verschlossen. Vielleicht muss er erst noch aufwachen.« Matz grinste. »Vielleicht sollte man ihn eifersüchtig machen.«

Hanni hatte nicht das geringste Interesse daran, Freddy eifersüchtig zu machen. Solche Spielchen wären das Letzte, das ihre Beziehung brauchen könnte. Und wenn sie sich zu etwas entschließen würde, hätte sie nicht ihren ernsten Führer dafür ausgesucht. Wie jede einzelne Frau in Tempelhof – wenn man nach den rosigen Wangen der Frauen schloss – hätte sie die Rolle des Eifersucht erregenden Mannes dem schneidigen

Inbild amerikanischer Galanterie zugewiesen, Captain Tony Miller.

»Großer Gott, haben sie den aus einem Bilderbuch herausgenommen?«

Es war schwer, über Matz' herunterklappenden Unterkiefer nicht zu lachen, sobald der Captain zum Mikrofon ging und sein Vorgesetzter ihn als »den tapfersten und, wenn ich das so sagen darf, schneidigsten Piloten der Luftwaffe der Vereinigten Staaten« vorstellte.

Die Vorstellung war zwar übertrieben, aber die Beschreibung passte zu dem jungen Piloten. Die hohen Wangenknochen und der dichte Schopf schwarzen Haares hätten einem Montgomery Clift angestanden. Er trug den leicht schäbigen olivgrünen Blouson zu den vom Fliegen zerknitterten Hosen so elegant, als wäre es ein Smoking. Als Hanni die Kamera hob, um ein Foto von ihm zu machen, setzte er ein professionell strahlendes Lächeln auf. Als er seine Zuhörerschaft auf Deutsch ansprach, tat er es fehlerlos und endete auch nicht nach wenigen Begrüßungsworten. Es war schwer, sich beim Anblick von Captain Miller keine Filmmusik im Hintergrund vorzustellen.

Hanni tat ihr Bestes, das alles zu ignorieren. Sie war wegen eines Auftrags hier, und ihr Beruf erforderte, dass sie die Menschen klar sah und sich von ihnen nicht übermäßig beeindrucken ließ. Sie zischte Matz zu, er solle ruhig sein, damit er nicht ihre Konzentration störe, als der sich murmelnd darüber ausließ, wie ungerecht es von den Amerikanern sei, den Berliner Frauen solch ein Prachtbild von Mann vorzusetzen, während die eigenen Männer in so bedauerlichem Zustand seien. Sie stellte die Kameralinse ein und begann zu arbeiten, machte mehrere Fotos vom Captain, der die neuen Maßnahmen erläuterte, mit denen der Flughafen sicherer gemacht werden sollte. Es war eine perfekt orchestrierte Rede. Er betonte darin die wachsenden Mengen Essen und Versorgungsgüter, die die Flugzeuge in die Stadt transportierten, auch die schnelleren Umsatzzahlen, anstatt auf die Gefahren einzugehen, die Flugzeugzusammenstöße und herumfliegende Wrackteile verursachten. Sein Vortrag war sehr eloquent, aber Hanni bezweifelte, dass die Traube der Frauen, die ihren Lippenstift erneuert und sich vor der kleinen Bühne versammelt hatten, auch nur ein Wort davon aufnahm.

»Wie die Lämmer vor der Schlachtbank. Und sie würden sich noch vor ihm hinlegen und ihm das Messer in die Hand drücken.«

Matz rollte übertrieben melodramatisch mit den Augen, aber seine Bemerkung war nicht von der Hand zu weisen. Hanni begann, statt des Captains seinen Fanclub zu fotografieren und stellte scharf auf die strahlenden Augen und halbgeöffneten Lippen.

Der mit Orden geschmückte Colonel, der sich schneller als sein junger Offizier den Weg durch die Menge gebahnt hatte, grinste, während er sie beobachtete.

»Er ist eine richtige Waffe, nicht? Hoffen wir, dass ihm die Sowjets genauso viel Aufmerksamkeit schenken wie die Berliner *Fräuleins*.«

Hanni schenkte ihm ein Lächeln, das offenkundig nicht so herzlich war, wie er es sich erhofft hatte, und legte einen neuen Film ein, während Captain Miller sich zur Presse vorarbeitete. Es dauerte etwas, bis er sich durch die entgegengereckten Hände, die er schütteln musste, und durch die Zettel, die ihm die kichernden Damen für ein Autogramm hinstreckten, gearbeitet hatte, aber sein Lächeln wankte keine Sekunde.

Hanni stimmte in den begeisterten Aufruhr, der seine Ankunft begleitete, nicht ein. Sie blieb im Hintergrund und schoss ein Foto nach dem anderen, während der Captain mit den Presseleuten ebenso charmant umging wie mit seinen aufgeregten Bewunderinnen zuvor. Er hörte genau zu und antwortete mit unverbrüchlich guter Laune auf ihre Fragen.

Die Gefahren schwer beladener Transportflieger, die auf einem Flugplatz landen sollten, der von fünfstöckigen Wohnhäusern umgeben war und dessen Landebahnen in so schlechtem Zustand waren, dass sie teilweise zwischen zwei Landungen erneuert werden mussten, wischte er mit einer Geste als »Das gehört alles zum Job« beiseite. Kein Zweifel: Die Amerikaner hatten den richtigen Mann zum Sprecher erkoren.

Dann endeten die Fragen, und plötzlich richtete sich sein Lächeln direkt auf Hanni. Es war schwer, sich davon nicht überwältigen zu lassen. Oder davon bezaubert zu sein, wie er sofort forderte, sie solle ihn Tony nennen.

»Ihre Hingabe an Ihre Arbeit ist sehr schmeichelhaft, Miss, aber sicher haben Sie genug Film auf mich verschwendet. Vielleicht können wir stattdessen das Bodenpersonal fotografieren? Schließlich sind sie es, die die schweren Transportflüge abwickeln.«

Hanni senkte die Kamera. Tonys Aufmerksamkeit aus so großer Nähe war einschüchternd. Sein Aussehen eines Filmstars war auch in Nahaufnahme perfekt, und seine dunklen Augen ließen in ihrem Kopf sofort Klischees entstehen. Sie hatte noch nie jemanden getroffen, der sie so intensiv ansah. Sein fester Blick, der sich mit ihrem verhakte, schloss alle anderen aus.

Wir nennen ihn auch den Zirkusdirektor ... Keiner zieht eine so großartige Schau ab wie er.

Die Erinnerung kam aus dem Nichts und ließ sie zurücktaumeln. »Zirkusdirektor« war auch einer der Spitznamen ihres Vaters in Theresienstadt gewesen. Sein Charme hatte dazu beigetragen, den echten Schrecken dieses Ortes zu verschleiern, und seine Kunstfertigkeit mit der Peitsche hatte ihn gleichzeitig erhöht. Es war ein angstbesetzter Name für einen angsteinflößenden Mann, und er hatte hier nichts verloren.

»Schon gut; die hohen Absätze sind bei den Schlaglöchern etwas ungeeignet.« Sie lehnte Matz' stützende Hand ab und riss sich zusammen. Es schockierte sie, wie verletzlich sie war und wie leicht sie im Geiste ein offenes Lächeln und charmantes Verhalten zu etwas Düsterem umwandeln konnte.

Hat er es bemerkt? Sollte ich mich bei ihm entschuldigen?

Ein Hauch von Irritation glitt über Tonys Gesicht. Hanni hatte keine Ahnung, wie sie den unangemessenen Vergleich, der ihr in den Sinn gekommen war, hätte erklären sollen, also hob sie die Kamera und lenkte von sich ab.

»Ja, sicher. Das Bodenpersonal. Großartige Idee. Aber vielleicht können Sie mit ihnen zusammen posieren? Damit ich ein Foto von allen Stars zusammen machen kann?«

Matz, der Hanni noch nie so enthusiastisch erlebt hatte, wie sie sich jetzt gab, sah sie mit hochgezogen Brauen an. Tonys Miene hatte sich hingegen aufgehellt. Er ließ die anderen zurück und ging Hanni voraus zu einer Gruppe Arbeiter in Overalls, die geschäftig zwischen einem kurz zuvor gelandeten Flugzeug und den höhlenartigen Hangars des Flughafens hin und her wuselten. Aus der kleinen Tasche, die er über der Schulter trug, zog er Zigarettenpäckchen heraus, die in Berlin wieder einmal die stabilste Währung waren. Die Männer grinsten und schlugen sich auf die Schultern, vor allem, als Tony bei den schweren Kisten mit anpackte. Hanni versteckte sich wieder hinter ihrer Kamera, und durch die viel natürlicheren Fotos, die sie jetzt machen konnte, fühlte sie sich sofort besser.

Am Ende der für den Besuch veranschlagten Stunde hatte sie Fotos im Kasten, von denen sie wusste, dass *Die Neue Zeitung* begeistert wäre, und ihre Emotionen hatte sie auch wieder ihm Griff. Als Tony sich ihr erneut zuwandte, beschloss sie, seine Aufmerksamkeiten zu genießen, anstatt ihnen zu misstrauen.

»Als Dank für diese Arbeit habe ich einen Aufenthalt von achtundvierzig Stunden bewilligt bekommen, anstatt sofort zum Stützpunkt nach Faßberg zurückkehren zu müssen. Ich habe noch nichts von der Stadt gesehen, obwohl ich seit Wochen hin und her fliege. Normalerweise kommen wir aus Tempelhof gar nicht raus, weil wir zwischen den Landungen und Abflügen so wenig Zeit haben. Deshalb will ich keine Minute verschwenden. Essen Sie heute Abend mit mir? Zeigen Sie mir ein bisschen was von Berlin, als Abwechslung zum Flughafen?«

Sofort wollte Hanni ablehnen. Obwohl die Verbrüderung zwischen deutschen Zivilisten und Soldaten der Alliierten nicht mehr verboten war, nahm Hanni nie Einladungen von Engländern oder Amerikanern an. Sie nahm fast gar keine Einladungen an.

Und das muss sich ändern.

Sie war fünfundzwanzig; sie sollte weniger arbeiten und mehr Spaß haben, wie ihre Vermieterin ihr auch regelmäßig sagte.

Und mich mit Männern treffen, die nicht Freddy sind.

Es war ein unbehaglicher, fremdartiger Gedanke. Zwei Jahre lang hatte sie versucht, ihr Leben so hinzubekommen, dass darin ein Platz für Freddy wäre. Es hatte nicht geklappt, und allzu oft sah sie keine Möglichkeit, wie es jemals klappen sollte.

Sie hantierte an der Linse herum. Tony wartete auf ihre Antwort; sein attraktives, erwartungsvolles Gesicht war ihr zugewandt.

Frau Greber wäre begeistert von ihm. Wenn ich mit ihm ausginge, hätte sie genug herzerwärmenden Redestoff für eine ganze Woche.

Vielleicht würde ihr ein harmloser Flirt guttun. Vielleicht würde er ihr Herz ein bisschen heilen lassen. Und vielleicht würde er ihr helfen, nicht mehr in allem Reiner zu erkennen und alle charmanten Männer als Monster zu betrachten.

»Na gut, ja.«

Ihre Antwort klang linkisch und zu direkt. Tonys Miene

schwankte zwischen Stirnrunzeln und einem Lächeln, und kurz fragte sie sich, ob er seine Einladung zurückziehen würde.

Sie atmete tief durch und versuchte es noch einmal. »Ich meine, ja, ich würde gern mit Ihnen zu Abend essen. Danke.«

Sein Lächeln war so schnell wieder da, dass Hanni sich unwillkürlich darüber freute. Vielleicht würden ein paar der unsicheren *Vielleichts* ja fortbestehen, wenn er sie weiterhin so anlächelte.

KAPITEL 3

16. AUGUST 1948, ABEND

Er hatte nicht erwartet, dass alles gleich aussähe, aber doch, dass er eine Art der Zugehörigkeit spüren würde.

Tony wusste, was die Bombenangriffe in Berlin angerichtet hatten – schließlich war er selbst einer der Piloten gewesen, die diesen Schrecken über die Stadt gebracht hatten. An den Tagen der Bombardements selbst waren die Staubwolken zu undurchdringlich gewesen, um irgendetwas unter den Explosionen erkennen zu können, aber er hatte die Fotos und die Nachrichtenschauen gesehen und war über den Schaden informiert worden. Tony hatte sich gegen den Verlust einiger Wahrzeichen der Stadt gewappnet. Trotzdem war er davon ausgegangen, dass er seine eigene Geburtsstadt wiedererkennen würde. Die Realität war ein Schock. Es war nicht mehr seine Stadt; er erkannte sie nicht mehr wieder. Er war von Mitternacht bis zum Morgengrauen hindurchgewandert und hatte sich so oft verlaufen, dass sich ihm alles drehte.

Nichts in Berlin war mehr dort, wo es sein sollte, nichts war mehr gleich. Straße um Straße war in leere Ödnis verwandelt oder umbenannt worden, die deutsche Identität unter englischen Bezeichnungen oder den kyrillischen Zeichen verschwunden, die er nicht entziffern konnte. Die eleganten Kaufhäuser mit ihren Atrien unter Kuppeln, ihren Kandelabern und den kuscheligen Teestuben, die nach Schokolade dufteten – und in denen seine Mutter ihn gezwungen hatte, in kratzigen, feinen Kleidern zu sitzen – waren verschwunden. Soweit Tony sehen konnte, boten die alten Berliner Kaufleute inzwischen ihre Waren in düsteren Räumen mit durchhängenden Regalen feil. Und die neuen Kaufleute legten ihre Waren neben geschwärzten und durchlöcherten Bahnhöfen oder in unkrautüberwucherten Plätzen aus, wo früher geschäftige Büros und Restaurants gewesen waren. Handel war zu etwas Flüchtigem und Freudlosem geworden, und er verabscheute ihn. Die Stadt hatte ihren Glanz verloren, und das verabscheute er noch mehr.

»Zuerst die Bombenangriffe, danach die zerstörerischen Granaten, vor allen in den letzten Tagen, als der Kampf von Straße zu Straße übersprang. Berlins Herz setzte aus, und die Blockade hat bisher verhindert, dass es wieder schlägt.«

An der Stelle hatte Hanni mit ihren Erklärungen aufgehört. Keiner von beiden kam auf den Anteil zu sprechen, den amerikanische Flugzeuge an der Zerstörung gehabt hatten. Sie hatte Tony nicht direkt gefragt, ob er je etwas anderes als Brot in die Stadt geflogen hatte. Er hätte ihr auch nicht die Wahrheit gesagt. Nur weniges belastete Tonys Gewissen, aber Erinnerungen an die Bombenangriffe über Berlin, die er 1944 geflogen hatte, konnten ihn immer noch nachts, in kalten Schweiß gebadet, aus dem Schlaf aufschrecken lassen. Er hatte nicht daran teilnehmen wollen – trotz des Leids, das seine Familie hatte ertragen müssen, war er der Stadt gegenüber noch verpflichtet –, aber welchen Grund hätte er nennen können, um fernzubleiben? Als Pilot war er für die Air Force zu wertvoll gewesen, um ihn zurückzulassen. Ihm selbst war es zu wichtig gewesen, an dem Heldenimage des Amerikaners festzuhalten, das er erschaffen hatte, um vorzuschlagen, woanders eingesetzt zu werden. Er war in das Cockpit gestiegen und dorthin geflogen, wohin er befohlen wurde, als wären diese Angriffe nicht anders als die anderen, in denen er sich seinen Ruf erworben hatte. Das war ihm nicht leichtgefallen.

Leipzig oder Hamburg zu zerstören hatte ihm nichts ausgemacht. Diese Städte hatte er nicht gekannt; ihre Bürger hatten ihn nicht interessiert. Er konnte die Menschen, die unter dem Albtraum, den sein Geschwader auf sie herunterregnen ließ, als Nazis abtun, die ihr Schicksal verdient hatten. Aber Berlin ... am Ende hatte es ihn fast fertig gemacht und seiner Karriere beinahe ein Ende gesetzt. Einmal hatte er oben am Himmel eine mit Gänseblümchen übersäte Wiese und ein Foto voller lächelnder Gesichter vor Augen gehabt, und in dem Moment hatte er vergessen, wie man eine Maschine flog. An dem Tag war sein Sekundant der Held gewesen, und Tony war »übermüdet«, wie es der Militärarzt brüsk bezeichnete. Danach hatte sich eine Erholungsphase angeschlossen, in der er bei einem Psychiater gewesen war, den Tony leicht hatte an der Nase herumführen können, und er war in eine Abteilung für Öffentlichkeitsarbeit und Pilotenrekrutierung versetzt worden, in der er sich als sehr gut bewiesen hatte.

Es war nur ein kurzer Zwischenfall gewesen; Tony hatte sich schnell wieder gefasst. Er setzte seinen Charme ein – wie er gelernt hatte, eine ebenso wertvolle Waffe wie Nervenstärke –, um seinen Ruf zurückzugewinnen. Die Erfahrung über Berlin hatte er weggepackt und sich gesagt, dass der Blumengarten, in dem ein Junge namens Aaron Fangen gespielt hatte, schon lang zerstört gewesen war, bevor er die Bomben abgeworfen hatte. Dass die geliebte Familie durch grausamere Hände als seine gestorben war. Das hatte geholfen. Und wenn doch nicht, wenn die Wut zu heiß brannte, hatte er immer noch ein anderes Gegenmittel.

Die Wut brannte auch jetzt, was kaum überraschend war, denn auf dem Flug von Amerika hatte er sie genauso umklammert wie seinen Rucksack. Und die verwirrenden neuen Wege Berlins zu durchwandern und die Zerstörungen zu zählen, ließ sie noch heißer lodern. Die Löcher, wo Gebäude hätten stehen sollen, klafften vor ihm. Die Löcher, die dort waren, wo seine Schwester und seine Brüder hätten sein sollen. Er brauchte dringend ein Mittel, um seine Wut über die leeren Stellen zu bezähmen, und fragte sich, ob Hanni dieses Mittel sein konnte.

Hanni war ihm auf den ersten Blick als leichtes Ziel ins Auge gefallen, vor allem, weil sie sich als bemerkenswert vertrauensvoll erwies. Sie hatte seine Geschichte vom Fremden in der Stadt als einzigen Grund, sich ihre Gesellschaft zu wünschen, akzeptiert. Sie hatte zugelassen, dass er sie nach dem Essen nach Hause brachte, obwohl die Straßen dunkel und unbeleuchtet waren und niemand da gewesen wäre, der sie hätte retten können. Es hätte auf der Hand gelegen, Hanni als Lösung zu sehen. Bloß hatte sich Tony noch nie für das Offensichtliche erwärmen können. Außerdem hatte er im Lauf des Abends, den sie zusammen verbrachten, begriffen, dass er Hanni Winter mit größerer Vorsicht behandeln musste, als er anfangs für nötig gehalten hatte.

Hanni war nicht irgendeine anonyme junge Frau in einer anonymen Stadt. Sie arbeitete für die Polizei. Sie hatte Kollegen, die sich um sie sorgten, und eine Vermieterin, die nicht nur wusste, dass sie zum Abendessen ausgegangen war, sondern auch mit wem. Das machte sie zu einem Risiko, und Tony war viel zu gut bei dem, was er tat, um Risiken einzugehen.

Außerdem erzählte sie mit ihren Fotos gern Geschichten, oder zumindest hatte sie das beim Essen erwähnt. Hanni wusste es nicht, aber ihre Äußerung »Die Art, wie man seine Geschichte erzählt, ist entscheidend – mit Bildern genauso wie mit Worten« hatte sie gerettet. Gut erzählte Geschichten, das hatte Tony schon gelernt, öffneten Türen genauso geschmeidig wie Charme. Also war Hanni nicht die Lösung für seine Wut gewesen, aber irgendjemand musste es sein.

Tony hatte Hanni sicher zur Haustür gebracht und war dann weitergegangen.

Es musste nicht unbedingt ein Mädchen oder eine Frau sein, es musste niemand Spezielles sein. Am Ende war es ein Junge. Ein unauffälliger, zu dünner Junge, der allein durch die menschenleere Straße ging. Er fragte mit einer leicht besoffen und verschlafen klingenden Stimme nach einer Zigarette. Er war zu langsam, sich zu wundern, weshalb Tony hinter ihm hergekommen war. Zu langsam, um an der Schlinge zu ziehen, als sie sich um seinen Hals legte. Innerhalb von Sekunden war er schlaff und leblos gewesen.

Es gab kein Blut – Tonys Methoden waren mittlerweile viel effizienter als in den Tagen, als er seine Fäuste und Füße eingesetzt hatte. Danach war alles ruhig. Die Wut verließ seinen Körper mit dem letzten Atemzug des Jungen, und Frieden füllte ihn aus, was das beabsichtigte Ergebnis war. Aber das angenehme Gefühl hielt nicht lang an. Das tat es nie. Der Junge war nur ein weiteres Opfer in einer langen Reihe von Morden, nach denen sich Tony genauso schnell wieder leer fühlte, wie sie ihn zuvor erfüllt hatten.

Weil in meiner Tat außer der unmittelbaren Erleichterung kein Sinn liegt, dabei hatte ich mir hier mehr erwartet.

Der Gedanke kam aus dem Nichts. Er brachte ihn dazu, stehenzubleiben und nachzudenken, wie er es noch nie getan hatte. Er brachte ihn dazu, neben dem Leichnam des Jungen in die Knie zu gehen und ihn sich genau anzuschauen.

Der Junge lag auf der Seite, sein Haar hing ihm über das Gesicht. Er sah friedlich aus. Friedlicher, als Tony sich fühlte. Das war nicht richtig und auch nicht das, was Tony erwartet hatte. Plötzlich begriff er, dass in der Stadt zu töten, aus der er vertrieben worden war, und in der seine Familie so herzlos in den Tod getrieben worden war, viel befriedigender sein sollte.

Für seinen Verlust eine Form der Wiedergutmachung zu erlangen, war ein Grund für seine Rückkehr nach Berlin gewesen, aber Tony hatte keine Zeit darauf verschwendet, darüber nachzudenken, was das bedeuten könne. Er hatte sich immer nur aufs Töten selbst konzentriert, nicht auf das, was folgte. Ein Leben zu nehmen war ein Reflex gewesen, eine Erleichterung für überreizte Emotionen, ein Instinkt, wie sich zu kratzen, wenn es juckte. Nachdem er jetzt, zurück auf deutschem Boden, seinen ersten Mord durchgeführt und sich nichts geändert hatte, überwältigte ihn die Erkenntnis, dass es hätte anders sein müssen. *Es muss etwas anderes geben* hallte es in seinem Kopf wider. Etwas, wodurch diese flüchtige Erleichterung länger in ihm anhalten würde.

Tony richtete sich auf und sah sich um. Die Straße war leer, aber das hieß nicht, dass sie sicher war.

Er bewegte sich von der Leiche weg, mit langsamen, gleichmäßigen Bewegungen, um keine Aufmerksamkeit zu erregen. Nichts an ihm war auffallend. Er tötete sauber. Seit er die Fäuste gegen ein dünnes Seil ausgetauscht hatte, das er mit sich nahm, hinterließ er keine Spur von sich an der Leiche, und keine Spur der Leiche blieb an ihm zurück. Es waren saubere und schnelle Morde. Aber schnell sein wollte er nicht mehr.

Es ist zu schnell vorbei, und vor allem für mich ist es zu schnell vorbei. Wenn ich Erleichterung will, die länger erhalten bleibt ...

Es fehlte etwas ...

Er sah sich um. Aber erst, als ihn sein Weg zu einem Gebäude führte, dessen Form er tatsächlich wiedererkannte, kam ihm das passende Wort in den Sinn. Es war die Ruine der Neuen Synagoge in der Oranienburger Straße, zu der seine Eltern ihn als Kind zu Messen und Konzerten mitgenommen hatten. Das Wort, nach dem er gesucht hatte, war *Ritual*. Die Religion seiner Kindheit war voll davon gewesen: Die Ernährungsvorschriften, die in der Küche seiner Mutter geherrscht hatten; die Regeln, was beim Sabbath erlaubt war und was nicht; die Textstellen in der Tora, die er für seine Bar Mizwa hatte auswendig lernen müssen. Laut seiner Mutter und seinem Vater verliehen Rituale jedem Lebensabschnitt eine Bedeutung.

Und Bedeutung ist genau das, was diesen Morden fehlt.

Es war, als ob ihm Elkan ins Ohr brüllte.

Sobald dieser erste Moment des Erwachens vorbei war, stürmten andere Gedanken auf ihn ein. Vielleicht sollte er sein Opfer sorgfältiger auswählen. Vielleicht musste eine Art Trauerzeremonie stattfinden. Tonys Puls beschleunigte sich. Er hatte noch keine Lösung, erwartete sie auch noch nicht, aber er spürte, dass sie herannahte.

Sein Kopf schwirrte, als er durch die dunklen Straßen ging. Darin wirbelten Fragen.

Was, wenn es um mehr ginge, als ein unmittelbares Bedürfnis zu erfüllen?

Sollte ich das Muster der Morde ändern, sollte ich die Menschen, die ich töte, nicht zufällig aussuchen?

Was, wenn die Wahl der Opfer eine Rolle spielte?

Was, wenn ihr Tod ...

Er blieb stehen, als ihm ein anderes Wort in den Sinn kam, das sich gleich neben *Ritual* stellte.

Was, wenn ihr Tod eine Wiedergutmachung wäre?

Tony wusste nicht, was *Wiedergutmachung* bedeuten könnte, oder *Ritual*. Aber die Worte festzuhalten und darüber nachzugrübeln, machte es etwas leichter, durch das neugeformte Berlin zu gehen. Er zuckte beim Anblick der Ruinen und der überschriebenen Straßenschilder bei der Rückkehr zum Flughafen Tempelhof nicht mehr zusammen. Er war blind gegenüber den Ständen des Schwarzmarktes und den Männern, die sich dort versammelten und auf einen neuen Tag des Geldverdienens vorbereiteten.

Sie kommen mir so verloren vor, Captain Miller. Sie sehen aus wie ein Mensch fern der Heimat.

Wie Tony das gehasst hatte. Am liebsten hätte er den

Psychiater, der ihn nach der Bombardierung Berlins behandelt hatte, dafür ermordet. Aber er hatte nach Hause gewollt, das stimmte. Nicht, um die Müllers wiederzufinden. Tony hatte nach dem Kriegsende nachgeforscht. Er wusste, dass sie in Deportationszügen in die Lager, in die Hölle transportiert worden waren. Also nicht, um die Lieben wiederzufinden, die er verloren hatte, sondern um seine Geburtsstadt für alles zahlen zu lassen, was sie ihm gestohlen hatte.

Dieses unbemerkte, heimliche Herumirren in Berlin war nicht die Heimkehr, die er sich ausgemalt hatte. Lange nach seinem Weggang hatte Tony sich vorgestellt, zu einem herzerwärmenden Willkommen zurückzukehren, mit tränenreichen Umarmungen und Entschuldigungen seines Vaters. Dann war der Krieg gekommen, und die Nazi-Maschinerie war mit einer Grausamkeit gegen die Juden in Europa vorgegangen, die nicht einmal Tony, der die Partei immer schon hasste, erahnen konnte. Ein Ausmaß an Grausamkeit, das seine Familie ausgelöscht hatte, aber nicht seine Liebe, oder sein Bedürfnis, die Tiefe dieser Liebe zu beweisen.

Und jetzt habe ich vielleicht einen Weg gefunden.

Als er zum Flughafen zurückkam, auf dem schon die Vorbereitungen für die Flüge des Tages im Gange waren, hatte Tony ein neues Ziel und die Grundzüge eines Plans vor Augen. Adrenalin pumpte durch ihn hindurch. Er lief zum nächsten Hangar und bot sich für den ersten Flug an; seine zweitägige Freistellung war vergessen.

Eine halbe Stunde später war er schon am Himmel und sah auf die Stadt hinunter, über der das Flugzeug mit brummenden Motoren immer weiter in die Luft stieg.

Die Straßen waren vielleicht zerstört, aber das bekümmerte Tony nicht mehr. Er würde sie sich wieder zu eigen machen.

KAPITEL 4

17. AUGUST 1948

»Die Frau, die ihn gefunden hat, dachte, er sei besoffen. Bis sie ihm genauer ins Gesicht schaute.« Freddy trat von der Leiche zurück und machte Platz für Hanni mit der Kamera. »Normalerweise hätte sie sich einem Besoffenen gar nicht genähert, aber sie hat einen Sohn im gleichen Alter.«

»Das muss ein furchtbarer Schock gewesen sein.«

Freddy beobachtete Hanni, die um den Jungen herumging und das Haar mit einem Stift aus seinem Gesicht strich, genauso vorsichtig wie er es getan hatte. Sie hatte recht: Freddy bezweifelte, dass die Frau, die den grausigen Fund gemacht hatte, es schon überwunden hatte. Frau Klemm hatte sich, als er mit ihr redete, ein bisschen beruhigt, aber nach den Worten des diensthabenden Polizisten, an den sie sich gewandt hatte, war sie ganz hysterisch gewesen, als sie in die Wache gestürmt war.

»Zuerst hat das, was sie sagte, gar keinen Sinn ergeben. Sie drängte nur immer wieder, ich müsse seine Augen schließen, weil er aussah, als sei er vor Angst gestorben.«

Freddy verstand, warum sie das gesagt hatte. Es war unmöglich, im Ausdruck des Jungen keine Angst zu erkennen, oder wie jung ihn diese Angst aussehen ließ. Freddy fand es schlimm, dass die letzten Augenblicke im Leben des Jungen so klar zur Schau gestellt waren. Er wäre Frau Klemms Wunsch gern nachgekommen, aber seine Ausbildung hielt ihn davon ab. Die roten Flecken im Weiß der Augäpfel und die dazu passenden blutroten Pünktchen in der Haut, die clusterförmig von den Lidern bis zu den Brauen verliefen, waren Indizien, die Hanni einfangen musste. Er wartete schweigend, als sie es tat, und beobachtete, wie sie mit der Kamera langsam den Leichnam aufwärts dokumentierte, bei dem braunen, kreisförmig eingeprägten Mal am sehnigen Hals des Jungen und zuletzt seinen blickleeren und entstellten Augen innehielt. Als sie sich seine blutunterlaufenen Augen genauer ansah und schwer schluckte, so wie er selbst zuvor, wusste Freddy wieder, weshalb er, abgesehen von persönlichen Gründen, Hanni als Tatortfotografin ausgesucht hatte. In seinem Team war kein Platz für jemanden, der eine Leiche anschauen konnte, ohne die Person zu sehen, die sie zuvor gewesen war, ganz gleich, wie oft er oder sie schon zu einem Leichenfund gerufen worden war.

Als könnte sie je so gefühllos sein.

Schon bei ihrer ersten Begegnung hatte Freddy ihre Güte wahrgenommen. Immerhin hatte Hanni ihn korrigiert und ihm beigebracht, von der Person und nicht der Leiche zu sprechen, als sie zu ihrem ersten Mordopfer gerufen worden waren. Hanni hatte die geschlossenen Türen zu seiner Vergangenheit wieder geöffnet und ihn daran erinnert, dass es immer Raum für Mitgefühl gab, auch in dieser Welt noch. Sie hatte sein verletztes und gebrochenes Herz in die Hand genommen. An Gefühlen hatte es Hanni nie gemangelt.

»Es weist nichts auf Raubüberfall hin.«

Freddy konzentrierte sich wieder auf den Fall, als Matz mit der Durchsuchung der schäbigen Jacke des Jungen fertig war und aufstand.

»Er wäre auch nicht das Ziel dafür. So wie er aussieht – und riecht –, hat er schwere Zeiten hinter sich. Er hat keine Papiere bei sich, in seinen Taschen war nichts außer ein paar Münzen. Falls er eine Börse hatte, bezweifle ich, dass viel drin war.«

»Es gab auch keinen Kampf.« Hanni richtete sich langsam wieder auf. »Es gibt keine Spuren an ihm außer im Gesicht und am Hals. Seine Hände sind rau, aber an seinen Fingernägeln sehe ich keine Risse und nirgendwo Kratzer. Ich denke, deine erste Annahme wird von meinen Fotos und dem Pathologen bestätigt werden – dass es ein vorsätzlicher Mord war und das Opfer keine Zeit hatte, sich zu wehren.« Sie blickte den Jungen wieder an. »Der Streifen um seinen Hals stammt von einer Schnur, nicht? Das Mal ist zu schmal und zu gleichmäßig, um von Hand beigebracht worden zu sein. Habt ihr es gefunden, was immer es auch war?«

Freddy schüttelte den Kopf. Hanni legte einen neuen Film in ihre Leica ein und begann, die inzwischen gesperrte Straße zu fotografieren, auf der der Leichnam gefunden worden war. Er hatte sich das Pflaster bereits angesehen und nichts gefunden. Trotzdem ließ er sie kommentarlos weiterarbeiten. Das scharfe Auge der Kamera hatte schon einige Male Dinge gesehen, die niemand von ihnen bemerkt hatte.

»Was hältst du davon?« Matz tat die abgegriffenen Münzen in einen Beutel und gab sie einem der wartenden Forensiker. »Außer, dass es ein eigenartiger Fall ist.«

Genau das dachte Freddy auch, und er konnte nicht so tun, als beinhaltete das Wort »eigenartig« nicht auch einen gewissen Reiz. Der Mordfall, an dem sie im vergangenen Jahr zu dritt gearbeitet hatten, war auch eigenartig gewesen und hatte ihn an seine Grenzen geführt. Er hatte ihm auch einen Orden und den Ruf eines Helden eingebracht, und er hatte zwar so getan, als sei ihm das peinlich – für einen Polizisten, der erst so kurz im Dienst war wie er –, aber eigentlich hatte es ihn begeistert. Und nun stand er vor einem neuen ungewöhnlichen Fall und damit vor der Chance, seine Fähigkeiten zu beweisen.

Freddy sah auf die Leiche hinunter, und es gelang ihm, keinen seiner Gedanken auszusprechen. Es war kein neutral geschilderter Fall aus dem Lehrbuch; es gab ein Opfer, und ganz gleich, wie ungepflegt und verloren der Junge wirkte, irgendwo gab es jemanden, der vielleicht bald trauern würde. Es war nicht der richtige Zeitpunkt und nicht der richtige Ort, um Vorfreude zu empfinden.

Er nickte Matz zu, der sein Notizbuch aufgeschlagen hatte und schon am Bleistift leckte, um Freddys Anweisungen zu notieren. »Eigenartig ist eine gute Bezeichnung. In Berlin werden viel zu oft Jungen getötet, das wissen wir alle, aber normalerweise richten Messer oder Fäuste den Schaden an, nicht Strangulation. Diese Methode wird eher von eifersüchtigen Ehemännern oder unter Familienmitgliedern verwendet. Der nahe Körperkontakt, der bei einer Strangulation nötig ist, macht das Ganze persönlich und laut den Studien, die ich gelesen habe, ist immer große Wut nötig, um das zu tun.«

Freddy ging in die Hocke und versuchte, über die letzten Minuten des Jungen herauszulesen, was möglich war. Abgesehen von den Augen war es nicht leicht. Wenn man sie schloss und die Haarsträhne wieder über die Stirn strich, würde er vollkommen friedlich aussehen, und nichts an der Szene würde zu erkennen geben, dass ihm der Tod gewaltsam zugefügt worden war.

»Es sieht nicht nach blinder Wut aus, und Morde aus Eifersucht oder unter Paaren finden normalerweise eher zu Hause statt als im Dunkeln auf der Straße.«

Freddy hielt inne, richtete sich wieder auf und blickte auf eine Notiz, die er selbst aufgeschrieben hatte: *Warum an dieser Stelle?*

»Es sei denn ...« Er hielt erneut inne, nicht sicher, ob sein Gedanke zu der Szene passte, die er vor sich sah.

»Es sei denn, was?«

An Hannis Stimme erkannte er, wie sie gerade blickte. So

wie sie schaute, wenn sie in seiner Stimme eine Nuance wahrnahm, die er nicht einmal selbst bemerkt hatte. Das war der Grund, weshalb sie so gut zusammenarbeiteten.

Es ist der Grund, weshalb alles zwischen uns beiden so wunderbar laufen könnte.

Er schüttelte den Gedanken ab. Es war genauso wenig der richtige Zeitpunkt und der richtige Ort, seine Sehnsüchte wieder zuzulassen, wie für irgendwelche Vorfreude.

Er sah weiter auf den Jungen hinunter, als er antwortete. »Ich bin mir nicht ganz sicher, aber nicht nur die Mordmethode passt nicht. Der Tatort auch. Schau mal, wo wir hier sind: Die Heimstraße ist knapp fünf Minuten von der Wache entfernt – es ist direkt in unserem Revier. Vielleicht nur Zufall, oder der Täter ist ein Ortsfremder, der nicht wusste, wie nah bei der Polizei er war, oder ...«

»Oder die Gegend spielt eine Rolle, und der Mörder hat damit eine Art Botschaft hinterlassen.«

Hanni war Freddys halbgaren Gedanken gefolgt, während Matz sich noch darüber wunderte.

»Warte, ich kann nicht folgen. Was meinst du mit Botschaft, Hanni? Meinst du, der Junge hat eine Verbindung zu einem anderen Fall? Oder zu jemandem, der auf der Wache arbeitet?«

»Ich weiß nicht. Beides wäre möglich, schätze ich.«

Hanni sah zu Freddy herüber, der Matz genauso zurückhaltend antwortete wie sie, um nicht eigene Theorien zu verwerfen, solange sie noch nicht überprüft waren.

»Hanni hat recht, das sind zwei Spuren, die wir verfolgen sollten. Aber was ich eigentlich sagen wollte, war etwas anderes. Ich wollte sagen, dass es noch andere Arten von ›Familien‹ mit so engen Bindungen gibt. Banden zum Beispiel – die verwenden auch oft das Wort Familie für sich. Dieser Junge ist ein ziemlich verwahrloster Bursche, einer von der Straße, wie sie von den

Marktleuten gern als Laufjungen eingesetzt werden. Wenn er ein Bandenmitglied wäre und der Mord etwas damit zu tun hätte, könnte er vielleicht als eine Art Drohung oder Warnung hier abgelegt worden sein ... Ich weiß nicht ... Vielleicht besteht die Gefahr, dass ein Revierkampf ausbricht. Vielleicht ist es ein Zeichen für uns, uns nicht in ihre Angelegenheiten einzumischen.«

Er hielt inne, plötzlich wurde ihm bewusst, dass im Gegensatz zu ihm weder Matz noch Hanni aus einer Welt stammten, in der Banden je eine Rolle gespielt hatten. Aber seine Unbeholfenheit führte dazu, dass er viel harscher als nötig auf Hannis Stirnrunzeln reagierte, mit dem sie seine wackelige These quittierte.

»Banden? Sind die wirklich eine Bedrohung? Ich meine, ich weiß, dass die Marktkinder in Gruppen zusammen herumhängen und dass es Konkurrenz unter den einzelnen Gruppierungen gibt, aber ein Bandenkrieg und ein Mord als Warnung, um die Polizei abzuschrecken? Ist das nicht ein bisschen dramatisch?«

Er wirbelte zu ihr herum – er konnte sich nicht beherrschen. Ihre Naivität machte ihn plötzlich wütend. »Dramatisch? Das kann nur jemand sagen, der ein sehr angenehmes Leben geführt hat. Zu deiner Information, vor dem Krieg gab es Ringvereine in jedem Arbeiterviertel in Berlin, und sie hatten Tausende Mitglieder über die ganze Stadt verteilt. Die Schlachten, die sie sich in den Zwanzigern und Dreißigern in den Straßen geliefert haben, um die Kontrolle über die Straßen zu erlangen, waren vielleicht nicht ganz mit denen in Chicago vergleichbar, aber sie waren gewalttätig. Und die Banden hatten Polizisten in allen Diensträngen gekauft ...«

Er riss sich zusammen, als Hanni die Lippen zusammenkniff.

»Entschuldige, der Ausbruch hat mit alten Wunden zu tun, nicht mit dir, und er war unpassend. Warum solltest du etwas darüber wissen? Ich wollte dich nicht belehren oder beleidigen.«

Ihr Ausdruck entspannte sich, und Freddys Magen beruhigte sich wieder. Er hielt es nicht aus, wenn er sie aus der Fassung brachte. Wenn er ihr wehtat, spürte er es selbst, und daran konnte er nichts ändern. Es war außerdem nicht der richtige Zeitpunkt, ihre verworrene persönliche Beziehung hereinspielen zu lassen.

Er hustete kurz und verschanzte sich wieder hinter der Professionalität, die er an den Tag legte, um in ihrer Gegenwart zu funktionieren. Und er gab vor, die Verletzung in ihren Augen nicht zu sehen.

»Aber um deine Frage zu beantworten: Ja, ich halte sie tatsächlich erneut für eine mögliche Bedrohung. Die Nazis haben die Ringvereine verbannt und die meisten ihrer Anführer im Gefängnis getötet, aber die Banden sind nicht einfach verschwunden, zumindest nicht in Vierteln wie dem, in dem ich aufgewachsen bin. Mit den ersten Schwarzmärkten sind sie nach Kriegsende wieder aufgetaucht. Und jetzt könnten die Blockade und die Schwierigkeiten mit den Sowjets der perfekte Nährboden sein, dass ihre Zahl wieder zunimmt. Das Problem ist, dass immer mehr Bürger in die Fänge der Kriminalität geraten, wenn sie überleben wollen. Außerdem macht es uns die getrennte Polizeiarbeit über die Grenze zwischen West und Ost hinweg schwerer, Fährten in den Ostsektor zu verfolgen, sobald wir eine Spur haben.«

Matz – der während der Diskussion zwischen Hanni und Freddy mit den Füßen scharrte – schaltete sich ein, als das Gespräch sich vertrauteren Gefilden zuwandte. »Das stimmt, ich habe es auch gesehen. Einige der besser organisierten Gruppen haben anscheinend gelernt, die Teilung der Stadt zu ihren Gunsten zu nutzen. Sie mischen auf jeden Fall bei der Versorgung des Flughafens Tempelhof mit. Es hat dort ein paar heftige Schlägereien gegeben, auch wenn die Amerikaner das ungern zugeben. Einer der Männer, die angegriffen wurden, wurde fast tot in seiner Wohngegend abgelegt.«

»Genau. Die Bande, die für jenen Angriff verantwortlich war, hat daraus eine Drohung gemacht.« Freddy sah erneut auf den Jungen hinunter. »Deshalb kann das alles Mögliche bedeuten, es kann aber auch eine gesetzte Spielkarte sein. Wenn die neuen Banden so strukturiert sind wie die alten, ist die Belohnung dafür, Mitglied zu sein, enorm, aber die Bestrafung, wenn jemand eine Linie überschreitet, ist brutal. Und beim letzten Mal waren viel zu viele Polizisten mit ihnen verbündet, und das wollen wir auf keinen Fall wiederholen.«

Er unterbrach sich. Hanni sah ihn so intensiv an, als wolle sie seine Gedanken lesen. »Warst du in einer Bande?«

Die Frage war zu direkt, um sie nicht ehrlich zu beantworten. Er versuchte, die Antwort mit einem Lächeln abzumildern. Dadurch fühlte er sich aber nicht besser.

»Ja. Kurz. Ich bin nicht besonders hoch gestiegen; ich war noch ein Kind, auch wenn ich herumstolzierte und Köpfe einschlagen wollte. Aber ich hatte ältere Freunde. Besonders einer von ihnen ist aufgestiegen, und er könnte immer noch ...«

Er konnte den Gedanken genauso wenig zu Ende führen wie den begonnenen Satz. Plötzlich wusste er nicht mehr, wo er war.

»Freddy? Geht es dir gut?«

Die Frage wurde mit Hannis Stimme gestellt, das registrierte sein Kopf. Aber er hörte eine andere, leise und drängende Stimme, die die Frage *Geht es dir gut?* in einen Ansporn, weiterzumachen, umwandelte, in den Anreiz, den er brauchte, um nicht zu wanken oder umzukippen.

»Herr Kommissar, der Pathologe ist da. Er muss eingewiesen werden.«

Matz' sachlicher Tonfall half Freddy aus der Trance heraus, in die er getaumelt war, und gab ihm eine Aufgabe, der er gewachsen war.

Leider hatte Hanni nicht vor, ihn so einfach davonkommen zu lassen. Sie wartete, bis Matz und das restliche Team sich entfernt hatten, um sich mit der Leiche und der wachsenden Menge der Gaffer zu befassen, und hielt ihn zurück, als er ihnen folgen wollte.

»Er könnte immer noch was?«

Er wollte nicht antworten. Seine Bodenhaftung im Jetzt war nicht stabil.

»Nichts. Nichts Wichtiges.«

Jeder andere hätte seinen knappen Tonfall als Verärgerung aufgefasst und nicht mehr weiter gefragt. Jeder außer Hanni; sie kannte ihn zu gut.

»Was ist es? Was hältst du zurück?«

Geh weg, das hier kannst du nicht brauchen.

Er war noch zu sehr von seinen Erinnerungen erschüttert, um die Güte in ihrer Stimme aushalten zu können.

Er blickte über ihre Schulter hinweg auf der Suche nach Matz und einem guten Grund, sich zu entfernen. Matz stand am Einsatzwagen bei der Leiche, die inzwischen auf einer Liege lag, aber sobald Freddy versuchte, diese Richtung einzuschlagen, stellte sich Hanni ihm erneut in den Weg.

»Was ist los, Freddy? Befürchtest du, dass dein Freund immer noch in etwas Kriminelles verwickelt sein könnte? Ich verstehe, dass das nicht ideal ist, aber wäre es nicht den Versuch wert, mit ihm zu sprechen, wenn dieser Mord eventuell mit Bandenkriminalität zu tun haben könnte? Er könnte dir vielleicht Zugang verschaffen.«

»Nein, ich kann nicht ... Ich weiß nicht, wie ... unmöglich.«

Seine Stimme versagte. Hanni trat näher. Er roch den schwachen Blumenduft in ihrem Haar. Er wusste nicht, ob seine Knie ihn noch halten konnten.

»Das ist noch etwas von früher, nicht?«

Früher. Bei ihr klang das Wort so einfach, dabei wussten sie beide, dass es das nicht war.

Er schüttelte den Kopf, um sowohl die Erinnerungen zu stoppen, die aus den dunklen Ecken hervorkrochen, in die er sie verbannt hatte, als auch ihren Fragen ein Ende zu setzen. Aber Hanni ließ sich nicht aufhalten.

»Stell dich dem nicht allein, Freddy, mach das nicht mehr.«

Er hatte nie vorgehabt, sich dem zu stellen, und erst recht nicht mit Hanni. Zumal seine vorherigen Versuche, sich zu öffnen und zu zeigen, nur zu ihrem Rückzug geführt hatten.

Freddy sah hoch, obwohl er es nicht wollte. In ihren Augen lag so große Wärme, und ihre Arme waren dicht vor ihm.

Was, wenn es dieses Mal anders wäre? Wenn wir dieses Mal zueinander durchdringen könnten?

Er wusste, dass es ein Fehler war, es zu versuchen. Er wusste, dass das, was Hanni immer noch zurückhielt, ihre eigene Kriegsgeschichte zu enthüllen, größer war als alle Gefühle, die sie für ihn haben mochte. Dass sich die Kluft zwischen ihnen mit jedem neuen Detail vertiefte, das sie über die Schreckensgeschichte, die er selbst durchlebt hatte, erfuhr.

Auch wenn mich der Schmerz, sie zu enthüllen, näher zu ihr bringt.

Plötzlich erinnerte er sich an einen Moment früher im Jahr, als Hanni in seinem Büro in seine Arme gestürmt wäre, wenn nicht Matz hereingeplatzt wäre.

Damals wollte sie mir helfen, das weiß ich. Sie wollte einen Teil der Last von mir nehmen.

Und nun war die Vergangenheit wieder da, und sie war nicht auszuhalten. Wieder stand Hanni vor ihm, die ihn am besten kannte. Freddy schüttelte so viel von der Angst ab, wie er konnte. Dann nickte er.

»Ja, es ist von früher. Aber ich weiß nicht, ob mein Freund ... überhaupt noch lebt. Ich wüsste nicht, wie das möglich sein sollte.«

Er schluckte hart, aber sein Schluchzer drang dennoch durch seine Kehle.

»Als ich ihn zum letzten Mal gesehen habe, wurde er aus Buchenwald auf den Todesmarsch geschickt.«

»Ich hätte nicht überleben dürfen. Ich wollte nicht überleben.«

Bei Freddys ersten Worten begriff Hanni, dass von ihr nichts weiter als Schweigen erforderlich war. In dem Abgrund, der auf das Wort *Buchenwald* folgte, zerfaserten ihre Gedanken. Sie hatte nur noch »nicht hier« antworten können.

Dann hatte sie Freddy zu einem kleinen Café um die Ecke geführt, Kaffee bestellt und sich gegen eine Geschichte gewappnet, von der sie wusste, dass sie viel schlimmer war als die bruchstückhaften Einblicke in sein Leben, die er ihr zuvor gegeben hatte. Sie hätte sich gern dagegen gewehrt, es zu hören, hätte die Art, wie er es berichtete, gern beeinflusst, damit sie die Wucht besser in Schach halten könnte. Es hatte sie ihre ganze Selbstbeherrschung gekostet, ihn nicht mit Fragen zu bestürmen, während sie auf die Kellnerin warteten. Sich klarzumachen, dass es dieses Mal nicht um *ihre* Gefühle ging. Dass es um Freddys Leid ging, nicht um ihres. Ein Teil von ihr hätte sich dem Gespräch gern ganz entzogen. In ihrem Kopf drehten sich die Gedanken *Ich kann das nicht* und *Ich bin nicht gut genug dafür*. Dann hatte Freddy ihr zum ersten Mal, seit sie die Heimstraße verlassen hatten, ins Gesicht geblickt, und aus *Ich kann nicht* war *Ich muss* geworden.

Hanni schenkte ihnen Kaffee in die Tassen ein. Sie schob den Zucker über den Tisch. Ein ermutigendes Lächeln brachte sie nicht zustande – das hätte auch zu oberflächlich gewirkt – aber sie nickte ihm zu, und diese Geste gab ihm seine Sprache zurück.

»Ich konnte mir nicht vorstellen, ohne meine Familie weiterzuleben. Ich bekam das Bild nicht mehr aus dem Kopf, wie meine Mutter und meine Schwester auf den Marsch geschickt wurden. Und ich konnte mir nicht verzeihen, am Leben zu sein, wenn ... wenn ...«

Das Wort lag ihm wie ein Felsbrocken im Mund.

Hanni streckte die Arme über den Tisch, bis ihre Fingerspitzen seine berührten. Er bemerkte es nicht. Er sah sie nicht an. An seinem in die Ferne gewandten Blick erkannte sie, dass er nicht mehr im Café war, sondern an jenem Tag im Februar 1943, als er alles verloren hatte, und er würde sie beide aus dem Sonnentag in den Abgrund führen. Als er fortfuhr, sprach er so leise, dass sie sich über den Tisch beugen musste, um ihn zu verstehen.

»Die Stille, nachdem sie weggeschickt worden waren, war ... riesig. Die Kolonne marschierte davon, der Lärm der Stiefel, der Peitschen und der Hunde verschwand, und es war, als hätte ich das Ganze nur geträumt. Ich sah, wie die Soldaten das Gebäude leerten. Ich sah meine Mutter, die Renny trug, und die Hunde, die nach ihren Waden schnappten. Dann waren sie weg, und da war nur noch die Straße. Es hätten Blitze, Donner und Sturmwind da sein müssen. Irgendein Bruch in der Welt hätte ihren Weggang markieren müssen. Aber nichts. Dann wurde ich zu einem Nichts, und das wollte ich auch bleiben.«

Er schwieg. Er entfernte sich von ihr, und Hanni konnte nichts tun, außer auf seine Rückkehr zu warten.

Freddys Wunsch, einfach zu verschwinden, ging nicht in Erfüllung, obwohl er auf dem regennassen Kopfsteinpflaster gelegen und mit aller Kraft darum gebetet hatte zu sterben. Wenn der gelbe Stern an seiner Jacke, der Menschen auf Abstand halten sollte, seinen Zweck erfüllt hätte, hätte er es geschafft. In Berlin hätte es am 27. Februar 1943 nirgendwo sicher sein sollen. SS-Obersturmbannführer Adolf Eichmann hatte den Befehl erlassen, alle Arbeitsstätten der Stadt von Juden zu befreien, und die Gestapo und die SS waren durch die Firmen und Werkstätten der Stadt geschwärmt, um ihn umzusetzen. Freddy erwischten sie aber nicht: Ein Fieber, das ihn ans Bett gefesselt hatte, und eine Warnung hatten seine Ergreifung verhindert. Seine Eltern, sein Bruder Leo und seine kleine Schwester Renny, die noch ein Wickelkind gewesen war, hatten weniger Glück.

Freddy dachte, er hätte den Retter, der ihn fand, abgewehrt. Hätte ihn jemand danach gefragt, hätte er gesagt, er habe um sich getreten und versucht, die Hand, die ihn auf die Füße zog, zu beißen. Diese Version wollte Freddy jedenfalls glauben, in Wahrheit hatte er sich aber gegen niemanden gewehrt, außer im Kopf. Dazu hatte er nicht mehr die Kraft gehabt.

Als sein unbekannter Schutzengel Freddy beim Portier des Jüdischen Krankenhauses in der Schulstraße abgab, rechnete niemand dort damit, dass er die Nacht überleben würde. Als er schließlich aus dem Koma, das ihn eine Woche lang umfangen hatte, erwachte, sagte die Krankenschwester, die an seinem Bett stand, zu ihm, er habe den Verlorenen gegenüber die Pflicht, am Leben zu bleiben. Er drehte das Gesicht zur Wand und sah sie nicht an. Sie kam darauf jeden Morgen wieder und gab ihm denselben Befehl, bis er schließlich aufgab und zustimmte, dass er es versuchen wolle. Es war kein leicht errungener Sieg gewesen.

Das Jüdische Krankenhaus hatte Freddy am Leben gehalten und ihm ein Jahr lang Logis gewährt. Es war der sicherste Ort, an dem er hatte sein können. So unmöglich es seinen Bewohnern auch vorkam, war das Krankenhaus ein Ort, der aus der Zeit gefallen war, ein fast sicherer Hafen zum Schutz vor dem Sturm, der sich draußen zusammenbraute. Völlig ignoriert wurde die Anlage dabei nicht; es gab regelmäßige behördliche Inspektionen, die für jeden mit verdächtigen Papieren oder einer schlecht durchdachten Lebensgeschichte fatal ausgehen konnten. Damals war Freddy wieder zum Patienten geworden; die Ärzte, denen er sein Leben verdankte, sorgten dafür, dass die Krankheit, an der er litt, ihm die Befragungen ersparte. Abgesehen von diesen Besuchen war das Krankenhaus aber weitgehend unbehelligt geblieben. Sein Versuch, diese eigenartige Tatsache zu erklären, brachte ihn wieder zurück ins Hier und Jetzt zu Hanni.

»Das Jüdische Krankenhaus, in dem ich damals landete, war wie eine Oase, von den Verfolgungen, die die restliche Stadt im Griff hatten, unberührt. Keiner von uns verstand, wieso es so war, auch wenn wir alle eine Theorie hatten. Manche der Krankenhausbelegschaft und der Patienten dachten, die Nazis hätten trotz größter Anstrengungen noch keinen Weg gefunden, uns alle aus Berlin zu vertreiben. Es gab nur wenige Taschen, in die sie nicht greifen konnten. Die alten Männer mit Orden aus dem ersten Weltkrieg hatten einen Schutzstatus. Und den Männern, die mit nicht-jüdischen Frauen verheiratet waren, die sich auch nicht von ihnen trennten, hatten eine Art Schutzschild durch die Frauen und deren Kinder, sogenannte *Mischlinge*. Die Nazis hassten sie genauso wie uns, aber sie hassten auch die Vorstellung, dass sich Krankheiten in der Stadt ausbreiten könnten, vielleicht haben sie das Krankenhaus deshalb erhalten. Sie mussten uns medizinische Versorgung zukommen lassen, bis sie ausgearbeitet hätten, wie sie uns umbringen konnten.«

Über das Wort *umbringen* wäre er fast gestolpert, aber er machte weiter, während Hanni schweigend daneben saß und mühsam ein- und ausatmete.

»Oder vielleicht war nicht das der Grund, sondern Geld. Im oberen Stockwerk gab es Zimmer, in die wir nicht hineingehen durften. Gerüchteweise hieß es, die Namen der Patienten dort – Rothschild und Oppenheimer – hätten noch immer so viel Macht, dass sie die Nazis abhielten. Ich weiß nicht, was stimmte. Ich hörte schnell genug auf, nach den Gründen zu fragen, wie alle anderen auch. Aus welchem Grund auch immer, das Jüdische Krankenhaus hielt sich wacker, und ich mit ihm. Ich hatte keine andere Wahl. Keiner dort ließ zu, dass ich starb oder einfach verschwand. Alle hatten jemanden in den ›Umsiedlungen‹ oder durch die Züge verloren, aber keiner sprach vom Tod. Es gab die Übereinkunft, dass die Familien einfach ›weg‹ waren und ›wiederkämen, sobald der Wahnsinn vorbei‹ wäre.«

Er zog kopfschüttelnd eine Grimasse, als Hanni etwas dazu sagen wollte.

»Du verstehst es nicht. Dieses Leugnen hat nicht geholfen. Wir sagten uns diese Sätze wie Beschwörungen immer wieder gegenseitig vor, bis wir alle darauf hereinfielen, und das ist der Punkt, an dem ich abgestürzt bin. Ich glaubte, ich sei unantastbar. Und wegen dieses dummen Irrglaubens ging ich hinaus aufs Gelände des Krankenhauses – genau das sollte ich nicht tun. Ich wünschte, ich könnte eine bessere Entschuldigung liefern als, dass Sommer war und die Sonne schien oder dass ich jung war und ein bisschen Spaß sowie ein kühles Bier wollte. Nicht dass Entschuldigungen irgendeine Rolle spielten, sie hätte mich so oder so eingefangen. Ein Blick auf sie – im Garten gegenüber dem Krankenhaus hat sie gesessen mit ihrem Blondhaar und gelächelt – und ich bin ihr einfach so in den Schoß gefallen.«

Freddy hielt inne, rieb sich über das Gesicht und sammelte sich wieder.

»Ich traf Stella, oder sie mich, und all die Lektionen, die ich in fast zehn Jahren gelernt hatte, waren vergessen. Das ist das Schlimmste daran. Ich vergaß, dass Jude zu sein, bedeutete, ständig in Gefahr zu schweben. Dass niemand ohne Grund mit einem Fremden ein Gespräch anfing, und dass die Spione der

Gestapo alle Figuren und alle Größen haben konnten. Das alles war mir so selbstverständlich wie das Atmen, aber innerhalb von fünf Minuten vergaß ich es. Danach ... ein Flirt im Schillerpark führte zu einem Getränk in einer Bar. Und daraus wurde ... tja, Prügel im Gefängnis Plötzensee und eine Fahrt in einem Frachtzug aus Berlin hinaus. Und dann ...«

Er hielt inne, und dieses Mal konnte er nicht weitersprechen, und er blickte irgendwohin, wohin ihm Hanni nicht folgen konnte.

Hanni wusste, dass Freddy ihr seine Geschichte straffer erzählt hatte, als die Dinge wirklich geschehen waren. Sie wusste nicht, dass er sie nur so, gestrafft, erzählen konnte. Weil es ihm körperliche Übelkeit bereiten würde, wenn er bei einer der Einzelheiten länger verweilen würde.

Hanni sah die Lücken, konnte sie aber nicht auffüllen. Sie hatte keine Vorstellung von den Schrecken, die Freddy ausließ – wie auch? Sie hatte ihnen nie so unmittelbar gegenübergestanden wie er, nicht einmal in Theresienstadt. Dort hatte Hanni Grauenhaftes gesehen, aber sie war immer einen Schritt weit von den Auswirkungen entfernt gewesen. Ob es ihr gefiel oder nicht, sie selbst war Teil der herrschenden Elite gewesen. Sie wäre nie die Beute der Jäger geworden, und sie hatte keine Ahnung von den Fähigkeiten dieser Verfolger oder Erfahrung damit, wie sie die schutzlosen jüdischen Männer und Frauen gefunden und gefangen hatten, die versuchten, vor den Nazis versteckt zu bleiben.

Selbst wenn Freddy versucht hätte, ihr die ganze Geschichte zu erzählen, hätte er ihr nicht erklären können, wie allein, hilflos und verängstigt er war. Ihm hätten die Worte gefehlt, mit denen er hätte beschreiben können, wie groß sein Schock gewesen war, als Stella mit einem Schütteln ihres Haares den Männern im dunklen Mantel ein Zeichen gegeben hatte, die daraufhin aufstanden. Oder die lähmende Angst, die ihn befiel, als er weglaufen wollte, aber jede Lücke von einem

Stuhl oder einem ausgestreckten Arm verstellt wurde. Er hätte Hanni nicht klarmachen können, wie es war, als er versuchte, sich mit Worten vor der Verhaftung zu retten, aber viel zu viel Blut in seinem Mund gewesen war. Oder wie verzweifelt er darum gekämpft hatte, den Kopf hochzuhalten, als sie ihn aus dem Transporter ins Gefängnis scheuchten, bis der üble, tierhafte Gestank dort Würgereiz in ihm hervorrief und die Schläge ihn zuletzt dazu brachten, nach seiner Mutter zu heulen.

Es hätte Hanni das Herz gebrochen, wenn er es irgendwie hervorgebracht hätte. Wenn er ihr die Wahrheit über die Schmerzen und die Erniedrigung erzählt hätte, oder, wie schnell es ihm gleichgültig geworden war, nachdem ihn die Wächter erst einmal vom Menschen zum Spielzeug degradiert hatten. Oder wenn er den vollgestopften Viehwagen beschrieben hätte, in dem er an andere Körper gedrängt stand, die genauso von offenen Wunden übersät waren wie seiner, als sie vierhundertachtzig Kilometer weit weg in ein hügeliges Gelände bei Weimar gebracht wurden. Zu einem Lager mit dem Motto *Jedem das Seine* auf dem Eingangstor.

Diese Worte sprach Freddy tatsächlich laut aus. Hanni hörte sie, begriff aber sein Schaudern nicht, als er sie aussprach, genauso wenig, wie sie das restliche Elend verstanden hätte. Es schien eine ganz einfache Aussage zu sein, aber als er sie aussprach, verfärbte sich sein Gesicht grau. Hanni begriff aber, dass sie ihn nicht in einer so offensichtlichen Agonie stecken lassen konnte. Also umfasste sie seine Hände, zog sie zu sich, sah ihm in die Augen und sagte: »Sag mir, warum dir das so wehtut«, und »bitte«, bis er nicht mehr länger schweigen konnte.

»Weil das Motto – das jedem zuspricht, was er *verdient* hat – im Lager eine ganz bestimmte Bedeutung hatte. Es reduzierte uns und machte aus uns bloße Kreaturen, fremdartige Wesen, die keinen Anspruch auf Menschlichkeit *verdient* hatten. So haben uns die Nazis gesehen; so haben sie uns behandelt. Ihr Ekel und ihr Hass lagen in jedem Befehl, den sie ausgaben. Darin, wie sie uns unser Haar und unsere Namen wegnahmen. Darin, wie sie in jeder verabreichten Prügel schwelgten und in jeder Foltermethode feierten, die sie ersannen. Davon gab es so viele, dass der Wald um das Lager, in dem sie die schlimmsten ihrer Spiele abhielten, und den wir bald den singenden Wald nannten, jede Nacht von Schreien widerhallte.«

Er zwang sich erneut zum Innehalten. Hanni bemerkte, dass ihr Handrücken nass von ihren Tränen war, die darauf gefallen waren. Dieses Mal ließ sie jedoch nicht zu, dass er aufhörte.

»Mach weiter. Bitte. Erzähl mir den Rest auch noch. Ich halte es aus.«

»Nein.« Er schüttelte den Kopf, als sie es wiederholte. »Ich weiß, dass du denkst, du könntest es aushalten, aber das stimmt nicht. Ich lasse nicht zu, dass du es versuchst. Der Ort war wie Gift, und ich will dich nicht dorthin mitnehmen. Du musst verstehen, dass Buchenwald ein Albtraum war, den niemand überleben sollte – wir waren nur dort, um uns zu Tode zu schuften. Es reicht, wenn du das weißt. Und dass ich keinen Monat überlebt hätte, wäre ich in einen der Steinbrüche geschickt worden, in denen Häftlinge aus Buchenwald arbeiteten. Diesem Schicksal bin ich entkommen, und nur Gott weiß, wie. Stattdessen wurde ich dem Nebenlager Mittelbau-Dora zugewiesen, und dort einer Rüstungsfabrik. Ich will nicht so tun, als wäre es dort nicht brutal zugegangen. Wir haben Vierzehn-Stunden-Tage gearbeitet und bekamen Rationen, die nur für eine Stunde reichten. Aber es war die gleiche Arbeit, die ich in Berlin gehabt hatte, und Elias war da. Und das war mein Glück, mehr als alles andere.«

Er hielt kurz inne und schüttelte den Kopf, aber nicht ihr gegenüber. »Das war auch ein Wort, dessen Bedeutung im

Lager ich neu lernen musste. Hier draußen reden wir immer davon, *Glück* zu haben, so nebenbei, aber dort drinnen hat es alles bedeutet, wie fadenscheinig das enthaltene Versprechen auch sein mochte.«

Freddys Stimme hatte sich gefestigt. Hanni schloss daraus, dass Glück ein tragfähigeres Thema war, und riskierte es.

»Ich verstehe, dass du nicht die schlimmsten Teile dessen, was du erlitten hast, nochmal durchlaufen willst, aber kannst du mir das mit dem Glück erklären?«

Dass er sich nicht wieder zurückzog oder sich weigerte, bedeutete ihr mehr, als sie ihm sagen konnte.

»Das war am Ende das, was zählte. Das, was mich am Leben erhalten hat. Ich weiß nicht. Vielleicht gibt es noch andere Gründe, weshalb ich es überstanden habe. Ich wollte unbedingt leben, und ich hatte Fähigkeiten, für die ich ein paar Gramm Brot extra einhandeln konnte, die meinen Körper funktionieren ließen. Aber wir wollten alle unbedingt leben, und viele von uns hatten Fähigkeiten. Überlebensdurst und Sprachtalent halfen, machten mich aber nicht zu etwas Besonderem; im KZ machte mich nichts zu etwas Besonderem. Ich glaube wirklich, entscheidend war das Glück – und das hatte ich. Die Arbeit, zu der ich eingeteilt wurde, war nicht schwer oder gefährlich. Ihr einfacher Rhythmus verhinderte Fehler, die mir Erschlagen oder Erschießen hätten einbringen können. Und der Vormann, der meine Abteilung leitete, war kein herzloser Kapo, also ein Gefangener, der als Aufseher arbeiten wollte oder dazu ausgewählt worden war, und den die Angst, das bisschen Privileg zu verlieren, das er hatte, brutal machte. Sondern es war Elias Baar.«

Als er den Namen aussprach, lächelte Freddy plötzlich, und zum ersten Mal, seit sie sich gesetzt hatten, wurde Hanni leichter zumute. »Erzähl mir von ihm.«

Dieses Mal hielt Freddy nichts zurück, und er hob den Kopf.

»In dem Viertel, in dem ich aufgewachsen bin, war er eine Legende. Und ihm hat meine jugendliche Angeberei genug Spaß gemacht, dass er mich in die Bande Immertreu aufgenommen hat. Das war ein Arm der Ringvereine vor Ort und er war der Anführer. Den Namen hatte er selbst gewählt, denn *immer treu* war das Motto, nach dem er lebte. Ich kann dir nicht die Freude beschreiben, die ich empfand, als ich sein Gesicht wiedersah. Ich glaube nicht, dass ich so etwas noch einmal spüren werde. Denn Elias war Familie. Wir hatten einander Eide geschworen, als ich zur Immertreu kam. Mein Überleben war ihm wichtig, und mir seines. Dass Elias dort war, machte mich wieder zu einem Menschen. Deshalb hat mehr als nur meine körperliche Hülle überlebt.«

Freddy hielt inne und schluckte, verfiel aber nicht wieder in Schweigen.

»Wir machten keine Versprechungen – nur ein Narr hätte in einem Konzentrationslager welche gemacht. Es stand nie zur Debatte, dass einer von uns sein Leben opfern würde, um das des anderen zu retten. Aber jetzt gab es einen Grund, Hilfe zu geben, wo es möglich war. Es gab einen Grund, wachsam zu sein, auch wenn die Gefälligkeiten, die wir austauschten, notgedrungen nur Kleinigkeiten waren, und zudem gut versteckt. Elias war schon länger in Buchenwald, und er konnte mich auf die medizinischen Untersuchungen vorbereiten, bei denen Versagen den Tod bedeutete. Er fragte mich, ob es mir gut ginge, und dieses Bisschen Fürsorge hat mich vorangebracht. Er riet mir, den Kopf hochzuhalten und an den Wächtern, die nach Schwäche Ausschau hielten, vorbei zu laufen, nicht zu gehen, auch wenn mein Körper vor Hunger brüllte und jeder Schritt eine Pein war. Er sagte: ›Schau mich an, nicht die‹, und hielt den Blickkontakt aufrecht. Und ich gab ihm einen Teil der Extra-Brotrationen, die ich von den Wachen als Bezahlung für die Russisch-Lektionen bekam, weil ich sie überzeugt hatte, dass sie ihnen das Leben retten konnten, wenn die sowjetische

Armee näherrückte. Es funktionierte und hielt uns am Leben. Wir haben einander bis zu den letzten Tagen nicht aus den Augen und aus dem Sinn verloren. Bis die Alliierten so nah am Lager waren, dass wir das Gewehrfeuer hören konnten. Dann wurde das Lager Mittelbau geschlossen, und wir mussten nach Buchenwald zurückmarschieren. Und Elias ...«

Freddy blieben die Worte weg, und er keuchte um Luft, als würden die Bilder ihn ersticken.

Hanni wäre gern um den Tisch herumgeeilt, um ihn in die Arme zu ziehen, aber sie wagte es nicht. Stattdessen streichelte sie ihm über die Hand und sprach so sanft, wie sie ihn berührte.

»Du bist nicht mehr dort, Freddy, und ich bin hier.«

Das war genug, sie drang zu ihm durch. Er blinzelte, und es gelang ihm, den Satz zu beenden und den nächsten zu beginnen.

»Elias wurde auf den Marsch aus dem Lager geschickt, aber ich war zu krank, um zu gehen. Er ist gegangen, ich bin geblieben. Wir wurden getrennt. Wir konnten uns nicht verabschieden, es fehlten Zeit und Ort. Es war kaum Zeit für ein Winken. Und was den Marsch selbst angeht ...«

Hanni umschlang seine Finger mit ihren, als ihn seine Geschichte erneut niederstreckte. »Lass es, du brauchst es nicht zu sagen. Ich weiß darüber Bescheid.«

Das stimmte. Die Todesmärsche brauchten nicht erklärt zu werden. Die Einzelheiten des Todesmarsches aus Buchenwald im April 1945 waren in den Zeitungen beschrieben worden, die über die Gerichtsverhandlung gegen den Lagerkommandanten und seine Wärter berichteten, die vor zwei Jahren begonnen hatte. Achtundzwanzigtausend Gefangene, alle schwach, krank und leidend, waren auf einen dreihundert Kilometer weiten Marsch zu den Krematorien nach Dachau geschickt worden. Den Wärtern war befohlen worden, alle zu erschießen, die zusammenbrachen, und sie hatten den Befehl gnadenlos befolgt und am Wegesrand Tausende Leichen zurückgelassen. Wie die

Zeitungen es nannten, war es eine Schreckensgeschichte, die einer Schreckensgeschichte folgte, und sie war noch dazu vor aller Augen geschehen. Die Erinnerung brach Freddy schließlich.

»Nein, du weißt es nicht wirklich. Weißt du, die Menschen haben es *gesehen*, Hanni. Sie haben es gesehen und nichts getan. Die Nazis ließen die Gefangenen in Kolonnen durch Weimar marschieren, über Straßen mit Wohnhäusern und Läden. Auf den Straßen lagen offen Leichen mit Kugeln im Genick. Und niemand ist vorgetreten, um aufzubegehren oder zu helfen. Der Krieg war verloren, aber noch immer ist niemand für uns eingetreten.«

Seine Hände und Wangen waren jetzt feucht, und die Leute schauten schon her. Freddy schien es egal zu sein, er konnte nicht aufhören zu sprechen, obwohl auch seine erhobene Stimme Aufmerksamkeit erregte.

»Ich wusste, dass mich die Ruhr, die mich an die Baracken fesselte, mit ebensolcher Wahrscheinlichkeit umbringen würde, wie ihn der Marsch, aber das spielte keine Rolle. Elias hat das Lager ohne mich verlassen, ohne jemanden, der ihn fragte, ob es ihm gut ginge und der ihn anspornte. Ich kann dir nicht sagen, wie sehr ich mich deswegen immer noch schuldig fühle. Aber anscheinend hat keiner der Menschen, die ihn und all die anderen vorbeimarschieren sahen, klapperdürr und nur in Lumpen gekleidet, die Schuld so schwer gespürt wie ich. Das kann ich einfach nicht verstehen, und ich konnte damit nie meinen Frieden machen. *Menschen* lebten in der Nähe von Buchenwald, und *Menschen* haben die Gefangenen marschieren sehen. Dieselben Gefangenen, die zur Sklavenarbeit in ihre Häuser geschickt worden waren, die das Geröll aus ihren Häusern geräumt hatten, nachdem Weimar bombardiert worden war. Waren wir für sie wirklich keine *Menschen*? Wie konnte jemand Zeuge dieses Marsches sein, wie konnte jemand die Wahrheit darüber kennen, was in den Lagern getan wurde – und wie hätten sie es *nicht* wissen sollen, wenn doch der Geruch, der Rauch und die Geräusche daraus überall drum herum wahrnehmbar waren? – und nichts tun? Wie konnten sie dieses Wissen ertragen und nichts sagen?«

Er hielt inne, die Worte wurden leiser, als hätte ihn seine Kraft verlassen, und die Frage hing zwischen ihnen.

Hanni wusste, dass Freddy eine Antwort brauchte. Sie konnte ihm keine bieten. Sie wusste auch, dass er Mitgefühl erwartete, und sie nahm an, dass er erwartete, Schock und Entsetzen bei ihr zu sehen. Sie empfand all das auch so tief, dass es sie innerlich versengte. Aber sie konnte ihm nicht mehr als die unbeholfenen, unzureichende Worte »Es tut mir leid. Es tut mir so, so leid« bieten.

Daran, wie sich sein Gesicht verschloss, sah sie, wie bedeutungslos ihre Worte waren. Wahrscheinlich hatte er sie schon so oft gehört, dass er dagegen taub war – von den Soldaten, die das Lager befreit hatten und die Erschöpfung oder Unverständnis oder Beschämung spürten; von den Mitarbeitenden des Roten Kreuzes, die hilflos die Geschichte seiner verlorenen Familie angehört hatten. Hanni wusste nicht, ob er sie schon auf die Art gehört hatte, auf die sie sie aussprach: schwerwiegend in ihrer Aufrichtigkeit, schwerwiegend in einer Agonie, die ihren ganzen Körper aussaugte. Aber sie bezweifelte, dass das eine Rolle spielte, denn ihre Worte waren dennoch unzureichend, und sie musste ihm mehr anbieten.

»Du hast recht. Keiner hätte schweigen dürfen. Man darf niemandem vergeben. Die Menschen, die so gehandelt haben, sollten bestraft werden, sie müssen bestraft werden. Du verdienst etwas ...«

Sie stolperte über das Wort, dessen Bedeutung in den Schatten von Buchenwald düster geworden war, und sie zog ihre Hände zurück, die Freddy instinktiv näher an sich heranziehen wollte.

»Besseres. Du verdienst etwas Besseres. Und das bin nicht ich.«

Sie stand auf den Füßen und griff nach ihrem Mantel, und noch immer liefen ihr unbemerkt die Tränen über die Wangen.

»Hanni, warte.«

An der Art, wie er sich halb erhob und zitternd die Hände nach ihr ausstreckte, war zu erkennen, dass Freddy nicht wusste, was er tun sollte, außer zu versuchen, den Schmerz abzuschwächen, den seine Enthüllungen so offensichtlich ausgelöst hatten.

»Ich bin derjenige, dem es leidtun sollte. Ich habe dir zu viel erzählt, das war nicht richtig von mir. Es gibt Dinge, die in der Vergangenheit bleiben sollten.«

»Nein.«

Sie hatte ihren Mantel schon angezogen, die Kameratasche hing über ihrer Schulter, und sie hörte nicht auf, den Kopf zu schütteln. »Entschuldige dich nicht bei mir, tu das nie. Du bist nicht derjenige, der etwas Falsches getan hat. Du bist nicht derjenige, der es wiedergutmachen sollte.«

Es ergab keinen Sinn, was sie sagte, und sie bewegte sich zu schnell, als dass Freddy mit ihr hätte mithalten können. Als er zum zweiten Mal »Hanni, warte« rief, drehten sich alle Köpfe im Café zu ihm um, nur ihrer nicht.

KAPITEL 5

24. AUGUST 1948

Ich bin ein Feigling. Mein Vater hatte die ganze Zeit recht damit.
Die Augustsonne und der wolkenlose Himmel fühlten sich wie Hohn an. Hanni war in der Woche, seit ihr im Café bei Freddys Geschichte das Herz gebrochen war, kaum draußen gewesen. Sie hatte diese Tage in ihrem Heiligtum, der Dunkelkammer im Erdgeschoss, verbracht und versucht, sich im sicheren Wechsel zwischen Entwickler- und Wasserbad zu verlieren und hatte stattdessen in einem Teufelskreis immer und immer wieder Freddys Geschichte vom Lager und dem Todesmarsch durchgespielt. Verzweifelt gern würde sie Wiedergutmachung für sein Leid leisten. Sie wusste, dass das niemand konnte, am wenigsten sie selbst. Sie wollte gut genug für ihn sein, wollte die Frau sein, die ihm eine erfreulichere Zukunft bot als die Vergangenheit, die er erlebt hatte. Aber diese Möglichkeit lag so weit außer Reichweite wie der Mond.
Wie konnte jemand dieses Wissen ertragen und nichts sagen?
Freddys Worte konnte sie nicht abschütteln. Sie waren ihr unter die Haut gekrochen und hatten sich dort festgesetzt, legten sich als neue Narben auf die alten. Sie spürte sie, wenn

sie allein war, wenn sie mit ihren Mitbewohnerinnen am Abendbrottisch saß und wenn sie, so wie jetzt, arbeiten sollte. Auch ihre Arbeit bekam sie nicht hin; sie konnte sich nicht konzentrieren oder die Kamera richtig einstellen. Freddys gequälte Bitte hallte lauter in ihren Ohren als alles, was der Colonel oder Tony sagten.

Noch schlimmer war, dass Hanni die gleiche, entsetzliche Äußerung über willentliches Wegsehen schon vorher gehört hatte. Ihr Vater hatte ihr den Vorwurf – deutlich giftiger – gemacht, als die Alliierten im März 1945 Böhmen eingekesselt hatten und Reiner ankündigte, dass er seine Frau und Tochter ihrem Schicksal überlassen werde.

Wie schlimm es sein muss, du zu sein, Hannelore. Alles zu wissen und doch nichts zu tun.

Freddys Worte waren aus Wut und Schmerz geboren, die ihres Vaters Reiner hingegen waren grausam und ironisch gewesen. Seither verfolgte sie sein Vorwurf, Hannis Schweigen über die Gräuel, die sie in Theresienstadt mit angesehen hatte, sei genauso bewusst gewesen wie die Brutalität, die er selbst dort an den Tag gelegt hatte.

Hanni wusste, dass Reiner unrecht hatte; dass die Schuld zwischen ihnen beiden nicht gleich schwer wog. Er, nicht sie, hatte sich der Nationalsozialistischen Partei angeschlossen und sein Leben in Hitlers Dienst gestellt. Als die Nationalsozialisten an die Macht kamen, war Hanni noch ein Kind gewesen. Sie hatte nichts von der Brutalität geahnt, die bald ihr Leben und ihr Land überziehen würde, und sie hatte keine Macht gehabt, sie aufzuhalten. Als sie die Wahrheit erfuhr – über die Welt, in die Reiner eingetreten war, und was seine Entscheidungen aus ihrer Welt gemacht hatten – hatte sie beide gehasst. Und sich geweigert, Teil der Dunkelheit zu sein, in der er lebte. Ihr Vater hatte ihr Leben durch den Weg, den er eingeschlagen hatte, völlig verbogen, aber mit ihr selbst war ihm das nicht gelungen. So sehr er auch das Gegenteil behauptete, wusste

Hanni, dass sie versucht hatte, sich zu wehren. Dass sie in Theresienstadt alle Risiken eingegangen war, die sie konnte, und überlebt hatte. Sie hatte Fragen gestellt und nach der Wahrheit gegraben. Sie hatte Fotos aufgenommen, um die Gräueltaten, die sie mitangesehen hatte, und den Anteil ihres Vaters daran zu belegen. Fotografien, für die sie teuer gezahlt hätte, wenn er sie gefunden hätte. Sie hatte vorgehabt – sie hatte sich *geschworen* –, nach dem Krieg seine wahre Geschichte und die der Stadt zu erzählen. An diesem Punkt hatte ihr Schuldgefühl Wurzeln geschlagen, denn diesen letzten Schritt hatte sie noch immer nicht gemacht.

Reiner war vor seinen Verbrechen geflohen und hatte sich wieder ein neues Leben aufgebaut. Er hatte nicht die Absicht aufzufliegen, und sich als geschickter Gegner erwiesen, als Hanni versuchte, seine wahre Identität zu enthüllen. Er hatte ihr gedroht und versprochen, ihr Leben zu ruinieren, wenn sie seines ruinierte. Er hatte versprochen, er werde die Fotografien, von deren Existenz er inzwischen wusste, gegen sie verwenden, wenn sie ihn denunzierte. Dass er mit ihnen beweisen werde, dass sie Theresienstadt und die hilflosen Insassen auf die gleiche herzlose Art betrachtet habe wie er selbst: als Objekte, die zu ihrer Unterhaltung vor ihrer Linse gestanden hatten.

Das war beängstigend gewesen – was er im letzten Jahr getan hatte, war sogar schreckenerregend gewesen – aber es hatte nicht ausgereicht. Hanni hatte sich geweigert, aufzugeben, also hatte Reiner noch härter gekämpft. Er hatte eine noch schlimmere Angst als die vor dem Ruin ihres eigenen Lebens gesät: Er hatte klargestellt, dass er, wenn sie erneut versuchen werde, ihn zur Rechenschaft zu ziehen, den Menschen Schmerzen zufügen werde, die sie liebte.

Ich kann Menschen mit sehr wenig Aufwand verschwinden lassen – gerade du solltest das wissen.

Sein Versprechen, dass er jeden, der in ihrem Leben wichtig war oder der versuchte, ihr zu helfen, zerstören konnte und würde, hatte funktioniert, weil er bereits bewiesen hatte, dass er das konnte. Folglich hatte Hanni stillgehalten, auch wenn ihr Schweigen an ihrer Seele nagte. Sie hatte Freddy von sich gestoßen, damit er in Sicherheit war, aber die Fotos, die sie gemacht hatte, hatte sie nicht veröffentlicht, ihren Vater und seine Verbrechen nicht angezeigt.

Weil ich auf einen sicheren Moment wartete, der niemals kommen wird. Oder weil ich meine Hoffnung auf eine Ausstellung setze, die ich vielleicht niemals machen werde.

Diese Warterei war nicht genug. Das bewies ihr Freddys Gräuelgeschichte vom Krieg, die sie gehört hatte. Ihr »Es tut mir leid« und das Schweigen, hinter dem sie sich noch immer versteckte, beleidigten seinen Schmerz.

Hanni legte einen neuen Film in die Kamera ein und versuchte, sich auf die Pressekonferenz zu konzentrieren, die sie fotografieren sollte, anstatt auf ihre verwirrenden Gedanken, die sich im Kreis drehten.

Tony beobachtete sie mit einer Intensität, die zeigte, dass er ihre abschweifende Aufmerksamkeit bemerkt hatte. Er sah davon allerdings nicht sonderlich beeindruckt aus. Hanni richtete die Leica auf ihn und streckte den Daumen hoch, was Tony und die ihn umgebenden Kinder dazu brachte, ihre Geste nachzuahmen. Er lächelte wieder, das erleichterte sie. Sie durfte Tony nicht verärgern, solange er ihr vielleicht Aufträge liefern konnte, falls ihre Arbeit für die Polizei weniger werden sollte. Eine solche Veränderung in ihrem Schicksal schien zum ersten Mal, seit sie bei Mordermittlungen mitarbeitete, eine vage Möglichkeit zu sein. Die Ermittlungen im Fall des erdrosselten Jungen, in welchem Stadium sie auch sein mochten, gingen ohne sie voran, und sie konnte niemandem als sich selbst die Schuld daran geben. Schließlich war sie diejenige, die abgetaucht war.

Hanni hatte auch früher schon unter schwierigen Bedingungen mit Freddy gearbeitet und verhindert, dass ihre persönlichen Schwierigkeiten einem Beruf in die Quere kamen, in dem sie gut war. Dieses Mal hatte sie alles falsch gemacht. Sie hätte das Gleiche tun müssen wie in der Vergangenheit auch: die Tatortfotos zur Wache bringen, ihr Arbeitsgesicht aufsetzen und weitermachen. Stattdessen hatte sie Oli mit den Fotos hingeschickt und seitdem mit niemandem, der mit den Fotos und dem Fall zu tun hatte, Kontakt gehabt. Ihr war allzu unangenehm bewusst, wie feige und unprofessionell ihr Verhalten war.

Hanni gehörte dem Mordermittlerteam an, und darauf war sie stolz. Es war ihr immer sehr wichtig gewesen, ihre Berichte und Erkenntnisse selbst zu präsentieren. In ihrem ersten Fall war sie maßgeblich daran beteiligt gewesen, wichtige Spuren zu enthüllen und Zeugen zu befragen, als Freddy einen ruhigen Kopf gebraucht hatte. Vor einem Jahr hatte sie beim Ergreifen eines Mörders die Schlüsselrolle innegehabt. Jetzt war sie sich nicht mehr sicher, ob sie einen Platz in Freddys Team oder in seiner Nähe verdient hatte. Die Zukunft, die dieser Gedanke heraufbeschwor, war düster, nicht nur in persönlicher, sondern auch in beruflicher Hinsicht. Deshalb musste sie sich auf ihren Auftrag konzentrieren und Tony zeigen, dass sie zu mehr in der Lage war.

Es hatte erneut einen Zusammenstoß von Transportflugzeugen gegeben, einen schlimmen Unfall. Zwei amerikanische C-47 waren im Nebel, der auf zu vielen deutschen Flugplätzen herrschte, zusammengestoßen, und die vier Piloten an Bord waren gestorben. Es war nicht über Berlin passiert, aber die Möglichkeit, dass es wieder passieren könnte, hatte trotz aller Versprechen verbesserter Sicherheit die Stadt verängstigt. Die Air Force hatte – wie immer, begriff Hanni – mit Werbemaßnahmen reagiert, in deren Zentrum erneut Tony Miller stand. Und erneut hatte er darum gebeten, dass sie als seine persönliche Fotografin den Tag mit ihm verbrachte. In Anbetracht ihrer möglicherweise gefährdeten Arbeit für die Polizei hatte sie den Auftrag gern angenommen.

Hanni hatte erwartet, dass es ein unkomplizierter Auftrag wäre, eine Handvoll Fotos für die Zeitungen, und dass er schnell erledigt wäre. Aber der Tagesplan war vollgepackt, und Tony schien fest entschlossen, ihn auf die doppelte Länge auszudehnen. Seine ständige Bitte, noch ein Foto zu machen, auf dem das gleiche statische Lächeln zu sehen war wie auf dem vorherigen, war anstrengend.

Das erste Event des Tages, das wieder am Flughafen Tempelhof stattfand, war erneut eine mit Statistiken gefüllte Feier der Erfolgsgeschichte der Luftbrücke. Dieses Mal hatte Tony die wartende Menge nicht gescheucht, sondern die Stunde, die der Besuch hatte dauern sollen, eher auf zwei ausgedehnt, die Kinder mit Süßigkeiten und die Mütter mit seinem Charme überschüttet. Auch seine Haltung gegenüber dem Publikum unterschied sich von der, die Hanni beim ersten Mal beobachtet hatte. Er verteilte seine Aufmerksamkeiten nicht ziellos, sondern konzentrierte sich. Er beugte sich näher zu den Menschen und hörte zu. Er ging auf die Leute zu, anstatt auf ihre Bewunderung zu warten. Er notierte sich Namen und Kontaktdaten und forderte, dass Hanni auch die kleinsten Begegnungen einfing.

Jedes Bild musste schmeichelhaft sein, jede Pose die gleiche. Als endlich das Ende der zwei Stunden herannahte, fühlte sich Hanni mehr wie eine Maschine als wie ein Mensch, und zum ersten Mal ertrug sie den Anblick ihrer Kamera nicht mehr.

In der Absicht, dem Tag doch noch eine Bedeutung zu verleihen, stahl sie sich von den Verabschiedungen weg – bei denen Tony all die errötenden Wangen erneut küsste, die er bereits vorher geküsst hatte – und schlenderte zu einer Stelle, an der eine Bodencrew damit beschäftigt war, ausgeladene Kisten in einen Hangar zu fahren. Freddys Bemerkungen, dass es Banden gäbe, die den Flughafen infiltriert hatten, hatte ihr Interesse angestachelt. Hanni wusste nicht, ob das, was er über Schmuggelei gesagt hatte, stimmte, oder wonach sie Ausschau halten sollte, aber sie schoss trotzdem Fotos und sammelte einen ganzen Katalog Gesichter, die er vielleicht nützlich finden würde. Sie richtete die Kamera auch in die dunkleren Ecken des Hangars.

Niemand schien etwas zu verbergen zu haben, aber Freddys Äußerungen über die Ringvereine und deren mögliches Wiedererstarken hatten sie in Alarm versetzt. Oli und die anderen Straßenkinder taten groß und gaben vor, ihnen wäre alles egal, aber Hanni hatte genug Zeit damit verbracht, sie zu beobachten, um zu wissen, wie verletzlich sie in Wirklichkeit waren. Sie konnte sich allzu leicht ausmalen, wie sie in die nach Art einer Familie strukturierten Banden gezogen werden konnten, die Freddy beschrieben hatte. Und genauso schnell konnten sie auf die schiefe Bahn geraten.

Plötzlich sah sie den strangulierten Jungen mit dem Gesicht von Oli vor Augen, ihre Finger bewegten sich nicht mehr, und sie erschauderte. Sie drehte sich zu einer Crew, die eine weitere Ladung Kisten verlud und auspackte, und hielt Ausschau nach irgendetwas, das hinfiel und zu schnell aufgehoben und weggesteckt wurde. Aber nichts. Hanni fühlte sich albern. Sollte es hier Bandenmitglieder geben, würde sie sie niemals ausfindig machen, und Oli würde nie auf sie hören, wenn sie versuchte, ihn zu warnen, vor allem, wenn hier gutes Geld zu verdienen war.

Aber ich könnte es versuchen, und Freddy vielleicht auch. Vielleicht könnte er für Oli der Glücksbringer sein, der Elias für ihn gewesen war.

Freddy mochte Oli genauso gern wie Hanni. Einmal hatte er versucht, den Jungen zu überzeugen, das Leben auf der Straße gegen einen Ausbildungsplatz in der Polizeiakademie einzutauschen. Oli hatte sich bei der Vorstellung vor Lachen gebogen. Aber immerhin hatte er nicht geleugnet, dass sein Leben härter war, als er es sich wünschte, und das bedeutete wiederum, dass die Tür, durch die man ihn zu greifen bekäme – und Hanni wusste, dass Freddy das genauso sehr wollte wie sie – mindestens ein oder zwei Zentimeter weit offenstand.

Oli zu helfen könnte ein erster Schritt zur Wiedergutmachung sein.

Hanni wusste, dass es eine hauchdünne Hoffnung war, es könnte für Freddy etwas bedeuten. Dass sogar ihren Vater zu denunzieren, in Freddys Augen wahrscheinlich kein Gleichgewicht zu ihrer Vergangenheit herstellen würde, und sie hatte mal geglaubt, das wäre der Schlüssel zu einer gemeinsamen Zukunft mit ihm. Aber es konnte sicher nicht schaden, für Oli etwas Gutes zu tun, und es brächte Freddy nicht dazu, sie noch mehr zu hassen, wenn die Wahrheit irgendwann ans Tageslicht käme.

Die Presseleute gingen auseinander, und Hanni sah, dass Tony sich suchend nach ihr umschaute. Sie ging zu dem Konvoi Jeeps zurück, wobei sie weiter darüber nachdachte, wie sie so einen abgebrühten kleinen Menschen dazu bringen könnte, ein Leben zu führen, das sicherer war. Es war schwer vorstellbar, dass er auf sie hören würde. Als sie zum nächsten Tagesordnungspunkt kamen, war es auch schwer, keine Vergleiche zu ziehen zwischen der neuen Welt, die ihre Gastgeber glaubten, für die Jugend Deutschlands aufbauen zu können, und der, in der zu viele von ihnen wirklich lebten.

Das schäbige Tanzlokal in Steglitz, das sie als Nächstes aufsuchten, war von einer Abteilung des von den Amerikanern geleiteten *German Youth Activities Program* übernommen worden. Hanni schlenderte um die Ausstellung von Handwerk und um die Sportler, die sich präsentierten, herum und hörte nur halbherzig Tonys Anweisungen zu. Es war wieder eine leere Erfahrung. Der zweite Teil des Tages fühlte sich sogar noch gezwungener an als der erste, und es fiel Hanny schwer, die Art fröhlicher und unbeschwerter Fotos zu machen, die Tony wollte. Sie war sich sicher, dass die Bilder, die sie unbemerkt und spontan geschossen hatte und die ihr am besten gefielen, kaum seine Kriterien erfüllen würden. Als der Colonel die typisch amerikanischen Aktivitäten der GYA als »besten Weg, zu verhindern, dass die nächste Generation die Fehler ihrer Eltern wiederholt« beschrieben hatte, waren die Gesichter der deutschen Delegation so schnell erstarrt, als wären sie eingefroren.

Die Kinder machten fröhlich und bereitwillig mit; die Mädchen beklebten die Seiten von Poesiealben und die Jungen spielten Basketball, aber dass Oli hier mitmachen würde, war nur schwer vorstellbar. Coca-Cola und die Hershey-Riegel würde er mögen, aber was den Rest des zur Schau gestellten Lebens anging ... Hanni wusste, dass er es nicht verstehen würde. Der Krieg hatte Oli die Kindheit gestohlen und ihn alt werden lassen. Weder Hanni noch Freddy kannten sein Alter oder wussten, wo und wie er lebte, und sie bezweifelte sogar, dass Tonys Charme sein Vertrauen in die Welt oder die Mächte, die sie beherrschten, wiederherstellen konnte.

Oli würde über sein Strahlelächeln und seine Redegewandtheit lachen. Er würde alles tun, um ihn zu provozieren, und wahrscheinlich würde er das sehr gut hinbekommen.

Hanni senkte die Kamera. Sie hätte genauso gut nur ein Foto von Tony machen müssen, nicht die zwölf, die sie tatsächlich geschossen hatte, denn sie würden mit jedem Hintergrund alle vollkommen gleich aussehen. Es schien überhaupt keine Kanten an ihm zu geben, oder das Spiel von Hell und Dunkel, das einen interessanten Menschen ausmachte. Es war, als wäre er ein Theaterschauspieler, der nur Substanz erhielt, wenn Zuschauer da waren, die ihn beobachteten.

Hanni wusste, dass dieser Gedanke ungerecht war – schließlich kannte sie ihn kaum, und er war bei ihrem Treffen ein charmanter, wenn auch recht verschlossener Gesellschafter gewesen –, aber sie konnte ihr Urteil nur schwer abschütteln.

Sie stieg in den Jeep ein, um zum letzten Halt auf ihrer Tagesordnung zu fahren, und sie hatte nicht vor, noch mehr Film zu vergeuden. Laut Plan war das der Besuch einer örtlichen Schule, in der Tony mit einer ausgewählte Gruppe Kindern und ihren zweifellos hübschen Müttern ein Mittagessen zu sich nehmen sollte, das ganz aus Lieferungen der Luftbrücke zubereitet worden war. Sie waren schon spät dran, vielleicht würde es sich nicht so lang hinziehen. Hanni wollte versuchen, möglichst gelassen zu bleiben. Sie würde Tony folgen und die Leica auf alles richten, worauf er deutete. Er brauchte nicht zu wissen, dass sie nicht vorhatte, noch mehr Fotos von ihm zu machen. Oder dass sie nicht bereit war, künftig solche sinnlosen Aufträge anzunehmen, während richtige Arbeit zu tun war.

Sie konnte nicht von Freddy weggehen, auch wenn es die richtige Entscheidung wäre. Er hatte sich ihr ein weiteres Mal anvertraut und ihr seine Vergangenheit offengelegt. Und Hanni wusste, dass er das nicht so einfach tat. Das Mindeste, womit sie Freddys Offenheit begegnen konnte, war Freundschaft, solange es noch Hoffnung gab. Also würde sie zur Polizeiwache gehen und sich dafür entschuldigen, dass sie ihm nicht mehr Trost gespendet hatte, auch wenn sie nicht erklären konnte, warum sie sich zurückgezogen hatte. Alles andere wäre grausam.

Hanni war so von ihrem Beschluss eingenommen, und so damit beschäftigt, sich selbst davon zu überzeugen, dass ihre Beweggründe nichts mit der unausweichlichen Wahrheit zu tun hatten, dass sie ein Leben ohne Freddy unvorstellbar fand, dass sie als Letzte aus dem Jeep ausstieg und die Begrüßung der wartenden Eltern und Lehrer der Schule verpasste.

Als sie zur Gruppe aufgeschlossen hatte, war Colonel Walker bereits weitergegangen. Er schüttelte einer Gruppe identisch gekleideter Männer die Hände, die er der restlichen

Delegation als »unsere Kollegen von der Erziehungsinitiative im britischen Sektor« vorstellte.

Hanni bewegte sich mit den anderen vorwärts und stellte die Kamera automatisch für das Gruppenfoto scharf. Sie sah kaum in die Gesichter der Männer, als sie die richtige Verschlussblende wählte. Sie hatte schon das erste Foto gemacht, da fiel ihr erst auf, dass ihr die Hand zitterte und das Foto verwackelt sein würde.

Das ist nicht real. Es ist nur eine Lichtspiegelung, oder meine abschweifenden Gedanken haben ihn heraufbeschworen.

Sie hielt die Hand ruhig und stellte erneut scharf. Und der dunkelhaarige Mann, der als Dritter von links stand, sah sie erneut direkt an. Und verwandelte sich mit einem Lächeln in ihren Vater Reiner.

Hanni vergaß, dass sie es müde war, oberflächliche Bilder ohne Inhalt zu machen. Sie war froh, wie eine Maschine zu funktionieren.

Der Nachmittag zog sich ins Unendliche. Sie fotografierte Tony mit den Kindern in einer gestellten Pose nach der anderen. Sie fotografierte die Mütter und die Lehrer und die Köchinnen, die mit verkniffenen Gesichtern Walker zustimmten, dass man aus vorverarbeitetem Essen und getrockneten Kartoffeln tatsächlich ein köstliches Mahl bereiten konnte. Die britische Delegation mied sie.

Sie hatte nicht die Absicht, sich mit ihrem Vater abzugeben; was sollte daraus schon Gutes entstehen? Dann erwischte er sie aber, als sie gerade allein einen Film austauschte, und Hanni konnte nichts anderes machen, als für ihre Gastgeber ein freundliches Lächeln aufzusetzen und abzuwarten, was käme.

»Hannelore – entschuldige, aber ich kann dich einfach nicht Hanni nennen – ist das nicht eine Überraschung? Und wie gut, dass du lächelst, als wäre es noch dazu eine nette.«

Hier kann er nichts machen. Es sind zu viele Zeugen da.

Nicht dass jemand in ihre Richtung sähe. Tony war damit beschäftigt, anschaulich von seiner letzten Landung in Tempelhof zu berichten. Dazu stellte er die Kinder in zwei engstehenden Reihen auf, um zu demonstrieren, wie eng der Landeanflug war, und seine Zuhörer waren ganz gebannt.

»Er ist ein richtiger Tausendsassa, nicht? Es gab eine Zeit, in der ich ihn hätte sehr gut gebrauchen können.«

Die Andeutung, Tony hätte mit einem Nazi zusammenarbeiten können, war gruselig und hätte eine saftige Antwort verdient, aber das Wort *Tausendsassa* verhinderte das. *Der Tausendsassa* war ein weiterer der Spitznamen, den die Insassen von Theresienstadt Reiner neben *Zirkusdirektor* gegeben hatten. Er drückte perfekt seine Fähigkeit aus, Leid und Terror mit einem glänzenden Anstrich zu übertünchen. Und sobald Hanni das Wort hörte, wurde ihr auch klar, was schon den ganzen Tag an ihr nagte. Jeder einzelne Schritt ihres Auftrags war durchgeplant wie für die Bühne. Sie war dazu gebracht worden, Fotos zu machen, die nur eine ganz bestimmte Geschichte erzählten. Von glücklichen Kindern, nicht von Kriegsgeschädigten. Vom Erfolg der Luftbrücke, nicht der Angst und den Belastungen, die sie mit sich brachte. Tony, der Held aus dem Bilderbuch, der keine menschlichen Schwächen hatte. Fragen oder ein Blick unter die Oberfläche waren nicht erlaubt gewesen.

Deshalb dachte ich auch, ich hätte mir Reiner eingebildet: Weil ich schon den ganzen Tag ein Echo von früher wahrgenommen habe.

Und jetzt, da Reiner mit seiner neuen Identität und einem falschen, festgeklebten Lächeln vor ihr stand, war es unmöglich für sie, im Hier und Jetzt zu bleiben und dieses Echo fernzuhalten.

～

»Niemand verlässt die festgelegte Route, und niemand, dessen Identität nicht überprüft wurde, betritt sie.«

Die Rotkreuzdelegation, die den Ort inspizieren sollte, war fast heran, und die Nerven lagen bloß. Jeder im Empfangskomitee, auch Hannelore und ihre Mutter, hatten einen von Reiners Lageplänen bekommen, und man hatte ihnen gesagt, dass sie sich die Route einprägen sollten. Das war nicht schwierig. Die rote Linie, die exakt den Weg markierte, den die Besucher durch Theresienstadt nehmen würden, machte kaum ein Drittel des Komplexes aus.

»Niemand darf frei herumlaufen. Die Autos fahren von einem festgelegten Haltepunkt zum nächsten; sie halten an den roten Kreuzen auf dem Plan und nirgends sonst. Sie werden nichts sehen, das sie nicht sehen sollten. Sie werden mit niemandem sprechen, mit dem sie nicht sprechen sollten. Wir haben zu viel Arbeit in diesen Tag investiert, um irgendwelche Fehler zu tolerieren.«

Reiner unterbrach sich. Er sah Hannelore nicht an, aber sie spürte seinen Blick. Sie wusste, dass es ihm nicht passte, dass sie hier war. Sie war nur anwesend, weil ihre Mutter dabei sein musste, und Talie Foss war, in den Worten ihres Mannes, nicht »die Frau, die meiner Position angemessen ist«. Talie war eine zerbrechliche Kreatur, ihre Bodenhaftung war seit dem Tod von Hannelores kleiner Schwester vor sechs Jahren, 1938, geschwächt. Reiner konnte sich in der Nähe der Delegation ohne Aufsichtsperson nicht auf sie verlassen, und er konnte das nicht eingestehen, also hatte er widerwillig Hannelore dazu auserkoren, dabei zu sein.

»Ohne deinen Fotoapparat, und achte auf deine Haltung, oder ich setze dich in den nächsten Zug hier raus, so wahr mir Gott helfe.«

Hannelore wusste, dass dies keine leere Drohung war, ganz gleich wieviel Bosheit die Verwirklichung auch verlangte. Sie wusste, dass er in ihr nicht mehr die Tochter sah, wenn er sie anblickte, sondern den Dorn in seiner Seite. Das war Hannelore schon, seit Familie Foss im Dezember 1943 in Böhmen angekommen war. Seit sie hinter die mit schönen Vorhängen abgetrennte Bühne getreten war und das Labyrinth stinkender Dachböden und die Verzweiflung gesehen hatte, für die Theresienstadt in Wirklichkeit stand, und seit die letzten Kulissen gefallen waren.

Die ehemalige Garnison war jetzt ein Ghetto und »Heimat« für fünfzigtausend Juden, denen man das Paradies versprochen und stattdessen Qualen und Leid beschert hatte. Hannelore hätte diese Wahrheit nicht herausfinden sollen. Reiner hatte in den sechs Monaten danach versucht, sie fernzuhalten. Es war ihm nicht gelungen. Er hatte es auch nicht geschafft, sie Theresienstadt wieder so sehen zu lassen, wie er wollte, dass sie es tat. Reiner war es müde, es immer wieder zu versuchen, und im darauffolgenden Juni war sie ihm nur noch lästig.

Die Züge mit den Deportierten, die er Hannelore angedroht hatte – die die Insassen von Theresienstadt keineswegs zu den Familienlagern brachten, die man ihnen versprochen hatte, sondern zu den Gaskammern und Brennöfen in Auschwitz – waren aufgestockt worden, weil der Ort für den Besuch des Roten Kreuzes »aufgehübscht« werden sollte. Hannelore wusste, dass er sie ohne Skrupel in einen dieser Züge drängen würde, wenn die Chance bestand, dass er damit davonkam. Sie war immer noch entschlossen, gegen ihn zu kämpfen.

Ihre Kamera hatte sie ganz nach unten in ihre Handtasche geschoben. Sie hatte eine Filmrolle bei sich, die, wenn sie entwickelt wurde, beweisen würde, dass Theresienstadt nicht der sichere Hafen war, als der es dargestellt wurde, sondern ein Ort, an dem die Menschen voller Angst verhungerten. Nur eine weitere Etappe auf dem Weg zu den Todeslagern. Reiner war entschlossen, den Ablauf des Besuchs strikt zu kontrollieren,

Hannelore war genauso entschlossen, einen Schlupfweg zu finden. Keiner traute dem anderen.

Ihre Entschlossenheit allein erwies sich jedoch als bei Weitem nicht ausreichend.

Sechs Stunden später, als die Besucher mit einem Lächeln entlassen wurden, hatte Hannelore versagt. Es hatte kaum einen Augenblick gegeben, in dem sie unbeobachtet gewesen war. Sie hatte einmal den Satz aussprechen können: »Ich bin Fotografin, und ich ...«, da wurde sie schon freundlich unterbrochen. Die Antwort »Das hat Ihr Vater erzählt; was für ein nettes Hobby« war fast wie ein Tätscheln des Kopfes. Danach fand jedes Mal, wenn sie versuchte, sich einem der Besucher zu nähern, um »Kann ich kurz mit Ihnen sprechen?« zu sagen, einer der Wachen einen Grund, sie wegzubringen. Der unentwickelte Film lag am Tagesende immer noch in ihrer Tasche. Ihre Fotos und damit die Wahrheit über Theresienstadt blieben ungesehen. Die Delegierten waren zu sehr geblendet, um zu glauben, dass in einem Ort, der ihnen so glänzend präsentiert worden war, irgendetwas Düsteres sein konnte. Hannelore verabscheute ihre Naivität, aber ihren Vater verabscheute sie noch mehr.

Reiner hatte mit seinen »Verschönerungen«, wie er sie nannte, Theresienstadt erneuert oder zumindest die Teile, die sichtbar waren. Jeder Zentimeter der Route, die das Rote Kreuz zu sehen bekam, war von Dreck gesäubert worden. Die Gehwege waren geschrubbt worden, bis sie strahlten. Über Nacht waren Blumenbeete in allen Farben erblüht. Höfe mit ausgetrockneten, staubigen Böden waren in Rasenflächen umgewandelt worden. Aus einer der riesigen Baracken waren die dreckstarrenden Pritschen entfernt worden, die sonst hineingepfercht wurden, und sie stand jetzt wie ein eleganter Speisesaal da, mit samtgepolsterten Sesseln und gestärktem Leinen. Hinter rosa-weißen Markisen glänzte ein Kaffeehaus. Ein Mann in einem elegant geschnittenen blauen Anzug begrüßte eine Reihe Kunden vor einem Gebäude, das sich als Zentralbank des Orts ausgab. Und ein anderer kehrte den Pfad auf einem Friedhof, wo die Grabmäler so sauber waren, wie sie sich ein trauernder Angehöriger nur wünschen konnte, und die Grabsteine waren auf Hochglanz poliert. Bei jedem der sorgfältig kuratierten Haltepunkte sank Hannelore das Herz noch etwas mehr.

Sie stand neben ihrem Vater, als die Wagen anhielten und die Besucher in genau berechnetem Abstand stehenblieben, und wartete darauf, dass Filmmusik einsetzte. Sie wartete darauf, dass jemand sagte: »Aber das Leben hier ist nicht so, wie man es uns glauben gemacht hat.« Sie fragte sich, wieso niemand außer ihr zu bemerken schien, dass die Gespräche vor dem Kaffeehaus und dem Lebensmittelladen steif und wie vorher aufgeschrieben wirkten. Dass die gierigen Augen der Kinder sich nach so viel mehr sehnten als den winzigen Scheiben Brot, die sie sich, wie befohlen, im Speisesaal genommen hatten. Dass die Grabsteine auf dem Friedhof aus Pappe, nicht aus Marmor waren, und dass das Gras, über dem sie aufragten, gleichmäßig kurz war.

Gar nichts bemerkten die Delegierten. Sie genossen das, was ihnen vorgeführt wurde, und ihr Lächeln war ebenso breit wie das ihrer Gastgeber. Jeder Anblick rief neues Lob hervor. Der Friedhof, der bald wieder nur aus Beton bestehen würde, war »tröstlich«. Die säuberlich aufgeräumten Klassenräume waren »vorbildlich«, und die ungeöffneten Bücher darin eine »hervorragende Wissensquelle«. Sie gingen von dem Schulhaus, das noch vor zwei Tagen ein Slum gewesen war, weiter, und hofften, dass die Lehrer, die dort noch nie unterrichtet hatten und die Schüler, die dort nie gelernt hatten, ihre – wie Reiner erklärte – wohlverdienten Ferien genossen. Sie gratulierten den Bäckern mit ihren weißen Handschuhen zu ihren weichen Brotlaiben. Das Orchester, das ihnen die Serenade vorspielte, bedachten sie mit bewundernden Ooh- und Aah-

Rufen. Als sie ein Fußballfeld erreichten, auf dem gerade ein Spiel gewonnen wurde, freuten sie sich.

Nicht ein einziger von ihnen machte den Versuch, hinter die hübsche Fassade zu blicken. Nicht einer versuchte, durch eine Tür zu treten, die ihnen nicht erlaubt war. Die Alten und Blinden, die in den Dachkammern weggesperrt waren, sahen sie nicht. Die Kranken und Sterbenden, die unbeachtet auf ihren Pritschen lagen, sahen sie nicht. Oder die Listen der Tausenden, die bereits deportiert worden waren.

Hannelore wusste, dass die Delegierten Gerüchte über den Missbrauch in Theresienstadt gehört hatten – die Besorgnis darüber war ja der Grund, weshalb sie um eine Besichtigung gebeten hatten. Als sie keine Spuren davon sahen, stellten sie keine Fragen, sondern akzeptierten die schillernde Fehlinformation, die Reiner zur Schau gestellt hatte.

Sie äußerten sich lobend über die Güter in den Schaufenstern der Läden, über das elegante Café und die Bank, und in die Leere hinter ihren angemalten Fassaden blickten sie nicht. Zufrieden, dass die europäischen Juden in guten Händen waren und dass Hitler und seine Nationalsozialisten »nur das Beste für sie wollten«, gingen sie wieder ihres Wegs. Sie hinterfragten nicht, was das hieß. Und später am Abend, als Reiner mit Sekt und Selbstgefälligkeit abgefüllt war, lachte er über Hannelores Verzweiflung. Wir haben sie an der Nase herumgeführt. Das wurde sein Lieblingssatz. Hannelore konnte ihm nicht widersprechen; lediglich über das »wir« konnte sie diskutieren, über den Rest aber nicht. Reiner, der Intendant, hatte gewonnen.

Und hat zweifellos vor, immer weiter zu gewinnen.

Der Lärm der Kinder, die mit ausgestreckten Armen herumliefen und Flugzeug spielten, zog Hanni aus dem Jahr 1944 wieder zurück nach 1948. Es war eine andere Bühne, aber Reiner – oder Emil, wie er sich jetzt nannte, sie musste es sich merken – zog irgendwie immer noch die Fäden.

»Und schon machst du es wieder – ich sehe richtig, wie sich die Rädchen drehen. Kratzt an dem herum, was längst zu Ende ist, beschäftigst dich mit dem alten Hass. Warum gibst du dir die Mühe, wenn doch die Welt sich längst weiterbewegt hat?«

Er benutzte den anderen Tonfall, mit dem er sie gern ärgerte. In dem seine gespielte Belustigung tatsächlich *Du langweilst mich* ausdrückte. In dem seine Selbstgerechtigkeit mitschwang. Hanni hatte seine Beleidigung von Tony nicht quittiert, aber nachdem sie erneut von der Hölle erfahren hatte, durch die Männer wie er Freddy und Tausende anderer gejagt hatten, war sie nicht in der Stimmung, seine Arroganz wortlos zu ertragen.

»Weil das gar nicht der Fall ist und auch nicht sein sollte. Weil Verbrechen begangen worden sind, und die Schmerzen halten immer noch an, und es gibt Menschen, die egal, wie viele Jahre vergangen sind, zur Rechenschaft gezogen werden müssen.«

Sie hätte auch den Mund halten können. Sein Seufzer war endlos.

»Dieser alte Unsinn wieder, wirklich? Die große Anzeige, die du niemals machen wirst. Keiner schert sich darum – verstehst du das nicht? Schau dir die beiden an, wenn du mir nicht glaubst.« Er nickte in Tonys und Colonel Walkers Richtung, die von dankbaren Gesichtern umgeben waren. »Unsere ehemaligen Feinde wollen unbedingt unsere neuen Freunde sein, und wir nehmen sie nur allzu gern an. Die Sowjets sind jetzt die Bösen. Heutzutage fürchten sich die Menschen vor der Zukunft, nicht vor der Vergangenheit.«

Er klang so selbstsicher, dass sich Hanni der Magen umdrehte.

»Und du fürchtest dich weder vor der einen noch vor der anderen, nehme ich an?«

Reiner zuckte die Achseln. »Warum sollte ich? Du wirst nichts daran ändern, das steckt nicht in dir. Und was die Zukunft angeht ... die ist noch nicht geschrieben, meine Liebe, und sie steckt voller Möglichkeiten.«

Wie beiläufig er sie abtat, war wie ein Stich für sie. Aber das kam auch erwartet, und Hanni hatte nicht vor, sich provozieren zu lassen. Allerdings weckte sein strahlender Blick beim Wort »Möglichkeiten« Hannis Aufmerksamkeit. *Ich muss ihn in- und auswendig kennen, damit ich ihn schlagen kann* – diese Lektion hatte sie bereits gelernt. Einen glorreichen Moment lang hatte sie im letzten Jahr deshalb einen Trumpf in der Hand gehabt. Sie konnte viele Beleidigungen schlucken, um ihn besser kennenzulernen.

»Bist du deshalb hier? Die Amerikaner engagieren sich sehr, um Deutschland mit ihrem Umerziehungsprogramm zu helfen. Willst du deine Stelle bei den Briten aufgeben und anfangen, für sie zu arbeiten?«

Es war gewagt, Reiner irgendetwas zu fragen, vor allem zu seinen Plänen. Er hatte den Krieg und die Zeit danach überlebt, weil er den Instinkt eines Killers für Gefahr besaß. Er empfand ja, – wie er immer wieder bewies – allen Weltsichten gegenüber, die er nicht teilte, tödliche Verachtung. Als er erneut quer durch den Raum zu Tony blickte, lag keine Belustigung, sondern Geringschätzung in seinem Blick.

»Ich sagte, *ich* könnte *ihn* gebrauchen, nicht umgekehrt. ›Die Amerikaner engagieren sich sehr, um Deutschland zu helfen.‹ Bist du wirklich so dämlich? Sie wollen nicht helfen. Sie wollen alles zerstören, was dieses Land je ausgemacht hat, und es nach ihren eigenen Vorstellungen erneuern. Sie wollen, dass unsere Kinder von ihrer Kultur und Geschichte entkoppelt werden, von allem, was ihren Eltern und Großeltern je wichtig war. Sie wollen aus ihnen Basketball-spielende Parodien ihrer eigenen Kaugummi kauenden Brut machen. Das braucht Deutschland nicht. Das ist eine Beleidigung. Also nein, ich werde nicht für sie arbeiten. Ihre Vision der Zukunft ist von meiner weit entfernt.«

Herzen und Köpfe, Hannelore. Wenn du die einmal gewonnen hast, mag die große Sache für ein Weilchen in den Hintergrund treten, aber das Ziel geht nie verloren.

Das hatte Reiner achtzehn Monate zuvor zu Hanni gesagt, als Antwort auf ihre Verwirrung, weshalb er sich bei den Briten im Bereich Bildung hatte einsetzen lassen, obwohl er früher nie in diesem Feld gearbeitet hatte. Diese Worte kamen ihr jetzt in den Sinn und ließen sie keuchen. Es war eine kaum wahrnehmbare Reaktion, aber sie reichte aus, um ihrem Vater wieder bewusst zu machen, mit wem er gerade sprach. Er sah sie mit einem Blick an, vor dem es schwer war, nicht zu zucken.

»Und das geht dich genauso wenig an wie das, was davor war. Wir haben eine Abmachung, Hannelore: Du konzentrierst dich auf dein Leben und ich auf meines. Muss ich dich daran erinnern, was passiert, wenn du das vergisst?«

Das brauchte er nicht; die Drohung rief die Erinnerung, wozu er fähig war, und wie ihr Leben um ein Haar geendet hätte, nur zu lebhaft hervor. Aber Hanni war nicht mehr das Kind, das ihr Vater manipulieren konnte, und sie hielt seinem Blick stand.

»Ich habe keine Angst vor dir.«

Hatte sie durchaus, aber das würde sie ihn nicht sehen lassen. Sie wartete darauf, dass sein Gesicht dunkler würde oder er eine andere Drohung ausstoßen würde. Sie hätte es besser wissen müssen; Reiner brach stattdessen in Lachen aus.

»Oh, Hannelore, du bist unbezahlbar. Ich hielt dich immer für einen Feigling. Aber jetzt frage ich mich, ob ich mich da geirrt habe. Vielleicht hätte ich mir mehr Mühe geben müssen, dich auf unsere Seite zu ziehen. Mit der richtigen Behandlung wärst du vielleicht von Nutzen gewesen, keine permanente Enttäuschung.«

Er war verschwunden, bevor sie kontern konnte. Zu seinen

Kollegen, die ihm einen Klaps auf die Schulter gaben und laut riefen: »Gut gemacht, Emil, sie ist eine Hübsche«, was Hanni hören sollte.

Ich hasse ihn.

Die Worte brandeten so laut durch ihren ganzen Körper hindurch, dass sie dachte, alle müssten sie hören und sich umdrehen.

Ich hasse ihn.

Der Hass war geradezu greifbar, eine Krankheit, die in ihrem Körper wütete. Benommen ging sie zu den Presseleuten zurück, bewegte sich über den Boden, als schwankte er.

»Geht es dir gut? Wenn ich das sagen darf – du siehst ein bisschen fiebrig aus.«

Tonys Stimme war voller Sorge. Hanni wusste, dass Reiner sie vom anderen Ende des Raums beobachtete. Ihr war auch bewusst, dass er im Gegensatz zu ihr Tony und das, wofür er stand, verabscheute. Sie sah zu Tony auf. Ohne das allzu breite Lächeln, das er in der Öffentlichkeit immer zur Schau stellte, wirkte er nahbarer und menschlicher.

Plötzlich überkam sie Erschöpfung, dann der Wunsch, gehalten und getröstet zu werden, und sie hatte nicht die Energie, dagegen anzukämpfen.

»Um ehrlich zu sein, war es ein langer Tag – die Besichtigung hat viel länger gedauert, als ich dachte –, und ich habe nicht geschlafen. Die Arbeit, die Flugzeuge …«

Sie verstummte. Tonys Stirnrunzeln vertiefte sich, und sie wusste nicht, was es bedeutete. Sie wollte sich gerade umdrehen und auf den Heimweg machen, da schüttelte er den Kopf, als wäre er zu einer Entscheidung gekommen, die ihn selbst überraschte.

»Wollen wir gemeinsam noch etwas trinken? Es ist schon bald Abendessenszeit, warum schütteln wir den Stress nicht einfach ab?«

Reiner beobachtete sie mit offenstehendem Mund. Hanni

wollte schon ablehnen – sie hatte keinen Bedarf an weiteren Komplimenten. Aber es schien ein ehrliches Angebot zu sein, Tonys Augen wirkten freundlich, und Hanni brauchte dringend jemanden, der freundlich war, also schob sie den Arm durch seinen und sagte Ja.

Sich durch die Akten zu wühlen, erwies sich als viel schwieriger als es sollte. Die Namen und Daten tanzten vor ihren Augen, und die Pappmappen rutschten ihr aus den Händen – Hanni hatte schon den Inhalt eines halben Dutzend davon auf dem Boden verstreut.

Drei Gläser Riesling hatten sich als eines zu viel erwiesen, worauf Tony, um der Wahrheit den Vorzug zu geben, sorgfältig vermieden hatte, hinzuweisen. Er hatte sein Bestes gegeben, charmant zu sein, und er hatte sie sogar, zumindest kurz, amüsant gefunden. Hanni schnitt weit schlechter ab. Sie hatte sich zur Närrin gemacht, und das auch noch völlig sinnlos. Der Colonel hatte die Brauen hochgezogen, als sie mit Tony weggegangen war, und was das Ende ihrer Verabredung anging ...

Hanni zog weitere Schubladen auf, auch wenn ihr die Aufgabe plötzlich zu schwer erschien. Sie wurde langsam wieder nüchtern, und die Scham, die damit einherging, genoss sie nicht. Mit Tony die Schule zu verlassen, obwohl sie dort nur beruflich mit ihm zu tun gehabt hatte, war ein Fehler gewesen. Und die kleine Kneipe an der Ecke, in die sie ihn gezogen hatte – weil sie dachte, sie wäre ruhig und gemütlich, dabei war sie voller Gewohnheitstrinker und roch sauer nach verschüttetem Bier – war ebenfalls ein Fehler gewesen.

Tonys Uniform hatte bei den Männern, die die Kundschaft des Lokals ausmachten, finstere Blicke und ein Abwenden ausgelöst, wo er sonst doch an lächelnde Gesichter gewohnt war. Darüber war er verständlicherweise nicht gerade froh gewesen. Als Reaktion auf sein Unbehagen – das Hanni zwangsläufig sich selbst zur Last legte, weil sie ihn zu so einem schrecklichen Lokal geführt hatte, auch wenn er zu freundlich war, es zu sagen – hatte Hanni ihr erstes und dann auch das zweite Glas Wein zu schnell geleert.

Tony hatte versucht, das Gespräch am Laufen zu halten, aber die Pausen, in denen ihn die Trinker anglotzten, hatten sich ausgedehnt. Hanni fühlte sich umso schuldiger, je mehr sie trank, und überspielte es, indem sie zu viel redete und zu laut lache, und als sie endlich zustimmte, dass es gut wäre zu gehen …

Hanni lehnte den Kopf an den Schrank und stöhnte. Sie hatte die Hand an ihrer Taille völlig falsch interpretiert und sich rangeschmissen. Es gab kein besseres Wort, um zu beschreiben, wie sie sich ihm an den Hals geworfen hatte. Noch in derselben Sekunde wusste sie, dass sie einen noch größeren Fehler gemacht hatte. Sich Männern an den Hals zu werfen, war normalerweise nicht ihre Art. Sie hatte versucht, sich bei Tony zu entschuldigen und es ihm zu erklären. Sie hatte den Wein und die seltsamen Zeiten, in denen sie lebten, dafür verantwortlich gemacht. Jede Entschuldigung, die sie vorbrachte, klang vernünftig, aber sie änderte nichts an dem, was sie getan hatte.

Sie konnte Tony die Wahrheit nicht sagen; die konnte sie ja sich selbst kaum eingestehen. Auch wenn der Wein sicher schuld war, wie auch die Tatsache, dass er unglaublich gutaussehend war, war sie vor allem deshalb so aus der Rolle gefallen, weil sie einsam war. Und weil sie, auf irgendeinem unbewussten Level, hatte das tun wollen, was Matz in Tempelhof vermutet hatte: Freddy eifersüchtig machen.

Da ich die einzige Person bin, die Freddy erzählen könnte, was ich getan habe – und das werde ich nicht – ist es umso lächerlicher.

Das alles erklärte zumindest teilweise ihr impulsives

Verhalten. Und keiner der Gründe hätte überhaupt eine Rolle gespielt, wenn Tony anders reagiert hätte.

Hanni hatte angenommen, dass er sie mochte. Sie war alleinstehend, und da sie noch nichts Persönliches über ihn erfahren hatte, hatte sie gedacht, er ebenfalls. Als sie sich ihm in der trüben Straße vor der Kneipe an den Hals geworfen und mit einer Leidenschaft, die zu dem Film gepasst hätte, in den er gehörte, geküsst hatte, hatte er ihren Kuss eindeutig erwidert. Dann hatte er aufgehört und sich so schnell von ihr gelöst, dass sie beinahe vornüber gestolpert wäre.

Bei der Erinnerung an diese Erniedrigung stöhnte sie erneut auf. Tony hatte sich gelöst, sich über die Haare gestrichen und – entweder sehr höflich oder sehr kalt, sie war sich nicht sicher – angemerkt, dass es für sie eine gute Idee sein könnte, nach Hause zu gehen. Als sie jetzt im zu hell erleuchteten Büro stand, wusste Hanni nicht mehr, ob er angeboten hatte, sie zu begleiten. Nicht dass sie es gehört hätte, wenn er es getan hätte – sie war davongerannt, als ihr klar wurde, dass er sie buchstäblich auf Armeslänge von sich fernhielt.

Und jetzt schulde ich ihm auch noch eine Entschuldigung.

Hanni hörte auf, die Akten hervorzuziehen. Es wurde immer klarer, dass sie die Information, die sie suchte, hier nicht finden würde. Nichts lief richtig. Der ganze Tag war ein Desaster, einschließlich ihrer aus der Peinlichkeit geborenen Idee, den Rest des Tages zu nutzen, um etwas Gutes für Oli zu tun.

Als Hanni an der Haltestelle Tempelherrenstraße aus dem Bus von Steglitz gestiegen war, war ihr die Idee noch sehr gut vorgekommen. Anstatt den kurzen Weg nach Hause zu nehmen, war sie zur Wache gegangen, entschlossen, die alten Fallakten durchzusehen und eine Spur zu finden, wo Oli sein könnte. Wenn sie eine gefunden hätte, würde sie ihn suchen, ihm etwas zu essen kaufen und ihm von dem Jungen erzählen, der in der Heimstraße ermordet worden war und wie schlimm die Banden waren, und sie wollte ihn überzeugen, dass Freddy und sie doch nur eine Möglichkeit finden wollten, ihn von der Straße zu holen.

Als Hanni an der Wache ankam, war sie überzeugt, eine gute Idee gehabt zu haben, auch wenn sie ihr jetzt, bei genauerer Überlegung, unsinnig vorkam. Unglücklicherweise war der diensthabende Polizist so desinteressiert wie gewöhnlich und hatte kaum aufgeschaut, als sie erklärte, warum sie an einem Dienstabend um sieben Uhr zur Arbeit kam. Hanni war davon ausgegangen, das bedeute, dass er ihre Idee hervorragend fände. Aber jetzt blieben die Aktenschränke einfach nicht stillstehen, und sie wollte sich nur noch irgendwo hinlegen.

»Was machst du da?«

Das war natürlich Freddy. Er hatte außer der Arbeit kein Leben – wo sonst sollte er sein, wenn nicht im Büro?

Hanni stützte sich sorgsam am Schrank ab und drehte sich vorsichtig um. »Ich suche nach Oli.«

Sie musste noch etwas sagen, etwas Wichtiges. Hanni schüttelte den Kopf, es war alles verschwommen, dann fiel es ihr wieder ein. »Tut mir leid. Das war es. Ich meine, es tut mir wirklich leid. Ich bin eine Idiotin. Du hast mir das Herz ausgeschüttet, und ich bekomme nur ein *Es tut mir leid* zustande. Anscheinend sage ich das wirklich oft, oder? Ich hätte mir wirklich etwas Besseres einfallen lassen sollen.«

Schwankend blieb sie stehen, als die Worte nur so hervorströmten. Freddy sah nicht so froh mit ihrer Entschuldigung aus, wie sie gehofft hatte.

»Bist du betrunken?«

Seine Stimme klang genauso streng wie die von Tony auf dem Bürgersteig.

»Nein, ich bin natürlich nicht ...« Hanni unterbrach sich. Sie lallte so sehr, dass es sinnlos war zu lügen. »Vielleicht. Spielt es eine Rolle?« Freddy bewegte sich nicht von der Türschwelle weg, wo er Position bezogen hatte, als müsse er sie bewachen.

»Nun, das hier ist dein Arbeitsplatz, wo du dich an

bestimmte Regeln halten musst. Außer, wenn das für dich sowieso keine Rolle mehr spielt und du deine Abwesenheit der letzten Zeit ausdehnen willst.«

Dass Freddy so dienstlich mit ihr umging, kam überraschend. Er war auch früher schon auf sie sauer gewesen, und ein- oder zweimal hatte er den höheren Dienstgrad ausgespielt, aber so herrisch hatte er sich noch nie gegeben. Und seine Vermutung, sie wolle nicht zur Arbeit zurückkehren, schockierte sie. Hanni hatte angenommen, ihm sei klar, dass sie *ihm* aus dem Weg ging, nicht der Arbeit.

»Das wollte ich nicht, nein. Und du?«

Die Frage klang ganz falsch. Als Hanni erkannte, wie kämpferisch sie sich anhörte, sah Freddy sie schon an, als ob er sie überhaupt nicht kennen würde.

»Wie bist du in diesen Zustand geraten? Wo um Himmels willen warst du?«

Professionell. Wenn ich professionell klinge, kann ich es wieder wettmachen.

Sie nickte zur Kameratasche – und bemerkte, dass sie sie unachtsamer auf den Boden hatte fallen lassen, als gut war.

»Ich habe gearbeitet, in Tempelhof und in einer Schule. Ich wurde Captain Tony Miller von der amerikanischen Luftwaffe offiziell als Fotografin zur Seite gestellt. Er ist einer der Piloten der Luftbrücke. Der beste, den sie haben. Und er hat mich für den Posten ausgesucht.«

In der Stille, die darauf folgte, wurde Hanni klar, dass sie nicht professionell geklungen hatte. Sondern lächerlich, wie ein angeberisches Kind. Es war aber zu spät, sich zu korrigieren und ihm die Wahrheit zu sagen – dass es ein öder Auftrag und Tony recht langweilig gewesen war. Freddy hatte das Gesicht schon spöttisch verzogen.

»Ach, der? Der nach Matz' Worten aussieht, als hätten sie ihn in Hollywood rekrutiert? Erzähl mir nicht, du bist von einem hübschen Jungen, der mit Bonbons wedelt, beeindruckt? Ich habe dich für klüger gehalten.«

Hätte Hanni dem Gespräch folgen können, hätte sie bemerkt, dass der scharfe Klang in Freddys Stimme von der Eifersucht kam, die Matz ihr empfohlen hatte, zu wecken. Hanni hörte es aber nicht. Sie hörte nur Spott, und darin ihren Vater. Deshalb tat sie nicht, was die rationale Hanni getan hätte. Sie machte keinen Rückzieher und gab nicht zu, dass sie von Tony nicht so beeindruckt war, wie es klang, auch wenn er ein angenehmer Gesellschafter war. Stattdessen verteidigte sie ihn.

»Sag das nicht, du kennst ihn ja gar nicht. Du bist immer noch sauer, weil du den Amerikanern letztes Jahr ein Versprechen gegeben und es gebrochen hast und sie jetzt nicht mit dir arbeiten wollen. Außerdem ist Tony kein Junge, sondern ein Mann – und zwar ein guter. Er ist freundlich und interessiert. Andere Menschen kümmern ihn.«

Freddys Gesicht und seine Stimme wurden härter. »Na, gut, dass du mich korrigierst. Erinnere mich daran, dass ich nächstes Mal, wenn er seine Freunde besucht, hinter seinem Jeep herlaufe, ja? Vielleicht ist er ja so *freundlich* und *interessiert* und wirft mir eine Handvoll Zigaretten zu.«

Sie starrten sich quer durchs Büro an. Sie fragten sich beide, wie sie in einen so albernen Streit hatten geraten können, und beide wussten sie nicht, wie sie wieder herauskommen sollten.

Er ist nicht wütend auf mich, sondern verletzt. Von meinem Verhalten heute Abend und davon, wie ich im Café aufgebrochen bin. Warum habe ich das nicht früher erkannt?

Reiner, durch den ihre Wut entfacht worden war, und Tony, mit dem es am allerpeinlichsten gewesen war, traten in den Hintergrund. Hanni wünschte, sie könnte den ganzen Tag erneut abspulen und dass ihre Entschuldigung so aufrichtig wäre, wie Freddy sie verdient hatte. Sie wollte gerade so viel wie nur möglich von alledem erklären, aber Freddy gab ihr keine Gelegenheit dazu.

»Wieso suchst du um diese späte Uhrzeit überhaupt nach einer Akte über Oli?« Er sah auf die am Boden verstreuten Mappen. »Wobei kann er dir helfen, wo ich dir nicht helfen kann, und warum bist du nicht einfach zu mir gekommen, als du ihn brauchtest?«

Seufzend machte sich Freddy daran, die Papiere einzusammeln. Hanni interpretierte auch das falsch. Hätte sie kurz nachgedacht oder ihn einfach gefragt, wäre ihr klar gewesen, dass sein Frust dem Tohuwabohu galt, das sie im Büro verursacht hatte, und nicht ihr. Aber dazu war Hanni zu durcheinander. Sie hörte nur den Seufzer, nicht die Worte. Sie interpretierte es als Ärger des Ranghöheren, und ihre Nackenhaare sträubten sich. Also erklärte und entschuldigte sie nichts, sondern knallte die Schublade zu und starrte ihn an.

»Es hat nichts mit dir zu tun, es ist etwas Persönliches.«

In dem Moment, in dem ihr die Worte über die Lippen kamen, beschloss sie, dass es auch stimmte. Der Wein, der immer noch in ihrem Körper war, ließ Hanni die Entscheidung vergessen, mit Freddy zusammenzuarbeiten, um Olis Leben besser zu machen. Sie vergaß, dass sie sich vor einem Jahr dagegen entschieden hatte, den Jungen in ihren Kampf gegen ihren Vater einzubeziehen – wegen der Gefahr, der er von diesem Menschen dann ausgesetzt wäre und wegen Reiners Drohung, Menschen, die ihr nahestanden, anzugreifen. Der einzige Gedanke in ihrem Kopf lautete: *Reiner hat etwas vor, also brauche ich Oli, um herauszufinden, was. Ich brauche Oli, um ihn zu beschatten.*

Freddy hätte genauso gut unsichtbar sein können.

In Hannis Kopf drehten sich die Gedanken; sie fügte eines zum anderen, damit es in den Plan passte, mit dem sie zur Wache gekommen war. Sie brauchte keine Adresse; wenn sie bekannt machte, dass sie ihn für eine Aufgabe brauchte, würde

Oli kommen. Wenn sie ihm genug Geld bot, brauchte er für niemanden sonst zu arbeiten. Hanni lächelte und bemerkte gar nicht, dass Freddy sie stirnrunzelnd beobachtete. Es war die perfekte Lösung. Die Aufgabe würde Oli von den Banden fernhalten, und wenn Oli sich beim Herausfinden von Informationen als so fähig erwies wie sonst, würde er ihr die fehlenden Puzzleteile bringen, die sie brauchte, um Reiner endlich zur Strecke zu bringen.

Und dann kann ich Freddy die ganze Geschichte präsentieren. Dass ich nach Oli gesucht habe. Dass ich dafür gesorgt habe, dass mein Vater zur Rechenschaft gezogen wird. Dass ich ihm nicht die Wahrheit über meine Vergangenheit erzählen konnte, solange ich das nicht geschafft hatte. Dann wird er mich nicht hassen können – dann wird er erkennen, dass ich gut bin.

Sie hob ihre Tasche auf, bereit, das Büro zu verlassen und anzufangen, und sie war zutiefst überzeugt, dass nichts schief gehen würde. Als Freddy antwortete und sie in seiner Stimme Angst mitschwingen hörte, verstand sie nicht, warum.

»Welche persönliche Angelegenheit könnte Oli einbeziehen, aber nicht mich? Hanni, wenn du dich selbst wieder in Gefahr bringst, musst du es mir sagen. Letztes Mal hättest du sterben können. Das kann ich nicht noch einmal durchmachen.«

Er streckte ihr die Hände entgegen, zögerte und zog sie wieder zurück.

Hanni starrte seine Hand an, und plötzlich erinnerte sie sich an das Gefühl seiner Finger, die mit ihren verschlungen waren, und ihr fiel ein, welche Vorstellungen diese Berührung im nach Lilien duftenden Viktoriapark in ihr ausgelöst hatte.

»Was ist los, Hanni? Wieso bist du so weit weg von mir? Ich verstehe ... Nein, das ist nicht das richtige Wort: Ich habe akzeptiert, dass wir nicht ein Paar sein können, weil du es nicht zulässt. Aber ist es das dann? Wirst du mich von allem ausschließen? Willst du wirklich das Team verlassen? Sind wir beide fertig?«

Seine Worte kamen stolpernd, und Hanni konnte ihn nicht mehr ansehen. Sie fühlte sich nicht mehr verlegen oder schwindlig von ihrer eigenen Klugheit, sondern sie schämte sich. Wenn irgendjemand ein Recht darauf hatte, glücklich zu sein, dann Freddy, und doch hatte sie seinem Leben nur noch mehr Wirrwarr hinzugefügt.

Die Beschwipstheit vom Wein wich aus ihrem Körper und ließ nur noch einen sauren Geschmack und Übelkeit zurück.

»Es tut mir leid.«

Und da waren sie wieder, die unzureichenden Worte.

Hanni konnte nichts mehr sagen, ihr fiel nichts ein, das Freddys Leid nicht vergrößern würde. Sie war nicht gut genug und würde es auch nie sein. Sie hastete an ihm vorbei und lief zu der Treppe. Dann schaltete sich ihr Verstand wieder ein. Sie blieb stehen, drehte sich zum Büro um und wollte unbedingt mutig sein, wollte seiner würdig sein.

Ich werde ihm alles sagen. Ich sage es ihm und bitte ihn, mir beim Aufgreifen von Reiner zu helfen, und dann ... dann lasse ich ihn sein Leben leben und höre auf, so zu tun, als gäbe es darin einen Platz für mich.

Die Tür stand noch offen. Hanni legte die Hand daran, schluckte hart und wappnete sich gegen den Zorn, den sie gleich lostreten würde. Sie hätte es getan, aber Freddy war auf einen Stuhl gesunken und hatte den Kopf in die Hände gestützt. Er sah verlorener und angeekelter von der Welt aus, als sie ertragen konnte, und ihr verwirrter Kopf fand keine richtigen Worte.

KAPITEL 6

27. AUGUST 1948

Seine neue Methode hatte funktioniert. Sie hatte alles verändert. Tony hatte einen Zustand des Friedens erreicht, der länger anhielt als der Augenblick des Todes.

In den vergangenen elf Jahren – seit er den zu Tode getretenen Naziburschen in der Gosse hatte liegen lassen und über all die Morde, die noch folgten, hinweg – war der Frieden, den Tony mit dem letzten Atemzug seiner Opfer erlebte, immer nur von der Dauer eines Augenblicks gewesen. Für einen Sekundenbruchteil verschwand seine Wut, weißer Nebel löste den roten ab, und dann ... nichts. Leere. Vorgetäuschte Gefühle, mit denen er sich umgab, bis der Kreislauf aus Wut und Entschlossenheit von vorne begann. Dieses Mal hatte er ein Gefühl des Wohlbefindens mit sich genommen. Wenn er stehenblieb und seine Gedanken ordnete, konnte er immer noch spüren, wie das Brodeln im Innern sein Blut erwärmte. Es war ein ungewöhnliches Gefühl. Und es konnte wiederholt werden, wenn er es brauchte, denn jetzt hatte er den Schlüssel dazu gefunden.

Tony richtete seine Krawatte und zog den Blouson über dem Hosenbund zurecht, damit er gut saß. Er brauchte keinen

Spiegel, um sein Aussehen zu überprüfen. Er wusste genau, wie er auf seine Umwelt wirkte.

Nachdem er fertig war, überprüfte er den Inhalt seiner kleinen Segeltuchtasche – alles lag genau an der richtigen Stelle –, sah sich um und glitt aus dem mit Geröll übersäten Gebäude. Es war niemand weit und breit zu sehen, genau wie bei seinem Betreten. In Steglitz mit seinem Gemisch aus Soldaten und Arbeitern und den unauffälligen Straßen konnte man sich leicht unsichtbar machen, ob er seine Pilotenuniform trug oder seine andere, weniger auffällige Kleidung. Und obwohl die Gebäude in besserem Zustand waren als die im Stadtzentrum, hatte sich das Viertel noch nicht ganz von den Kriegszerstörungen erholt. Es standen immer noch Häuserruinen da, und sie waren die perfekten Schauplätze für seine Verwandlung. Wenn Tony jemand gewesen wäre, der an Götter oder gute Omen glaubte, hätte er ihnen seinen Dank gewidmet.

Der Rückweg zu der kleinen, hübschen Wohnung, die ihm im amerikanischen Teil der Clayallee zugewiesen worden war, war auch einfach. Tony ging über die Berlinickestraße, bewegte sich geschmeidig durch die Passanten mit ihren Einkäufen und die Soldaten, und erwiderte jedes Lächeln, das ihm geschenkt wurde. Der Nachmittag passte perfekt zu seiner Stimmung: sonnig, aber nicht zu heiß, betriebsam, aber nicht zu sehr. Er ging weiter die belebte Straße entlang, nickte, wenn ihm jemand Blicke zuwarf, nahm sie aber kaum wahr. Er war vielmehr auf die Schritte konzentriert, die er unternommen hatte – vom Entwurf seines Planes bis zur ersten Stufe der Ausführung – und sonnte sich in deren Erfolg.

Er hatte keine Zeit verschwendet – das war der erste wichtige Punkt. Sobald er erkannt hatte, dass es eine Veränderung geben musste, hatte er sich Mühe gegeben, eine herbeizuführen. Als er erst begonnen hatte, danach zu suchen, war die

Antwort ganz klar gewesen: Die Lösung lag nicht in Worten, sondern in einem Bild.

Tony hatte ein persönliches Ritual, das er vom ersten Morgen an in Berlin durchgeführt hatte. Er stand auf, duschte, machte sich Kaffee, dann zog er das Foto seiner Familie heraus, die lachend im Garten stand, und erinnerte sich daran, wer er war und woher er kam. Manchmal brauchte er nur eine Minute, um sich zu erinnern, manchmal gaben seine Knie nach, und er brauchte viel länger. Aber ob es nur eine Minute oder zwanzig dauerte, die Gesichter gaben ihm wieder Halt. Dann hatte er nach der Nacht, in der er Berlin durchwanderte, sein Ritual durchgeführt, und das Foto hatte ihn innehalten lassen. An diesem Morgen hatte er es mit anderen Augen angeschaut. Er hatte aufgehört, sie als Gruppe zu sehen, und begonnen, die einzelnen Personen zu unterscheiden. Er rief ihre Marotten wach, das was sie mochten, und das, was sie nervte. Sie wurden wieder aus Fleisch und Blut. Echte Menschen, die gestorben waren, ohne dass jemand zurückblieb, der sie betrauerte. In dieser Erkenntnis lag die Antwort.

Wie Tony schon vermutet hatte, als er neben der Leiche des Jungen in der Heimstraße in die Knie gegangen war, lag die Lösung in der Auswahl des Opfers. Für jedes seiner Familienmitglieder, die genommen worden waren, musste er ihnen zu Ehren ein Opfer bringen. Es musste jemand sein, der ihnen im Aussehen und Alter glich, um in deren Familien die gleiche Lücke zu hinterlassen, die die Toten in Tonys Familie hinterlassen hatten. Er würde denjenigen sterben sehen und konnte dann so trauern, wie er es um seine eigenen Toten nicht gekonnt hatte.

Es würde nicht mehr so leicht sein wie bei den Morden, die er in der Vergangenheit ausgeführt hatte, das wusste Tony. Sorgfältige Planung wäre nötig, es musste perfekt passen, und er würde aus einer Fülle an Kontakten auswählen müssen. Genau danach hielt Tony Ausschau: nach etwas, das Mühe kostete und eine Bedeutung hatte. Seine Mutter, sein Vater, seine Geschwister und alle anderen, die einfach wie Dreck von der Erde gefegt worden waren, hatten nicht weniger verdient.

Und jetzt ist die erste Tat vollbracht, und es war perfekt.

Er wusste, dass die anderen auch perfekt würden, und war froh, dass er nicht gezaudert hatte, obwohl er so gern gezaudert hätte. Es wäre ein Fehler gewesen und außerdem die Schuld von Hanni. Sie hatte keinen Schimmer, wie dicht sie erneut dran gewesen war.

Tony wurde langsamer, die Sonne sah er nicht mehr. Hanni Winter wurde zu einem Problem. Eines Tages, auch wenn er nicht wusste, wann, musste er sich um Hanni kümmern. Allerdings wurde ihm plötzlich klar, dass er nicht mehr sehr versessen darauf war, sich um sie zu kümmern. Hanni hatte sich in sein Leben gestohlen, und er war sich nicht sicher, ob er bereit war, sie wieder zu entfernen. In vielerlei Hinsicht hatte sie die Rolle eingenommen, die seine Frau Nancy früher innegehabt hatte: Teils war sie Tarnung für ihn, teils Kameradin, teils Nervensäge. Er hatte eine Formel entwickelt, mit der er Nancys Wert gemessen hatte: *Ist sie für mich von Nutzen oder nicht?* Die gleiche Formel wendete er jetzt, wenn auch zurückhaltend, auf Hanni an.

Das ständige Abwägen war in Bezug auf seine Frau, die es ebenfalls geschafft hatte, ihm unter die Haut zu gehen, nicht immer ein angenehmes Vorgehen gewesen, und bei Hanni war es auch so. Hätte er nicht seine neue Methode und hätte er stattdessen seine Entscheidungen darauf gegründet, wie ihr Treffen sich Dienstagabend entfaltet hatte ...

»Das ist er! Das ist der Pilot!«

Tony setzte wieder ein Lächeln auf, als ein kleiner Junge winkte und die Hände zur Form eines Flugzeugs formte.

Hannis Fotos waren diesen Morgen weit gestreut veröffentlicht worden – wahrscheinlich hatte der Junge ihn darauf wiedererkannt. Tony wurde davon nicht im Geringsten erschüttert. Sein Nachmittagswerk würde niemals zu ihm führen. Er wollte gesehen werden, er genoss es. Schließlich war er fast den ganzen Tag unterwegs gewesen, hatte Ausgaben der Zeitung signiert, die voll von seinen Fotos waren. Das war kein Risiko, im Gegenteil. Keiner würde sich exakt erinnern, wo er ihn gesehen hatte, oder um wie viel Uhr genau: Sie würden sich nur an sein Lächeln, seine freundliche Art und die Aufmerksamkeit erinnern, die er ihnen entgegengebracht hatte. Tony hatte das getan, was er immer tat und was immer funktionierte: Er war so lange sichtbar, bis er beschloss, es nicht mehr zu sein.

Er schob den Riemen seiner Tasche auf der Schulter nach oben – nicht dass sie schwer wäre. Es war nichts darin außer seiner Währung – Zigaretten und Schokolade –, die er immer bei sich hatte, und die Kleidung, die er beim Töten von Edda Sauerbrunn getragen hatte. Auch diese Kleidung war perfekt ausgewählt, ebenso zur Rolle passend wie seine Fliegerjacke zu der des Piloten. Die dünne blaue Jacke und zugehörigen Hosen zogen keinen zweiten Blick auf sich, als er in Eddas Haus getreten war. Die Hälfte der Männer in Steglitz waren so ähnlich gekleidet. Die Montur ließ an einen Fabrikarbeiter oder eine Reinigungskraft denken; Tony nahm an, dass der ursprüngliche Besitzer auf dem Stützpunkt in Faßberg eins von beidem gewesen war.

Die Erinnerung an ihn ließ Tony plötzlich stolpern.

Er wollte nicht an den Arbeiter denken. Ihn zu töten war ein rein zweckdienlicher Mord gewesen; das entsprach nicht seinem Stil, und was noch dazu nötig gewesen war – ihm die Kleidung auszuziehen – war eine eklige Erfahrung gewesen. Es musste aber getan werden. Tony konnte nicht unbemerkt durch Berlin marschieren, wenn er seine amerikanische Uniform trug oder seine typisch amerikanische Zivilkleidung. Sich auf dem Schwarzmarkt eine Arbeitermütze zu kaufen, war die eine Sache, viele Soldaten holten sich eine als Souvenir. Aber eine komplette Ausstattung zu kaufen, hätte die falsche Art von

Aufmerksamkeit ausgelöst. Die Gelegenheit, die sich ihm bot, als er für einen Versorgungsflug nach Faßberg geschickt wurde, war zu gut gewesen, um sie zu verpassen. Der Flug hatte den Plan ermöglicht, den Tony inzwischen fest entschlossen war, weiter zu verfolgen. Diese Entschlossenheit hatte Hanni nochmal gerettet.

Auch wenn das Blatt sich durch ihr Verhalten fast gegen sie gewendet hätte. Wie war sie auf den Gedanken gekommen, sie hätte die Situation unter Kontrolle?

Es fiel Tony schwer, nicht immer wieder auf Hanni zurückzukommen, obwohl der Gedanke an sie ihm die Stimmung verdarb. Sie war unberechenbar, und er spürte, dass sie von Geheimnissen umwittert war. Das alles machte sie nicht zu einer Frau, die er gern um sich haben wollte. Aber sie war auch sehr talentiert, nützlich und außerdem attraktiv. Deshalb stellte Hanni ein Problem dar, und zwar eines, um dessen Bewältigung er sehr kämpfen musste, auch wenn er sich das nicht gern eingestand.

Der Kuss hatte ihn überrascht. Kurz hatte er ihn auch freudig erregt. Er hatte den Teil seiner Seele geweckt, den er tief begraben hielt und der sich nach Liebe und einem normalen Leben sehnte. Es war der Teil, den er für kurze Zeit Nancy anvertraut hatte, die sich dann aber ebenfalls Freiheiten herausgenommen hatte, die er nie akzeptieren würde. Eine Weile war Nancy nützlich gewesen. Der Hof ihrer Familie, den sie mitgebracht hatte, hatte ihm einen gewissen Lebensstandard beschert, als der Krieg vorbei war. Und jetzt war Hanni nützlich. Ihre Fähigkeiten als Fotografin öffneten ihm alle Türen in der Stadt. Allerdings musste er die Frage berücksichtigen, ob – oder genauer, wann – Hannis Nutzen für ihn erlöschen würde.

»Herr Pilot, Herr Pilot: *Schau zu mir!*«

Ein anderer kleiner Junge winkte ihm zu, um seine Aufmerksamkeit zu bekommen. In ausladenden Bewegungen wedelte er mit den Händen auf und ab.

Tony blieb stehen und wartete, bis die hübsche Frau, die den Jungen an der Hand hielt, den Zusammenhang zwischen der Zeitung in ihrer Tasche und Tonys Lächeln herstellte. Ihre Schmeichelei war genau das, was er jetzt brauchte; sie wischte seine Verwirrung beiseite. Er sah auf die Uhr. Es war nun schon eine gute Stunde her, und trotz seiner Bedenken bezüglich Hanni fühlte er sich immer noch stabil. Es schlich sich keine Leere ein.

Weil es funktioniert hat; dieser Tod hatte einen Sinn.

Tony gab den Jungen einen Hershey-Riegel, grüßte seine Mutter militärisch und ging weiter, wobei er die Hand in die Hosentasche schob. Das dünne Nylonseil, das er für den Mord benutzt hatte – ein Stück Fangleine von einem ausgemusterten Fallschirm – lag säuberlich zusammengerollt darin, wie er es verstaut hatte. Er entspannte die Schultern, und seine herumirrenden Gedanken beruhigten sich. Die erste Auswechslung, die erste Wiedergutmachung war abgeschlossen; die Aufgabe zu erfüllen, hatte ihm Frieden beschert. Dank Edda war alles so, wie es sein sollte.

Während des Ablaufs der Tagesordnung für Dienstag in Tempelhof und beim Jugendprogramm hatte Tony einige mögliche Treffer ausfindig gemacht. Er hatte vorausgeahnt, dass einige passende Menschen darunter sein konnten, aber es gab eine Reihenfolge, nach der er vorgehen wollte, und die entscheidende erste Person hatte er nicht gefunden. Dann waren sie zur Schule gekommen, und dort stand Frau Edda Sauerbrunn in der Küche.

Im richtigen Licht könnte sie meine Mutter sein.

Das war sein erster Gedanke gewesen, und er hatte ihn fast schwindlig gemacht. Die Ähnlichkeit war unheimlich. Eddas Haar ergraute bereits, und sie hatte eine fröhliche Art, aber sie wirkte auch eine Spur zu erschöpft, und ihre Augen strahlten nur, wenn sie die Kinder ansah. Tony konnte sich seine Mutter bei der gleichen Arbeit vorstellen, die Edda tat: Essen servieren, ohne Pause, kaum bemerkt und dankbar für jedes bisschen Freundlichkeit, das sie empfing. Als er dann dank einer kleinen Schmeichelei, die er gezielt einsetzte, herausfand, dass Frau Sauerbrunns Alter genauso perfekt passte wie ihr Gesicht, wusste er, dass sein erster Instinkt richtig gewesen war.

Edda war fünfzig Jahre alt, genauso alt wie Elene Müller, als Tony sie zum letzten Mal gesehen hatte. Und sie wurde von ihrer Familie genauso übersehen wie seine Mutter damals. Ihr Mann war immer weg zur Arbeit, die Kinder nie zu Hause. Ihr Haus stand voller kaputter Sachen, die darauf warteten, repariert zu werden, darunter auch der Herd, an dem sie den größten Teil des Tages verbrachte ...

»Und den werde ich jetzt für Sie reparieren!«

Das hatte gereicht, um durch die Haustür Einlass zu finden. Edda war so davon angetan, dass er sich an sie erinnerte, so überwältigt, dass er in einen Overall gekleidet war, der ihn vor der dreckigen Arbeit beschützen sollte, und eine Tasche voller Werkzeuge – wie er sagte – dabeihatte, dass sie eine oder zwei Tränen verdrückte. Danach brauchte er nur noch zu sagen, dass *er* doch besser *ihr* einen Tee machen solle als umgekehrt, und sie solle sich auf das Sofa setzen, anstatt herumzuwirbeln, während er das Tablett vorbereitete.

Als Edda Sauerbrunn begriff, was ihr widerfuhr, und warum – das verstand sie, weil Tony genau erklärte, für wen sie sterben würde – lag die Schlinge schon um ihren dünnen Hals. Sie hatte sich nicht gewehrt, jedenfalls am Anfang. Der Schock hatte sie hilflos gemacht, genau wie Tony geplant hatte. Und als sie endlich die Hände zum Hals schob und zu scharren begann, hatte er zugezogen.

Sie war ein schmales Ding. Es war innerhalb von Sekunden vorbei. Dann brauchte er sie nur noch ordentlich auf das Sofa zu legen, wo ihr Ehemann oder ihre Kinder sie finden würden, und den einen Akt des Trauerns zu vollführen, den niemand für seine Mutter vollführt hatte. Im Haus hatte er nur sieben

Minuten von seinem Eintreten bis zum Gefühl des Friedens gebraucht, und das Gefühl – Tony sah wieder auf seine Uhr – begleitete ihn zwei Stunden später immer noch.

Die Sonne kam wieder heraus. Tony vergaß Hanni. Er kam zur Soldatenwohnanlage zurück und fühlte sich so ruhig wie seit Jahren nicht. Er ging in seine Wohnung, schob seine Tasche unter das Bett und griff nach dem Foto seiner Familie und einer Flasche Vanillelimonade. Dann ging er ins Wohnzimmer und zog den Umschlag mit der Liste all der Namen und Adressen heraus, die er bisher gesammelt hatte, und brachte sie mit den Gesichtern in Übereinstimmung, die er auf Hannis Fotos ausfindig gemacht hatte. Erst dann öffnete er die Flasche und nahm einen langen Zug. Er ließ die Vanillebläschen auf der Zunge zergehen.

Die Papierstreifen breitete er auf dem Tisch aus, während er trank, dann begann er die Gesichter herauszuziehen, die zu ihnen passte, und sortierte sie zu möglichen Treffern. Edda Sauerbrunn war der perfekte Anfang gewesen. Es war in jeglicher Hinsicht ein sehr guter Tag gewesen. Und nun war es Zeit, sich dem nächsten zuzuwenden.

KAPITEL 7

28. AUGUST BIS 6. SEPTEMBER 1948

Die Leiche sah so ordentlich aus wie das Zimmer.

Frau Sauerbrunn lag auf dem ausgeblichenen grünen Sofa auf dem Rücken. Ihr grauer Rock war um die Knie festgesteckt. Die Augen waren geschlossen, die Hände über der Brust verschränkt, und unter dem Kopf lag ein weiches Kissen. Wäre Freddy ein paar Schritte zurückgetreten, hätte er das dunkelbraune Band um ihren Hals für eine dünne Halskette halten können.

Es ist eine Aufbahrung. Respektvoll.

Der Gedanke war gruselig, nicht tröstend. Und er war ganz gewiss befremdlich.

»Wer hat sie gefunden?«

Matz wartete, bis Hanni das Teeservice fotografiert hatte, das auf dem niedrigen Kaffeetisch gedeckt war, bevor er es zu den Beweismitteln geben konnte. Er sah Freddy an, als dieser sprach.

»Der Ehemann, Hannes. Er ist nebenan in der Wohnung eines Nachbarn mit den beiden Kindern, die noch zu Hause leben, ein vierzehnjähriger Junge und ein Mädchen, sechzehn.

Der Älteste ist ausgezogen und arbeitet in Hamburg.« Er sah auf sein Notizbuch. »Sie haben geschworen, nichts angefasst zu haben, auch nicht die Leiche, und sie haben alle Alibis. Herr Sauerbrunn leitet ein kleines Gasthaus, das Leyden Eck an der Leydenallee, Ecke Berlinickestraße. Er war bis nach neun Uhr dort. Die Kinder waren auf der Brache ein paar Ecken weiter und haben dort das gemacht, was Kinder ihres Alters eben so machen. Ein Dutzend Freunde können das bestätigen, auch wenn Herr Sauerbrunn anscheinend eine ganze Weile gebraucht hat, sie zu finden. Sie scheinen nicht die Art Familie zu sein, die sich gegenseitig immer genau im Auge hat.«

Freddy deutete mit dem Kopf zum Tisch. »Es ist für mehrere gedeckt. Wissen wir, wer bei ihr war?«

Matz kontrollierte erneut seine Notizen und schüttelte den Kopf.

»Na, wer es auch war, sie hat sich über den Besuch gefreut.«

Freddy wartete, bis Hanni zurückgetreten war, und beugte sich vor, um sich die Tassen und Untertassen mit Rosenmuster genauer anzusehen.

»Meine Mutter würde ›das gute Geschirr‹ dazu sagen – das, das man für wichtigen Besuch benutzt. Und schau mal, wie das Gebäck als Fächer angeordnet ist, nicht einfach herausgeschüttet oder in der Dose gelassen, wie man es täte, wenn keiner beeindruckt werden soll. Das sieht mehr nach einem Anlass aus, nicht nach einer Nachbarin, die auf einen Sprung vorbeischaut.«

Matz runzelte die Stirn. »Bloß hat der Ehemann gesagt, dass sie selten Freundinnen zu Besuch hat, und abends nie.«

Freddy richtete sich wieder auf. »Vielleicht ist es so, oder vielleicht kennt er seine Frau nicht so gut wie er denkt. Aber es war jemand hier, und ich denke, wir können davon ausgehen, dass derjenige sie getötet hat. Und danach zu urteilen, wie sie alles hergerichtet hat, wusste sie wohl, wer es war.«

Freddy kontrollierte seine Notizen über den Tatort, die er in sein Notizbuch geschrieben hatte, nur um der Vorgehensweise willen; im Gegensatz zu Matz, der mit seinem Stift verheiratet war, brauchte das gut geschulte Gedächtnis von Freddy selten eine Stütze.

»Es gibt keine Anzeichen, dass sich jemand gewaltsam Zugang verschafft hat, es ist nichts gestohlen worden, und es gibt keinen Hinweis, für wen sie den Tee gemacht hat. Wo ist er also? Wo hat er sich verewigt?«

Weder Hanni noch Matz antworteten ihm, obwohl sie beide wussten, was Freddy meinte. Mörder brachten sich in die Orte ein, an denen sie töteten. Sie hinterließen etwas oder nahmen etwas mit; sie hinterließen auf jeden Fall einen Hinweis auf ihre Anwesenheit. Aber die Ruhe im kleinen Wohnzimmer der Sauerbrunns schien niemand gestört zu haben.

»Die ganze Szenerie ist zu friedlich.« Freddy ging näher zur toten Frau. »Es scheint nichts bewegt worden zu sein, und sie könnte schlafen, aber sie wurde stranguliert, also war es ein gewaltsamer Tod. Es muss einen Moment der Angst gegeben haben, einen Augenblick, in dem sie wenigstens versucht haben muss, sich zu wehren, aber schaut euch das Zimmer und sie an. Sie wurde für den Finder so hingelegt, als wäre es mit Sorgfalt gemacht worden.«

»Dahinter steckt eine Absicht, nicht?«

Hanni stellte die Linse ein und machte eine Nahaufnahme von Frau Sauerbrunns rotgesprenkelten Augenlidern.

Freddy nickte. »Das würde ich sagen, ja. Es sieht so aus, als sei die Art, wie er sie zurückgelassen hat, Teil der Geschichte ...«

Er unterbrach sich, als Hanni »O Gott!« ausrief. Sie starrte durch die Kamera das Gesicht der Frau an, löste aber nicht mehr aus, und ihr Gesicht war ganz grau geworden.

»Was ist los? Was hast du bemerkt?«

Freddy hatte schon öfter gesehen, dass Hanni so abrupt aufhörte, wenn eine Spur oder ein Bild plötzlich Sinn ergab, aber er hatte sie selten erschüttert gesehen. Er wartete nervös ab, bis sie sich wieder gefasst hatte, obwohl er sie gern zur Eile angetrieben hätte. Der Mord an dem Jungen auf der Straße – den sie noch nicht hatten lösen können – war ein ungewöhnlicher Fall, aber nicht so ungewöhnlich wie dieser. Es juckte ihn, ihn aufzudröseln.

Hanni senkte die Kamera, blieb aber über die Leiche gebeugt stehen. »Ich hätte es sofort erkennen müssen, als ich reingekommen bin. Ich habe sie schon einmal gesehen oder war wenigstens am selben Ort wie sie. Sie war in der Schule in der Heesestraße, die ich mit den Amerikanern besucht habe. Mir ist aufgefallen, wie liebevoll sie mit den Kindern umgegangen ist.«

»Das passt zu der Aussage des Ehemannes.« Matz hatte seinen Notizblock wieder in der Hand und blätterte die eng beschriebenen Seiten durch. »Sie war Köchin und hat seit Kriegsende dort gearbeitet.«

Freddy konnte sich nicht länger zurückhalten. Er bombardierte Hanni mit Fragen. »Hast du mit ihr gesprochen? Hat sie über irgendetwas wütend gewirkt? Gehörte sie zu den Personen, die die Delegation dort treffen sollte?«

Hanni schüttelte den Kopf, sah ihm aber nicht in die Augen, und das fiel Freddy am meisten auf. Er wollte gerade fragen, ob etwas nicht stimmte, da erinnerte er sich. Es war der Tag, an dem sie mit den Amerikanern im Dienste der Imagewerbung mit einem Fotoauftrag unterwegs gewesen war, und das hieß, es war der Tag, an dem sie mit Tony Miller getrunken hatte. Die Eifersucht, die er da noch abgestritten hatte, übermannte ihn.

»Vergiss es. Du warst mit deiner Aufmerksamkeit wahrscheinlich woanders.«

Er drehte sich betont von ihr weg und sagte zu Matz: »Geh,

befrag Herrn Sauerbrunn noch einmal, und finde heraus, ob seine Frau etwas von dem Presseevent gesagt hat. Wahrscheinlich ist es nichts, aber sie hat eine ganz andere Gruppe Leute getroffen als sonst – ein paar von denen sind anscheinend professionelle Charmeure, die das Rampenlicht lieben – und sie kann Kontakt zu allen möglichen Leuten gehabt haben.«

»Das war nicht fair.«

Hanni wartete, bis Matz den Raum verlassen hatte, dann wandte sie sich Freddy zu.

Er wusste, dass sie recht hatte. Es war ihm egal. Er wollte sie schon anschnauzen, was fair für sie denn bedeute, als die Tür zur Wohnung aufflog und eine laute und allzu vertraute Stimme den ganzen Flur erfüllte.

»Was haben wir da? Wie ist der Stand der Dinge?«

Der Mann, der so großspurig auftrat und das Zimmer durch seine Anwesenheit noch kleiner wirken ließ, war Freddys Vorgesetzter, Kriminalhauptkommissar Brack, der Letzte, den Freddy zu sehen erwartete, geschweige denn sehen wollte. Dass er zu einem Tatort erschien, war ungewöhnlich, vor allem in einem Fall, den Freddy leitete, denn der Hauptkommissar war nicht dafür bekannt, sich an Tatorten die Finger schmutzig zu machen, oder dafür, sich freiwillig in die Nähe von Freddy zu begeben.

»Herr Hauptkommissar, guten Abend.«

Brack ignorierte ihn.

Gedanklich biss sich Freddy auf die Lippe und bereitete sich auf die Liste von Fehlern vor, die Brack ihm sicherlich vorwerfen würde. Brack war aber kaum ein paar Schritte in das Zimmer gekommen, da legte er seine polternde Art ab, und seine Gesichtszüge sackten herunter.

»Hat er sie so zurückgelassen?«

Freddy nickte. »Als läge sie in einem Beerdigungsinstitut für eine Bestattung aufgebahrt.«

Eine dünne Schicht Schweiß erschien auf Bracks Oberlippe, und seine normalerweise kräftige Gesichtsfarbe wurde blass. Offensichtlich war die sorgsam aufgebahrte Leiche von Frau Sauerbrunn ein Schock für ihn.

Hätte irgendjemand sonst eine so sichtbare Reaktion gezeigt, hätte Freddy sofort sein Mitgefühl oder seine Sorge ausgedrückt. Brack hatte allerdings alle Ansprüche auf gute Wünsche von Freddy verwirkt, als er Freddys jüdischen Hintergrund benutzt hatte, um ihn aus einem früheren Fall auszuschließen. Was Freddy betraf, war Brack ein ehemaliger Nazi in einer neuen Uniform, also schwieg er und überließ es Hanni, die Frage »Ist alles in Ordnung?« zu stellen.

»Ich war nicht so darauf vorbereitet wie ich dachte. Ich habe sie gekannt, oder zumindest ihren Ehemann.« Brack wischte sich mit einem ausgefransten Taschentuch über das Gesicht. »Wir sind gemeinsam für den Polizeidienst in die Lehre gegangen, wobei Hannes letztendlich nicht für die Polizeiarbeit gemacht war. Er hat ein Lokal eröffnet, das ich um der alten Zeiten willen gelegentlich besuche. Als ich die Meldung gesehen habe, dass seine ...« Er unterbrach sich, erinnerte sich, mit wem er sprach, und verwandelte sich wieder in Brack zurück. »Sie dürfen das nicht versauen, verstehen Sie mich, Schlüssel? Und wenn Sie den Fall nicht aufklären können, bleibt er nicht in Ihrer Hand. Was wissen Sie bisher?«

Freddy fasste kurz die Folgerungen zusammen, zu denen er bisher gekommen war.

Brack schnaubte, und die Farbe kehrte in seine Wangen zurück. »Ich will keine Thesen hören. Und was den restlichen Unsinn angeht, den Sie verzapfen ... Ich will nicht hören, dass es nach einem Familienmord aussieht, wahrscheinlich aber keiner ist. Was soll das denn um Himmels willen bedeuten? Ich will auch nicht hören, dass die Aufbahrung der Leiche bewusst respektvoll wirkt, und Hannes kann das auch nicht brauchen. Nichts daran ist respektvoll. Seine Frau ist tot. Finden Sie heraus, wer es getan hat.« Er stürmte hinaus und rannte Matz fast über den Haufen.

Freddy winkte die Kriminaltechnik aus dem Flur ins Zimmer herein und bedeutete Hanni und Matz, ihm in die Küche zu folgen. Er fühlte sich, als wäre seine Haut grün und blau und gespannt, als würde sie jeden Moment aufplatzen.

»Geht es dir gut?«

Hanni sah ihn mit wissendem Blick an.

Freddy antwortete nicht. Er war überglücklich, dass sie nicht von der Abteilung für Mordermittlungen verschwunden war, konnte aber nicht riskieren, ihr das zu zeigen. Nach ihrem letzten, missglückten Zusammentreffen war er entschlossen, in ihrer Nähe professionell und unnahbar zu bleiben. Er wandte seine Aufmerksamkeit stattdessen Matz zu.

»Hast du irgendetwas vom Ehemann erfahren können?«

Matz hatte genug Verstand, nicht auf die Spannung, die zwischen Hanni und Freddy knisterte, zu reagieren, und schüttelte den Kopf. »Nicht bezüglich der Aktion der Amerikaner an der Schule, nein. Das hat sie ihm gegenüber nie erwähnt. Ihm ist allerdings entschlüpft, dass die Bar nicht besonders gut läuft, und dass er mit seinen Schutzzahlungen im Rückstand ist. Darüber war er sehr aufgeregt.«

»Was meinst du mit Schutzzahlungen?«

Matz sah Hanni an, wartete aber, bis Freddy ihm zunickte, bevor er ihr antwortete.

»Das Geld, das er dafür zahlt, sein Lokal offen zu halten. Er hat an eine lokale Bande gezahlt, die Libelle, um sicherzustellen, dass es keine Probleme mit schwierigen Kunden gibt – für die sie schon sorgen würden, wenn er nicht mit dem Geld rausrückt – aber auch, um sicherzustellen, dass er weiterhin seine Wein- und Bierlieferungen erhält. Unglücklicherweise läuft der Handel schlecht, seit die Blockade begonnen hat, und er kann schon seit fünf Wochen nicht zahlen.«

»Ist er gezielt bedroht worden?«

Matz nickte Freddy zu. »Ja. Er hat mehrere Warnungen erhalten, und vor ein paar Tagen ist er zusammengeschlagen worden. Das kann man noch erkennen.«

»Das ist eine andere Art von Familie.«

Freddy drehte sich zu Hanni, als diese seine Worte vom ersten Tatort in der Heimstraße wiederholte. Sie schaute zurück auf die dünne Spur am Hals der toten Frau.

»Glaubst du, das ist hier passiert? Frau Sauerbrunns Tod ist eine Strafe für die Fehler ihres Mannes, also ein Bandenmord? Könnte es eine Verbindung zu dem Jungen geben, der in der Nähe der Wache abgelegt wurde?«

Freddy blätterte in seinem Notizbuch, um Zeit zum Nachdenken zu gewinnen. Es war eine interessante Idee, die ihm in dem Moment gekommen war, als er erkannte, dass es sich wieder um eine Strangulation handelte. Aber es gab immer noch viel mehr Ungereimtheiten als Verbindungen zwischen den beiden Fällen, und er hatte nicht vor, die beiden Morde unbedingt in einen Zusammenhang zu stellen, solange er nicht mehr Beweise hatte, dass es passte.

»Vielleicht, aber es ist ein großer Unterschied zwischen einem Jungen, der im Dunkeln auf der Straße ermordet wurde, und einer Frau mittleren Alters, die in ihrer eigenen Wohnung getötet wurde. Ich weiß, dass sie beide stranguliert wurden, und ich bin kein Freund des Zufalls, aber ich sehe nicht, dass wir hier nach ein- und demselben Mann als Täter suchen – bis auf die Mordmethode ist alles andere zu unterschiedlich. Und was Banden angeht, bin ich mir nicht sicher. Eine Frau zu ermorden, ist eine extreme Strafe für ein paar versäumte Zahlungen.«

Er blickte durch die offenstehende Tür. Das Team wickelte ein Baumwolltuch um die sterblichen Überreste von Frau Sauerbrunn. Brack würde sich in diesem Fall in alles einmischen, und das Letzte, was Freddy zu einem so frühen Zeitpunkt brauchen konnte, war, Möglichkeiten vorzeitig zu verwerfen.

»Es könnte trotzdem stimmen, schätze ich. Die Blockade hat bei vielerlei Dingen die Abläufe geändert, also könnten Banden hinter diesem Mord stehen, oder auch hinter beiden. Lasst uns das überprüfen, wenn wir können, und vorerst noch nichts ausschließen.«

Hanni beobachtete ihn. Er wusste, dass sie über Elias und ihren Vorschlag nachdachte, dass er ihn finden und überprüfen solle, ob Banden involviert waren. Aber dieses Gespräch wollte er nicht erneut führen, erst recht nicht, wenn so viele Ohren mithörten.

Aber sie ist Hanni, sie wird mich nicht dazu bringen, oder zumindest nicht an so exponierter Stelle wie hier und jetzt.

Sie verstand ihn. Dieser plötzliche Gedanke erleichterte ihn. Sie bewies, dass er recht hatte, als sie kurz darauf mit der Frage: »Meinst du, du könntest in diese Richtung ermitteln?« diese Möglichkeit aufbrachte.

Er murmelte schulterzuckend: »Vielleicht«, was Hanni mit einem knappen Lächeln quittierte. Es war der unkomplizierteste Wortwechsel, den sie seit Wochen hatten.

Obwohl er »vielleicht« gesagt hatte, begann Freddy nicht sofort mit der Suche nach Elias, sondern wartete ab. Was Hanni auch denken mochte, er war nicht mal ansatzweise zu dieser Suche bereit.

Stattdessen hielt er sich fest an die übliche Vorgehensweise. Er befragte die Kolleginnen von Frau Sauerbrunn. Er vernahm ihren Ehemann, bis der Mann mehr Angst vor ihm hatte als vor den Bandenmitgliedern, die sein Geschäft bedrohten. Alle Spuren endeten in Sackgassen. Nach einer Woche, in der Brack ihm auf den Fersen saß, wusste Freddy, dass seine Vorbehalte keine Rolle mehr spielen durften; er bestellte Oli auf die Wache und setzte ihn auf die Spur an. Er weigerte sich, darüber nachzudenken, welche anderen Details aus der Vergangenheit dadurch noch aufgewirbelt werden könnten.

»Du musst jemanden für mich finden. Ich bezweifle sehr, dass er noch am Leben ist.«

»Gut. Dann ist es schnell erledigt.«

Oli schnappte nach dem Geld, das Freddy ihm hinhielt, und prägte sich die paar Einzelheiten, die Freddy ihm lieferte, ein, darunter, dass er Elias zum letzten Mal gesehen hatte, als er von Buchenwald aus auf den Marsch geschickt worden war. Oli reagierte nicht weiter darauf, aber das tat er nie. Freddy wusste genauso wenig, was im Kopf des Jungen vorging wie vor drei Jahren, als sie sich zum ersten Mal über den Weg gelaufen waren. Er wusste auch nicht, wie alt Oli war – vermutete lediglich, dass er zwischen zwölf und fünfzehn Jahre alt sein musste – oder wo und bei wem der Junge lebte. Oli war, genau wie 1945, schlecht ernährt und geheimniskrämerisch, und außerdem stand er öfter auf der falschen Seite des Gesetzes als auf der richtigen. Außerdem kannte er Berlin so gut, als wäre jede der Straßen seine, was ihn in Freddys Augen zu einer Bereicherung machte, nicht zu einem Kostenfaktor. Allerdings sorgte er sich deshalb auch mehr um Oli, als diesem lieb war.

»Sei vorsichtig, ja? Leg dich nicht mit diesen Menschen an. Du denkst vielleicht, eine Bandenmitgliedschaft bringt dir Vorteile, aber die Männer, die sie führen, sind gefährlich. Man zahlt einen hohen Preis für das, was sie bieten.«

Kaum hatte er es ausgesprochen, fühlte er sich albern. Es überraschte ihn kaum, als Oli lachte.

»Danke für die Warnung, aber ich kann für mich selbst sorgen. Außerdem bin ich nicht auf der Suche nach einem Boss, der mir die Hälfte meines Einkommens abknöpft oder mir die Beine bricht.«

»Ich weiß, dass du für dich selbst sorgen kannst. Aber ich wäre froh, du würdest besser ...«

Freddy unterbrach sich. Oli hatte schon abgeschaltet. Er

war nach eigenem Bekunden mit dem Leben auf der Straße zufrieden, und interessierte sich nicht für Freddys Vorstellungen, wie er das ändern könnte. Er war schon halb zur Tür hinaus, da fiel Freddy ein, dass er ihn noch etwas anderes fragen musste.

»Hat Hanni sich an dich gewandt?«

Er zögerte nur kurz, bevor er »Nein« sagte, aber es verriet Freddy die Wahrheit genauso klar, wie die Frage »Warum fragst du?«, die logischerweise hätte folgen müssen. Er ließ es auf sich beruhen, weil nicht mehr zu tun war, denn Oli zu drängen war genauso sinnlos wie Hanni zu drängen.

»Sei trotzdem vorsichtig.«

Er wusste nicht genau, ob er es nur in Olis Richtung sagte, oder ob er auch Hanni meinte, aber es spielte ja keine Rolle. Oli war schon weg, und keiner von beiden hätte auf ihn gehört.

Freddy würde nie erfahren, ob Oli vorsichtig gewesen war oder nicht, aber er war auf alle Fälle schnell.

»Er hat überlebt. Er ist in Mitte. Er hat mir das hier gegeben und gesagt, er will dich morgen dort treffen.«

Oli schob ein Stück Papier über den Schreibtisch zu Freddy. Darauf war in vertrauter, säuberlicher Handschrift eine Uhrzeit und eine Wirtschaft an der Ecke Ackerstraße, Invalidenstraße notiert. Oli war weg, bevor Freddy ihm irgendwelche Fragen stellen konnte.

Als Erstes wollte Freddy losschluchzen, weil sein Freund wunderbarerweise noch am Leben war. Dann riss er sich zusammen und starrte fast eine Stunde lang den Zettel an und versuchte sich vorzustellen, wer genau Elias heutzutage sein mochte. Es fiel ihm schwer, sich den Mann aus der Vergangenheit in der Gegenwart auszumalen. Freddy sah vor seinem inneren Auge nur das ausgezehrte Gesicht einer in eine Decke gehüllten Gestalt und eine Kolonne gebrochener Gefangener in gestreifter Kleidung. Vierzigtausend waren von Buchenwald aus auf den Marsch geschickt worden. Die Hälfte von ihnen war getötet worden: unterwegs erschossen, in Kirchen und Schuppen verbrannt oder unterwegs verhungert zu Boden gefallen. Und Elias hatte irgendwie überlebt. Das war erfreulich, und doch ...

Was hat er aus jenem Ort und dem Marsch mitgenommen? Was hat die Erfahrung inzwischen aus ihm gemacht?

Freddy hatte niemandem je mehr als die sehr vereinfachte Version über Buchenwald erzählt, die er Hanni vorgesetzt hatte. Er hatte nicht nur die Beschreibung des Lagers bewusst ausgespart, sondern auch nichts über die körperlichen Folgen erzählt, die es mit sich brachte, dort Insasse gewesen zu sein. Über den Hunger, der im Magen nagte und das Hirn vernebelte. Über den irren Durst, der seinen Körper im Viehwaggon und dann, nach der Ankunft, zum Glühen gebracht hatte – in jenen Tagen, in denen das Wasser nur tropfenweise zugeteilt wurde. Oder darüber, wie der Gestank nach Unrat, Angst und Kaminrauch sich in seinem Mund angesammelt hatte, bis er nichts anderes mehr schmeckte. Oder über das, was ihn am meisten verängstigt hatte, sogar noch mehr als die Fäuste und Peitschen und die ewig dräuende Todesgefahr – die Schnelligkeit, mit der er aufhörte, auch nur ansatzweise ein Mensch zu sein, der die Bezeichnung verdient hatte, und stattdessen zu einer instinktgetriebenen Kreatur geworden war, die sich aufs reine Überleben konzentrierte, wo sich doch die Überlebensregeln willkürlich ändern konnten. Er wollte nicht, dass Hanni oder sonst jemand auch nur einen Augenblick davon kannte oder wusste, wie tief jene Tage noch in ihm verwurzelt waren. Dass sie in seine Albträume und schlaflosen Nächte und seine vorsichtige Art, sich durch die Welt zu bewegen, tief eingeprägt waren. Freddy hatte nie vom Lager gesprochen; er versuchte, nicht einmal daran zu denken. Für das Wort Buchenwald schuf er in seinem Leben keinen Raum. Aber vergessen hatte er es nie, und es hatte ihn nie ganz losgelassen.

Nicht mehr an Buchenwald denken – diese Lektion hatte Freddy am ersten Tag gelernt, nachdem er durch das Tor hinausgetreten war. Instinktiv hatte er begriffen, dass er nichts davon hätte, sich zu wundern, wieso er noch da war, und dass es sinnlos war, nach einer Bedeutung zu suchen. Er wusste, dass er nur auf Wahnsinn stoßen würde, wenn er in diese Richtung ginge. Freddy hatte sich nie erlaubt, in Buchenwald über mehr nachzudenken als darüber, wie er jeden einzelnen Tag überlebte. Dann hatten sich die Tore geöffnet, die Außenwelt war zurück, und die Anstrengung, mit dem Lager zu leben, war nicht verschwunden, sondern hatte sich lediglich verändert.

Freddy hatte das Leben wieder neu lernen müssen, er hatte einen Platz für die Wut und den Verlust finden müssen, die noch lange an ihm fraßen, nachdem die Welt ihn wieder hereingelassen hatte. Er war sich nicht sicher, ob er diese Lektion wirklich schon begriffen hatte, auch wenn er viel über Schmerz gelernt hatte. Als die Tore von Buchenwald sich öffneten, hatten sie alle Sorgen und den Schrecken hereingelassen, den der Überlebenskampf bereitgehalten hatte. Freddy war durch die geöffneten Tore geschritten, niedergedrückt von der Schuld, am Leben zu sein, wo so viele es nicht waren, und er wusste, dass sie ihn nie wieder ganz verlassen würde. Und mit der Scham darüber, dass bessere Frauen und Männer als er gestorben waren, dass er aus Gründen, deren er sich nicht würdig fühlte, bevorzugt worden war. All das lastete auf ihm, und er war nie in der Lage gewesen, das Geringste davon auszusprechen, nicht einmal Hanni gegenüber.

Aber jetzt ist Elias da, und er weiß es auch.

Die Zeit bis zu ihrem Treffen verging zu langsam. Am Montagnachmittag hatte Freddy zu wenig geschlafen, zu viel Kaffee intus, und es bestand die Gefahr, dass zu nervös war, um wohlbehalten in der Wirtschaft anzukommen, in der das Treffen stattfinden sollte.

Es war kein einfacher Weg. Mitte – das Viertel Berlins, das am zentralsten lag – lag in der sowjetischen Besatzungszone. Eine der wichtigsten ostdeutschen Polizeistationen lag in der Linienstraße, fünfzehn Gehminuten von ihrem Treffpunkt entfernt. Früher hätte das keine Rolle gespielt, aber das blockierte Berlin war keine sichere Stadt mehr, jedenfalls nicht im Sowjetsektor, und erst recht nicht für einen Polizisten.

Durch Mitte zu gehen forderte Konzentration und Achtsamkeit. Leute, die am falschen Ort unterwegs waren, verschwanden einfach – sie wurden in schnell fahrende Autos gezogen, bevor sie um Hilfe rufen konnten – oder wurden festgenommen, weil sie nicht die richtigen Papiere dabeihatten. Freddy war nur zu klar, dass seine Papiere, sollte er angehalten werden, zu einer Verhaftung führen konnten, und dass darauf ein Arbeitslager folgen konnte, und niemand wüsste je, dass er dorthin geschickt worden wäre. Oder eine Geiselnahme, die seine Karriere ruinieren konnte. Aber er konnte Elias nicht einbestellen, also blieb ihm keine andere Wahl, als hinzugehen. Den Zug zu nehmen war am schnellsten, aber auch zu riskant – sobald die Gleise Mitte erreichten, würden sich die Waggons mit Soldaten der Roten Armee füllen. Deshalb zog Freddy seine schäbigste Kleidung an, zog den Hut in die Stirn und ging zu Fuß.

Trotz seiner angespannten Nerven erwies es sich als einfach, den Kopf gesenkt zu halten. Die Straßen in Mitte waren in viel schlechterem Zustand als die im Westsektor, und alle Fußgänger bahnten sich vorsichtig ihren Weg über zerstörtes Pflaster, sie achteten auf die zerbrochenen Bundsteine und die Geröllhaufen, in denen man sich leicht den Knöchel brechen konnte. Freddy bewegte sich genauso vorsichtig wie alle anderen, er widerstand der Versuchung, sich nach möglichen Gefahren umzuschauen, und nutzte stattdessen Spiegelungen in den Fenstern, um zu überprüfen, wer in der Nähe war. Niemand nahm Notiz von ihm, aber er war trotzdem erleichtert, als er in eine Wirtschaft trat, deren Inneres so dunkel wie ein Abend im Dezember war.

»Ich war mir nicht sicher, ob du kommst. Es ist nicht der sicherste Ort für einen Mann in deiner Position, es sei denn, du bist sicher, dass deine Bosse das Lösegeld zahlen.«

Alles hatte sich geändert und nichts.

Elias' Gesicht war wieder runder und sein Haar wieder gewachsen, aber seine Augen waren immer noch auf der Hut, und er überprüfte immer noch alles.

Freddy widerstand dem überwältigenden Drang, die Arme um seinen alten Freund zu werfen – wahrscheinlich hätte er eher einen Stoß als eine Umarmung geerntet – und rutschte auf den Sitz ihm gegenüber. Ein Helles wurde gebracht. Er nahm einen tiefen Zug und gab sich Mühe, wie jemand zu klingen, der sich unter Kontrolle hatte.

»Du hast dich also durchgeschlagen. Als ich dich das letzte Mal gesehen habe, hätte ich nicht gedacht, dass du es schaffst.«

Elias' angedeutetes Lachen hatte sich nicht verändert – es war immer noch die gleiche Mischung aus Warnung und Schutzschild, die Freddy vom Lager in Erinnerung hatte.

»Hast du daran gezweifelt? Ich dachte, du hättest mehr Vertrauen in mich. Was wäre denn außer Überleben infrage gekommen?«

Er will nicht, dass ich nachhake. Er hat die Vergangenheit genauso sorgsam weggeräumt wie ich.

Freddy spürte Elias' Zurückhaltung, an den Ort zurückzukehren, an dem sie sich letztes Mal gesehen hatten, aber er konnte nicht aufhören. Das Bedürfnis, das anzuerkennen, was ihm in Buchenwald angetan worden war, überwältigte ihn.

»Mach das nicht, Elias. Wirf es nicht weg und tu, als wäre es leicht gewesen. Sag mir lieber die Wahrheit.«

Elias stellte sein Getränk ab, und sein Gesicht erstarrte.

»Die Wahrheit? Was willst du hören, Freddy? Noch eine Gräuelgeschichte? Hat die Welt davon nicht genug gehört?«

Als Freddy nicht antwortete, zuckte Elias die Achseln und fuhr in einem so gleichmütigen Tonfall fort, dass Freddy wusste, wie gut er ihn einstudiert hatte. »Fein. Wie wäre es mit der Zahl der Leichen, die ich am Wegesrand gesehen habe? Ich habe den Überblick verloren. Was ich gegessen habe, um weitergehen zu können? Gras und die Baumwollfasern meines Hemdes. Oder noch besser, wie ich entkommen bin? Nachts im Wald, als die Wächter besoffen waren und es mir völlig egal war, ob eine Kugel mich treffen würde. Es war ein Todesmarsch, Freddy. Der Name war gut gewählt. Es bringt nichts, weiter drin herumzustochern.«

Er unterbrach sich, und sein Blick flackerte in die Ferne zu den Geistern, von denen Freddy wusste, dass sie beide sie sehen konnten. Er seufzte.

»Damit wirst du dich nicht zufriedengeben, oder? Du warst im Herzen immer ein Polizist und hast herumgestochert, bis du die Antworten bekamst, die du wolltest. Wenn du es wirklich wissen musst – am Ende haben nur noch die einzelnen Schritte gezählt. Zuerst ging es darum, in der Mitte der Kolonne zu sein, weit weg von den Gewehren, und denjenigen einen Arm oder eine Schulter zu bieten, die ausrutschten. Bis mehr Tage vergingen, als irgendeiner von uns hätte aushalten können. Da wurden alle anderen zu bloßen Schemen, und es ging nur noch darum, einen Schritt vor den anderen zu setzen.«

Er leerte sein Glas und wedelte damit in Richtung des Kellners.

»Ich habe genug Schritte gemacht, um zu überleben. Darauf bin ich nicht immer stolz. Ich schätze, du trägst ebenfalls genug Schuldgefühle mit dir herum.«

Darauf konnte Freddy nur mit einem Nicken antworten.

Als Elias weitersprach, klang seine Stimme fester. »Und was ist mit dir? Du hast ebenfalls überlebt. Ich nehme an, deine

Version des Wunders verdankst du den Amerikanern, die einmarschiert sind und dich befreit haben?«

Freddy ahmte Elias' angedeutetes Lachen nach. Er spürte, dass dieser kaum bereit wäre, Selbstmitleid zuzulassen – bei ihnen beiden, und dass er sehr bald nicht mehr zuhören würde, wenn Freddys Bericht weinerlich würde.

»Das stimmt. Vor allem dem einen, den ich vornübergebeugt gefunden habe, als er sich die Seele aus dem Leib kotzte.«

Dem einen war eine Untertreibung. Freddy wusste es damals zwar nicht, aber der Mann, den er dabei beobachtete, wie er sein Frühstück erbrach, war General George S. Patton, Kommandant der Dritten Armee der Vereinigten Staaten, den Befreiern von Buchenwald. Für Freddy war er nur ein weiterer Soldat gewesen, der von dem Grauen übermannt worden war und versuchte, in dem Albtraum, in den er gestolpert war, irgendeinen Sinn zu erkennen – und dabei nicht sorgfältig genug vorging. Also wies Freddy ihn auf seinen Fehler hin.

»Der Dicke, der euch angeboten hat, euch herumzuführen, war ein Wärter, kein Insasse. Sie sollten ihn festnehmen, anstatt ihm zuzuhören. Wenn Sie Zeugen wollen, die ein ehrlicheres Englisch sprechen, schauen Sie zuerst mal nach den Dünneren.«

Patton hatte dem Offizier, der sofort zu ihm laufen wollte, mit einer Geste aufgehalten. Er richtete sich auf und zog einen Flachmann aus der Tasche. Nachdem er einen guten Schluck genommen hatte, wischte er über den Flaschenhals und bot ihn Freddy an, der mit einem Armwedeln ablehnte. Ihm drehte sich der Kopf schon beim Geruch des Brandys.

»Ich glaube nicht, dass mein Magen das mitmacht – er behält ja kaum Essen drin.«

»Wie lang sind Sie schon hier drin?«

Freddy erklärte Elias, was ihm damals gefallen hatte: dass

Patton ihm nicht mit Mitleid oder Versprechungen von Rache kam. Er redete wie ein Gleichgestellter mit ihm, wie ein Mann. Als Freddy »Fast ein Jahr« antwortete, bat Patton ihn: »Erzählen Sie mir ... nein, zeigen Sie mir die Wahrheit über diesen Ort.«

Das tat Freddy in den beiden darauffolgenden Stunden.

Er beschönigte nichts. Er führte den General und seine Gefolgsleute zu den Baracken, aus denen er gekrochen war, als die Diphtherie, die ihn im Lager festgehalten hatte, endlich abgeklungen war. Er zeigte ihnen die Pritschen, die vierfach übereinander angeordnet waren, und nur wenige Zentimeter auseinander standen. Von Läusen bevölkerte, schmale Matratzen hatten für zwei, manchmal auch drei Körper herhalten müssen. Er zeigte ihnen die ausgemergelten Gefangenen, die immer noch in ihren Betten lagen, und denen die Hilfe, die endlich angekommen war, nichts mehr nützen würde. Er führte sie über einen Hof, auf dem die Leichen wie Feuerholz gestapelt waren. Dann führte er sie zu den Öfen und Block 66, wo Hunderte schweigender, verhungernder Kinder saßen und ihre Retter aus Augen anblickten, die viel Schlimmeres gesehen hatten, als jemand von ihnen beschreiben könnte, weil ihnen die Worte dazu fehlten. Zuletzt, als er mit der Führung fertig war, hatte Freddy durch den Zaun zur Stadt Weimar geschaut und das gesagt, was alle im Lager sagen wollten: »Sie alle haben es gewusst, und sie alle werden es leugnen.«

»Dann lassen wir das nicht zu.«

Und dann schüttelte Patton Freddy die Hand, eine Geste, die für den General völlig natürlich, für Freddy jedoch ein Schock war. Es war so lange her, seit er anders als hasserfüllt berührt worden war, dass er nicht anders konnte, als bei der Berührung zurückzuzucken.

Patton spürte es, hielt Freddys Hand aber so lange, bis sein Griff gleich fest wurde.

»Und Sie, mein Freund, werden hier sein, wenn wir sie hierherbringen. Sie werden sie herumführen.«

»Er hat Wort gehalten. Später sind sie alle hereingeflutet; die Guten, die Bösen und die Gleichgültigen.«

Freddy trank das zweite Bier aus, das Elias ihm bestellt hatte, und ließ zu, dass er noch eines orderte.

»Tausend Deutsche wurden aus der Stadt über denselben blutbefleckten Weg, über den ihr weggeführt wurdet, hingeführt und gezwungen, durch das Lager zu gehen und es wirklich zu sehen. Die Foltergeräte, die Galgen, die Verbrennungskammern, in denen noch die Knochen lagen. Die Stapel von Leichen und diejenigen, die noch im Sterben lagen. Ich habe dafür gesorgt, dass ihnen nichts vorenthalten wurde.«

»Meinst du, das hat irgendeinen Unterschied gemacht?«

Das spärliche Licht in der Kneipe hatte in Elias' Gesicht wieder die Hohlwangigkeit von vor drei Jahren hervorgerufen. Freddy wollte »Ja, klar« sagen und in den Augen seines Freundes das Leuchten wieder hervorbringen. Aber er konnte nicht.

»Ich hoffe es. Der Gedanke, zu jenen Tagen zurückzukehren ...« Er trank rasch einen Schluck. »Aber ich weiß nicht. Das Leugnen, das Herunterspielen der Gräuel als reine Propaganda oder als unmöglich, setzten trotz der Beweise rasch ein. Die Nürnberger Prozesse waren letztendlich ein zahnloser Tiger. Und trotz all dem Gerede von Entnazifizierung klettern die alten Männer auf Posten zurück, an denen sie nicht sein sollten. Mein Vorgesetzter ist einer von ihnen.«

»Brack?« Elias lehnte sich zurück, als Freddy nickte. »Sein Name taucht immer wieder auf. Ich nahm an, dass du deinen Laufjungen deshalb nach mir auf die Suche geschickt hast. Wenn die Gerüchte stimmen – und ich nehme an, wir können daran glauben, dass die Gerüchte stimmen – hat Brack dank der Aktivitäten der Ringvereine eine schön gefüllte Börse. Geht es dir hier darum? Dass ich dir helfe, herauszufinden, wie tief er da mit drinsteckt?«

Das war nicht die Reaktion, mit der Freddy gerechnet hatte, auch wenn sie seine unausgesprochene Frage beantwortete, ob Elias noch mit den Banden zu tun hatte.

»Nein. Ich wusste nicht, dass Brack sich die Taschen füllt, auch wenn es mich nicht überrascht, dass er die Hand aufhält. Aber ein Zugang zu den Ringvereinen? Ja, das käme mir gelegen. Ich bin tatsächlich gekommen, weil ich sehen wollte, ob du noch die alten Verbindungen pflegst, obwohl ...« Freddy zuckte die Schultern, um zu überspielen, wie wichtig es ihm war. »Ich brauche deine Hilfe tatsächlich, auch wenn ich wünschte, du könntest sie mir nicht geben. Ich wünschte, du hättest diesen Pfad nicht wieder betreten.«

Elias leerte sein Getränk und winkte nach der Rechnung.

»Wir suchen uns alle unseren Weg aus, und dieser hier passt mir genauso gut wie immer schon, wenn nicht sogar besser. Lass uns auf den Punkt kommen, Freddy. Warum bist du hier, wenn nicht, um im Schmutz zu wühlen und deinen Boss loszuwerden? Willst du auch dein Salär aufstocken? Ich will nicht so tun, als würde es mich überraschen, wenn das der Fall ist – keiner, den ich gefragt habe, hat dich als korrupt bezeichnet – aber vielleicht ist es so: einmal Bandenmitglied, immer Bandenmitglied?«

Freddy war sich nicht sicher, ob es wieder nur ein Test oder ein Angebot war, aber er lehnte sowieso ab.

»In meinem Fall nicht, nicht mehr. Wie du sagtest: Wir haben beide unseren Weg ausgesucht. Und ich brauche kein Bestechungsgeld, sondern dein spezielles Wissen über die Stadt.«

Er berichtete über die beiden Morde und seine Vermutungen dazu. Elias hörte zu, ohne zu kommentieren, aber sein Stirnrunzeln zeigte, dass er nicht überzeugt war.

»Für mich hört sich nichts davon nach Bandenangelegenheiten an. Keine unserer Mitglieder gehen in Häuser und auch wenn unsere Jungen Knochen brechen und wenn nötig auch mal das Messer ziehen, wäre das Zurücklassen von Leichen als Warnung oder Bestrafung nichts, was in den oberen Zirkeln oder von unseren lokalen Anführern gebilligt würde. Der alte unausgesprochene Befehl ›Tötet nicht‹ hat immer noch Gültigkeit. Und wir können das Interesse der Polizei, das Morde so mit sich bringen, an unseren Angelegenheiten nicht brauchen, vor allem nicht von den Sowjets, die anscheinend die meisten ihrer Befragungstechniken von den Nazis gelernt haben. Außerdem ist das alles gar nicht nötig, denn die Blockade und das Chaos, in dem die Stadt steckt, ist für uns ein Gottesgeschenk. Jeder, der es will, kann ausreichend Geschäfte machen, und im Moment hat niemand ein Interesse an Revierkämpfen.«

Er griff nach seiner Jacke und seiner Börse.

»Ich werde mich umhören, falls jemand doch abtrünnig ist und wieder auf Spur gebracht werden muss. Ich nehme an, du verstehst, was Umhören in meinem Fall bedeutet?«

Freddy blieb sitzen, als Elias aufstand. Es war kein guter Plan, gemeinsam gesehen zu werden – er nahm an, dass Elias unter Beobachtung stand.

»Dass ich dir was schulde. Damit habe ich gerechnet. Solange du dir nur nicht zu viel erwartest.«

Elias ging mit einem Lächeln hinaus, von dem Freddy wusste, dass es beunruhigend wirken sollte. Es funktionierte, aber Freddy machte sich mehr Gedanken über die Informationen, die Elias vielleicht liefern konnte, als über die möglichen Kosten.

Und jetzt weiß ich etwas über Brack, das eines Tages noch nützlich sein kann.

Freddy saß noch eine halbe Stunde in der Kneipe und hielt sich an seinem Bier fest, das warm und schal geworden war. Er war sich nicht sicher, wohin ihn das Treffen gebracht hatte, außer vielleicht, dass die einzige These, die er gehabt hatte, zerschossen war. Eine Spur zur Bandenkriminalität zu finden war außerdem, wenn er ehrlich war, nicht sein einziger Grund für das Treffen gewesen. Er war auch hergekommen, um die schlimmsten Tage seines Lebens mit einem Mann zu teilen, der sie auf die gleiche Weise durchlebt hatte, aber trotz all seiner Mühe fühlte er sich immer noch leer. Er war Elias' Beispiel gefolgt und auf die gleiche Weise über seine letzten Tage in Buchenwald hinweggehastet, wie Elias die schlimmsten Einzelheiten des Todesmarsches übersprungen hatte. Alles, was er hatte sagen wollen – »Erinnerst du dich noch an den quälenden Durst und wie wir mit unseren Hemden Regenwasser aufgefangen und dann daran gesaugt haben? Erinnerst du dich an den Schmerz des Hungers und dann die Angst davor, dass der erste Teller Essen nach der Befreiung einen umbringen könnte, weil unser Magen so sehr geschrumpft war? Erinnerst du dich an den Moment, als sie sagten, du bist frei, und keiner würde dich in eine Gaskammer schicken? Hast du ihnen geglaubt?« – das alles war ungesagt geblieben.

Und ist das nicht die Wahrheit? Dass noch mehr unausgesprochen bleibt und die Geister nie zur Ruhe kommen werden?

Es war ein schlimmer Gedanke – und ein einsamer.

Als Freddy zurück zur Wache kam, bedauerte er, dass er nicht sofort nach Hause gegangen war – um den Papierkram in Angriff zu nehmen, den er sich vorgenommen hatte, war er viel zu ausgelaugt. Als er dann an der Ecke zögernd verharrte und versuchte, sich davon zu überzeugen, dass ein früher Start am nächsten Tag mehr brächte als eine widerwillig durchgezogene Stunde Arbeit heute Abend, erwachten die Instinkte, die ihn sicher durch Mitte geführt hatten, zu neuem Leben. Es kam jemand die Treppe von der Wache herunter, den er hier nicht erwartet hatte.

Freddy glitt in eine Türnische, die ihm eine gute Sicht ermöglichte.

Sein Verdacht bestätigte sich: Die Gestalt war Oli. Das war zwar unerwartet, aber nicht besonders seltsam, sagte er sich – Freddy war nicht der einzige Polizist in Kreuzberg, der Olis Dienste in Anspruch nahm. Ihn besorgte weniger, was der Junge hier tat – Oli machte, was er machte, und es war einfach sinnlos, das zu hinterfragen. Sondern Freddy besorgte viel mehr, dass die Person, die ihm hinterlief und ihn zurückrief, Hanni war. Ihre Augen waren dunkle Flecke in ihrem farblosen Gesicht.

KAPITEL 8

9. SEPTEMBER 1948

»Im letzten Bericht schätzt man die Menge schon auf über zweihunderttausend, und es dauert noch eine Stunde, bis Reuter seine Rede hält. Die Stimmung scheint bis jetzt vernünftig zu sein, aber wenn die Sowjets sich so zahlreich, wie unser Geheimdienst annimmt, unter die Leute gemischt haben, kann es schnell umschlagen und hässlich werden. Ich weiß, dass Hanni nicht in Angelegenheiten der Polizei hinfährt, aber ich halte es für das Beste, wenn sie mit dir fährt.«

Matz hatte Freddy keine Wahl gelassen, sondern Hanni regelrecht in den Fond des Wagens geschubst, als sie mit ihm hatte diskutieren wollen.

Hanni hätte es sich nicht ausgesucht, mit Freddy allein in einem Auto zu sitzen. In einem Polizeiwagen hatten sie einige ihrer schlimmsten Gespräche geführt und Phasen betretenen Schweigens durchstehen müssen, und es fühlte sich nicht so an, als ob es heute besser würde. Freddy bedachte sie, seit sie auf der Wache aufgetaucht war, um ihre Ersatzlinse zu holen, mit finsteren Blicken, und sie war nicht in der Stimmung, ihn zu fragen weshalb, oder ihn dazu zu bringen, es ihr zu sagen. In ihrem Kopf spukten unzählige »Hätte doch nur ...« herum, und keins davon konnte sie mit Freddy teilen.

Die Liste der damit beginnenden Sätze fühlte sich unendlich an. Hätte sie doch nur akzeptiert, dass sie zu erschüttert war, die Gesellschaft anderer auszuhalten, und Tonys Auftrag, sie bei der Protestkundgebung zu fotografieren, abgelehnt. Hätte sie sich doch nicht so von Olis Enthüllungen ablenken lassen, dass sie ihre Ausstattung zum Teil in der Wache vergaß, weshalb sie wieder hin musste, wo Matz dann einfach die Führung übernommen hatte. Wäre der Anlass, bei dem sie fotografieren sollte, doch bloß eine Pressekonferenz in Tempelhof, vor der sie sich leicht drücken könnte. Und der Satz, der allem zugrunde lag: Hätte sie doch nur die Suche nach ihrem Vater gelassen und die Vergangenheit Vergangenheit sein lassen ...

Ihr platzte der Kopf. Vom Bedauern und von der gleichzeitigen Erkenntnis, dass sie an einem normalen Tag zu der Versammlung, die Matz solche Sorgen machte, geeilt wäre und niemals gehofft hätte, dass das Auto, in dem sie und Freddy saßen, in den vollgestopften Straßen nicht vorankäme.

Der Protest, zu dem sie unterwegs waren, gärte schon seit Wochen. Beide Seiten Berlins waren wütend und nahmen Stellung für einen Kampf ein. Da zehn Wochen Blockade die Stadt nicht hatten brechen können, hatten die Sowjets beschlossen, die Muskeln spielen zu lassen, und die Alliierten hatten die Nase voll davon.

Sowjetische Panzer hatten entlang der Grenze des russischen Sektors Stellung bezogen, die Kanonen nach Wedding und Tiergarten ausgerichtet, und auf die Westberliner, die gezwungen waren, nervös an ihnen vorbeizueilen. Die sowjetische Militärpolizei drang fast täglich in die Westteile vor. Auf dem Potsdamer Platz war es zu einem Aufstand gekommen, als Soldaten der Roten Armee auf dem Schwarzmarkt aufkreuzten. Steine waren geflogen und Schüsse gefallen. Die Amerikaner und die Briten hatten Barrieren errichtet. Die Sowjets hatten sie wieder eingerissen. Die Stadt stand auf der Kippe, und der Winter nahte heran. Die Menschen begannen, der sowjetischen Propaganda zu glauben, dass sie sterben würden, wenn der Schneefall einsetzte, oder dass ein neuer Krieg unmittelbar bevorstand. Und der antikommunistische Berliner Stadtrat, der sich komplett aus Deutschen zusammensetzte und den Bürgern, die ihn endlich selbst hatten wählen dürfen, viel bedeutete, stand unter gezielten Angriffen.

Den ganzen Sommer über waren sorgsam angeleitete Horden aus dem Ostsektor aufmarschiert und hatten die sommerlichen Sitzungsperioden unterbrochen. Die Sowjets hatten vor der Blockade ihr Vetorecht benutzt, um zu verhindern, dass Ernst Reuter die Position einnahm, in die er gewählt worden war, und das Veto stand noch immer. Der beliebte Reuter – der zwei Kriegsjahre in einem Konzentrationslager verbracht hatte und die Rechte ebenso sehr ablehnte wie die Linke – hatte seine Anhänger aufgerufen, »Es reicht« zu sagen. Und das wollten sie in einer massiven und organisierten Welle der Wut, in der sie sich auf den Straßen um die Ruinen des Reichstags versammelten.

Seit den sorgsam choreografierten Militärparaden im Krieg hatte man keine Menschenmassen dieses Ausmaßes mehr in Berlin gesehen. Normalerweise würde Hanni sich mit der Kamera mitten in eine solche vielversprechende Gelegenheit stürzen. Aber heute nicht. Heute beschäftigte sie nur das, was sie am Montagabend erfahren hatte und das ihre ganze Woche in Beschlag nahm: dass Oli ihren Vater Reiner ausfindig gemacht hatte.

Oli war vom Anfang bis zum Ende des Auftrags der tüchtige und neutrale Junge geblieben, den sie kannte. Es war keine weitere Überzeugungskraft nötig gewesen, nachdem Hanni ihm gesagt hatte, wie großzügig sie ihn bezahlen würde. Er hatte sich gar nicht für die Geschichte interessiert, die sie sich überlegt hatte, um ihm zu erklären, warum sie nach Emil Foss suchte. Nach wenigen Sätzen hatte er sie mit den lapidaren Worten »Es ist mir egal, wer das ist, solange ich Geld dafür kriege« unterbrochen. Dann war er ohne ein weiteres Wort verschwunden, und Hannis Nerven waren dem Zerreißen nahe.

Sie war nicht nur nervös, weil sie schon frühere Erfahrungen damit hatte, Reiner ausfindig zu machen, sondern weil sie von ihrem Vater dabei erwischt worden war. Sie wusste, wie schnell so ein gefährliches Unternehmen durchgeführt werden musste, also wollte sie Reiner auf gar keinen Fall genug Zeit geben, zu erkennen, dass er unter Beobachtung stand. Was Oli betraf, konnte sie allerdings nichts anderes tun, als sich um ihn zu sorgen. Zuletzt war Oli wie immer innerhalb seiner üblichen Zeitspanne wieder aufgekreuzt, aber zum Glück war das Ergebnis die nervenaufreibende Warterei wert gewesen. Er hatte nicht nur Reiners Wohnungsadresse herausgefunden, sondern auch noch die Frage geklärt, die Hanni sich seit fast zwei Jahren stellte: Wieso ihr Vater sich nach dem Kriegsende den Briten als Bildungsexperte vorgestellt hatte.

»Was tut er? Sag es mir noch mal.«

Hanni hörte allem genau zu, was Oli ihr sagte, konnte aber einfach nicht begreifen, was er erzählte. Leider wiederholte sich Oli aber nicht gern. Er antwortete nicht, sondern verschwand sofort, nachdem er seine Informationen überbracht hatte. Deshalb war Hanni ihm hinterhergerannt, um sicherzugehen, dass sie ihn richtig verstanden hatte.

»Ich hab's dir doch gesagt: Wie es aussieht, baut er eine Schule auf. Durch ein Fenster habe ich einen Klassensaal gesehen. Ich habe dir die Adresse gegeben – geh doch selbst und schau nach, wenn du mir nicht glaubst. Oder zahl mir noch was, leih mir eine Kamera, und ich gehe selbst hin und mache Fotos.«

Darauf hatte Hanni Nein gesagt – das Risiko, was Oli noch herausfinden und welche Schlüsse er dann ziehen könnte, war zu groß. Aber sie konnte es nicht dabei bewenden lassen. Hanni hatte also getan, was Oli ihr vorgeschlagen hatte, und war selbst zu der Adresse gegangen. Wie Oli vorausgesagt hatte, fand sie dort eine Schule, aber außerdem so viel mehr.

Und ich wünschte, es wäre nicht so, oder ich hätte mir nicht zusammenreimen können, was es bedeutet.

Von allen »hätte« konnte sie Freddy definitiv dieses am wenigsten erzählen. Bloß konnte sie, als sie im Auto so weit weg von ihm saß, wie es nur ging – weil sie irrsinnigerweise überzeugt war, dass er irgendwie Reiners Präsenz in der Luft um sie herum spüren könne –, an nichts anderes denken als an die Schule und was sie bedeutete.

Die Adresse, die Oli Hanni gegeben hatte, gehörte zu einem Haus in einer Reihe von Villen, die am Ufer des Wannsees standen. Die Gegend, im Südwesten der Stadt gelegen, war bekannt für ihre Seen und galt als eines der elegantesten Wohnviertel von Berlin. Sie steckte für Hanni aber genauso voller düsterer Erinnerungen wie Tempelhof.

In früheren Zeiten wäre Hanni im Fond eines schwarzen, mit Hakenkreuz verzierten Mercedes zu dem Haus, in das ihre Familie eingeladen worden wäre, chauffiert worden. Sie wäre in Satin und Seide gekleidet und trüge ein Paar Schuhe, die nicht zum Gehen gedacht wären. Dieses Mal hatte sie den Zug vom Anhalter Bahnhof aus genommen, trug klobige Stiefeletten und die lockeren Hosen, die Wanderer bevorzugten. Aber die veränderte Aufmachung machte es nicht einfacher, zurückzukommen.

Im Anhalter Bahnhof war so viel Betrieb gewesen wie immer, aber als sie in der kleineren U-Bahnstation angekommen war, war Hanni die einzige Passagierin im Wagen gewesen. Es war noch zu früh am Tag für Spaziergänger und zu spät im Jahr für die Badegäste, die in den Sommermonaten hierher schwärmten, und als sie zum Wasser gegangen war, hatte sie niemanden sonst gesehen. Sie hatte es als gutes Omen genommen, weil sie verzweifelt nach einem gesucht hatte.

Die Straße Am Großen Wannsee selbst war leer, und Hanni war die lange Straße entlang gehastet und hatte versucht, keines der weitläufigen Häuser anzuschauen, in denen sie mit den Kollegen ihres Vaters zu Tisch gesessen hatte. Hier hatte sie 1940, als sie siebzehn war, auch ihr erstes Glas Champagner gekostet. Jetzt hinterließ der Gedanke, dass sie je in der Gesellschaft solcher Männer in einer solchen Straße gefeiert hatte, in ihrem Mund einen bitteren Nachgeschmack, den nicht einmal der seidigste Champagner hätte verdrängen können. Im Jahr 1940 war kaum eines der Häuser am Ufer nicht im Besitz eines gewichtigen Partei-Bonzen der Nazis gewesen. In der Villa Marlier am anderen Ende hatte die Wannsee-Konferenz stattgefunden, bei der Gerüchten zufolge die Entscheidung getroffen worden war, die europäischen Juden vom Erdboden zu wischen. In dieser Straße wimmelte es nur so von Geheimnissen, von denen die Bewohner angeblich nichts wussten, dachte sich Hanni. Je weiter sie die Straße entlang ging, desto stärker bedrückten sie diese Geheimnisse.

Die Villa, die Oli als Reiners Schule ausgemacht hatte, stand etwas von der Straße zurückgesetzt, hinter hohen, verschlossenen Toren. Sie war unglaublich malerisch und sah eher wie ein Märchenschloss aus, nicht wie ein Gebäude, in dem Nazis Zuflucht fanden. Breite, von geflügelten Löwen flankierte steinerne Stufen führten zu einem Gebäude, das aus einer Ansammlung von Türmchen aus rotem Backstein und grünlich grauem Schiefer bestand. Die Villa war von einem kleinen Wäldchen umgeben, und zwischen dem Eingang und dem Haupttor stand ein efeubewachsener Brunnen. Es sah aus wie ein Ort, an dem Rapunzel ihr Haar herablassen würde. Zum Glück hatte es keine Lebenszeichen gegeben. Aber auch keinen erkennbaren Zugang.

Hanni war auf der anderen Straßenseite an der Villa vorbei gegangen und hatte dem Drang, stehenzubleiben widerstanden, denn vor langer Zeit hatte sie gelernt, dass, wenn es um Reiner ging, kein sichtbar anwesender Mensch noch lange nicht bedeutete, dass keiner da war und beobachtete. Zum Glück hatte sie, als sie zur nächsten Ecke kam, die kleine Straße entdeckt, von der Oli ihr berichtet hatte, dass sie zum Ufer und auf die Rückseite des Anwesens führte, und war rasch dort eingebogen. Die beiden Häuser, die zwischen ihr und ihrem Ziel lagen, hatten Gärten, die an den See grenzten, aber ein schmaler Pfad führte um sie herum, und es gab keine Boote oder irgendjemanden, der im Grünen saß und sie vorbeieilen sehen könnte.

Wenn ich einen Weg hinein finde, und er ist da ...

Mit dem Gedanken hatte Hanni sich nicht weiter aufgehalten. Wenn sie es hineinschaffte und Reiner da war, wusste sie, dass kaum eine Wahrscheinlichkeit bestand, wieder herauszugelangen. Sie war weiter vorangeeilt, dich an den Hecken vorbei, die das Haus umgaben, bis sie zu der Blätterwand gekommen war, die an die Villa grenzte.

Die Hecke war hoch und dicht, aber nicht undurchdringlich. Für jemanden wie sie, die fest entschlossen war, sich durchzudrücken, waren die Lücken breit genug. Es kostete sie einige Minuten, in denen sie sich verfing, als die Zweige an ihrem Haar zogen und sich in ihrer Kleidung verhakten, aber sie hatte es geschafft. Der Rasen, auf den sie trat, war überwuchert, und die Rückseite des Hauses wirkte viel weniger säuberlich als die Front. Hanni hatte sich geduckt und an die Ecke des Gebäudes geschlichen, die ihr am nächsten war. Es gab keine Bewegung, kein Licht war an. Und eines der Fenster im Erdgeschoss war nicht fest verschlossen. Hanni hatte es aufgedrückt, war über die Fensterbank geklettert, hatte sich zusammengekauert und lauschte.

Das Haus hatte in vollkommener Stille dagestanden. Hanni

hatte gewartet, bis ihr Puls und ihr Atem sich beruhigten, bevor sie auf Erkundung ging.

Als sie durch die leeren Flure ging, wurde schnell klar, dass Oli recht hatte – es war eine Schule, allerdings noch in Warteposition. Die Klassen waren schon mit Bänken und Stühlen eingerichtet, aber noch nicht alle fertig: Einige der Tafeln waren noch in mit Farbspritzern übersäte Decken gewickelt, und einige der Wände warteten noch auf den letzten Anstrich. Die Schule war noch nicht bereit für die Schüler, aber wenn es so weit wäre ... Hanni ging von einem Raum zum nächsten und verspürte zunehmende Übelkeit. Die Schüler waren noch nicht da, aber in den Klassensälen, in denen die Poster schon aufgehängt waren und die Schulbücher bereitstanden, wurde die Natur der Schule nur zu offenkundig. Reiner hatte eine Hitler-Schule eingerichtet.

Die Anzeichen waren unmissverständlich. Hanni war erst einmal in einem solchen Gebäude gewesen, als Reiner zu einer Preisverleihung eingeladen war und seine Familie mitgenommen hatte, aber sie wusste von damals, wie eine solche Schule aussah und welches Gefühl sie vermittelte. Adolf-Hitler-Schulen waren eine Säule des Erziehungssystems der Nazis gewesen. Sie waren von der Parteiideologie durchtränkt und sollten die künftigen Führer des Tausendjährigen Reichs hervorbringen. Die Kinder, die sie besuchten, waren blond, blauäugig und »reinrassig«, und sie kämpften hart darum, ihren Platz zu erklimmen. Die Erziehung, die sie erfuhren, war militärisch geprägt und auf die Prinzipien des Nationalsozialismus gegründet. Aber vor allem war sie auf Hass gegründet.

Ihre Zukunftsvision ist von meiner eigenen weit entfernt.

Hanni schlich von Klassenraum zu Klassenraum, und während ihre Kamera klickte, gingen ihr die Worte ihres Vaters in der ganz anderen Schule, an der sie ihn zuletzt gesehen hatte, durch den Kopf. Sie katalogisierte, was sie sah, und gab sich Mühe, angesichts des Grauens nicht völlig zu erstarren. Sie fragte sich, ob es ein alleinstehendes Projekt war oder ob Reiners Ehrgeiz viel breiter gefasst und es nur die erste von vielen solcher Schulen war.

Sie fotografierte die Schaubilder, die schon an den Wänden hingen, außerdem die Schulbücher in den Regalen. Die Schaubilder hatte sie noch allzu lebendig aus ihren eigenen Klassensälen in Erinnerung: *Der deutsche Student kämpft für Führer und Volk, Bilder deutscher Rassen, Die Nürnberger Gesetze.* Die Bücher waren offenbar erst veröffentlicht worden, nachdem sie die Schule bereits beendet hatte. Hanni blätterte einige von ihnen durch. Die Geschichtsbücher hatten die Zeitläufte aufgeteilt und Deutschland in das Zentrum zwischen der Vergangenheit der Welt und ihrer Zukunft gestellt. Die Einführungen in die »Soziale Rechenkunde« verlangten von den Schülern, auszurechnen, wie viel es kostete, ein »behindertes« und ein »gesundes« Kind am Leben zu erhalten, und nur eine Lösung galt als richtig. Im Biologiebuch galten alle Rassen außer den »reinen Deutschen« als mangelhaft. Das alles war schon schwer zu verdauen, aber dann öffnete Hanni ein Kinderbuch mit dem Titel »Der Giftpilz«, blätterte zwei Seiten um und brach in Tränen aus.

Die erste Illustration einer Mutter mit einem Kind, die in einem sonnengesprenkelten Wald Pilze sammelten, war schön gezeichnet, aber der Text darunter war vom Bösen durchdrungen. »Es gibt schlimme Giftpilze und es gibt schlimme Menschen ... weißt du, wer diese schlimmen Menschen, diese Giftpilze unter den Menschen sind? ... die Juden.«

So ging es immer weiter mit der Botschaft, in einer Folge von Kurzgeschichten, die jedes Verbrechen veranschaulichten, das der Autor sich ausdenken und den Juden in die Schuhe schieben konnte. Die begleitenden Illustrationen wurden immer fratzenhafter und zeigten immer stärker ausgeprägte Hakennasen.

Er will der nächsten Generation seine Abscheulichkeiten

beibringen. Er will die nächste Generation in »uns« gegen »die« spalten.

Nach dieser Erkenntnis hatte Hanni sich hinter ihrer Kameralinse verschanzt. Sie füllte einen Film nach dem anderen und versuchte, nicht an Freddy zu denken, wenn er auf ein dermaßen von Hass erfülltes Gebäude stieß, oder an die Art von Familien, die ihre Kinder an eine solche Schule schicken würden. Jeder Saal war vom gleichen Gift getränkt. In jedem hatte auch ein Schrank mit den neueren Schulbüchern gestanden, die die Amerikaner wie wahnsinnig druckten, und mit sehr viel humaneren Schaubildern, die bei Bedarf rasch gegen die anderen ausgetauscht werden konnten.

Wenn jemals jemand zur Überprüfung herkommt, wird er all die Grausamkeiten mit einem falschen, glänzenden Anstrich übertünchen, genauso wie er es in Theresienstadt getan hat.

Hanni spürte Reiner in jeder Faser des Gebäudes. Dennoch fand sie keine einzige greifbare Spur von ihm, so sehr sie auch suchte. Es gab keine Fotos der Lehrer oder Schulgründer. Es gab keine Akten mit den Namen von Schülern oder Mitarbeitenden. In einer unteren Schublade fand Hanni lediglich eine Liste mit Nachnamen, von denen sie zwei wiedererkannte: Sie gehörten zu der Britischen Delegation, die beim Besuch der Heesestraße so von ihrem Vater beeindruckt gewesen war. Außer den Nachnamen war nichts notiert, und es gab keine Erwähnung eines Emil oder Reiner, weder auf dem Papier noch sonst irgendwo. Zuletzt hatten ihr meuternder Magen und das schwindende Licht sie gezwungen, mit der Suche aufzuhören. Sie schlich sich auf dem gleichen Weg hinaus, auf dem sie eingedrungen war, mit drei Filmen voller Beweise und keinem Hinweis auf ihren Vater.

An den Rückweg im Zug konnte sie sich nicht erinnern. Und sie hatte noch keine Idee, was sie mit den gesammelten Fotos anfangen sollte. Sie war sich nur sicher, dass sie ihr nicht durch die Finger gleiten durften, wie es in der Vergangenheit mit Beweisfotos von Reiner geschehen war. Dass sie diese Bilder in die Welt hinausschicken musste, um ihn aufzuhalten.

»Wir sind da.«

Hanny war wieder im Hier und Jetzt, als Freddy sprach, aber sie wusste nicht, wo »da« war.

»Geht es dir gut? Du warst ganz in dich gekehrt, seit wir ins Auto eingestiegen sind.«

Sie nickte, ohne ihn anzuschauen, und stieg aus, bevor er sie weiter befragen konnte. »Da« war in der Mitte der Sommerstraße, wo das Auto am Rand des Platzes der Republik angehalten hatte.

Die Größenordnung der Protestaktion war verblüffend. Selbst die von Goebbels inszenierten Paraden bei Hitlers Machtergreifung, die Hanni als Kind miterlebt hatte, verblassten im Vergleich hierzu. Auf dem Platz stand ein ganzes Meer dichtgedrängter Menschen, und es kamen immer noch mehr. Der Lärm war überwältigend. Stimmen stiegen auf. Jubelrufe für Reuter vermischten sich mit Protestgebrüll gegen die Sowjets und die Blockade, und dagegen hallten die Lieder an, die aus allen Richtungen erklangen und in der Mitte zusammenstießen. Die Stimmung schien so ausgeglichen zu sein, wie Matz es erhofft hatte, aber die Masse wirkte auch zerbrechlich, da die Menschen einander schoben und hin und her schwankten, und Hanni zögerte, einzutauchen, selbst wenn sie einen Weg hinein gefunden hätte.

Die Mauer aus menschlichen Rücken war unmöglich zu durchdringen, und sie konnte auch nicht darüber hinwegblicken. Hanni konnte kaum die Bühne sehen, die vor der zerbrochenen und geschwärzten Hülle des Reichstags aufgebaut worden war, und von der aus Reuter und die anderen Sprecher sich an die Menschen wenden würden. Das Gebäude, in dem einst das deutsche Parlament getagt hatte, war 1933 in einem

Feuer niedergebrannt, das Hitler der Kommunistischen Partei und die Kommunistische Partei Hitler in die Schuhe geschoben hatte. Es war eine sehr bedeutungsträchtige Wahl für eine antisowjetische Kundgebung. Darauf wies Freddy merklich erfreut mehrfach hin. Aber darauf konnte Hanni sich nicht konzentrieren. Sie sollte Tony vor der ebenfalls zerstörten Krolloper treffen, und sie wollte dabei allein sein. Aber auch dorthin sah sie keinen Weg durch die Menschenmasse.

»Das ist aussichtslos. Ich werde Tony nicht finden können, und selbst wenn, sehe ich keine Möglichkeit, ihn nah an Reuter heranzubringen – ich vermute, auf so eine Möglichkeit für ein Foto hat er gehofft. Nicht dass er mir erklärt hat, was er will. Vielleicht kann ich einfach ein paar Fotos von der Menge machen, und gut ist.«

Freddy gab dem Fahrer ein Zeichen, loszufahren, bevor das Auto zu sehr eingeschlossen würde, dann sah er sie stirnrunzelnd an.

»Wirklich? Als Fotografin willst du dich bei einem so historischen Ereignis mit ein paar Fotos der Menschenmenge zufriedengeben? Bist du sicher, dass dich nicht irgendetwas belastet?«

Er weiß, dass Oli etwas für mich erledigt hat.

Hanni wusste nicht, woher dieser Gedanke angeflogen kam, aber er blieb haften.

Sie schüttelte den Kopf, wollte so tun, als hätte sie Tony gesehen und an Freddy vorbeischlüpfen, aber er war schon vor ihr.

»Na gut, wenn du es so willst, aber ich glaube, du wirst es bereuen, wenn du das verpasst. Wir können am Rand entlang gehen, wenn wir vorsichtig sind. Lass es uns versuchen. Ich muss sowieso komplett außenherum gehen. Wenn Störenfriede da sind, werden sie sich außen sammeln, um jederzeit eindringen und wieder entwischen zu können.«

Er streckte ihr die Hand hin und seufzte, als Hanni sie nicht nahm.

»Sei nicht albern, Hanni. Ich will nicht, dass du in der Menge verschwindest und Matz mir nachher Kummer macht. Es ist eine reine Sicherheitsmaßnahme ohne tiefere Bedeutung.«

Es war ein vernünftiges Argument, und er klang, als meinte er es aufrichtig. Das machte es ihr aber nicht einfacher, ihn zu berühren – genauso wenig wie ihm, vermutete Hanni. Sie griff also so locker wie sie konnte nach seinen Fingern, und sie gingen um die Ränder des von Menschen wimmelnden Platzes herum. Sie bewegten sich wie eine Person, und doch fühlte zumindest Hanni sich hoffnungslos allein.

Ich kann immer noch so tun, als hätte ich Tony gesehen, und verschwinden.

Leider war Hanni kleiner als Freddy, und er ging ihr wieder voraus.

»Ach, sieh mal, da ist er ja. Matz' Beschreibung des galanten Captains ist wirklich gut getroffen. Schau nur, wie er in seiner Uniform dasteht, als würde jeder sie lieben. Ich weiß nicht, ob ich den furchtlosen Helden grüßen soll oder ihn lieber verhaften, weil er sich an einem so gefährlichen Ort so erkennbar präsentiert.«

Hanni sah Tony gleich, nachdem Freddy ihn mit seiner ironischen Bemerkung ausgemacht hatte. Wie immer war er von strahlenden kleinen Jungen und bewundernden Frauen umringt, und er sah wie gewohnt tadellos aus.

Er sieht nicht echt aus. Alle anderen Piloten, die ich in Tempelhof gesehen habe, waren ganz grau vor Erschöpfung, und er sieht aus wie das blühende Leben. Es ist, als würde er bei jeder Bewegung gepudert und ausgeleuchtet.

Diesen Gedanken behielt Hanni für sich. Freddy regte sich immer noch auf – er brauchte nicht noch mehr Zündstoff.

»Versteht er denn nicht, was für eine Zielscheibe er abgibt? Und ich meine damit nicht, für flirtende Augenaufschläge.

Wenn irgendwo in der Nähe ein sowjetischer Greifertrupp lungert, werden sie ihn sich gleich schnappen.«

Sein Tonfall bestätigte Hannis Befürchtung: dass ein Treffen der beiden Männer – eine Begegnung, die sie von Anfang an hatte vermeiden wollen – nicht gut ausgehen würde. Instinktiv ließ sie Freddys Hand los, aber nicht rechtzeitig, bevor Tony sie bemerkte und es sah. Innerhalb von Sekunden setzte er ein breites Lächeln auf, aber das Zögern und das Abschätzen in seiner Miene, bevor er sich in den Griff bekam, entging ihr nicht – und Freddy auch nicht.

»Ich dachte, ihr beide seid nur Freunde. Er schaut mich auf die gleiche Weise an wie Natan, als ich dich im Studio mal besuchte.«

Die Erwähnung von Natan ließ Hanni schneller von Freddys Seite weichen, als irgendeine Verärgerung Tonys es hätte bewirken können. Natan Stein, der Sohn von Ezra Stein – dem Mann, der Hanni ihre erste Kamera gegeben hatte und dann von den Nazis umgebracht worden war – war der einzige Mensch in Berlin, abgesehen von Reiner, der Hannis wahre Identität kannte. Er hatte sie einst geliebt, und dann, von dem Moment an, als Hanni ihm die Wahrheit über ihre Vergangenheit erzählt hatte, hatte er sie gehasst. Seine Reaktion war einer der Gründe, weshalb sie nie gewagt hatte, Freddy ihre wahre Geschichte zu erzählen. Und die Erinnerung an den grässlichen Tag, als sie Natan das Herz gebrochen hatte – oder vielmehr die Angst, dass die Geschichte sich mit Freddy wiederholen könnte – ließ sie jetzt überreagieren.

»Mach dich nicht lächerlich. Du bildest dir nur was ein. Wir sind Freunde, und auch das kaum. Ich bin hier, um einen Auftrag zu erledigen, und wenn es dir nichts ausmacht, möchte ich das jetzt auch tun. Du kannst gehen. Du kannst Matz sagen, dass du deine Pflicht getan hast, wie er wollte, und dass es mir gutgeht.«

Freddys Gesicht war genauso verkniffen wie ihres, aber

Tony war bereits auf dem Weg, das übliche strahlende Lächeln im Gesicht und die Hand ausgestreckt.

»Ich nehme an, Sie sind Oberkommissar Schlüssel. Hanni hat mir viel von Ihnen erzählt. Es freut mich, Sie endlich kennenzulernen.«

Hanni hatte Tony fast nichts von Freddy erzählt, das über seinen Namen und seinen Beruf hinausging, und sie verstand nicht, weshalb Tony so tat, als wäre es anders. Anstatt durch eine Frage die Dinge noch mehr aufzuwirbeln, entschied sie sich, nichts zu sagen und einfach zu versuchen, diesen Tag durchzustehen. Wenn Tony Freddy durch Liebenswürdigkeit überzeugen wollte, würde sie ihn nicht bremsen.

Nicht dass Tonys Bemühungen den geringsten Erfolg zeigten: Freddy stellte schon völlig klar, dass er sich nicht gewinnen lassen würde. Sein Lächeln und sein Händedruck waren ebenso flüchtig wie Tonys aufgesetzte Freundlichkeit übertrieben gewesen war.

Hanni, die sich von keinem von beiden die Rolle der Schiedsrichterin aufzwingen lassen wollte, packte ihre Kamera aus und bedeutete einigen Kindern um sie herum, dass sie sich als Gruppe aufstellen sollten.

»Ich weiß nicht, ob du gern ein Foto mit Reuter haben wolltest, aber das wird nicht gehen. Ist es in Ordnung für dich, wenn ich stattdessen ein paar Aufnahmen von dir und den Protestierenden mache?«

»Was auch immer du machen kannst, wird perfekt sein.«

Tony stand schon in Positur, die Hand auf der Schulter eines kämpferisch grinsenden kleinen Jungen. Freddy blickte immer noch finster drein.

»Warum ist es so wichtig, dass Sie heute hier sind, Captain? Ihnen ist doch klar, dass sich sowjetische Agenten unter die Protestierenden gemischt haben, oder? Und dass wir einen schwerwiegenden diplomatischen Zwischenfall riskieren, wenn die Sie schnappen würden – was durchaus möglich ist, weil Sie ein bisschen, sagen wir, auffallen.«

Tonys Lächeln wankte nicht. »Ich bin mir sicher, Sie sind überbesorgt, Kommissar. Was meine Rolle hier angeht: Ich habe keine besondere Aufgabe. Ich bin nicht wegen des Rampenlichts hier oder um Reden zu halten. Ich wollte nur meine Unterstützung als Amerikaner zeigen, der stolz ist, Ihrer Stadt zu helfen. Ich sehe nicht, dass daraus irgendein Schaden entstehen könnte. Ich bin mir sicher, dass die Sowjets heute viel dringendere Dinge auf der Agenda haben als mich.«

Sein seidenweicher Tonfall beschwichtigte Freddy nicht. Hanni zuckte zusammen, als dessen Gesicht sich verkniff. Sie sah, dass Freddys Stimmung schlechter wurde, aber sie würde sich nicht auf die eine oder andere Seite nötigen lassen. Oder anerkennen, dass auf Freddys Seite Eifersucht eine Rolle spielen könnte und sie nicht wusste, wie sie damit umgehen sollte. Sie richtete die Kamera auf ein paar junge Frauen, die Tony mit großen Augen ansahen, und gab ihnen ein ermutigendes Zeichen, zu ihnen zu kommen.

»Tony, stellst du dich vielleicht ...«

Sie hatte den Satz nicht einmal halb beendet, da fiel Freddy ihr ins Wort. »Was sammeln Sie hier? Die Adressen von allen Frauen, die da sind?«

Er blickte auf Tonys Hand, in der er zusammengefaltete Zettel hielt. Tonys Lächeln verschwand. Sein Gesicht sah nicht mehr charmant, sondern verkrampft aus.

Als wäre er in die Ecke gedrängt. Er sieht gefährlich aus.

Seine Reaktion auf Freddys Provokation ergab keinen Sinn, aber Hanni hob instinktiv die Kamera und fotografierte sie trotzdem. Nicht dass Tony es zu bemerken schien; seine ganze Aufmerksamkeit galt Freddy.

»Wäre es ein Problem für Sie, wenn es so wäre, Herr Kommissar?«

Seine Stimme war nicht lauter als vorher, aber es lag Schärfe darin. Hanni sah an dem kurzen Zögern, bevor Freddy die Schultern zuckte, dass er es bemerkte.

»Ich weiß nicht. Vielleicht wäre es für ihre Freunde eines, oder für ihre Väter. Nicht jeder von uns fühlt sich in der Gesellschaft Ihrer Landsleute so wohl wie Sie es gern hätten. Es sind nicht sehr viele Jahre vergangen, seit die Beziehungen zwischen unseren Ländern ganz anders waren.«

Hanni war sich nicht sicher, ob Freddy feindselig war oder ob er Tony eine ehrliche Warnung mitgab, besser auf sich aufzupassen. Sie bezweifelte auch, dass Tony das wusste, aber er setzte sein Lächeln wieder auf, als ob er es einschätzen könne.

»Das ist sehr ritterlich von Ihnen, Herr Kommissar. Einen Mann, der die Ehre seiner Landsmänner verteidigt, weiß ich zu schätzen. Aber Sie brauchen sich nicht zu sorgen.« Er warf einen Blick auf die beschrifteten Zettel und steckte sie in seine Tasche. »Das sind keine Liebesbriefe, sondern genau das Gegenteil. Es sind Bitten um Hilfe, Anfragen für Arbeit auf der Militärbasis hauptsächlich. Ich bekomme die ständig, obwohl ich immer klarstelle, dass ich nur wenig ausrichten kann.«

Er hielt inne, drehte sich um und zog Hanni betont mit ins Gespräch. »Außerdem, warum sollte ich irgendwelche Adressen sammeln, wenn die hübscheste Frau in Berlin direkt neben mir steht?«

Erst, als Hanni das Stirnrunzeln in Freddys Gesicht sah, begriff sie, dass sie selbst Tonys *hübscheste Frau* sein sollte. Sie starrte ihn an, kurze Zeit sprachlos. Sie wollte nicht, dass er in Freddys Gegenwart so distanzlos von ihr redete, und sie verstand nicht, weshalb er das tat, vor allem, wenn man bedachte, wie peinlich ihr letztes Treffen geendet hatte. Die Erinnerung daran ließ sie rot werden.

Freddy trat zurück und hob in gespielter Kapitulation die

Hände hoch. »Ach so ist das. Verzeiht mir. Ich nehme das als Stichwort zu verschwinden.«

Er war weg, bevor Hanni ihn zurückrufen konnte. Aber nicht, bevor er Hanni einen Blick zuwerfen konnte, der ihr das Herz brach. Sie könnte sich für ihre dämliche Reaktion selbst verfluchen: Die Enttäuschung in seinen Augen, als ihre Wangen heiß geworden waren, tat mehr weh, als es scharfe Worte hätten können.

Sie drehte sich zu Tony um, um ihn zu tadeln, aber es war schon zu spät, etwas zu sagen. Reuter war auf die Bühne getreten, die Jubelrufe waren ohrenbetäubend, und Tony war wieder ganz in seiner Rolle. Er hob Kinder auf seine Schultern, umarmte eine Frau, die eine deutsche Fahne schwang und bat Hanni, dass sie von jeder Pose Fotos machte.

Die nächste Stunde folgte sie Tony um den vollen Platz herum. Er sagte nichts mehr, woran sie Anstoß nehmen könnte, sondern behandelte sie vollkommen professionell. Am Ende beschloss sie, dass er *hübscheste Frau in Berlin* nur aus seinem Bedürfnis heraus gesagt hatte, sich vor Freddy zu beweisen, und dass es nur wenig mit ihr selbst zu tun hatte. Viel mehr beschäftigte sie aber der in die Enge getriebene Ausdruck, der über Tonys Gesicht geglitten war. Sie begann, ihn genau zu beobachten anstatt ziellos Fotos zu machen. Es gelang ihr nicht mehr, eine so ehrliche Aufnahme zu machen wie die, die sie erwischt hatte, als Freddy ihn herausgefordert hatte, aber jetzt, da sie wusste, dass solche Aufnahmen möglich waren, erwachte ihre Kamera wieder zu neuem Leben.

Es wurde immer offensichtlicher, dass in Tony mehr steckte als die zweidimensionale Persönlichkeit, die er die Menschen sehen ließ. Auch wenn Hanni wusste, dass sie als Allerletztes in ihrem Leben noch mehr Männer mit Geheimnissen brauchen konnte, machte die Tatsache, dass Tony auch welche hatte, ihn zu einem viel interessanteren Objekt. Also folgte sie ihm und schoss alle Fotos, die er wollte, mit einem Lächeln im Gesicht, das ebenso zuvorkommend war wie seines. Und als er sie fragte, ob sie den Tag vielleicht mit einem Getränk beenden wolle, war Hanni fasziniert genug, um ja zu sagen. Und um das perfekte Lokal vorzuschlagen.

KAPITEL 9

10. SEPTEMBER 1948

Er hatte die Nacht durchgeschlafen.

Tony blinzelte, streckte sich und sah auf die Uhr. Viertel vor acht. Acht Stunden ununterbrochenen Schlafs – er konnte sich nicht erinnern, wann er das zum letzten Mal geschafft hatte.

Er stand auf, spazierte in die zweckmäßige Küche seiner Wohnung und holte das Glas Nescafé, mit dem er sich einen neuen Anzug leisten könnte, wenn er es auf dem Schwarzmarkt verticken würde. Als der nussige Duft die Luft erfüllte, schaltete er das Radio ein. AFN Berlin – das Netzwerk der amerikanischen Armee – spielte den üblichen frühmorgendlichen Mix gutgelaunter Schnulzen: Perry Como, Bing Crosby, Vaughn Monroe. Tony nippte an seinem Kaffee und ließ die Musik über sich hinwegrauschen. Acht Stunden Schlaf und davor ein gut erledigter Job. Er hatte Frieden gefunden, und das sogar länger als beim letzten Mal, alles dank Falko Hauke. Er hatte sich als ein weiteres gutgewähltes und hervorragendes Ziel erwiesen, ebenso perfekt für die Rolle, die Tony ihm zugewiesen hatte, wie Edda Sauerbrunn es gewesen war.

Tony war bereit gewesen, notfalls Wochen darauf zu

verwenden, sein perfektes zweites Ziel zu finden. Und dann hatte er fast gar keine Zeit dafür gebraucht. Als Tony Falko zum ersten Mal in Tempelhof gesehen hatte, wie er Kisten auf eine Palette stapelte, hatte er zunächst gedacht, dem Zwillingsbruder seines Vaters gegenüberzustehen. Die Ähnlichkeit zwischen dem mittelalten deutschen Lagerarbeiter und Elkan, wie er ihn zuletzt in Erinnerung hatte, war so groß wie die zwischen Edda und Elene. Die Haut- und Haarfarbe sowie das Alter der beiden Männer passten zusammen, aber sogar die Ähnlichkeit in der Art, wie sie gingen und die Schultern zuckten, wie sie sich ans Kinn tippten, bevor sie etwas sagten, war fast schon unheimlich gewesen.

Noch am selben Abend hatte Tony aufgehört, die Möglichkeiten zu sondieren, und sich stattdessen mit Falko angefreundet. Das war genauso leicht, wie ihn zu finden.

Falko bewunderte die Banden, die die Lieferketten von Tempelhof infiltriert hatten, und wollte unbedingt beweisen, dass er die richtigen Beziehungen hatte, um ein wertvolles Rädchen im Getriebe zu sein. Tony hatte nichts mehr gebraucht als ein Päckchen Lucky Strike und den Hinweis, dass in regelmäßigen Abständen mehr folgen würde, um Falkos Vertrauen zu gewinnen und in seine Wohnung zu gelangen.

»Wenn du mehr davon bekommen kannst, bring sie Donnerstagabends vor zwölf Uhr zu mir nach Hause. Meine Frau und Töchter sind dann immer bis spätabends aus, auf Verwandtenbesuch.«

Es war fast schon beleidigend einfach gewesen. Tony war garantiert willkommen, und jeder beliebige Donnerstag war im Angebot. Dann war der Reichstagsprotest – eine perfekte Gelegenheit für die Selbstdarstellung und Bewunderung, in der Tony so gern schwelgte, und die ihm Adrenalin bescherten – für einen Donnerstag angekündigt worden, und alle Rädchen waren ineinander gerastet.

Falko war gleich vor Freude gewachsen, als Tony an seiner

Tür klopfte. Er hatte sein »bestes Bier – den wirklich guten Stoff« geholt und sich benommen, als würden sie gemeinsam Geschäfte machen. Er redete immer noch davon, wie beeindruckt die Bandenführer von ihm sein würden, als Tony die Schnur um seinen Hals legte und zuzog. Der Ausdruck auf seinem Gesicht war eher Überraschung gewesen als Angst.

Tony ließ die Erinnerung wie Schampus durch sein Blut perlen. Dann füllte er sich die Kaffeetasse erneut und öffnete den Küchenschrank, in dem sein Familienfoto gut hinter einer ungeöffneten Packung Frühstücksflocken versteckt war. Gestern Abend war er zu müde gewesen, um den letzten Teil der Aufgabe noch zu beenden. Er musste noch Falkos Name auf der Rückseite des Fotos eintragen, neben dem von Edda Sauerbrunn, mit einem *V* für *Vater* daneben. Außerdem markierte er Elkans Gesicht auf der Vorderseite mit einem kleinen Haken über dem Kopf. Nachdem das erledigt war, verbrachte er mehrere Momente damit, still das Bild und seine Eltern zu betrachten, die endlich angemessen geehrt worden waren. Er hatte es gut gemacht. Nein, mehr als das: Sein Plan funktionierte, und das in jeder Hinsicht.

Ich sollte wieder in den Klub gehen, auf Falko trinken und sein Opfer feiern.

Mit diesem schlichten Gedanken zerbrach seine zufriedene Stimmung. An den Klub konnte er nicht denken, ohne an Hanni zu denken, und an Hanni nicht, ohne an Freddy Schlüssel zu denken. An beide wollte er aber nicht denken.

»Können wir zur Basis gehen? Ich würde so gern mal eine echte amerikanische Bar sehen, und dort müsst ihr doch eine haben.«

Hannis Antwort auf seinen Vorschlag, noch etwas trinken zu gehen, hatte Tony aus dem Konzept gebracht. Trotz seiner Vorbehalte wegen ihres impulsiven Kusses hatte Tony Hanni wieder allein sehen wollen, und zwar nicht nur wegen der Eifersucht, die der arrogante Polizist ausgestrahlt hatte, als er sie als hübsch bezeichnete. Allerdings hatte er sie sicherlich nicht in die Nähe der Basis bringen oder einen großen Teil des Abends mit ihr verbringen wollen. Der Luftwaffenstützpunkt war viel zu dicht an seinem Leben dran, und außerdem müssten sie einen zusätzlichen Weg zurücklegen, der für seine anderen Pläne unnötig war. Leider war ihm kein Grund eingefallen, weshalb sie nicht dorthin gehen könnten, und Tony hatte Hanni nicht aufregen wollen – nachdem er gespürt hatte, wie viel sie Freddy bedeutete.

Tonys Gründe, Hanni zu fragen, ob sie nach dem Protest noch mit ihm gehen wolle, waren eher professioneller Natur gewesen als aus einem persönlichen Bedürfnis entstanden: Die Fotos, die sie machte, waren ein wesentlicher Bestandteil seiner Suche. Er hatte ein System entwickelt, das ihm gut half. Er sammelte Abzüge von Hannis Bildern und die Namen, die ihm aufgedrängt wurden, und auf die Rückseiten kritzelte er Notizen über mögliche Übereinstimmungen. Dann verglich er seine Fundgrube mit dem Familienfoto. Mit dieser Methode, Verwandte und passende Opfer zusammenzuführen, wollte er weitermachen, solange er Hanni im Griff hatte. Ihr Kuss – was er auch bedeuten mochte – fiel zwar nicht gerade in die Kategorie im Griff haben, aber er hatte beschlossen, ihn ihr zu verzeihen. Dann war sie mit Freddy Schlüssel im Schlepptau am Reichstag aufgekreuzt, und aus Gründen, die er nicht genau benennen konnte, hatte Tony Gefahr gewittert.

Die Abneigung war schon bei der ersten Begegnung der beiden Männer gegenseitig. Tony wusste genau, was Freddy gesehen hatte: einen privilegierten Amerikaner, der an Berlin kein Interesse hatte außer dem, welchen Nutzen *er* daraus ziehen konnte. Er seinerseits wusste, sobald Freddy den Mund aufgemacht hatte, dass der Polizist von sich selbst überzeugt, überheblich und viel zu scharfsichtig war. Die Zettel, die Tony von seinen Bewunderinnen gesammelt hatte – sein Hauptgrund, zu dem Protest zu gehen, egal, wie sehr er vorgab, Unterstützung zu zeigen – und die Art, wie Freddy sich darauf gestürzt hatte, bewiesen das. Tony war zufrieden, dass seine Erklärung, er wolle Menschen aushelfen, die in schweren Bedingungen lebten, nicht nur plausibel war, sondern ihn auch in einem guten Licht darstellte. Ihm war aber auch bewusst, dass er vor seiner Erklärung gezögert hatte und dass er wütend geworden war, und Freddy hatte es registriert und sich auch darauf gestürzt. Es aufgegriffen und abgespeichert. Das hätte möglicherweise besorgniserregend sein können – Tony mochte nicht, dass sich irgendjemand für ihn interessierte –, doch das war es nicht. Er hatte selbst etwas Interessantes in Bezug auf Freddy bemerkt: dass der Polizist völlig hoffnungslos in Hanni verliebt war.

Dieses Wissen war sehr nützlich gewesen, um Freddys Interesse an ihm umzuleiten. Vor allem, als Hanni wie ein Schulmädchen errötet war bei Tonys impliziter Andeutung – nur, um Freddys Reaktion zu testen –, dass ihre Beziehung persönlicher geworden wäre. Hannis Erröten hatte Freddy verletzt, und darüber war Tony ganz froh, denn es gab ihm eine mögliche Waffe an die Hand.

Tony hatte in Berlin eine Aufgabe zu erfüllen, und er hatte nicht die Absicht, sich erwischen zu lassen. Allerdings war er auch nicht so närrisch, sich einzubilden, er könnte nie erwischt werden. Zu irgendeinem Zeitpunkt, sollte es je zu einer Machtprobe zwischen ihm und dem Polizisten kommen, könnten ihm Freddys Gefühle für Hanni die Oberhand verleihen. Es war eine Schwäche, und Tony kostete Schwächen aus, also lud er Hanni auf ein Getränk ein, um über die Beziehung der beiden herauszufinden, was er konnte. Aber jetzt war er sich nicht mehr so sicher, ob er das Richtige getan hatte.

Tony langte nach der Kanne und schenkte sich eine dritte Tasse Kaffee ein. Als er die Einladung ausgesprochen hatte, hatte es sich wie ein sinnvoller Plan angefühlt. Abgesehen von anderen Überlegungen war Hanni auch die Art hübscher Frau, mit der er sich gern sehen ließ. Außerdem hatte er, und das war noch wichtiger, schon miterlebt, wie schnell sie betrunken wurde. Er hatte damit gerechnet, dass er ganz schnell und leicht alle Informationen über Freddy aus ihr herausbekäme. Hannis Bitte, zum Stützpunkt in Dahlem zu fahren, hatte ihn tatsächlich auf dem falschen Fuß erwischt, aber er hatte sich rasch wieder gefangen. Stattdessen hatte er die Herausforderung sogar noch gesteigert, indem er ihre Wünsche auf eine Weise ausführte, mit der er glaubte, sie ihrerseits auf dem falschen Fuß zu erwischen.

Tony hatte Hanni in die eleganteste Einrichtung des Hauptquartiers geführt, den Offiziersklub Harnack-House. Wie erwartet, war Hanni von der Grandesse des rot-weißen Gebäudes hingerissen, genauso von der fast absurd amerikanisch anmutenden Sportbar *Green Fiddler*. Sein Plan war, ihr einen starken Cocktail auszugeben, die Informationen zu bekommen, die er wollte, und sie dann mit der Bahn zurück in die Stadt zu schicken, bevor der Abend sich zu lang hinziehen konnte. Oder auf ein romantisches Ende hinsteuerte, bei dem Tony sich nicht sicher war, ob er die Kontrolle behalten konnte.

Zuerst war es gut gelaufen. Er bestellte ihr einen Manhattan – den angesagtesten Drink, der ihm einfiel – und sorgte dafür, dass sie einen Cocktail voller Kirschen erhielt. Sie hatte daran genippt und gelächelt. Und dann hatte Hanni ihn ausgespielt. Sie war eine viel kontrolliertere Trinkerin, als sie ihn hatte glauben lassen, und außerdem zog sie die Menschen an wie ein Magnet. Zehn Minuten, nachdem sie zu zweit die Bar betreten hatten, war sie mit ihrem Lachen und ihrem Aussehen bereits die Königin des Klubs. Männer, mit denen Tony vorher noch nie näher zu tun gehabt hatte, tauchten an ihrem Tisch auf und waren auf einmal seine Freunde, natürlich um sich mit Hanni anzufreunden.

Eine Zeitlang war es unterhaltsam in ihrer Gesellschaft. Aber die Uhrzeit rückte voran, und Tony schaffte es nicht mehr, das Gespräch zurück auf Freddy zu bringen, und es gab auch keine Anzeichen, dass Hanni beschwipst genug wäre, um einen neuen Versuch zu starten. Der Cocktail, den der Barmann auf seine Bitte besonders stark gemacht hatte, hatte auf sie keine Wirkung. Anscheinend hielt Hanni lieber den Kristallstiel des Glases fest und spielte mit dem Stäbchen voller Kirschen, anstatt zu trinken.

Zu guter Letzt war die Zeit, die er hatte, um den hingebungsvollen Verehrer zu spielen, verronnen, und Tony versuchte, den Abend zu einem Ende zu bringen. Er hatte gerade zur Sprache gebracht, dass Hanni vielleicht über die Fahrpläne der Bahnen nachdenken solle, da war ein allzu bekanntes Gesicht und eine viel zu laute Stimme aufgekreuzt, und der dazugehörige Mann hatte ihn aufgehalten.

»Tony Miller, was für ein wohltuender Anblick für meine müden Augen, und wäre deine Frau nicht ein noch besserer? Wie geht es ihr? Meine Rose versucht seit Monaten, Kontakt zu ihr aufzunehmen, aber keiner ihrer Briefe wurde beantwortet. Wo hast du sie versteckt?«

Der Mann mit der dröhnenden Stimme war Alex Zielinski, ein Pilotenkollege aus Tonys Tagen bei der achten Luftflotte. Ein Kollege, der sich von Presseausflügen in New York an Nancy erinnerte und noch wusste, dass Tony und sie am Ende des Krieges geheiratet hatten. Er war der Letzte, den Tony sehen wollte, zumal Hannis Blicke aus leuchtenden Augen an ihm hingen.

Tony hatte versucht, Zielinski abzuwimmeln, aber er ging nicht darauf ein. Er ließ sich darüber aus, was für eine wunderbare Person Nancy war, und dann ergötzte er sich daran, wissend zu grinsen, Hanni vielsagend zuzuzwinkern und Tony zu versichern: »Keine Angst, ich werde keine Geschichten über dich erzählen«, worauf es Tony in den Fäusten juckte.

Hanni hatte auf nichts davon reagiert, obwohl Tony wusste, dass ihr kein Detail des Austauschs entgangen war. Sie hatte weiter gelächelt. Sie hatte es bedauert, als Tony erklärte, die Ehe sei leider in die Brüche gegangen, und dass er und Nancy sich zu sehr voneinander entfernt hatten, um so zu tun, als wären sie noch Freunde. Sie hatte ihm keine Fragen gestellt, aber Tony sah, dass sie sich im Geiste Notizen machte, genau wie Freddy es getan hatte. Es hatte sich so unbehaglich angefühlt, als wäre die Polizei im Raum. Er war sehr erleichtert, als Hanni selbst beschloss, es sei an der Zeit, ihre Verabredung zu beenden.

Tony stand wieder auf. Er war ruhelos, der Kaffee und Hanni wühlten ihn auf. Er ging wieder ins Wohnzimmer und hob das Papierbündel mit Namen und Adressen auf, das jetzt viel dicker war als vor seinem Ausflug an den Reichstag. Seine Fantasie ging mit ihm durch, das wusste er. Hanni war Fotografin, und sie arbeitete für die Polizei. Das hieß, dass sie Einzelheiten liebte, aber nicht, dass sie ein Projekt durchschauen konnte, das sehr gut verschleiert war. Und sein Fliegerkollege war ein Idiot, der nie genug Hirnschmalz besessen hatte, um auch nur die einfachsten Schlüsse zu ziehen. Männer ließen sich haufenweise von ihren Frauen scheiden. Und von diesen Frauen brachen viele den Kontakt ab. Niemand würde wirklich noch nach Nancy suchen. Sie war nicht mehr das Problem. Sondern Hanni.

Tony hatte sie wieder geküsst, auf den Stufen zum leeren Bahnhof, zu dem er mit ihr gegangen war. Er hatte es nicht vorgehabt. Er hatte vorgehabt, sich zu verabschieden, so zu tun, als ob er wegginge, und dann die nächste Bahn in die Stadt zu nehmen, um sich um Falko zu kümmern. Aber es war windstill, der volle Mond stand am Himmel, und er hatte nicht anders gekonnt, als sie in die Arme zu ziehen. Dieses Mal hatte sich Hanni als Erste gelöst und war dann sofort gegangen. Tony blieb auf dem Bahnsteig zurück und fragte sich, was gerade passiert war.

Der Kuss hatte ihm fast die restliche Nacht gestohlen. Es

hatte ihn beunruhigt, dass er sie so sehr gewollt hatte. Kurz hatte er sich verletzlich gefühlt. Als ihn die Verwirrung, die sie in ihm ausgelöst hatte, beinahe überwältigt hätte. Dann war er aufgewacht, und die Wut hatte ihn so heftig überfallen, dass sich ihm aus mehreren Gründen der Kopf gedreht hatte. Hätte er nicht schon einen Plan, dem er strikt folgte, und sein Ziel schon gefunden gehabt, wäre er ihr hinterhergelaufen. Dann wäre sie zu seinem Ziel geworden. Aber erneut hatte er sich irgendwie strikt an seinen Kurs gehalten und sich beherrscht.

Vielleicht ist es Zeit, damit aufzuhören. Vielleicht brauche ich ihre Kamera gar nicht mehr, jetzt, wo mich die ganze Stadt willkommen heißt.

Tony hob das Foto auf und betrachtete die Frauen darauf, seine Schwester und seine Tanten, für die er noch keine Entsprechungen gefunden hatte. Hanni hatte ihn erschüttert, und er war nicht bereit, diesen Zustand längere Zeit zu ertragen. Vielleicht war der Moment gekommen, das Unvermeidliche zu tun und sich um sie zu kümmern.

Er ließ sich Zeit mit dem Foto, betrachtete die Frisuren der Frauen und die Art, wie sie den Kopf neigten, sah sich blinzelnd die Form ihrer Augen an und suchte nach Übereinstimmungen. Aber er fand keine. Es gab ein Lippenpaar, das Hannis Mund glich, aber dann erinnerte er sich an ihren Duft, ihre Weichheit und wie sich ihr Kuss angefühlt hatte, und die Lippen waren dann doch zu schmal und farblos, um ihre zu sein.

Tony legte das Bild wieder ab, er zwang sich aufzuhören. Es gab keinen Grund zur Eile, er brauchte nicht nach Ähnlichkeiten zu suchen, wo keine waren. Die Zeit für Hanni würde noch kommen, da war er sich sicher. Der richtige Zeitpunkt war einfach noch nicht da.

KAPITEL 10

03. BIS 10. NOVEMBER 1948

Vier Leichen, wie ist das möglich? Und wie kann es derselbe Täter sein, wenn die Opfer so unterschiedlich sind?

Freddy rieb sich über die schmerzenden Augen, legte die Tatortfotos ab und wandte sich wieder den Profilen der Männer und Frauen zu, die ermordet worden waren. Er war sie schon ein Dutzend Mal durchgegangen, las sie jetzt aber nochmals und suchte nach Hinweisen, die er übersehen haben musste. Es gab immer noch nichts außer einer Liste von Menschen, die ohne ersichtlichen Grund in ihrem Zuhause gestorben waren. Edda Sauerbrunn, einundfünfzig, Schulköchin. Falko Hauke, vierundvierzig, Flughafenarbeiter, Matilda Scheibel, Rufname Matty, zwanzig Jahre alt, Referendarin. Linus Spahn, achtzehn ...

Er gab auf und legte die Notizen ebenfalls hin. Er war davon erschöpft, wie besessen über Details zu brüten, die sich weigerten, etwas zu erkennen zu geben. Alle vier waren in ihrem Wohnzimmer getötet worden. Alle vier waren von Familienmitgliedern gefunden worden, die den Schock niemals überwinden würden. Alle vier Morde waren Tragödien. Aber am meisten setzte Freddy das Alter von Linus zu. In der Spalte

»Beruf« neben seinem Namen hatte nichts gestanden – wie auch? Wer war man schon mit achtzehn? Der Junge hatte kaum angefangen zu leben.

Er war im gleichen Alter wie Leo, der auch keine Chance auf sein Leben bekommen hatte.

Die Gesichter begannen vor Freddys Augen zu verschwimmen und überlagerten sich. Edda und Falko hätten seine eigenen Eltern sein können; Linus hätte sein jüngerer Bruder sein können. Sie gehörten anderen Religionen an, aber die Hintergründe und das Alter stimmten beinahe überein.

Oder mit dem Alter, in dem sie waren, als ich sie zum letzten Mal gesehen habe.

Freddy umfasste die Armlehnen seines Stuhls, als Rosa, Jakob und Leo anfingen, an dem Ort tief in ihm, wo sie begraben bleiben sollten, gegen die Wände zu drücken.

Gott sei Dank ist kein kleines Mädchen wie Renny unter den Leichen, das hätte mich fertig gemacht.

Er zwang sich, sich wieder auf die Gesichter der Opfer zu konzentrieren und sich daran zu erinnern, wer da gestorben war. Er durfte seine eigenen Verstorbenen nicht hochkommen lassen, nicht hier. Er brauchte einen Ort, an dem er vor ihnen sicher war und klar denken konnte. Leider wurde es auch schwieriger, sie fernzuhalten. Wenn er allein in seinem Schlafzimmer in den langen Stunden der Nacht wach lag, verlor er die Kontrolle über seine Erinnerungen; er konnte sie nicht mehr fernhalten. Und wenn es dafür einen Verantwortlichen gab, dann war es Elias. Freddy wusste, dass das ungerecht war, aber es war ihm egal. Wichtiger war, dass er jemand anderem als sich selbst die Schuld dafür geben konnte, dass seine sorgfältig errichteten Mauern einstürzten.

Direkt nach dem Krieg hatten Freddy seine Geister überall hin begleitet. An manchen Tagen waren sie realer gewesen als die Menschen, die ihn tatsächlich umgaben. Am Ende hatte ihn das fast um den Verstand gebracht, also hatte Freddy unter großen Schmerzen und viel Übung gelernt, das Chaos, das der Krieg aus seinem Leben gemacht hatte, zu beherrschen, und seine Familie genauso gut wegzusperren, wie er es mit Buchenwald getan hatte. Er redete nicht über sie und versuchte, nicht mehr an sie zu denken. Damit war es ihm bemerkenswert gut ergangen – wenn man von den Bruchstücken seiner Vergangenheit absah, die er Hanni gegenüber offengelegt hatte. Seine wiederholten Treffen mit Elias hatten allerdings seine Phantome wieder aufgeschreckt, und sie waren sehr lebhaft.

Freddy war, ohne es irgendjemandem zu sagen, nach dem ersten Treffen mit Elias in Kontakt geblieben. Er hatte ihn nach jedem Mordfall kontaktiert und versucht, zu klären, ob seine These, dass Banden involviert sein könnten, Halt hatte. Er hielt es im Fall von Falko Hauke durchaus für möglich, der in Tempelhof gearbeitet hatte, und von dem man wusste, dass er versucht hatte, die kriminellen Vorgänge dort auszunutzen. Bei Matty Scheibel fiel seine These allerdings in sich zusammen. Freddy konnte nicht glauben, dass sie irgendwelche Verbindungen zu den Ringvereinen hatte, und Elias glaubte es auch nicht.

»Wir töten nur selten Männer, und Frauen gar nicht. Das habe ich dir schon bei der Köchin gesagt. Und wir würden nie eine angesehen junge Frau wie sie umbringen; die käme uns ja nie in die Quere. Was die Strangulation angeht ...« Elias hatte die Schultern gezuckt, als wäre es undenkbar. »Tut mir leid, Freddy, aber ich habe herumgefragt, wie versprochen, und die Antwort ist immer die gleiche: Wenn es zwischen diesen Mördern oder dem Jungen auf der Straße eine Überschneidung gibt, dann ist es reiner Zufall und nicht motiviert. Ich kann dir da nicht weiterhelfen.«

Freddy wusste, dass er recht hatte. Er wusste auch, dass er an diesem Punkt den Kontakt zu Elias wieder hätte abbrechen sollen – Elias hatte seine Schulden noch nicht eingefordert, aber Freddy wusste, dass er es eines Tages tun würde, und das hing wie ein Damoklesschwert über ihm. Der Gedanke, auch nur minimal in dieselbe düstere Ecke der Welt vorzudringen, in der Brack lebte, verursachte ihm Gänsehaut. Aber den Kontakt zu Elias abzubrechen war leichter gesagt als getan. Nachdem die ersten paar geschäftsmäßigen Treffen vorbei waren, hatten die beiden Männer mit Hilfe einer Flasche Schnaps angefangen, nicht mehr darüber zu sprechen, wer in Berlin das Sagen hatte, sondern wirklich miteinander zu reden.

Als Erstes hatten sie über das Lager gesprochen und damit eine Brücke überquert. Sie kamen sehr vorsichtig auf das Thema. Sie versuchten beide nicht, in der Zeit, die sie dort verbracht hatten, einen Sinn zu erkennen – sie waren beide zu realistisch, um anzunehmen, dass das möglich wäre. Keiner von beiden wollte sich lang und breit mit den Einzelheiten der Gräuel auseinandersetzen. Aber sie schafften es, sich über die Ängste auszutauschen, die ihre Albträume im Griff hatten und über den Vertrauensverlust, den ihre Erlebnisse ihnen auferlegt hatten. Elias gestand ein, dass er nicht aufhören konnte, nach Gesichtern zu suchen, nach den Wärtern, die ihn geschlagen und seine Gefährten auf dem Todesmarsch erschossen hatten. Dass er immer noch Rachepläne schmiedete, falls er je einen von ihnen finden würde. Freddy erzählte Elias von dem SS-Mörder, auf den er im letzten Jahr gestoßen war, und bei dem er sich nicht sicher gewesen war, ob er wollte, dass er verhaftet würde. Beiden Männern wurde leichter zumute, als sie ihre Geheimnisse enthüllten.

Danach drangen sie auf härteres Gelände vor, die Familie und die Schicksale derjenigen, die nicht überlebt hatten. Sich ihnen zu stellen – die Realität der Züge und der Öfen zuzulassen, die ihre Träume durchzogen – hatte lange Schweigeperioden und die erneute Zuflucht zum Schnaps gebracht. Zumindest hatten sie das Gefühl von Schmerz im gleichen Maße wahrgenommen und erlitten.

Bis Elias gewonnen hatte.

Freddy hasste sich für diesen Gedanken, sooft er ihm kam, aber er konnte ihn nicht abstellen.

»Sie sind nicht alle gestorben; sie sind nicht alle von mir gegangen.«

Es war nur eine Handvoll Wörter, aber jedes einzelne davon war so voller Freude, dass Freddy nur davon träumen konnte.

Elias hatte das Unmögliche geschafft. Er hatte herausgefunden, dass zwei seiner Vettern, die als tot aufgegeben worden waren, doch nicht verschwunden waren, sondern zu guter Letzt aus den sowjetischen Lagern, in denen sie gefangen gewesen waren, in einem erschöpfenden Marsch heimgekehrt waren. Freddy hatte seine Freude ausgedrückt, als Elias ihm diese Neuigkeit mitteilte, dann war er nach Hause gegangen und hatte um sich selbst geweint wie ein Kind.

Freddy hatte nach seiner Familie gesucht, so wie jeder, der noch auf den Beinen stand, nach dem Krieg gesucht hatte – solange er sich noch vorlügen konnte, es bestünde eine Chance, dass sie noch auf dem Weg zurück zu ihm wären. Er hatte die Bahnhöfe und die Tafeln mit Vermissten abgesucht, die mit gewellten und verblassten Fotos übersät waren und an allen Bahnsteigen standen. Er war immer wieder in die Büros der überlasteten und erschöpften Rot-Kreuz-Mitarbeiter gegangen. Die Arbeiter dort hatten getan, worum er sie bat, und ihm die Hoffnung gegeben, die ihn am Leben hielt. Mehr hatten sie nicht tun können. Und dann war die Hoffnung schlimmer geworden, als die Wahrheit zu akzeptieren.

Nach einem Jahr, in dem er Frauen hinterhergelaufen war, deren Hüte mit Federn ihn an seine Mutter erinnerten, und in dem ihn halbwüchsige Jungen angelacht hatten, von denen er sich so wünschte, es wäre sein Bruder. Nach einem Jahr, das ihn nicht einmal in Sackgassen führte, hatte Freddy sich gezwungen, aufzuhören. Aber jetzt, wenn Elias' Tote wieder ins Leben zurückkehren konnten …

Er schüttelte sich, um wieder im Hier und Jetzt anzukommen. Es war nicht seine Zeit. Andere Familien litten in viel unmittelbarerem Schmerz, als er selbst, und sie verdienten jetzt seine Aufmerksamkeit.

Nicht dass ich ihnen etwas zu bieten hätte.

Freddy schloss die Akten und drehte die Porträtfotos um, sodass er nicht mehr in ihre anklagenden Gesichter blicken musste. Er hatte jede Stunde im Büro verbracht und konnte ihnen immer noch nicht helfen. Er hatte den trauernden Verwandten nicht mehr anzubieten als die Rot-Kreuz-Arbeiter für ihn zusammengekratzt hatten. Und ganz egal, auf wie viele Weisen er sich der Sache näherte, keine davon ergab Sinn. Die vier Opfer standen in keinerlei Zusammenhang zueinander, außer durch ihre Todesart und die Art, wie ihre Leichen hingelegt worden waren. Es gab kein Muster bezüglich des Alters, des Geschlechts oder irgendeiner anderen Sache, die Freddy sich vorstellen konnte, um ihnen Merkmale zuzuschreiben, und es gab doch immer ein Muster. Die Logik sagte, dass es bei so unterschiedlichen Opfern nicht ein- und derselbe Täter sein konnte.

Aber die Logik sagte auch, dass es ein- und derselbe sein muss.

Er blickte durch die offenstehende Bürotür in den größeren Raum dahinter. Es war zu still. Sein Team sah genauso grau aus, wie er sich fühlte. Keiner von ihnen aß richtig; keiner schlief. Abgesehen von den Anforderungen des Falles litten sie alle unter der Teilung, die die Alliierten und die Sowjets kreuz und quer durch Berlin vorgenommen hatten, und waren zudem durch die körperlichen Auswirkungen der Blockade zermürbt. Dem nächsten Großmaul in irgendeiner Bar, das Freddy auf die Nase binden wollte, dass er gelernt hätte, trotz Luftbrücke zu schlafen, und keine Probleme mit den Essensrationierungen hätte, würde Freddy aufs Maul schlagen. Oder er würde ihn zur Wache zerren und zwingen, hier einen Tag bei der konzentrierten, detailabhängigen Arbeit zu verbringen, die die von dröhnenden Flugzeugen unterbrochenen Nächte und die Tage, an denen man gegen das Grummeln des hungrigen Magens ankämpfen musste, doppelt so schwer machten, wie sie sein sollte.

Nach fünf Monaten Blockade bestand Berlin nur noch aus Lärm.

Und aus einem ständigen, quälenden Hunger, der selbst die sanftesten Gemüter verdarb. Die Amerikaner und die Briten konnten sich noch so sehr des Erfolgs der Luftbrücke rühmen – soweit Freddy sehen konnte, ließ keine der beiden Seiten eine Gelegenheit dazu ungenutzt. Dass die Menge der Nahrungsmittel, die eingeflogen wurden, wuchs, änderte nichts daran, dass der Stillstand noch nicht überwunden war.

Die Stadt war eingeschlossen und von der Welt abgeschnitten. Nichts lief richtig. Die Bürger Berlins gingen zu Bett und wurden zu oft vom Brummen der Flugzeuge aus dem Schlaf gerissen, um noch mitzuzählen; ihnen fehlte die Energie. Sie krochen genauso wankend aus ihren Betten, wie sie hineingekrochen waren, zogen sich bei Kerzenlicht an und wieder aus. Sie aßen getrocknetes Gemüse und trockenes Brot, beides aufs Gramm genau abgewogen. Ihr Leben wurde von Schlangestehen, Schwarzmarkt und den ständigen Ausflügen aus der Innenstadt bestimmt, um hamstern zu gehen – alles Dinge, die sie mit dem Ende des Krieges doch für überwunden gehalten hatten. Sie lebten im ständigen Bemühen, Essen zu finden, das frisch war und das nicht all ihr Erspartes auffraß oder ihr Gewissen belastete. Und mit dem Einbruch des Winters und den Stromrationierungen ...

Das Haus, in dem Freddy wohnte, hatte, wie alle Berliner Häuser, nur zwei Stunden am Tag Strom. Die Zeiten wechselten jede Woche und hatten nichts mit den üblichen Gewohnheiten von Menschen zu tun. Seit letztem Freitag waren Freddys Wecker und die seiner Wohnungsnachbarn auf ein Uhr nachts eingestellt. Zwischen eins und drei erledigten sie hektisch alles, wofür sie Strom oder Licht brauchten. In der Woche davor hatte die zweistündige Zeitspanne um Mitternacht begonnen. Trotzdem mussten alle um sechs Uhr aufstehen, um ihre tägliche Arbeit zwischen die Beschaffung von Lebensmitteln und die Suche nach Brennstoff zu quetschen. Und wenn irgendjemand die zugewiesene Menge in der Nachbarschaft überschritt, konnte es passieren, dass der Strom für zwei Wochen komplett abgeschnitten war. Das Einzige, was nie versiegte, waren die Flugzeuge. Die Stadt verschloss sich, zog sich nach drinnen zurück und schloss die Türen.

Außer vor dem Mörder. Für ihn gehen alle Türen auf.

Freddy lehnte sich zurück und streckte sich. Sein Rücken und die Schultern waren verkrampft, weil er zu viele Stunden in dem Versuch, einen Sinn in dem Puzzle zu erkennen, für das der Mörder keinerlei Hinweise hinterlassen hatte, über seinen Schreibtisch gebeugt gesessen hatte. Sekunden später war er froh, dass er die Haltung gewechselt hatte, denn wenn Brack nur eine Spur weiter nach links gezielt hätte, hätte Freddy ein blaues Auge davongetragen.

»Haben Sie das gesehen?«

In dem Augenblick, in dem die Tür aufschwang, landete die Zeitung auch schon auf Freddys Schreibtisch. Mit Zeitungen um sich zu werfen, war Bracks Methode, um zu zeigen, dass er mit den Überschriften und mit Freddy nicht zufrieden war. Oder Beschimpfungen herauszubrüllen und immer mal wieder das Wort »Idiot« einfließen zu lassen.

»Haben Sie das gesehen? Sie haben ihm einen Namen verpasst. Der Würger von Berlin. Nicht besonders einfallsreich, aber er erfüllt seinen Zweck, und das ist mehr, als Sie offenbar hinkriegen. Warum haben Sie keine Mitteilung herausgegeben, die uns wenigstens so aussehen lässt, als ob wir die Sache im Griff hätten?«

Freddy verstand Bracks Frustration über den Fall, er fühlte

sich selbst davon überfordert, aber niemand strapazierte Freddys Geduld so sehr wie Brack. Jedes Mal, wenn Brack ihn ansprach, wusste Freddy, dass ihm das Wort »nutzlos« auf der Zunge lag. Das stärkte nicht gerade sein Selbstbewusstsein. Und auch, wenn es ihm eine Genugtuung bereitet hätte, seinerseits die Kontrolle zu verlieren, wusste er doch, dass es Brack noch mehr gefreut hätte. Es hätte ihm den Grund gegeben, den er brauchte, um Freddy vom Fall abzuziehen, und diesen Druck konnte Freddys Team, das ohnehin kämpfte, nicht brauchen. Also atmete er durch und zählte bis zehn, starrte den Artikel an und dachte darüber nach, mit welcher Antwort er ihn herunterspielen könnte.

»Das ist nicht gut für die Abteilung, ich weiß, aber das ist die übliche Vorgehensweise. Außerdem werden voreilige Schlüsse gezogen, die ich lieber nicht kommentieren möchte. Die Zeitungen nehmen an, dass es sich um ein- und denselben Mörder handelt, wie ich auch, aber wir sind noch weit davon entfernt, das belegen zu können, und so laut sie auch eine Täterbeschreibung fordern, können wir ihnen doch keine liefern. Deswegen habe ich keine Mitteilung herausgegeben, und ich denke auch, mit allem Respekt, dass wir das nicht tun sollten. Nichts, das wir verlauten lassen – außer der Bitte, dass sich jeder, der Informationen oder einen Verdacht hat, melden soll – wird hilfreich sein. Im Gegenteil, eine fehlerhafte Presseerklärung wird der Geschichte vom Mörder, der die Straßen unsicher macht, und der Panik, die die Zeitungen versuchen zu schüren, noch Vorschub leisten.«

Auf Bracks rotem Gesicht zeichneten sich violette Flecken ab, bevor Freddy mit dem letzten Satz fertig war. »Bei Ihnen heißt es immer nur ›können nicht‹, ›sollten nicht‹ und ›lieber nicht‹. Aber Sie haben nicht zu entscheiden. Lassen Sie in der ganzen Stadt die Aufforderung verbreiten, dass niemand einem Unbekannten die Tür öffnen soll. Machen Sie allen klar, dass sie sich keine Probleme ins Haus holen sollen, und verschaffen

Sie uns ein bisschen Luft zum Atmen. Das ist elementare Polizeiarbeit, Kommissar Schlüssel. Sie sollten es gelegentlich mal damit versuchen.«

»Aber das ist es doch gerade: Es ist kein Unbekannter. Wie sollte es einer sein?«

Freddy sprach, ohne zu denken, und bereute es sofort.

»Was zur Hölle meinen Sie damit?«

Bracks Nasenflügel blähten sich, und sogar seine Augen sahen rot aus.

Freddy erkannte die Gefahr darin, mit Erklärungen weiterzumachen, mit deren Einzelheiten er noch nicht zufrieden war. Leider wusste er, einmal angefangen, auch nicht, wie er aufhören sollte. Außerdem waren die Widersprüche, in die der Fall verwickelt war, für ihn offensichtlich, also sollten sie für einen Mann, der angeblich so erfahren mit der Polizeiarbeit war wie Brack, kristallklar sein. Irgendwie schaffte er es, nicht darauf hinzuweisen.

»Ich meine, ich glaube nicht, dass *Unbekannter* die richtige Botschaft übermittelt. Wenn Sie sich die Hinweise ansehen, deutet alles auf das Gegenteil hin. Keine der Wohnungen wies Spuren eines Einbruchs oder Kampfes auf. An jedem Tatort haben wir Teetassen oder Bierflaschen oder andere Hinweise auf Gastlichkeit gefunden. Wer der Täter auch sein mag, die Beweise deuten darauf hin, dass er von seinen Opfern hereingelassen wurde. Das muss auf einer bestimmten Ebene bedeuten, dass er ihnen bekannt war.«

Freddy gab Brack einen Moment, um zu reagieren, aber der Mann blickte nur finster drein, also machte er weiter, ohne zu wissen, wie tief die Grube war, die er sich selbst grub, und festentschlossen, seine Argumente jetzt vorzutragen.

»Das Problem ist, dass wir keine einzige Verbindung zwischen den vier Verstorbenen finden können. Sie haben keine gemeinsame Schule, Arbeitsstelle oder Freundeskreis, von all den Unterschieden in Alter und Geschlecht mal ganz abgesehen. Keiner von ihnen hat einen Handwerker bestellt – es sei denn, sie würden alles, was Reparaturen im Haus angeht, vor ihren Familien geheim halten. Und keiner der Morde hat mit Banden zu tun, das habe ich überprüft.« Er stolperte etwas bei dem Wort »Bande«, was Brack aber nicht zu bemerken schien. »Nur der liebe Gott weiß, wer dieser Mann ist, der ohne Weiteres in so viele Wohnungen eingelassen wird, Herr Oberkommissar, aber ich würde meine Karriere darauf verwetten, dass er kein Unbekannter ist.«

Meine Karriere darauf verwetten regte Brack genauso sehr auf, wie das Wort *Unbekannter* Freddy aufgeregt hatte. Fluchend versuchte er, in Freddys Argumentation Lücken zu finden, aber seine Argumente verpufften, weil es offensichtlich nicht möglich war, Freddys Interpretation der Lage, für die es so viele Beweise gab, für nichtig zu erklären.

Er kann mich darin nicht besiegen, weil ich recht habe.

Freddys Magen entspannte sich, sobald er das erkannte, und er gewann sein Selbstbewusstsein zurück. Er hörte auf, der Tirade zu folgen, und blieb ruhig sitzen, während Brack wütete. Alle im Hauptbüro taten, als würden sie nichts hören, wie sie es auch früher so oft vorgetäuscht hatten.

Letztendlich war Brack dennoch der Gewinner, auch wenn er im Unrecht war. Freddy verlor die Geduld bei dem sinnfreien Satz »Wir müssen etwas tun, und vor Unbekannten zu warnen, ist wenigstens etwas«, der als Bracks einziges Argument stehenblieb, stimmte zu, den Befehl zu befolgen und die Warnung herauszugeben. Es widerstrebte ihm, aber wenigstens bekam er Brack aus seinem Büro heraus, auch wenn er sicherheitshalber Freddy und das ganze Team anbrüllte, als er ging.

Sein Team. Es brauchte jetzt seine Unterstützung genauso wie die Familien der Opfer, und Freddy war darauf angewiesen, dass sie mit Höchstgeschwindigkeit arbeiteten.

Er ging zum Türdurchgang. Die Männer ließen nach. Sie ließen die Köpfe und die Schultern hängen. Sie verhielten sich, als wäre der Fall zu groß für sie, und das hieß, dass es bald auch so sein würde.

Er sah zur Uhr. Viertel vor zwölf. Er musste jetzt den guten Vorgesetzten spielen, bevor er wieder zum schlechten wurde. Er trat aus seinem Büro hinaus und klatschte so enthusiastisch in die Hände, dass sie alle im Stuhl aufsprangen.

»So, Leute, ihr habt zu hart gearbeitet. Zeit für eine Pause. Stifte runter, Köpfe hoch. Ich lade euch alle zum Mittagessen ein.«

Sofort wurde es wärmer im Raum, und die Stimmung hob sich. Freddy wuselte um die Schreibtische herum, drängte alle, sich die Mäntel überzuziehen, und nickte, als Matz fragte, ob er Hanni anrufen und einladen solle. Das Essen würde seine Geldbörse überstrapazieren, aber die Motivation, die seine Geste auslösen würde, war es hoffentlich wert. Immerhin würde er ihnen, wenn sie zurückkämen, eine saftige Quittung für ihr Bier präsentieren.

∼

Jeder Hinweis bei den vier Verbrechen, jede Zeugenaussage und jede Befragung der Familienmitglieder mussten erneut untersucht werden. Dazu gehörte auch jeder Zentimeter auf jedem der Dutzende Fotos, die auf Hannis Schreibtisch ausgebreitet lagen. Schon der Anblick des riesigen Stapels erschöpfte sie. Das einzig Positive daran war, dass Freddy den Fall des erdrosselten Jungen, der in der Heimstraße gefunden worden war, ausschloss, weil der Mord auf der Straße, nicht in einer Wohnung stattgefunden hatte. Was die restlichen Männer anging, die ebenfalls auf die Aktenberge auf ihren Schreibtischen blickten ...

Freddy hatte sich mit der Überraschungseinladung zum Mittagessen für das ganze Team keinen Gefallen getan – nicht, dass er es bemerkt zu haben schien. Die Geste war gern angenommen worden, aber dann hatte er zu schnell den Befehl ausgesprochen, die alten Spuren noch einmal zu überprüfen, was alle Polizisten hassten, weil es bedeutete, dass sie keine brauchbaren Spuren hatten. Nun fühlten sie sich sowohl hereingelegt als auch entmutigt, und ihre Arbeit war nicht mehr nur langsam, sie kroch nur noch vor sich hin. Freddy schien aber auch das nicht zu bemerken, und das war seltsam, wenn man bedachte, wie wenig ihm normalerweise entging.

Er ist gar nicht er selbst. Er sieht wieder gequält aus.

Freddy hatte beim Mittagessen kaum eine Rolle gespielt, außer dafür zu zahlen. Zurück in der Wache starrte er Löcher in die Luft und hielt dabei die ganze Zeit einen Bericht vors Gesicht, als wolle er seine Unfähigkeit zur Konzentration verbergen.

Er wird genauso von Echos der Vergangenheit abgelenkt wie ich.

Hanni wusste nicht, was den Konzentrationsmangel bei Freddy verursachte, und wegen der frostigen Stimmung, die seit Freddys Begegnung mit Tony zwischen ihnen herrschte, würde sie auch nicht fragen. Aufgrund der Erfahrungen, die sie mit ihm bisher gemacht hatte, nahm sie an, dass der Verlust seiner Eltern und Geschwister etwas damit zu tun hatte.

Sie wollte zu ihm gehen. Sie wollte ihm sagen, dass auch sie sich aus Sorge wegen ihrer Familie nicht auf ihre Arbeit konzentrieren konnte. Aber sie konnte sich nicht ansatzweise vorstellen, wie dieses Gespräch verlaufen würde. »Mein Vater – der Nazi, von dem du nichts weißt und der der Grund dafür ist, dass ich deine Liebe nicht zulasse – hat eine Schule gegründet, in der eine neue Generation kleiner Jungen herangezogen werden soll, die Hitler liebt und die Juden hasst« klang nicht nach einer vielversprechenden Gesprächseröffnung. »Vermisst du deine Mutter?« war viel zu krass. Und so sehr sie es versuchen mochte, wusste sie doch, dass sie nicht in der Lage wäre, sich auf Freddys Vater zu konzentrieren, wenn ihr Kopf so voll von ihrem eigenen war.

»Sie ist schon geöffnet. Es sind Kinder darin. Sie werden aber nicht morgens hingebracht und abends wieder abgeholt, also wohnen sie vielleicht dort. Und die Autos, die doch aufkreuzen, fahren zu schnell durch die Tore, als dass ich erkennen konnte, wer darin sitzt. Aber ich habe diesen Foss dort gesehen. Er stand an der Eingangstür und hat Männern, die genauso ausstaffiert waren wie er, die Hand geschüttelt.«

Trotz des instinktiven Drangs, Oli aus der Gefahrenzone zu halten, hatte Hanni so verzweifelt nach mehr Informationen gelechzt, dass sie ihn wieder nach Wannsee geschickt hatte. Dieses Mal war er viel schneller gewesen, und seinen zweiten Bericht hatte er genauso abgeliefert wie den ersten: mit ausgestreckter Hand und ohne die Bereitschaft, Fragen zu beantworten.

Hanni hatte sich zusammenreimen können, dass Oli mit *ausstaffiert* schicke Anzüge meinte, nicht die Uniformen, in denen ihre wilde Fantasie Reiners Kumpane gesehen hatte. Sie hatte auch aus ihm herausbekommen, dass er Reiner in den drei Tagen, in denen er das Gebäude beschattete, nur ein Mal gesehen hatte, und dass er keine Ahnung hatte, wie viele Kinder dort angemeldet waren, aber das Gefühl hatte, dass darunter keine Mädchen waren. Als Oli dann anbot, für eine bedeutend höhere Summe erneut hinzugehen und einen Einbruchsversuch in die Villa zu wagen, hatte Hanni ihm gesagt, die Sache sei erledigt. Oli war zwar gut, aber seine Schläue war der von Reiner nicht gewachsen, und sie wollte ihn nicht ungeschützt in die Höhle des Löwen schicken. Stattdessen wollte sie sie lieber zerstören.

Hanni war erschöpft und unfähig, sich auf die Fotos zu konzentrieren, die sie erneut untersuchen sollte, weil sie die ganze Nacht wach gewesen war. Nicht wegen der Flieger oder des Stroms, der um ein Uhr eingeschaltet worden war. Sie hatte, in einen Mantel und eine Decke gehüllt, bei Kerzenlicht an ihrem Tisch gesessen, weil sie ihre Waffen zusammenstellte. Ein Bündel Fotos von der Wannsee-Villa und ein sorgfältig formulierter Brief, alles in einem Umschlag mit der Aufschrift »vertraulich« und an Tonys Boss, Colonel Walker adressiert.

Das war ihre zweite Entscheidung gewesen: die Unterlagen nicht an die Briten, sondern an die Amerikaner zu schicken. Die erste Entscheidung war, nicht auf den richtigen Zeitpunkt zu warten, um gegen Reiner aktiv zu werden, sondern die Beweise zu nutzen, die ihr in die Hände gelangt waren.

Hanni machte sich über die Aufgabe, die vor ihr lag, keine Illusionen. Dass ein ehemaliger SS-Offizier im Nachkriegsberlin eine Adolf-Hitler-Schule gründen konnte und dazu vermutlich auf Quellen des Bildungssystems der Alliierten zurückgriff, wäre ein Riesenskandal, wenn es an die Öffentlichkeit käme. Hanni bezweifelte, dass ihr irgendjemand für die Enthüllung dankbar wäre. Sie konnte sich vorstellen, wie die Briten die Unterlagen erhielten und schnellstens alles unter den Teppich kehrten. Sie konnte sich vorstellen, dass die Amerikaner vielleicht das Gleiche täten, aber es bestand immerhin eine Möglichkeit, dass Gespräche zwischen den beiden Administrationen nötig würden, wenn sie sie dorthin schickte, und dass dadurch etwas an eine größere Gruppe heraussickern würde, die dann Handlungen fordern würde. Colonel Walker war ihr bekannt, also hatte sie ihn als Empfänger auserkoren.

Der Brief war nicht leicht zu schreiben gewesen. Hanni hatte sich kurzgefasst. Sie hatte den Ort angegeben und skizziert, welchen Zweck sie hinter der Schule vermutete. Sie hatte ihre Vermutung ausgedrückt, dass mehr Männer darin verwickelt waren als diejenigen, deren Namen sie nannte, und dass vielleicht die gesamte Erziehungsabteilung der Briten infiltriert war. Sie erwähnte – weil sie irgendwie auf ihn hinweisen musste –, dass sie auch die Initialen E. F. auf einem Haushaltsbuch gesehen habe, dass ihr Film da aber gerade voll gewesen war. Ihren eigenen Namen nannte sie nicht. Über die Initialen hatte sie sich nicht weiter ausgelassen oder erklärt, wer E. F. sein könnte. Ihr Vater war ein viel zu kluger Mann, um sich bei einer Lüge erwischen zu lassen, und sicher würde er nichts eingestehen. Bestenfalls konnte Hanni auf »Kontaktschuld« hoffen, und die Ironie, die dabei in der Parallelität zu ihrem eigenen Leben lag, entging ihr nicht. Es war nicht einfach gewesen, aber sie hatte den Brief zu Ende gebracht, und nachdem er erst einmal abgeschickt war ...

Hanni war sich nicht sicher, was dann geschehen würde, auch wenn sie wusste, dass das Warten ein gefährliches Spiel sein konnte. Sie müsste die Zeitungen auf eine Erwähnung der Schule durchsuchen – oder auf den Zwischenfall, die Widerwärtigkeit, oder wie auch immer sie es bezeichnen wollten, wenn der Skandal erst einmal die Runde machte –, was ihr die Möglichkeit gäbe, sich an die Behörden zu wenden und Reiners wahre Geschichte aufzudecken. Wenn das nicht gelang, wenn die Zeitungen im Dunkeln blieben oder die Story nicht veröffentlichen dürften, müsste sie sich auf Gerüchte der Amerikaner verlegen. Nichts davon war ohne Risiko oder geradlinig, aber auf die Nachrichten zu warten, wäre nicht einmal die größte Herausforderung. Die größte Gefahr lag darin, sich und jeden, dessen Leben die Aufdeckung berührte, in Sicherheit zu bringen, sobald der Moment der Wahrheit käme. Vor allem Oli. Ihn außerhalb der Gefahrenzone zu halten und alle Spuren zu vermeiden, die von den Enthüllungen zu ihm führen könnten, war für Hanni genauso wichtig wie die Schließung der Schule.

Und es wird passieren. Es wird Verhaftungen geben.

Hanni hatte sich das die ganze Nacht vorgebetet, jedes Mal, wenn ihr Stift verharrte. Auch wenn sie hinter verschlossenen Türen stattfände – es würde eine Untersuchung geben, und dann musste es Anklagepunkte geben. Und dann – wenn E. F. identifiziert und Emil Foss endlich hinter Gittern war und ihr nichts mehr anhaben konnte – dann würde Hanni den letzten Akt starten. Sie würde alle Taten seines Lebens – alles, was er als Reiner und alles, was er als Emil getan hatte – derjenigen alliierten Macht zutragen, die zuständig war, und sie würde den Mann gänzlich zur Strecke bringen. Was es sie auch kosten möge.

Hanni wusste, was geschehen würde, sobald sie den Schritt tat, auch wenn sie es noch nicht ganz akzeptiert hatte. Es würde eine Abrechnung, ganz gleich, wie sorgfältig sie ihren eigenen Fall darlegen würde. Ihr eigenes Leben würde ins Rampenlicht gezogen und mit dem ihres Vaters auseinandergenommen. Solange alle um sie herum, die ihr wichtig waren, unbeschadet blieben, war Hanni dafür bereit. Die Entdeckung der Schule und das Wissen, dass Reiners verschrobene Glaubenssätze in seiner Zukunft eine ebenso tragende Rolle spielten wie in seiner Vergangenheit, hatten sie zum Handeln gezwungen. Es war Zeit, tapfer zu sein und aufzuhören, ihr Leben im Schatten zu führen, den Reiners Leben auf ihres geworfen hatte, und mit dem Urteil zurechtzukommen, das ihrer beider wahre Identitäten mit sich bringen würden. Hanni hoffte, dass das Urteil über sie am Ende nicht schlimm sein würde. Sie wusste, das lag nicht in ihrer Hand.

Vor allem, was ihn betrifft.

Sie sah wieder zu Freddy hinüber. Sie hatte schon lange beschlossen, dass er als Nächster nach den Behörden ihre ganze Geschichte erfahren sollte. Dass sie zu ihm gehen wollte, sobald sie den Amerikanern oder den Briten oder demjenigen, der beschloss, Reiner zu belangen, die Wahrheit gesagt hätte. Sie konnte nur darauf hoffen, dass Freddy zuhören würde.

Aber Natan hat zugehört, und nun siehst du ja, wie schlimm das gelaufen ist.

Hanni schob diese Erinnerung beiseite – es brachte nichts, darin herumzustochern. Sie hatte in den letzten Kriegstagen ihren Weg festgelegt, und jetzt verfolgte sie ihn zielstrebig.

Außerdem bedrückte sie derzeit die Sorge, was mit Freddy gerade los war, viel mehr als die, was in der Zukunft falsch laufen könnte. Er sah wieder zur Decke, sein Gesicht sah abgespannt und krank aus. Er wirkte geschlagen, so wie immer nach einem Streit mit Brack. Er sah aus, als bräuchte er einen Erfolg.

Hanni wandte ihre Aufmerksamkeit wieder den Fotos zu, obwohl sie sie schon so oft angeschaut hatte, dass sie nicht glaubte, noch etwas Neues zu erkennen. Aber es war egal. Bei vielem, was Freddy brauchte, konnte sie ihm nicht helfen, aber wenigstens in dem Fall konnte sie versuchen, ihn zu unterstützen. Sie teilte die Bilder wieder in Leichenfotos und Fotos der Zimmer ein, in denen sie gefunden worden waren. Im zweiten Set sah sie nichts Bemerkenswertes. Sie griff nach dem ersten Stapel, sortierte die Bilder zuerst nach Alter und Geschlecht und entdeckte wieder nichts.

Gab es gemeinsame Merkmale?

Das war ein interessanter Gedanke, den sie noch nicht ausprobiert hatte. Sie sortierte die Bilder wieder neu. Sie schaute genauer als vorher die Strangulationsmale an, um zu sehen, ob die Breite der Linie variierte. Oder die Flecken auf den geschlossenen Augenlidern und deren Muster. Sie sah sich die gefalteten Hände und sorgsam gebetteten Köpfe an. Da sahen die Fotos wieder frisch aus. Es gab eine Spur darin, und sie wartete nur darauf, von ihr entdeckt zu werden – das spürte sie daran, wie sich die Haare auf ihren Armen sträubten.

Hanni blendete das Büro aus und verteilte die Bilder auf ihrem Schreibtisch, auch diejenigen, für die sie Jacken und Strickjacken vorsichtig umgeschlagen hatte, damit sie die Strangulationsnarbe besser erwischte. Etwas quälte sie; etwas flüsterte ihr zu, dass es noch eine gemeinsame Spur gab.

Sie schaute wieder hin. Sie drehte die Bilder im Licht hin und her. Sie schloss die Augen, atmete ein, öffnete sie und sah wieder hin. Es war immer noch da. Auf jedem Bild, wie ein

Brandzeichen. Als sie laut rief »Freddy, du musst kommen und dir das anschauen«, sprang das ganze Team gleichzeitig auf.

~

»Ich weiß, was es ist. Aber ich habe keinen Schimmer, was es in diesem Zusammenhang zu bedeuten hat.«

Freddy trat von dem Korkbrett zurück, an dem Hannis Bilder jetzt befestigt waren, damit jeder sie klar sehen konnte.

»Es sieht aus, als ob jemand einem jüdischen Trauerritual folgt, das als Kria bekannt ist. Wenn es richtig befolgt wird – was hier nicht der Fall ist – erlaubt es den Trauernden, ihrem Schmerz Luft zu geben. Oder, um es einfacher auszudrücken, Menschen in Trauer fügen ihrer Kleidung einen Riss zu, um zu enthüllen, dass sie leiden.«

Freddy deutete auf die Fotos, um zu zeigen, was er meinte, dann fuhr er in der Erklärung fort. »Es gibt für diese Tradition ein Muster, das der Mörder offensichtlich kennt. Der Riss wird der Bekleidung zugefügt, die den Oberkörper bedeckt. Bei Männern kann der Riss also an der Krawatte, dem Pullover oder dem Hemd angebracht werden. Bei Frauen am Ausschnitt eines Kleides, einer Bluse oder einer Strickjacke. Der Schnitt oder Riss – oder eine Kombination aus beidem – muss zielgerichtet sein und soll nicht wie eine versehentliche Beschädigung aussehen. Deshalb wird er nie am Saum angebracht, und er verläuft immer vertikal, mindestens siebeneinhalb Zentimeter tief.«

Er unterbrach sich und betrachtete die Fotos, auf denen überall die gewollte Beschädigung zu erkennen war, von der er gerade sprach, und schüttelte den Kopf.

»Das kann ich euch also erklären, aber was ich hier nicht begreife, mal ganz abgesehen davon, dass keines der Opfer jüdisch ist – hier ist die Kleidung der Toten markiert, dabei sollte es die Kleidung der Trauernden sein. Darin stimmt es also nicht mit den korrekten Ritualen überein.«

Er gab seinen Leuten, deren gerunzelte Stirnen bestätigten, dass sie von dieser Tradition noch nie gehört hatten, einige Minuten Zeit, um zu verdauen, was er gesagt hatte. Matz brach als Erster das Schweigen.

»Hat es etwas zu bedeuten, dass die Schnitte, die wir hier sehen, auf unterschiedlichen Seiten der Leichen angebracht worden sind?«

Freddy war erleichtert, weil das eine Frage war, die er tatsächlich beantworten konnte.

»Normalerweise durchaus, ja. Es ist ein Zeichen für den Grad der Verwandtschaft. Bei den meisten Verwandten, um die man trauert, trägt man den Riss auf der rechten Seite. Bei Eltern trägt man ihn immer links, oberhalb des Herzens.«

Hanni beugte sich vor. »Genau dort sind die Risse bei Edda und Falko angebracht worden.«

Bei jeder Ermittlung gab es einen Moment, in dem die Einsatzzentrale von neuer Energie belebt wurde, als wäre gerade ein Ruck hindurchgegangen. Auf diesen Moment warteten Ermittlerteams, den Moment, der signalisierte, dass es nicht hoffnungslos war, sondern dass es etwas gab. Freddy spürte es in diesem Augenblick. Und er sah, wie der Funke alle Mienen aufhellte.

Er drehte sich wieder zu den Fotos um, konzentrierte sich auf das Detail, das sowohl Matz als auch Hanni bemerkt hatten. »Gut beobachtet, danke. Wenn ich das weiterverfolge und wir uns alle einmal vorstellen, dass das, was hier passiert, eine Version des Trauerrituals ist, das ich euch beschrieben habe, und wenn die Platzierung der Tradition folgt, bedeutet das dann, dass der Mörder Edda und Falko als Eltern sieht?«

Er gab den anderen und sich selbst etwas Zeit, um den Gedanken einsinken zu lassen.

»Könnte es, derselben Logik folgend, auch bedeuten, dass

die jüngeren gewissermaßen als Kinder gesehen werden? Vielleicht Kusine, Vetter oder Bruder und Schwester?«

Alle sahen weiter die Fotos an, aber niemand antwortete. Freddy konnte ihnen nicht vorwerfen, dass sie zögerten. Er würde diese Hypothese gern verfolgen – zurzeit war er froh, überhaupt eine Hypothese zu haben –, und er spürte, wie verzweifelt das Team etwas brauchte, um sich darauf zu stürzen. Leider konnte er aber die Bedeutung der ganzen Sache noch nicht erkennen – falls es überhaupt einen Symbolcharakter gab. Er beschloss, auch nicht so zu tun, als ob er es könne.

»Ich weiß nicht, ob irgendetwas von dem, was ich gesagt habe, zu diesen Leichen passt, auch wenn mein Instinkt mir sagt, dass ich auf der richtigen Spur bin. Wir wissen lediglich sicher, dass es an der Kleidung aller Opfer eine Markierung gibt, und dass die Markierungen anscheinend einigen der Ritualen folgen, die mit dem jüdischen Glauben zusammenhängen, aber nicht auf die übliche Weise. Ich weiß noch nicht, was uns das verrät, obwohl ich sicher bin, dass darin eine Botschaft für uns steckt, die wir entschlüsseln müssen. Es ist nicht die logischste These, die ich euch je präsentiert habe, und leider habe ich derzeit nicht mehr. Wenn also jemand von euch eine Idee hat, was die Markierungen bedeuten könnten, dann wäre es jetzt wohl ein guter Zeitpunkt, sie mit uns zu teilen.«

Er wartete, aber alle sahen ihn weiterhin ausdruckslos an, bis auf Hanni, die gar keinen Blickkontakt mit ihm herstellte.

»Okay, lassen wir das mal einen Moment beiseite, damit es wirken kann. Hat jemand noch etwas anderes gefunden?«

Zuerst war alles still, dann sprach Matz: »Ja, entschuldige, Chef. Diese Sache mit den Fotos hat mich ganz abgelenkt. Es gibt einen Fingerabdruck, der nicht zugewiesen werden konnte.« Er nickte den Männern zu, die in der Reihe hinter ihm standen. »Häussler hat ihn an einer der Kaffeetassen in Matty Scheibels Wohnung gefunden. Es gibt keine Übereinstimmung zu einer der Personen, von denen wir wissen, dass sie sie regelmäßig besucht haben.« Er sah auf den Notizlock hinunter, den er immer bei sich hatte. »Sie war nach allen Aussagen eine ruhige Person. Es sind nicht viele Leute bei ihr ein und aus gegangen, und sie war nicht der Typ, der Fremde mit nach Hause gebracht hätte. Wir lassen ihn überprüfen.«

Er hielt inne. Als niemand sonst sich äußerte, dankte Freddy ihm und Häussler, auch wenn der Fund eines einsamen Fingerabdrucks nicht so hilfreich war, wie er tat, um die Moral aufrechtzuerhalten. Alle Akten der Berliner Polizei waren 1945 im Krieg bei den Luftangriffen zerstört worden, als die Rote Burg, das alte Polizeipräsidium am Alexanderplatz, das die Gestapo übernommen hatte, zerstört wurde. Die Überprüfungen, auf die Matz sich bezogen hatte, brachten heutzutage nur selten ein Ergebnis, es sei denn, die Person, zu der der Abdruck gehörte, war erst kürzlich als regelmäßiger Straftäter aufgefallen. Nichts, was sie über Fräulein Scheibel herausgefunden hatten, ließ den Schluss zu, dass sie sich mit so jemandem getroffen haben könnte. Freddy zwang sich trotzdem zu einem Lächeln. Es war kein Durchbruch, konnte aber, so wie die Schnitte in der Kleidung, ein Anfang sein, und mehr als einen Anfang brauchten sie nicht.

Als er das Team erneut bat, die Akten weiter »durchzukämmen – es könnten sich noch mehr Hinweise darin verbergen«, gingen sie deutlich beschwingter daran. Die Einzige, die noch blieb, war Hanni.

»Ich wollte das nicht vor allen ansprechen; ich habe ja gesehen, dass wir alle feststeckten, und diese Rituale, wenn es denn welche sind, sind kompliziert. Aber ich kann nicht glauben, dass die Art, wie die Kleidung behandelt wurde, nicht Absicht und deshalb wichtig ist. Also ...« Sie hielt inne, als ob sie ausprobieren müsse, was sie sagen wollte. »Ich weiß, du hast gesagt, dass die Risse an den falschen Kleidern angebracht wurden, dass sie an der Kleidung der Trauernden, nicht der Toten sein müssten. Aber die Sache ist ... Was, wenn der Mörder nicht nur tötet, sondern selbst trauert?«

Als sie es sagte, hörte Freddy gleich die Logik in ihrem Gedanken. Das bedeutete allerdings nicht, dass er sofort darauf eingehen konnte.

»Meinst du, er trauert um die Menschen, die er ermordet hat, oder um ihre Familien?«

Hanni schüttelte den Kopf. »Das scheint mir etwas weit hergeholt. Warum sollte man mit Opfern oder denjenigen, denen man Schmerz zugefügt hat, mitleiden? Aber was, wenn er diese Morde dazu nutzt, um um seine eigenen Verwandten zu trauern, auf eine Weise, wie er es nicht konnte, als die gestorben sind?«

Das war ebenfalls weit hergeholt, aber Freddy hatte schon vorher an einem Fall gearbeitet, der sein Denken erweitert hatte, und er war mehr als bereit, dieses Risiko erneut einzugehen.

»Okay, lass mich versuchen, den Gedanken mal zu Ende zu führen. Würde das bedeuten, dass Edda und Falko für die Eltern des Mörders stehen sollen? Dass Matty und Linus seine Schwester und sein Bruder sind? Dass er seine eigene Familie töten wollte, aber nicht konnte, und dass er deshalb Ersatzleute nimmt?«

Er hielt inne. Etwas daran hörte sich nicht richtig an: Die Tatorte waren zu liebevoll zurückgelassen worden, als dass es nach einem Mörder aussah, der seine eigenen Verwandten so sehr hasste, dass er sie umbrachte. Normalerweise wurde ein solcher Angriff mit viel mehr Wucht durchgeführt. Er verfolgte den Gedanken rückwärts.

»Warte mal, ich glaube, ich verrenne mich da gerade. Und wieso wurde die Kria angewandt? Wir haben schon festgestellt, dass keines der Opfer jüdisch war, und wenn der Mörder Jude ist, hat er die Rituale fehlerhaft durchgeführt. Und wenn er auch kein Jude ist, wieso sollte er sie dann überhaupt durchführen? Falls aber doch, wieso führt er sie falsch durch? Ich will gern damit weitermachen, Hanni, ich suche wirklich eine Antwort, aber wenn wir nicht aufpassen, legen wir uns hier eine Theorie zurecht, die das Team – oder Brack – auf keinen Fall kaufen werden.«

Ihr Seufzer hätte auch von ihm kommen können. »Ich weiß, das ist wirklich schwer auseinanderzudröseln. Aber vielleicht liegt es an unserem Blickwinkel, was die Opfer und die Markierungen angeht, und das ist der Fehler. Was, wenn er die Tradition sehr wohl versteht, und sie abwandelt?«

Hanni stand auf und sortierte die Fotos am Korkbrett um, sodass die von Edda und Falko nebeneinander hingen.

»Ich stimme dir in vielen der Punkte, die du gerade genannt hast, zu. Die Tatorte weisen nicht auf Hass hin, sondern auf Liebe oder mindestens Respekt für die Menschen, die gestorben sind. Deshalb sind sie auch so schwer zu interpretieren. Also, was, wenn die Opfer etwas oder jemand anderes symbolisieren? Was, wenn sie im Kopf des Mörders, so wie du gesagt hast, seine eigene Familie darstellen sollen, aber nicht, weil er sie töten wollte. Was, wenn sie die Menschen sind, um die er, wie Tausende anderer Menschen, nicht richtig trauern konnte, als sie starben?«

Freddy sah von ihr zu den Bildern. So, wie sie die Bilder in einer Reihe angebracht hatte, war es unmöglich zu behaupten, die Schnitte seien Zufall oder auf irgendeine Weise wahllos, und es war unmöglich, ihrer Logik nicht zu folgen.

»Mit anderen Worten, du meinst, dass die Kria bewusst angewandt wurde, und sie könnte auf eine Weise, die wir noch nicht begriffen haben, bedeuten, dass er seine eigenen Verluste aus dem Krieg betrauert. Dass er vielleicht die Brutalität der Nazis überlebt hat, seine Familie aber nicht.«

Hanni zuckte die Achseln, eine Geste, die Freddy wiedererkannte. Sie drückte damit nicht aus, dass sie unsicher war oder ihren Gedanken nicht traute. Sondern dass sie Freddy einen Ausweg anbot. Ihre nächsten Worte bestätigten das.

»Vielleicht. Ich weiß es nicht. Nichts davon ist für mich vertraut. Es ist nur ein Gedanke.«

Nur dass Hanni nie einfach nur einen Gedanken hatte, und das letzte Mal, als sie mit einer Theorie gekommen war, die vollkommen abwegig geklungen hatte, hatte sie recht gehabt.

Freddy betrachtete die restlichen Kollegen, die wieder in ihre Akten vertieft waren, und fragte sich, was sie mit ihrer praktischen Denkweise wohl von ihrer Vorstellung halten würden.

Der Gedanke klang in vielerlei Hinsicht weithergeholt, aber hatte er selbst nicht etwas ganz Ähnliches getan? Hatte er nicht selbst die Gesichter auf den Fotos der Toten gegen die seiner Familie ausgetauscht? Was, wenn der Mörder genau das tat? Wenn man diese Theorie in Betracht zog, war zumindest ein Muster zu erkennen: Die Opfer waren zwar alle anders, aber aus einem bestimmten Grund ausgewählt worden, und sie waren nach ihrem Tod alle sorgsamer behandelt worden, als er es je zuvor bei irgendeinem Mord erlebt hatte.

Und sie sind alle zurückgelassen worden, damit ihre Familien sie finden und betrauern sollten. Sie sind weder versteckt noch auf andere Art beseitigt worden, um nicht gefunden zu werden. Es war kein Zweifel geblieben, wie ihre Leben geendet hatten.

Diesen bodenlosen Abgrund hatte der Mörder den Familien erspart. Sie würden sich nie fragen oder damit quälen müssen, was genau ihnen zugestoßen war. Er hatte gemordet, die Verwandten aber nicht in dem Schwebezustand zurückgelassen, in dem Freddy immer noch gefangen war. Kurz fragte sich Freddy, ob darin Güte lag, aber dann riss er sich zusammen. Das war nicht der Fall – es war immer noch Mord, und die logische Erklärung, die er und Hanni zusammenzustellen versuchten, war immer noch sehr eigenartig.

»Also noch mal: Sagen wir, dass die vier Opfer in der Vorstellung des Mörders seine toten Eltern und Geschwister sein könnten?«

Hanni antwortete mit ebenso neutraler Stimme wie Freddy gefragt hatte: »Vielleicht. Vielleicht kommt alles, was er tut, aus der Trauer und ist ein Akt der Erinnerung: Die Morde selbst, die häusliche Umgebung, die Schnitte in der Kleidung, die Sorgfalt mit den Leichen. Wir sehen Edda und Falko, Matty und Linus, aber die Gesichter, die er sieht, wenn er bei ihnen ist, könnten ganz andere sein.«

Sie sprach von Ersatz, Buße oder Opfertaten. Das waren Worte, die Freddy immer ein Schaudern verschafften, und doch, auf einer sehr ursprünglichen Ebene verstand er die Wucht dahinter. Niemand hatte die Trauerrituale für Rosa und Jakob, Leo und Renny durchgeführt. Niemand hatte über ihren Leichnamen eine Rede gehalten oder im Moment ihres Todes weinen dürfen. Das war eine Lücke in der Ordnung der Dinge, die Freddy noch nicht hatte ausfüllen können. Was, wenn der Mörder eine Möglichkeit dafür gefunden hatte?

»Kann es das wirklich sein?«

Er wandte sich von den Fotos ab, deren Gesichter sich mit denen überlagerten, die er nicht sehen wollte. In dem Szenario, das sie da aufbauten, war Sinn zu erkennen, auch wenn es verdrehter war als alles, was er von Mördern je erlebt hatte. Aber Sinn allein reichte noch nicht.

»Du weißt, dass Brack mich innerhalb einer Sekunde vom Fall ausschließen würde, wenn ich ihm mit einer solchen Lösung käme. Er würde es nicht verstehen und nicht akzeptieren. Außerdem ist damit unser anderes Problem nicht gelöst: Es besteht keinerlei Zusammenhang zwischen unseren Opfern, aber dennoch haben sie alle diesen Mann in ihre Wohnung gelassen, wer er auch sein mag.«

»Ein Unbekannter, der kein Unbekannter ist. Jemand, von dem sie glauben, ihn zu kennen, was aber nicht stimmt.«

Hannis Augen leuchteten, als wäre ein Licht eingeschaltet worden. Freddy spürte es plötzlich auch: die Gänsehaut, die ihnen eine Spur bescherte, mit der sie leichter arbeiten konnten. Unbekannter war das Wort, an dem er die ganze Zeit hängengeblieben war. Bisher war ihm noch nicht in den Sinn gekommen, dass das Wort mehr als eine Bedeutung haben konnte.

»Du meinst jemanden, den man in der Öffentlichkeit kennt, oder? Wie zum Beispiel ein Politiker, den man ständig in den Zeitungen sieht. Oder ein Schauspieler oder ein Sänger. Jemand, der so wirkt, als hätte man Zugang zu ihm, obwohl das gar nicht der Fall ist?«

Hanni nickte. »Ja. Haben wir das nicht alle schon mal? Geglaubt, dass wir Menschen kennen, die immer in unseren Leben auftauchen, dabei kennen wir sie gar nicht? Wir sprechen ständig über Artikel, die wir in Magazinen gelesen oder Interviews, die wir im Radio gehört haben, als wären wir Experten bezüglich eines Stars oder Redners, die wir tatsächlich noch nie getroffen haben. Wir kritisieren ihre Ansichten so, wie wir es mit Familienmitgliedern tun. Wir hören irgendeinen flüchtigen Kommentar über ein Lieblingsrestaurant oder ein Ausflugsziel und denken, wir würden ihren Geschmack kennen, dabei wissen wir in Wahrheit überhaupt nichts über sie.«

Freddy sah sie an.

Wenn wir so zusammen agieren – als Arbeitstandem, mit gegenseitigem Vertrauen – sind wir das beste Team.

Kurz vergaß er den Fall und die Ermittlungszentrale und schlüpfte in die Intimität mit ihr, nach der sich sein Herz so oft sehnte.

»Also, was willst du sagen, Hanni? Dass ich die Straßen nach Gary Cooper durchkämmen sollte?«

Ihr unvermitteltes Lächeln brachte sein Herz zum Hüpfen.

»Sehr witzig. Ich glaube, jemand hätte es bemerkt, wenn

Gary Cooper mit einer Schlinge in der Hand durch Wedding spazieren würde. Aber es gibt haufenweise andere Leute in den Zeitungen, die die Leser bewundern oder für die sie schwärmen. Denk doch nur an die Wirkung, die ...« Sie zögerte, und ihre Stimme wurde leiser. »Na, du weißt schon, was ich meine.«

»Du wolltest ›Tony‹ sagen, oder?«

Noch in dem Moment, in dem Freddy Tonys Name aussprach, wünschte er, er hätte es gelassen. Hannis Gesicht wurde verschlossen. Die wärmere Stimmung, die zwischen ihnen entstanden war, verblasste wieder. Trotzdem drängte er weiter. Einmal angefangen, konnte er nicht aufhören.

»Das ist jedenfalls ein interessanter Gedanke. Und du hast recht: Sieh dir nur all die Frauen an, die sich ihm an den Hals werfen, und all die Männer, die so tun, als würde sein *Helden*status auf sie abfärben, wenn sie nur lang genug seine Hand festhalten. Ich glaube, du bist da an etwas dran – ich bezweifle, dass es auch nur eine Tür in Berlin gibt, die verschlossen bliebe, wenn Tony Miller anklopft.«

Er konnte die Häme in seiner Stimme nicht unterdrücken, und plötzlich wollte er es auch gar nicht.

»Und wann haben die Morde begonnen? Bevor die Amerikaner gekommen sind oder danach? Vielleicht sollten wir anfangen, nach den Mustern der Flüge zu schauen, vielleicht bist da auf etwas gestoßen, zum Beispiel ...«

»Hör auf.« Hannis Gesicht war weiß, sie ballte die Fäuste. Sie sah aus, als wollte sie ihm eine verpassen. »Hör auf. Du machst dich lächerlich. Du klingst albern und verbittert und ...«

Sie verschluckte das Wort, aber Freddy verstand es trotzdem. Und er hasste es, weil es die Wahrheit war. »Was? Eifersüchtig? Auf diesen gelackten Narr? Meinst du das im Ernst? Du bist hier die Alberne, oder sehr eingebildet.«

Seine Worte waren zu harsch, seine Stimme zu laut. Köpfe drehten sich, und Hannis Augen waren nicht mehr mild, sondern zornig.

»Es tut mir leid, Hanni, wirklich. Das war vollkommen unangemessen.«

Es war eine ehrliche Entschuldigung, die sie aber nicht hören wollte. Hanni wischte sie mit einer strengen Handbewegung weg und stapfte hinaus.

Freddy wäre ihr am liebsten hinterhergerannt und hätte sich weiter entschuldigt, bis sie seine Entschuldigung angenommen hätte. Hätten die anderen nicht die Augenbrauen hochgezogen und untereinander getuschelt, hätte er vielleicht genau das auch getan. Aber so ließ er seinen Stolz die Oberhand gewinnen.

Er drehte sich mit dem Rücken zum Saal und tat so, als ob seine ganze Aufmerksamkeit dem Korkbrett und den Fotos gelte. Aber das half nicht. Er sah nur Hannis schockiertes Gesicht und ihren Zorn vor Augen. Und das Einzige, was er hörte, auch wenn er mit aller Kraft versuchte, sich einzureden, dass es nicht wichtig sei, war *Wann haben die Morde begonnen?*

KAPITEL 11

21. DEZEMBER 1948

Für diese Aufgabe musste er sich wappnen. Am ersten Abend, an dem er ausgegangen war, um es zu tun, hatte er versagt und war heimgekommen, ohne einen weiteren Haken an seine Liste zu setzen. Beim zweiten Mal hatte er wieder gezaudert und dann die Frau genommen, die er zur Zwillingsschwester seiner Tante Bettina auserwählt hatte.

Es liegt nicht daran, dass ich zu schwach bin, sondern weil es etwas anderes ist. Kinder sollten nicht sterben.

Daran glaubte Tony ganz fest. Im Gegensatz zu den Nazis. Sie hatten den Kindern nicht mehr Mitgefühl entgegengebracht als den Erwachsenen; manchmal sogar noch weniger, wenn man die Horrorberichte über ertränkte Neugeborene und Kleinkinder, die bei lebendigem Leib in die Öfen geworfen worden waren, glauben konnte. Dieser Gedanke geleitete ihn zuletzt durch die Aufgabe hindurch – das Wissen, dass sein Zögern bewies, dass er zwar ein Mörder, aber dennoch besser als die Nazis war.

Tony wusste, was die Nazis Kindern angetan hatten, denn solche Einzelheiten vergaß man nicht, wenn man sie einmal erfahren hatte. Den Zahlen, die mit gedämpfter Stimme in den

Radiosendern verkündet wurden, als Berichte von den Nürnberger Prozessen gesendet wurden, hatte er ungläubig zugehört. Mehr als eine Million Minderjährige – und die Angestellten waren nicht annähernd fertig mit Zählen – wurden umgebracht, weil sie als Juden oder Roma oder mit einer anderen Rasse oder Religionszugehörigkeit geboren worden waren, die für ihre Zukunft nicht so viel zählte wie »Arier«. Oder weil sie den körperlichen und geistigen Normen der Nationalsozialisten nicht entsprochen hatten.

Tony hatte Berichte über die Aktion T4 gelesen, die Ermordung beeinträchtigter Personen mit Gas, durch Verhungern oder tödliche Spritzen. Er hatte auch die Berichte über Auschwitz und Josef Mengeles Labor zur Zwillingsforschung gelesen. Über die Experimente zur Änderung der Augenfarbe; über die Operationen, mit denen untersucht werden sollte, wie ein kleiner Körper mit unaufhörlichen Schmerzen umging, über die dreckigen Spritzen, die in kleine Arme und Beine getrieben wurden, um Krankheiten zu übertragen. Er hatte alles gelesen, was die Nazis getan hatten; die Berichte waren wie eine Droge für ihn gewesen. Tony wusste, wie grausam die Nazis Minderjährige behandelt hatten, die sie zu den »anderen« zählten. Diesen Kindern hatten sie die gleiche Verachtung entgegengebracht wie den Erwachsenen, die sie zu beschützen versuchten. Sein Zaudern, ein gerade erst begonnenes Leben zu nehmen, kam aus dem Grauen über die vielen, die bereits verloren waren.

Aber die Aufgabe musste noch erledigt werden.

Es war Gott sei Dank sehr schnell gegangen. Das Kind hatte nicht gelitten und sah im Tod engelhaft aus. Tony bettete den Kopf des Jungen so sanft er konnte auf das Kissen, das er in die Sofaecke gelegt hatte, und faltete die winzigen Hände über dem Pullover, der zu dünn war, um die bittere Kälte abzuhalten, die die Stadt derzeit in den Klauen hatte. Dann hielt er inne, schloss die Augen und sortierte seine Gedanken.

Nicht »der Junge«; das wird beiden nicht gerecht. David.

So schwer die Durchführung auch gewesen war, bedeutete dieser Tod doch zu viel, um ihn unerledigt zu lassen. Er stand für den kleineren seiner beiden Brüder. Das Kind, das unerwartet gekommen war, wie seine Mutter es vorsichtig genannt hatte, der ihr persönliches Wunder gewesen war. Das Kind, das seinen großen Bruder Aaron liebte, ganz gleich, was er tat. David verdiente seine Wiedergutmachung ebenso sehr wie Tonys Eltern, seine anderen Geschwister und seine Tante. Vielleicht sogar noch mehr: Wenn man Liebe messen konnte, dann hatte David Tony die meiste entgegengebracht.

Wäre ich dagewesen, hätte ich ihn gerettet. Ich hätte es mir zur Mission gemacht, ihn zu retten.

Er schüttelte sich. Diese Art zu denken musste er auch ablegen. Es war nicht die richtige Zeit, sich auf Versagen zu konzentrieren. Jetzt war der Zeitpunkt, sich an seinen kleinen Bruder so zu erinnern, wie er ihn zum letzten Mal gesehen hatte. Acht Jahre alt, hatte er mit seinem strubbeligen Haar und den angeschlagenen Knien ausgesehen wie eine Zeitungsillustration eines Knaben. Er hatte zu dem halbwüchsigen Tony aufgeschaut, als wäre er ein goldener Junge, und sich geweigert, auf ein einziges Wort zu hören, das diesem Idol hätte schaden können.

Der Beste von uns allen, aber ihm war nicht vergönnt, heranzuwachsen und es zu erfahren.

Das war eine gute Grabrede. Davids kurzes Leben würde die Schwere einer längeren nicht ertragen, und Tony auch nicht. Er öffnete die Augen, legte die Hand auf »Davids« Stirn und wiederholte die Worte laut. Dann brachte er den Riss am Halsausschnitt des Kindes an, den er so gern seiner eigenen Kleidung zugefügt hätte. Es war schwer, das Ritual geheim zu halten und im Verborgenen zu trauern, aber wenigstens konnte er trauern. Er hatte zu lange ohne den Trost gelebt, der darin lag.

Nachdem das getan war, richtete Tony sich auf und kontrollierte aufmerksam das Zimmer. Es war nichts von ihm darin. Nicht dass irgendjemand an diesem Ort etwas Unpassendes entdecken könnte. Das Zimmer war in dem gleichen chaotischen Zustand wie die Mutter des Kindes.

»Ich bin abends meistens im *Nussbaum* – ich singe dort. Es ist ein nettes Lokal, und das Bier ist billig. Sie sollten mich dort mal besuchen.«

Sie hatte gedacht, sie sei verführerisch, aber Tony war von ihr angeekelt gewesen. Was für eine Frau gestand im selben Atemzug, dass sie in einer Bar sang und nie zu Hause war, obwohl sie einen kleinen Sohn hatte? Es war nicht sehr überraschend gewesen, dass das Gesicht des Kindes angefangen hatte zu strahlen, als Tony, bewaffnet mit einer Tasche voller Süßigkeiten und einem *Captain America*-Heft an die Tür klopfte. Wahrscheinlich hatte der arme Kerl seit Jahren nicht so viel Aufmerksamkeit erlebt.

Tony stopfte die halb aufgegessene Tüte Kekse und das Bilderbuch wieder in seinen Rucksack und ging aus der Wohnung. Es war niemand da, der ihn weggehen sah; es war auch niemand dagewesen, der ihn hatte hineingehen sehen. Dem erbärmlichen Zustand des Hauses nach vermutete er, dass mehr Bewohner ihre Abende im *Nussbaum* zubrachten als in ihren Wohnungen.

Er war müde, aber auf eine gute Art. Es war die Müdigkeit, die auf eine gut erledigte Arbeit folgte. Jetzt konnte er sechs der Gesichter auf dem Foto abhaken. Er hatte für sechs Mitglieder seiner Familie getrauert. Sein Herz fühlte sich weniger verletzt an; seine Schultern waren leichter. Er war bereit, mit seinem Programm schneller weiterzumachen.

Wenn sie es wüssten, wären sie wohl endlich stolz auf mich.

Er ging hinaus auf die Straße, deren Pflastersteine genauso zerbrochen ausgesehen hatten wie die kriegszerstörten Häuser, die sie säumten, als er hergekommen war. Jetzt war etwas anders; es war besser. Er blieb stehen und sah sich um.

Während er drinnen gewesen war, hatte es geschneit. Der Schnee formte Häufchen, bedeckte den Abfall und die Schlaglöcher, ließ die holprigen Bürgersteige leuchtend und wie neu zurück. Tony lächelte zum Himmel, als frische Flocken heruntertrudelten. Der Schnee hatte alles gesäubert, das war das richtige Wort. So gesäubert und so friedlich, wie er sich fühlte.

KAPITEL 12

23. BIS 25. DEZEMBER 1948

Man hatte die Journalisten zu lange warten lassen; die Meute war unruhig geworden. Freddy hörte das Gemurmel schon, bevor er den Raum betrat.

Sechs Morde ... Wie soll ich unmögliche sechs Morde zugeben und dann eingestehen, dass ich sie nicht aufklären kann?

Er glitt auf seinen Platz und mied sorgsam jeden Blickkontakt. Er wusste, was sie erwarteten und dass er es nicht liefern konnte. Er wusste auch, dass die Stimmung umschlagen würde, wenn das zutage trat. Schlechte Stimmung schien dieser Tage die einzige Stimmung zu sein, die Berlin noch kannte.

Aber nicht nur die Reporter lechzten nach Blut. Die Blockade bestand seit sechs Monaten, und sie zeigte keine Anzeichen, einzubrechen. Die Stadt war wie ein Vulkan vor dem Ausbruch. Warum, war nicht schwer zu verstehen. Das Alltagsleben war für die meisten Berliner kompliziert und anstrengend geworden. Das Vertrauen der Menschen, dass die Alliierten bleiben und die Blockade durchbrechen würden, war verpufft.

Ganz Berlin war nervös, und die Sowjets wussten das. Ihre

Propagandaaktionen waren hitziger geworden. Der *Berliner Rundfunk* – der aus dem Osten kam, aber überall in der Stadt gehört werden konnte – sendete Versprechen üppigen Essens und der besten Häuser für jeden, der bereit war, sein Leben in die sowjetische Zone zu verlegen. Zeitungen aus dem Osten waren voller Berichte über die »demoralisierten« Briten und die »erschöpften« Amerikaner, die bereit seien, abzureisen und Berlin seinem Schicksal zu überlassen. Das ständige Nagen an der Durchhaltemoral der Menschen hatte so viele verunsichert, dass die Alliierten ihrerseits mit überzogenen Versprechungen zurückschlugen. Ganze Wochen schien Berlin nur noch eine Bühne für einen Schreiwettbewerb zu sein. Und jetzt mischte auch noch ein Mörder, den niemand sehen und niemand finden konnte, in der ganzen Sache mit.

Die Stadt braucht einen Helden, doch diese Rolle kann ich nicht spielen.

Ganz gleich, welche Wut sich gegen sein Versagen richten würde, niemand konnte wütender auf Freddy sein als er selbst.

Er räusperte sich. Er war sich Bracks einschüchternder Anwesenheit neben sich nur zu bewusst, und es war ihm völlig klar, dass der Hauptkommissar nicht für ihn eintreten würde, wenn er unterging. Also begann er mit seiner Rede, von der er wusste, dass sie schneller niedergebrüllt würde, als dass er sie zu Ende führen könnte.

»Ich danke Ihnen für Ihr Kommen. Ich habe leider keine guten Nachrichten. Es ist vielmehr meine unangenehme Pflicht, anzukündigen, dass der Mörder, der bereits fünf Mal über die Stadt verteilt zugeschlagen hat, einen weiteren Mord begangen hat. Vor zwei Tagen, am einundzwanzigsten Dezember, wurde die Leiche des achtjährigen Jochen Stahl ...«

Weiter kam er nicht, wie erwartet. Ein Kindsmord brachte das Fass immer zum Überlaufen. Im Raum brach entsetzter Aufruhr aus, den Freddy zuließ.

»Sechs Morde? Wieso haben Sie immer noch keinen

Schimmer, wer der Mörder ist?« »Sagen Sie immer noch, dass das ein- und derselbe Mann ist?« »Erzählen Sie uns immer noch, dass wir uns vor Unbekannten in Acht nehmen sollen?«

Zumindest diese Frage hatte Freddy gebraucht. Er hob die Hand, sobald er sie hörte. Zu seiner Erleichterung breitete sich Stille im Raum aus. Ein achtjähriger Junge hatte jemanden in die Wohnung gelassen und mit dem Leben dafür gezahlt. Freddy hatte schon aufgehört, daran zu glauben, dass ein Unbekannter dahintersteckte, und jetzt musste die ganze Stadt aufhören, es zu glauben.

»Nein. Das tue ich nicht. Alle unsere Opfer, einschließlich Jochen Stahl, haben ihren Mörder hereingelassen. Die Bezeichnung *Unbekannter* oder zumindest, wie wir sie bisher benutzt haben, passt dazu nicht.«

Brack veränderte seine Position und hustete. Freddy fuhr fort, ohne ihn anzuschauen.

»Es ist ein ungewöhnlicher Fall. Und vielleicht ist auch die Hypothese, die ich Ihnen jetzt mitteilen will, ungewöhnlich.«

Er wartete, bis seine Worte angekommen waren, bevor er weitersprach und seine Stimme so gemessen und gleichmäßig hielt, wie er hoffte, dass die Reaktion der Presse sein würde.

»Ich bin immer überzeugter davon, dass der Mann, den wir suchen, über eine gewisse Bekanntheit verfügt, die ihm alle Türen der Stadt öffnen könnte. Vielleicht ist es jemand mit einem bekannten Gesicht. Jemand, von dem alle glauben, ihn zu kennen. Mit anderen Worten: jemand, der ein Unbekannter ist, und doch keiner ist.«

Er hielt inne. Niemand sagte etwas, aber er sah viele leicht belustigt gerunzelte Stirnen. Freddy wusste, dass Bracks Gesicht gerade auch so verzogen war. Das riss ihn nicht heraus. Seine einzige Sorge war, dass die Journalisten, die ihm zuhörten, eine neue Warnung mitnehmen und aussprechen würden.

»Sie können über die langsamen Ermittlungsfortschritte

schreiben, was Sie wollen – ich teile Ihre Frustration. Sie können genauso wütend wie ich selbst darüber sein, dass wir noch keinen Verdächtigen haben. Aber unterstützen Sie uns auch.«

Jetzt murmelte niemand mehr; alle Gesichter waren ihm zugewandt.

»Ich weiß nicht, wer der Mörder ist, aber Sie vielleicht. Sie haben vielleicht ein Foto von ihm gemacht. Sie haben vielleicht Artikel über ihn geschrieben. Vielleicht ist er in Ihren Radiosendungen vorgekommen.«

Einen übermütigen Moment hätte Freddy beinahe gesagt: »Es könnte jemand sein, den Sie für einen Helden halten, es könnte auch ein Amerikaner sein.« Er konnte sich gerade noch bremsen, es auszusprechen und damit seine Karriere zu pulverisieren.

»Denken Sie darüber nach. Kommen Sie zu mir, wenn jemand – egal, wer – Ihren Verdacht erregt. Aber vor allem, verbreiten Sie bei Ihren Lesern die Nachricht, dass dieser Mann, dieser Mörder nicht der ist, für den sie ihn halten. Wie Sie es auch formulieren wollen, machen Sie bitte Folgendes klar: Der Mörder ist charmant und intelligent, also seien Sie auf der Hut und lassen Sie sich nicht als Nächstes schnappen.« Mehr wollte er nicht hinzufügen und auch keine Antworten mehr geben. Er hatte sich so autoritär ausgedrückt, wie es ihm möglich war, und der Ruf, der ihm vorausging, musste ja auch zu irgendetwas gut sein.

Offensichtlich aber nicht bei Brack, der kaum wartete, bis der Raum sich geleert hatte, bevor er knurrte: »Was sollte das denn, zum Donnerwetter nochmal?«

Freddy hörte die Drohung heraus. Er schaute auf die aufgeschriebenen Anweisungen vor sich, aber noch mehr auf die Notizen, die er früher am Morgen an die Ränder gekritzelt hatte, während er mit sich focht, wie viele seiner Vermutungen er teilen konnte. Wie oft hatte er den Buchstaben T hingeschrieben und eingekringelt? Er schob das Blatt in seine Tasche, bevor Brack es bemerkte.

»Ich habe Ihnen eine Frage gestellt, Schlüssel. Ich habe gefragt, was das sollte.«

Der Hauptkommissar war aufgestanden und beugte sich mit geballten Fäusten über Freddys zierliche Gestalt. »Haben Sie vor, alle Politiker und berühmten Persönlichkeiten der Stadt zur Vernehmung vorzuladen, oder haben Sie jemand Bestimmten im Visier?«

Bracks Haltung sollte einschüchtern. Aber es klappte nicht. Es löste auch keine bestimmten Überzeugungen aus, die Brack, wie Freddy wusste, als Beweise anführen würde, dass er den Halt verlor.

Er stand so langsam, wie er es wagte, auf und sah Brack unumwunden in die Augen. »Nein. Aber ich habe eine Vermutung, mit welchem Typ Mann wir es hier zu tun haben. Was ich hier versucht habe, ist meine Aufgabe. Ich habe den Mörder noch nicht gefangen, wie Sie ja immerzu betonen, aber ich kann das Nächstbeste tun: alles, was in meiner Macht steht, um die Bürger Berlins aus der Gefahrenzone zu bringen. Sollte das nicht das Mindeste sein, was man von uns erwartet?«

Er war weg, bevor Brack sich zusammenzählen konnte, wie viel von dem Gesagten eine Beleidigung war.

Freddy stapfte durch den tiefer werdenden Schnee, den Hut in die Stirn gezogen, das Kinn in die Falten seines Schals geschoben, den er sich fest um den Hals gewickelt hatte. Er hatte sich so formlos und unsichtbar unter den Kleidungsschichten gemacht, wie er konnte, obwohl das nicht mehr so wichtig zu sein schien wie heute Morgen, als er aufgebrochen war. Er brauchte sich um niemanden mehr Sorgen zu machen und niemandes Blick auszuweichen. Die Straßen in Mitte waren so menschenleer und, was noch wichtiger war, leer von Soldaten, wie beim ersten Mal, als er in die Sowjetzone gekommen war.

Vielleicht gibt es an Weihnachten eine Amnestie für Ausländer. Vielleicht ist das ihr Geschenk an uns.

Beim Aufwachen hatte er kaum daran gedacht, dass Weihnachten war, und er hatte keinen Gedanken darauf verschwendet, wie die Sowjets das Fest feierten. Jetzt, da er auf ihrem Territorium war, hoffte er, dass dazu genug Wodka gehörte, um die Soldaten bei Laune zu halten – oder noch besser, schlafen zu lassen.

Bevor der Tag selbst herangekommen war, hatte Freddy auch nicht darüber nachgedacht, was Weihnachten in der Blockade bedeuten könnte. Er kannte die Bräuche des Festes von den Besuchen bei Freunden in alten Zeiten. Als er noch ein Kind gewesen und sich von allem ausgeschlossen vorgekommen war, hatte er seine Freunde darum beneidet. Die Bäume mit Lametta und Glaskugeln, die Adventskalender mit ihren verführerischen kleinen Türchen, die gebratene Gans und der Stollen mit Marzipanfüllung. Er hatte Rosa einmal angebettelt, auch Weihnachten zu feiern: Es war eines der wenigen Male gewesen, als sie wirklich böse auf ihn geworden war.

Es war unmöglich zu sagen, ob es in den ruhigen Häusern, an denen er vorbeiging, irgendwelche dieser Leckerbissen gab. Angesichts der Versuche seiner Vermieterin, eine festliche Stimmung zu erzeugen, bezweifelte er es. Sie hatte ihr Bestes versucht, aber die Kiefer, die sie an diesem Morgen in das Wohnzimmer gezerrt hatte, war spärlich und krumm, und das Huhn, für das sie ein kleines Vermögen ausgegeben hatte, und das als Weihnachtsessen herhalten sollte, war bedauernswert armselig.

Diese Vorbereitungen hatten Freddy auch aus dem Haus

getrieben. Sie hatte ihn und die anderen Bewohner, die sonst nichts hatten, wo sie hinkonnten, eingeladen, zu ihrer Familie und ihrem Fest – wie sie es hoffnungsvoll bezeichnete – dazuzukommen. Freddy hatte abgelehnt. Ihr Versuch, die üblichen Traditionen des Festes wiederzubeleben und zu teilen, war zwar freundlich, aber das war ja nicht seine Tradition und würde es auch niemals sein, selbst wenn er keine eigene mehr hatte – was zuzugeben er noch nicht bereit war. Freddy hatte seine Familie verloren und den Glauben auch. Es gab keine Rituale mehr, um die Feierlichkeiten zu begehen, die die Jahreswende markierten. Das Lichterfest Chanukka und die Mazze und Bitterkräuter des Pessachfestes waren genauso wie das Freitagabendessen am Schabbat aus seinem Leben verschwunden. Freddy waren nur Leerstellen geblieben und die Sehnsucht, zu jemandem zu gehören, und beides wurde mit jedem Feiertag, egal welcher Religion, schlimmer.

Und dazu hatte er in der Stadt einen Ruf, der sich so gerade noch behaupten konnte.

Die meisten Artikel nach der Pressekonferenz waren nicht freundlich mit ihm umgegangen. Es hatte zahlreiche nicht sehr subtile Anspielungen auf junge Kommissare gegeben, die unter Druck nicht gut arbeiteten, und auf die Notwendigkeit, ältere, weniger eigenwillige Personen einzusetzen. Brack hatte die Zeitungen über das ganze Büro verteilt liegenlassen. Der einzige Trost jedoch war, dass die meisten Zeitungen auch die Geschichte erzählten, auf die Freddy gehofft hatte: dass nicht einmal der sicherste Unbekannte wirklich sicher war, und dass der einzige Schutz vor dem Würger von Berlin darin bestand, die Tür verschlossen zu halten. Der Polizeipräsident war bereit, nachsichtig mit Freddy zu sein, obgleich er Freddys Argumentation nicht ganz verstanden hatte. Freddy wusste, dass seine Nachsicht nicht von Dauer wäre und dass ein weiteres totes Kind ohne einen Verdächtigen seine Laufbahn beenden konnte. Diese Aussicht hatte ihm die letzten beiden Nächte schon den

Schlaf geraubt. Hinzu kam seine Eifersucht, von der er sich bei der Einsatzbesprechung fast hätte mitreißen lassen und die seine harte Arbeit beinahe zunichte gemacht hätte.

Der Gedanke, was passiert wäre, wenn er Tony Miller als Hauptverdächtigen präsentiert hätte, hatte ihn vor dem Morgengrauen, in kaltem Schweiß gebadet, aus dem Schlaf gerissen. Brack hätte ihn auf der Stelle gefeuert, und es war ja auch nicht so, als hätte er auch nur einen Bruchteil eines Beweises für die Behauptung. Mochte Tony ihm auch zuwider sein. Mochte er sich wünschen, Hanni wäre ihm nie begegnet. Das alles machte den Amerikaner noch nicht zum Mörder.

Der Schneefall hatte wieder eingesetzt. Nicht der weiche Puderschnee, der die Welt zum Funkeln brachte, sondern der nasse Schneeregen, der in den Kragen und die Ärmel kroch und selbst Kleidung durchnässte, die fest um den Körper gewickelt war. Freddy zog den Schal fester, obwohl die Wolle unangenehm feucht geworden war, und wünschte, er hätte sich nicht für eine Route entschieden, die so weit weg von der Untergrundbahn war.

Oder gar nicht erst das Haus verlassen.

In dem Haus, in dem er wohnte, war kein Platz für ihn gewesen, und der Gedanke, zur Wache zurückzukehren und die Beweise durchzugehen, die ihm nichts Neues berichteten, war zu armselig gewesen. Freddy vermisste seine Familie schmerzlich; der Schmerz durchschnitt ihn, und es war sinnlos, so zu tun, als wäre es anders. Deshalb hatte er beschlossen, auf den Spuren seiner Vergangenheit zu wandeln und zu schauen, ob es irgendwelche neuen gab, wie es bei Elias der Fall gewesen war. Es war genauso sinnlos und entmutigend wie die Male davor gewesen, als er es probiert hatte.

Seit Kriegsende hatte Freddy jeden Ort seiner persönlichen Karte von Berlin wieder besucht, und dazu einige neue, mit denen er früher nichts zu tun hatte, um irgendeine Spur zu finden, die seine Familie hinterlassen hatte. Nachdem er beim

Roten Kreuz aufgegeben hatte, hatte er das Mariendorf-Bialik-Center für vertriebene Personen in Schöneberg aufgesucht und war hingegangen, als längst die meisten Überlebenden, die durch seine Tore gegangen waren, weitergezogen waren. Er war auch mehr als einmal nach Mitte gefahren und hatte sowohl ihre alte Wohnung in der Ritterstraße als auch das Mietshaus in der Bachstraße besucht, dem die Schlüsselbergs zugewiesen worden waren, nachdem ihre eigentliche Wohnung enteignet worden war. An der einen Stelle war Brachland, an der anderen waren Häuser erbaut worden, die alle Spuren derjenigen, die vorher dort gestanden hatten, ausgelöscht hatten. Die neuen Bewohner waren freundlich, aber niemand erinnerte sich an die Familie Schlüsselberg oder wollte über das Schicksal verschwundener Juden sprechen. Der einzige Ort, zu dem Freddy nicht zurückgekehrt war, war das Jüdische Krankenhaus, das ihm Unterschlupf gewährt hatte. Oder zumindest nicht bis zum heutigen Tag.

Heute hatte Freddy sich eingeredet, dass das Jüdische Krankenhaus genau der Ort war, zu dem jemand, der krank oder verwirrt und seit Jahren verschollen war, gehen würde, wenn er endlich den Weg nach Berlin geschafft hätte. Er ignorierte die Stimme in seinem Kopf, die immer wieder sagte: »Elias' Vettern haben das aber nicht gemacht. Sie sind an einem Bahnhof angekommen und schnurstracks zum Roten Kreuz gegangen, wie die Aushänge es den Rückkehrern anraten.« Statt auf die Stimme zu hören, war er die neun Kilometer von seiner Unterkunft in der Methfesselstraße – die sich eher wie zwanzig anfühlten, als er durch den rutschigen Schnee und das gelegentliche Eis schlidderte – gelaufen und hatte sich überzeugt, dass Weihnachten ein Wunder mit sich brächte. Er überzeugte sich, dass wenn schon nicht eine Mutter oder Schwester, zumindest ein Brief oder ein Bericht ihn dort erwartete. Oder ein Mensch mit einem guten Herzen, der wusste, welcher Teil der Nazimaschinerie ihm den besten Teil seines Lebens geraubt hatte.

Freddy war am Krankenhauseingang in der Schulstraße angekommen und hatte viel mehr Angst vor der Vergangenheit als erwartet, und er sah sich über die Schulter nach einer wehenden Strähne blonden Haars oder einem dunklen Mantel um. Aber er hatte es gemeistert. Er war am Portier in seinem Häuschen vorbeigelangt. Er hatte es geschafft, die Hoffnung bis zu der pockennarbigen Eingangstür aufrecht zu erhalten, erst da verließ sie ihn. Das Krankenhaus bestand nur aus zerstörten Gebäuden und einer erschöpften Belegschaft, die sich viel zu sehr um die unsichere Zukunft sorgte, als dass sie sich um seine Vergangenheit hätte kümmern können. Er war eine Stunde geblieben, bis er zu vielen Menschen zwischen die Füße geraten war, dann war er gegangen, bevor der Feiertagsgeist, der ihn hereingelassen hatte, die Geduld verlor. Er hatte nichts daraus gelernt, außer dass er ein Narr war.

Das war eine Stunde her, schätzte Freddy – es war zu kalt, das Handgelenk freizulegen, um auf die Uhr zu schauen.

Auf dem Rückweg hatte sich sein Tempo verlangsamt, und da er seit dem letzten Abend nichts gegessen oder getrunken hatte, war er ganz schwindlig im Kopf. Deshalb sah er den Mann, der genauso gedankenverloren und genauso dick gegen das Wetter vermummt war wie er selbst, erst, als sie heftig gegeneinanderstießen und abprallten.

Freddys erste Regung war Lachen, denn der Zusammenstoß ihrer vermummten Körper war, wie er bemerkte, völlig absurd. Seine zweite – als der andere seine Belustigung nicht teilte – bestand darin, nach der Waffe zu greifen, die er nicht tragen sollte, falls sich der Mantel, in den er gerannt war, als sowjetischer Soldat entpuppen sollte. Und die dritte Regung bestand in Ungläubigkeit. Der Mann, der den Kopf senkte, und versuchte, davon zu eilen, war das Ebenbild von Tony Miller.

»Okay, jetzt bin ich wirklich ausgehungert und sehe schon

Geister. Es sei denn, Sie haben einen Zwilling bei der Luftwaffe der Vereinigten Staaten.«

Er hätte es als Zufall abtun können. Hätte der Mann ihn nicht so entschieden ignoriert und wäre an ihm vorbeigehastet, hätte Freddy diese Erklärung vielleicht akzeptieren können. Aber sein Instinkt sagte ihm, dass er dem Mann den Weg versperren solle, und das tat er. Es gab eine kurze Pause, dann schob der Mann den Hut zurück und gab sich zu erkennen.

»Nein, Sie liegen richtig. Ich bin es. Ich bin nicht in meiner Gegend, Sie haben mich erwischt. Aber nun lassen Sie mich mal, und schießen Sie nicht.«

Freddy musste ihm zugestehen, dass er sich schnell erholt hatte, auch wenn Tonys angespanntes Lächeln und seine zu Schlitzen verengten Augen im Gegensatz zu seiner vorgespielten Geste der Kapitulation standen, in die er sofort verfallen war.

Freddy sah sich um; die enge Straße fühlte sich plötzlich nicht mehr sicher an, sondern wie ein Präsentierteller. Welchen Grund Tony auch hatte, in Mitte zu sein, es konnte kein guter sein. Freddy fand auf der Stelle zu seiner Rolle als Polizeibeamter zurück. »Was zum Donnerwetter tun Sie im russischen Sektor? Wenn Sie hier erwischt werden, könnten Sie nicht nur Ihr eigenes Leben in Gefahr bringen. Habe ich bei der Protestkundgebung nicht klargestellt, dass Sie ein Ziel darstellen?«

»Und Sie nicht? Wäre ein Kommissar aus dem Westen nicht eine ebenso gute Trophäe wie ich?«

Die gespielte Haltung war verschwunden, der spöttische Tonfall wurde scharf. Tonys Hand huschte in seine Tasche. Freddy bemerkte es – für gewöhnlich war es ein Anzeichen dafür, dass jemand nach einer Waffe griff – aber noch mehr verwunderte ihn die Stimme des Mannes.

Er hört sich nicht wie ein Amerikaner an.

Hanni hatte Tonys flüssiges Deutsch erwähnt, aber Freddy hatte ihn letztes Mal, als sie sich begegnet waren, auf Englisch angesprochen und ihn die Sprache noch nicht sprechen hören. Sein Berliner Akzent war fehlerlos; nicht die Spur eines transatlantischen Einschlags.

Alles daran ist falsch, und er wird nicht nachgeben, wenn ich ihn weiter herausfordere.

Freddy trat einen Schritt zur Seite und gab Tony das Gefühl, er hätte die Oberhand. Er lächelte und hob die Hand in einer mutwilligen Nachahmung von Tonys gespieltem Nachgeben, dann senkte er die Stimme, wie um etwas Vertrauliches zu sagen.

»Und jetzt haben *Sie mich* erwischt. Sie haben recht: Wir sind beide nicht dort, wo wir sein sollten, und wir können beide Ärger auslösen, aber ich werde nichts sagen, wenn Sie nichts sagen. Ich weiß zwar nicht, was Ihre Entschuldigung ist, aber was mich betrifft ...« Schulterzuckend entschloss sich Freddy, etwas Persönliches preiszugeben und zu sehen, ob er im Gegenzug ebenfalls etwas Persönliches erfuhr. »Ich schiebe meine Überschreitung auf Weihnachten, denn ich feiere es nicht, habe mich aber nach Familie gesehnt, weshalb ich hierhergekommen bin.«

»Sie feiern es nicht? Warum nicht?«

Das war nicht die Antwort, die Freddy erwartet hatte – er hatte angenommen, Tony würde einen allgemeinen Kommentar darüber machen, dass Feiertage schwierig waren, wenn man von zu Hause weg war, oder er würde eine Entschuldigung für sein eigenes Umherwandern geben. Die Antwort, die er tatsächlich gab, war aber interessanter, sodass Freddy folgte, darauf zu reagieren.

»Weil ich Jude bin.«

Tonys Gesicht strahlte auf, und er wirkte um Jahre jünger. Sein Stirnrunzeln verschwand. Er zog die Hand aus der Tasche. Es war eine verblüffende Wandlung vom Mann zum Jungen, die ihn so viel menschlicher wirken ließ als die Fassade, die Freddy bisher gesehen hatte.

»Das wusste ich nicht.«

Er versucht, eine Bindung herzustellen.

Es war ein eigenartiger Gedanke, und ein unangenehmer dazu, angesichts Freddys Entschlossenheit, den Mann nicht zu mögen. Der Gedanke überzeugte Freddy allerdings, dass er, wenn er ganz verstehen wollte, mit wem er es hier zu tun hatte, auf diesen Versuch von Freundschaftlichkeit eingehen und ihre Rangelei in ein echtes Gespräch verwandeln musste.

Er nickte, als hätte »Das wusste ich nicht« eine tiefere Bedeutung.

»Ohne sie zu leben, ist eines der Dinge, die es heutzutage schwer machen, auch wenn es nicht mein Feiertag ist. Als ich sagte, ich sehnte mich nach Familie, meinte ich nicht, dass ich sie besuchen würde, oder jedenfalls nicht physisch. Meine Eltern und meine Geschwister sind von den Nazis ermordet worden.«

Und nun wandelte sich das Gesicht, das ihn ansah, von jung zu roh.

»Und was tun Sie dann hier? Wenn sie nicht mehr da sind, meine ich. Haben Sie früher hier ...«

Tony unterbrach sich. Freddy wartete und ließ ihn die richtigen Worte finden. »Haben Sie früher hier gewohnt?«

Früher. Es war dasselbe Wort, das Hanni benutzt hatte. Das Wort, das anerkannte, dass es eine Zeit davor gegeben hatte, und ein Jetzt gab und der Krieg wie ein Riss dazwischen verlief. Das Wort, das die Tiefe des Leids anerkannte.

Tonys Gesicht war nicht mehr gelackt, sondern nackt. Es war schwer, das nicht zu sehen und nicht aus vollem Herzen zu antworten.

»Ja. Und ich bin hergekommen, um nach ... Echos zu suchen, nehme ich an.«

Freddy hielt den Blick fest auf Tonys Gesicht geheftet, als er weitersprach, bemerkte die Neugier darin und ein

Aufglimmen von etwas, das seltsamerweise wie Schmerz aussah.

»Von unserem Zuhause ist nichts mehr da, aber dort hinten steht ein Krankenhaus, das einigen Juden Unterschlupf gewährt hat, auch mir, die gezwungen waren, sich zu verstecken, als alles richtig schlimm wurde. Damals war es eine sichere Zuflucht, und es kam mir in den Kopf, albern, ich weiß, dass meine Familie vielleicht den Weg zurück nach Berlin gefunden hätte. Dass sie oder vielleicht eine Nachricht von ihnen jetzt dort sein könnte. Natürlich waren sie nicht da, und niemand konnte mir weiterhelfen. Es war nur eine weitere Sackgasse von vielen. Ich könnte versuchen, so zu tun, als wäre ich daran gewöhnt. Aber das bin ich nicht.«

Abermals schien Tony nur teilweise zu verstehen, was Freddy sagte. Sein Ausdruck änderte sich erneut.

»Sie sind Jude, Ihre Familie wurde getötet, und Sie arbeiten dennoch für die Polizei? Wie können Sie das tun, wo doch zwischen der Polizei und der Partei kein Unterschied ist?«

Es war eine Herausforderung. Seine Stimme klang streitlustig.

Wieso spielt das denn eine Rolle für ihn?

Freddy antwortete so geradeheraus wie er konnte, während sein Kopf versuchte, hinterherzukommen.

»Weil ich an Gerechtigkeit glaube. Weil ohne richtige Polizei die Alternative eine Bürgerwehr ist oder Herrschaft des Pöbels. Oder erneut die Machtübernahme eines Tyrannen, unter dem ich nie wieder leben möchte.«

Tony sah ihn mit zusammengepressten Lippen an. Seine Hand steckte wieder in seiner Tasche. Freddy spürte eine Bedrohung. Er war sich sicher, dass seine Antwort den Amerikaner aufgebracht hatte. Er war sich auch sicher, dass ihm irgendetwas entging, und dass er weggehen und herausfinden musste, was das war.

»Das ist mein Grund, weshalb ich im falschen Sektor unterwegs bin, aber Sie haben noch nicht gesagt, was Ihrer ist. Ich nehme an, es sind nicht die gleichen familiären Gründe wie bei mir.«

Es war eine dahingesagte Bemerkung, die Freddy mit einem Lächeln aussprach. Aber bei Tony hatte sie eine Wirkung, als wäre er mit Eiswasser übergossen worden. Sein Gesicht verlor die Konturen und wurde wieder ausdruckslos, er streckte die Schultern durch und wurde wieder zu Captain Tony Miller.

»Na, das wäre ja eine Geschichte, und die kann jemand, der so sehr Amerikaner ist wie ich, wohl nicht behaupten. Nein, Herr Kommissar, meine Gründe sind viel banaler. Es ist das Übliche: die Suche nach Souvenirs. Ich habe von einem Schwarzmarkt in der Nähe der Großen Hamburger Straße gehört, auf dem man sowjetische Militärgegenstände finden kann. Ich hoffte, ein paar Teile zu erwerben, und heute schien es mir ein ruhiger Tag zu sein, um solche Geschäfte zu tätigen.«

Er log, darauf hätte Freddy seine Marke verwettet. Er war dort bereits entlanggekommen, und die Große Hamburger Straße war genauso menschenleer wie der restliche Sektor. Er wies aber nicht darauf hin, denn eine leere Straße im falschen Sektor der Stadt war nicht der richtige Ort für eine Herausforderung.

»Dann sollte ich Sie gehen lassen, bevor es dunkel wird oder der Markt abgeräumt wird oder die Soldaten wiederkommen.« Er trat zur Seite, sodass Tony an ihm vorbeikonnte. »Und ich muss Ihnen sicher nicht wieder sagen, dass Sie vorsichtig sein sollen.«

Das glatte Gesicht war wieder da, zusammen mit einem gutgelaunten Winken und einer Einladung, mal auf ein Bier zu gehen, von der Freddy wusste, dass Tony noch weniger die Absicht hatte, sie durchzuziehen als er selbst.

Freddy drehte sich um und ließ Tony ziehen, obwohl all seine Instinkte ihn drängten, ihm zu folgen. Er ging die Straße entlang zurück nach Kreuzberg, das Wetter bemerkte er gar nicht mehr, und sein Kopf arbeitete. Es lag nicht nur an der Reinheit von Tonys deutschem Akzent, auch wenn der bemerkenswert war. Es lag nicht nur an den Lügen darüber, was er in Mitte tat oder die Bedrohung, die Freddy am Anfang gespürt hatte. Etwas anderes beschäftigte Freddy, etwas, das mit der neuen Seite zusammenhing, die er an dem Mann gesehen hatte.

Dann war er wieder in der leeren Wache, hatte den Mantel ausgezogen und war bereit, sich in einen Berg Papierkram zu stürzen, als ihm endlich klar wurde, was es war.

Er kennt das Leiden. Er kennt es auf die gleiche lebensverändernde, weltvernichtende Weise wie ich. Es war ihm ins Gesicht geschrieben, als ich ihm erzählte, was meiner Familie zugestoßen ist.

Und als der erste Groschen fiel, fielen auch der zweite und der dritte rasch.

Tony hatte das Wort *Partei* wie jemand ausgesprochen, der unter den Nazis gelebt hatte. Und als Freddy von Bürgerwehr und Herrschaft des Pöbels gesprochen hatte, war er zusammengezuckt. Freddy wusste noch nicht, was das zu bedeuten hatte, aber er begann, sich etwas zusammenzureimen, und er spürte Schuld und eine wahrscheinlich sehr verzwickte Geschichte heranwachsen. Und einen Mann, der ganz anders war als der typische Amerikaner, den Tony der ganzen Welt vorgab zu sein.

Wenn er Jude war und hier Verwandte hatte, die getötet wurden, warum hat er es dann nicht gesagt? Das kommt oft genug vor.

Freddys Antipathie und sein Misstrauen Tony gegenüber waren nicht Eifersucht gewesen, jedenfalls nicht nur. Es war eine Ahnung, geboren aus Erfahrung und Instinkt. Irgendetwas an Tony stimmte ganz und gar nicht.

Freddy stand auf und packte sich wieder warm ein. Sein Gehirn drängte ihn zu Schlussfolgerungen, die er noch nicht bereit war zu ziehen. Er brauchte richtige Polizeiarbeit. Er musste alles, was Tony zu sein schien und alles, was Freddy inzwischen hinter ihm vermutete, auseinandernehmen. Der Captain war allerdings kein Narr, und er hatte viele schützende Schichten um sich herum. Und das hieß, dass Freddy jemanden brauchte, der gut darin war, aus dem Schatten aufzutauchen und wieder darin zu verschwinden. Er musste zurück in die Kälte und Oli finden.

KAPITEL 13

4. FEBRUAR 1949

Oli war tot. Nein, Oli war ermordet worden.

Egal, wie oft Hanni diese Worte hörte, sie konnte sie einfach nicht fassen.

Vor zwei Wochen war er auf einer Baustelle gefunden worden, in exakt der gleichen Lage wie der erste Junge, den sie in der Heimstraße gefunden hatten. Auf der Seite liegend, die Augen geöffnet, eine braune Linie, die säuberlich um seinen Hals verlief. Es war der erste Tatort, bei dem Hanni übel geworden war. Der erste, an dem Freddy geweint hatte. Die Ermittlungskommission verbreitete Begriffe wie *Nachahmer* und *Zufall* – obwohl Freddy solche Bezeichnungen normalerweise unterbinden ließ, weil er dachte, dass sie die Ermittler träge machten –, und sie suchten jetzt nach zwei Mördern. Nach einem, der auf der Suche nach seinen Opfern in Häuser ging und einem, der junge Burschen tot auf der Straße liegenließ.

Und derjenige, der Oli getötet hat, war dieses Mal mit Sicherheit von meinem Vater angeheuert.

Nichts war in den Wochen, seit Hanni die Unterlagen an Colonel Walker geschickt hatte, passiert. Nirgends in der

Presse hatte es einen Hauch von Skandal über eine Nazischule, die in Wannsee entdeckt worden wäre, gegeben. Und auf dem Luftwaffenstützpunkt oder in den Bars war kein Wort Gerede zu hören. Ohne Olis Ermordung hätte Hanni vielleicht angenommen, dass die Schule noch offen war und florierte, aber der Zufall war zu groß. Wenn die Villa entdeckt und Reiners Traum, die Herzen und Köpfe der Leute zu gewinnen, zerstört worden war, würde er den Menschen, der seinen Plan enthüllt hatte, zahlen lassen wollen. Und dieser Mensch war sicher Oli. Hanni war sicher, dass Reiner für seinen Tod verantwortlich war. Und das bedeutete, sie war dafür verantwortlich. Das Schuldgefühl und die Reue waren überwältigend. Sie spürte es als Stein im Bauch, als Kratzen in der Kehle.

Als der Leichenwagen seine zu kleine Last weggebracht hatte, war Hanni vom Tatort weg und auf direktem Weg nach Wannsee gerannt. Dort war alles so, wie sie befürchtet hatte. Das Haus war leer. Die Tore waren mit Vorhängeschloss versperrt, die unteren Fenster mit Brettern vernagelt. Ob die Presse von dem Fund nun wusste oder nicht, die Hitlerschule war auf jeden Fall entdeckt worden.

Hanni hatte an der Ecke gestanden und sah zu den verrammelten Fenstern hoch. Sie stellte sich ihren Vater vor, der herausschaute und die zierliche Gestalt sah, die sich in die Hecke drückte, und sie wünschte, sie könnte die Uhr zurückdrehen und alles vorsichtiger durchspielen. Sie wünschte, sie hätte Oli nicht in Reiners Visier gebracht, ohne ihn davor zu warnen, wie gefährlich er sein konnte. Wünschte, sie hätte ihm nicht geglaubt, als er behauptete, er sei der König der Überwachung, weil es ihr entgegengekommen war, das zu glauben. Ihre Rachegelüste hatten sie blind gemacht, und sie hatte einfach ignoriert, was sie niemals hätte außer Acht lassen dürfen: dass Oli von gar nichts der König war, sondern einfach nur ein Kind. Es hatte Hanni ihre ganze Kraft gekostet, sich nicht am Boden zusammenzurollen und über ihre Dummheit zu heulen.

Sie war so mit sich selbst beschäftigt, dass sie, als ein Mann sich über die Mauer des angrenzenden Geländes beugte und sie ansprach, nur fähig war, stotternd zu fragen: »Wissen Sie, wieso die Schule geschlossen ist?«

Der Mann hatte sie von oben bis unten angeschaut, bevor er ein Päckchen Zigaretten hervorzog. Er bot Hanni keine an. »Nein. Ich wusste nicht mal, dass es eine Schule war, also sind Sie mir weit voraus. Die Polizei ist gekommen und hat sie geschlossen. Na, ich sage, es war die Polizei, aber wer weiß das schon, wenn man sich ansieht, was in dieser Stadt vor sich geht. Wer immer sie waren, sie trugen dunkle Mäntel, sagten mir, ich solle keine Fragen stellen, und räumten das Gebäude. Im Garten hinter dem Haus machten sie ein Lagerfeuer, das uns alle vollräucherte – man riecht es noch, wenn man zum See runter geht. Das war vor Wochen, und seitdem ist keiner hergekommen. Warum wollen Sie das wissen?«

Hanni wusste nicht, ob er so streitsüchtig klang, weil er keine Fremden mochte, oder weil es einfach seine Art war. Sie traute ihm nicht, also ignorierte sie seine Frage und hielt sich an ihre Vorgaben.

»Wissen Sie, was mit der Belegschaft passiert ist? Mit den Lehrern und den Leuten, denen sie gehörte? Oder mit den Kindern, die hergekommen sind?«

Der Gärtner zuckte die Achseln. »Die sind ganz unter sich geblieben und haben Leute wie mich gar nicht bemerkt. Und was die Kinder angeht – wenn das, wie Sie sagen, eine Schule war, dann muss sie für die Reichen gewesen sein. Wieso sollte sich jemand um die sorgen? Die landen doch immer auf den Füßen.«

Er grummelte immer noch über sein Los, als Hanni wegging. Sie ertrug es nicht weiter, ihn zu befragen, sondern musste weitermachen. Die Schule war vielleicht entdeckt worden, aber das hieß nicht zwangsläufig, dass auch Reiner entdeckt worden war.

Sie war von Wannsee zur zweiten Adresse gegangen, die Oli ihr gegeben hatte. Sie war zu Fuß eine Stunde entfernt, in Nikolassee. Es hatte nicht lang gedauert, das Haus ihres Vaters unter den eleganten Anwesen dort zu finden. Es war eine weitere Villa mit Türmchen an einer anderen breiten Straße. Sie war ebenfalls mit Vorhängeschloss versperrt und verlassen. Eine alte Dame, die mit einem ebenso langsamen Hund wie sie selbst vorbeiging, sagte, der Bewohner, irgendein »hohes Tier, das für die Engländer arbeitete und sich mit niemandem abgab«, wäre längst weg.

Oli war tot, Reiner verschwunden und Hanni in der Hölle. Sie hatte keine Ahnung, ob ihr Vater verhaftet worden war oder geflohen. Oder, falls Letzteres der Fall war, was er als Nächstes angehen wollte und wie sie ihn aufhalten konnte, wenn er weiterhin entwischte. Und sie kochte vor Wut. Oli war tot, und jetzt war Reiner dran, dafür zu zahlen.

Von Nikolassee war sie schnurstracks zurück zur Polizeiwache gegangen und hatte sich in einem Büro mit Telefonanschluss verbarrikadiert. Keiner hatte gefragt, was sie da tat; alle waren schockstarr von der Brutalität, mit der Oli getötet worden war.

Als Erstes rief Hanni auf Reiners Arbeitsstelle an, der Britischen Kontrollkommission für Deutschland am Fehrbelliner Platz. Sie bat darum, zu Emil Foss durchgestellt zu werden und gab ihren eigenen Namen an. Es war ihr inzwischen egal, ob es gefährlich war, Kontakt zu ihrem Vater aufzunehmen, und dass es noch gefährlicher wäre, ihm Olis Mord zur Last zu legen. Ein einziger Hinweis auf seine Schuld reichte ihr, um direkt zu Freddy zu gehen. Sie würde ihm Reiners Geschichte und ihre eigene zutragen, und es war ihr egal, ob sie dafür hängen würde, solange die Wahrheit Oli nur Gerechtigkeit brachte. Es gab allerdings keinen Emil Foss, den sie bezichtigen konnte. Und laut dem kurz angebundenen Angestellten, mit dem sie verbunden wurde, hatte es auch nie einen gegeben. Als Hanni die anderen Namen nannte, die sie in der Schule zusammengetragen hatte, hatte er den Anruf beendet.

Hanni war zu wütend, um sich davon aufhalten zu lassen. Sie hob den Hörer erneut ab und wählte die Nummer von Colonel Walker, die er ihr bei ihrem ersten Auftrag mit Tony gegeben hatte. Dieses Mal war sie allerdings besonnener und nannte der Sekretärin nicht ihren eigenen Namen. Sie hatte keine Zeit für die Erklärungen, die die Nennung ihres eigenen Namens erforderlich machen würde. Stattdessen gab sie sich als Journalistin aus, die einem Gerücht auf der Spur war, das sich als Skandal herausstellen könnte. Sie brauchte nur von einer Schule zu sprechen, die von einer Gruppe ehemaliger oder wohl nicht so ehemaliger Nazis geleitet wurde, und von der die amerikanische Leitung offenbar gewusst hatte, über die sie allerdings nichts hatte verlauten lassen, und schon stellte die beflissene Frau sie direkt durch.

Walker erkannte ihre Stimme nicht wieder – Hanni verstärkte auch absichtlich ihren Akzent – hatte ihr aber sehr selbstbewusst geantwortet. Ihr Gerücht sei »völliger Unsinn«. Ihre Quelle seien »Querulanten«. Eine Schule dieser Art in Berlin sei eine »absolute Unmöglichkeit«. Hanni hatte der einstudiert wirkenden Antwort gelauscht und den Anruf beendet. Was auch immer die Wahrheit war, sie war gut verschleiert worden. Wer auch immer involviert gewesen war, war auf wundersame Weise verschwunden. Oder rechtzeitig geflüchtet.

Hanni hatte versucht, an das Recht zu glauben. Sie gab sich Mühe, zu glauben, dass die Verschleierung nur zum Schutz der Öffentlichkeit stattfand. Dass es hinter verschlossenen Türen eine Untersuchung und weitgestreute Verhaftungen gab und dass der nicht existierende Emil ins Gefängnis geworfen worden war, wo er verrotten konnte. Sie gab sich alle Mühe, schaffte es aber nicht. Und sie war über alle Maßen wütend auf sich selbst und darüber, wo ihre Einfalt hingeführt hatte. Während sie auf Gerechtigkeit wartete, hatte es doch eine Warnung gegeben, einen Tipp. Bei Reiners breitgeknüpftem Informantennetz hätte sie damit rechnen müssen. Sie hätte wissen müssen, dass Oli entdeckt würde, dass Reiners Instinkte ständig auf der Hut waren. Nicht dass die Einzelheiten eine Rolle spielten. Wie er es auch getan hatte, das Ergebnis blieb gleich: Hanni hatte schlecht gespielt, und Oli hatte mit dem Leben dafür gezahlt. Sie wusste nur nicht, ob Reiner die Spur von Oli zu ihr hatte verfolgen können.

Allein im Büro, unfähig Olis Leiche aus dem Kopf zu bekommen, begann Hanni zu hoffen, dass er es getan hatte. Sie kannte ihren Vater. Sie wusste, dass Reiner zuletzt herauskommen und sie angreifen würde, wenn er dächte, dass sie beim Niedergang der Schule eine Rolle gespielt hatte. Und dann würde sie zurückschlagen und ihn zerstören.

Oli war tot. Nein, Oli war ermordet worden.

Und ich habe sein Blut an den Händen.

Freddy hatte dieses Eingeständnis in der Wache niemandem gegenüber gemacht, aber vor sich selbst konnte er die Wahrheit nicht verbergen. Er hatte den Jungen in den sowjetischen Sektor geschickt, um herauszufinden, ob Tony dort tatsächlich Kontakte zum Schwarzmarkt hergestellt hatte. Davor hatte er ihn auf die Suche nach Elias geschickt und damit in die Angelegenheiten Gott weiß wie vieler Banden verwickelt – und damit von Männern, für die ein Leben nicht viel wert war, ganz gleich, was Elias über Verhaltenskodexe gesagt hatte. Er hatte Oli immer wieder in Gefahr gebracht, und jetzt war er tot. Wer war schuld an dieser Tragödie, wenn nicht er?

Elias.

Wenn Banden eine Rolle spielten, dann auch Elias, oder

das hatte sich Freddy zumindest eingeredet, und sei es nur, um unter der vollen Last der Schuld nicht zusammenzubrechen.

»Wart ihr das? Habt ihr Oli umbringen lassen? Er war noch ein Kind und hat keinem je was angetan. Ich schwöre zu Gott, wenn ihr es nicht gesteht oder seinen Mörder findet, mach ich euch dafür verantwortlich. Ich nehme mir jeden einzelnen von euch vor und schlage ihn grün und blau, bis ich die Wahrheit bekomme.«

Freddy erinnerte sich nicht mehr, wie er nach Mitte gekommen war. Er hatte sich nicht überlegt, was er sagen wollte. Halb lief, halb fiel er die Stufen in den dunklen Raum hinunter, bevor er losbrüllte. Innerhalb von Sekunden hatte ihm jemand den Arm herumgedreht und im Rücken nach oben gedrückt, und etwas Kaltes wurde ihm an die Kehle gepresst. Es war ihm egal. Er hörte nicht auf zu brüllen. Er überlebte nur, weil Elias aus dem Dunkel hervortrat und seinen Leuten mit einem Nicken zu verstehen gab, dass sie zurücktreten konnten.

»Du musst dich beruhigen. Oder ich vergesse, dass wir Freunde sind, und übergebe dich meinen Männern.«

Wenn Elias mit gleicher Wut auf Freddy reagiert hätte, hätte Freddy weitergekämpft. Es war die ruhige Sicherheit des Mannes, die ihn beruhigte.

»Schon besser. Es tut mir leid, dass der Junge tot ist, aber Jungen, die mit dem Feuer spielen, enden oft so. Ich habe seinen Mord nicht angeordnet. Ich bezweifle, dass es jemand aus der Organisation war. Warum sollten wir das tun? Wie auch immer, aus alter Freundschaft, die du anscheinend aus den Augen verloren hast, werde ich ein wenig herumfragen und mal sehen, was ich herausfinden kann. Aber merk dir eins, Freddy: Wenn einer meiner Männer für den Tod deines Informanten bezahlt, wirst du es bereuen. Und du wirst nie wieder, unter gar keinen Bedingungen, in meinem Revier aufkreuzen und mich so bedrohen. Wenn doch, gehst du hier nicht mehr unversehrt raus.«

Danach hatte Elias Freddy aus der Kneipe und aus Mitte bringen lassen. Falls einer der Sowjets, die in der Gegend auf Patrouille gingen, es bemerkte, hielt er sich zurück. In den vierzehn Tagen seither hatte Elias einmal eine Nachricht geschickt, eine kurze Notiz, die im Wesentlichen besagte »Es war keiner von uns«, und die Freddy sofort verbrannte.

Freddy wusste, dass Elias eine bessere Behandlung verdient hatte, und dass es an ihm war, die Brücken wieder aufzubauen, die er so kurzsichtig zerstört hatte. Aber seine Priorität lag bei Oli. Oder wie Brack es ohne jegliches Interesse an dem persönlichen Verlust, den der Junge seinem Untergebenen verursacht hatte, bezeichnete: Seine Priorität war es, »dieses Mörderpack zu fangen, das Sie losgetreten haben.«

An den ersten Tagen der Mordermittlung hatte Freddy noch zugelassen, dass das Wort Zufall im Büro die Runde machte. Als die Verbrechen sich mehrten, war er auch noch überzeugt, die These von unterschiedlichen Mördern zu akzeptieren. Einer war für Oli und den ersten erdrosselten Jungen verantwortlich, der andere für die Angriffe in den Wohnungen, und der eine ahmte den anderen nach. Ein Zufall wäre möglich, wenn man die zwei unterschiedlichen Tatortszenarien betrachtete. Auch ein Nachahmer, wenn Olis Mörder versuchte, Freddy von der Spur abzulenken. In beiden Gedanken steckte eine gewisse Logik. Aber die Logik schien trotzdem keines der Szenarien realistischer zu machen.

Freddy wusste, dass Trittbrettfahrer selten waren, was auch immer die Zeitungen vermuteten. Er konnte auch keinen einzigen Fall finden, in dem zwei Würger zur selben Zeit in derselben Stadt aktiv gewesen waren. Außer in Romanen fand er auch keinen einzigen Bericht über einen Würger, der an ein- und demselben Ort mehrere Opfer getötet hatte. Und er fand keine Verbindung zwischen all den Morden, die vorhanden sein musste, wie eine quälende Stimme in seinem Kopf immer wieder flüsterte.

Es war schon spät, als Freddy endlich vom Schreibtisch aufstand. Seit Olis Leichnam gefunden worden war, hatte er sozusagen in der Wache gewohnt. Jetzt war er erschöpft, sein Magen grummelte nicht mehr, sondern meldete sich lautstark, und er brauchte dringend Luft, die nicht nach abgestandenem Kaffee und Schweiß stank.

Abgesehen von einem Licht in einem der Befragungszimmer im Flur gegenüber war keiner da, als er aus seinem Büro trat. Freddy war froh darüber, denn er war es satt, immer und immer wieder den Fall durchzugehen. Als er die Treppe halb hinunter gegangen war, begegnete er aber dem diensthabenden Polizisten, der sich heraufarbeitete.

»Hervorragend, das erspart mir einen Weg. Kannst du das Fräulein Winter geben? Sie hat sich für heute Abend noch nicht abgemeldet.«

Bevor Freddy ablehnen konnte, drückte ihm der Polizist einen in Papier gewickelten Rosenstrauß in die Arme und verschwand wieder die Treppe hinunter. Diesmal bewegte er sich viel schneller als beim Hochsteigen.

Mit Herzklopfen sah Freddy die Blumen an. Sie waren samtig, und die dichten, blutroten Blütenblätter verströmten einen schweren Duft. Es war die Sorte Blumen, die für seinen Geldbeutel viel zu teuer war, und man fand sie nur selten in den Läden von Berlin, vor allem in den Wintermonaten.

Was bedeutete, so vermutete Freddy jedenfalls, dass Tony der Sender war. Er hatte keine Lust, sie abzuliefern, konnte aber auch nicht so tun, als wären sie nicht angekommen.

Zögernd drehte er sich um, widerstand dem Drang, den Strauß über den staubigen Beton zu ziehen, und ging zurück in den zweiten Stock. Wenn Hanni noch nicht gegangen war, war sie wahrscheinlich diejenige, die das Befragungszimmer benutzte, um ihre Arbeit voranzubringen.

Er klopfte an, stieß die Tür auf und sagte im gleichen Moment »Auf Wiedersehen«, als er den Strauß in Richtung ihres Schreibtischs streckte. Dann blieb er stehen und sah sie genau an. Der Schreibtisch lag voller Tatortfotos von Oli, und ihr Gesicht war tränenüberströmt.

»Warum gehst du die immer noch durch, Hanni? Das hilft nicht; es sind keine Hinweise mehr zu finden.«

Sie antwortete nicht. Sie wischte sich die Augen trocken und sammelte die Fotos zusammen, dann bemerkte sie die Blumen.

»Was machst du mit denen?«

»Der Beamte vom Eingang hat mich gebeten, sie hochzubringen; er war zu faul.« Freddy ließ den Strauß auf den Tisch fallen, da purzelte eine Karte heraus. Als Hanni ihren Namen auf dem Umschlag las, schob sie sie von sich. Freddy konnte nicht umhin zu bemerken, dass ihre Hand zitterte und sie sich gar nicht über die Rosen freute. Darüber konnte er nicht hinweggehen.

»Ich nahm an, die sind von Tony.«

Überraschenderweise schüttelte Hanni den Kopf.

»Er würde keine Blumen hierherschicken; ich bin mir nicht sicher, ob er überhaupt Blumen schicken würde. So stehen die Dinge wirklich nicht zwischen uns ...«

Sie verstummte. Es war klar, dass sie nicht bereit war, mehr über ihre Beziehung zu Tony preiszugeben. Oder ihm die Karte zu zeigen und zu enthüllen, wer ihr tatsächlich die Blumen geschickt hatte, und Freddy war zu stolz zu fragen. Ebenso klar ersichtlich war, dass sie nicht ansatzweise so aufgeregt auf die Blumen reagierte, wie ihr Absender es sicherlich beabsichtigt hatte. Freddy senkte den Blick, damit Hanni nicht sehen konnte, wie viel ihm das bedeutete.

Sie klingt nicht, als ob sie in den Amerikaner verliebt wäre. Oder in denjenigen, der ihr diese Blumen geschickt hat.

Die plötzliche Erleichterung ließ ihn auf einen Stuhl sinken, und dann öffnete er sich auf die Weise, wie er es nur in ihrer Gegenwart tat. »Ich glaube, es ist meine Schuld, dass Oli tot ist, und ich ertrage mich selbst nicht mehr.«

Hanni sah ausdruckslos zu ihm auf, aber wenigstens sagte sie nicht, er solle aufhören.

»Ich habe Oli immer wieder in Gefahr gebracht. Ich habe ihn auf die Banden angesetzt, als ich nach Elias suchte, und dann habe ich ihn in den sowjetischen Sektor geschickt, um nachzuprüfen, ob ...« Er brach ab. Er wusste nicht, wie er Tony ins Gespräch bringen sollte, ohne wieder Unbehagen oder Wut auszulösen, wie es zu oft der Fall war, sobald der Name des Captains erwähnt wurde. Als er zu Hanni aufsah und sie bereits die Stirn runzelte, nahm er an, dass sie sowieso schon auf die Wut zusteuerten, also beendete er den Satz trotzdem mit »Tony«.

Zu seiner Überraschung wurde sie nicht wütend, sondern reagierte gar nicht. Wenn überhaupt schien sie noch stiller geworden zu sein.

Freddy schluckte, dann sprach er weiter.

»Ich habe ihn Heiligabend in Mitte getroffen, und an dieser Begegnung hat einfach nichts gestimmt.«

Er berichtete ihr so knapp er konnte von der angeblichen Schwarzmarktsache und von seinem Verdacht, dass Tonys Vergangenheit und vielleicht auch sein derzeitiges Leben nicht ganz so glattgestrickt war wie der Amerikaner die Welt gern glauben machte.

»Ich weiß, dass ich letztes Mal ... ausgetickt bin, als wir über ihn gesprochen haben. Und ich habe was von den Flugplänen gefaselt, obwohl ich gar keinen Anlass zur Annahme, er sei in ... irgendwas verwickelt. Aber jetzt? Ich weiß selbst nicht genau, was ich sagen will, aber zu vieles passt da nicht zusammen. Also habe ich Oli geschickt, nach den Schwarzmarktkontakten zu schauen, die Miller angeblich hatte, und habe Oli gebeten, ihn ein bisschen zu beschatten. Ich wollte sehen, was er zutage fördern könnte. Ich glaube, ich habe ihn genau an die falschen Stellen geschickt.«

Die Art, wie Hanni ihn ansah, machte ihn wahnsinnig. Ihre Augen waren dunkel und leblos; Freddy war sich nicht sicher, wie viel sie verstanden hatte. Dann sprach sie, und er begriff, dass ihre Augen nicht leblos waren, sondern voller Verzweiflung.

»Ob Tony in die Morde verwickelt sei. Das wolltest du sagen, richtig? Denkst du das? Dass Tony etwas damit zu tun hat? Und mit Olis Tod auch?«

Freddy starrte sie an, ihm fehlten kurz die Worte. Er hatte nicht andeuten wollen, Tony habe etwas mit den Würgemorden zu tun – er tastete ohne Anhaltspunkte herum und war sich alles andere als sicher – und er hatte gar nicht an eine Verbindung zwischen dem Piloten und Olis Mörder gedacht. Aber jetzt, da Hanni beide in einem Atemzug erwähnt hatte, sah er nur noch den Streifen um Olis Hals.

»Ich weiß nicht, was ich denke.« Er hielt inne. Hanni kannte Tony schließlich viel besser als er. »Das war eine seltsame Frage, Hanni. Denkst du denn, Tony könnte irgendetwas mit all diesen Morden zu tun haben? Hältst du ihn für jemanden, der zu Mord fähig ist?«

Hanni schüttelte weder den Kopf, noch nickte sie, noch zuckte sie die Achseln. Sie war so still, dass es nicht normal war.

»Ich weiß es nicht. So etwas Extremes habe ich noch nie in Betracht gezogen; ich hatte auch keinen Grund. Ich weiß, dass er zu Zorn fähig ist, aber das haben wir ja beide gesehen. Und er ist geheimniskrämerisch und will nicht, dass irgendjemand in seinem Leben herumschnüffelt.«

Sie unterbrach sich. Sie sah aus, als ginge sie eine Liste durch, die sie soeben erst zusammengestellt hatte. »Bei der Protestkundgebung habe ich eine andere Seite an ihm gesehen, während er dich beobachtete, und später, als ich mit ihm noch einen trinken war. An dem Abend ist etwas über seine Exfrau zur Sprache gekommen – die er vorher mir gegenüber nie erwähnt hatte, er hatte nie irgendwas Persönliches erwähnt. Ein anderer Pilot erkundigte sich nach ihr, und das hat Tony gar nicht gepasst. Ich weiß nicht, ob das etwas zu bedeuten hat. Aber er setzt auf jeden Fall für die Öffentlichkeit ein Gesicht auf, und ich bin mir nicht sicher, ob ich dem traue.«

Sie atmete durch, und ihre Stimme schwankte. »Und ich schätze, wenn du wirklich so weit gehen willst, dass er in das Profil passt, das wir zusammengestellt haben und das du bei der Pressekonferenz dargelegt hast ... der Unbekannte, der kein Unbekannter ist ...«

Sie unterbrach sich und rieb sich über die gerunzelte Stirn, als wolle sie die Gedanken, die sich dahinter einfanden, festhalten.

Freddy hielt den Mund, er widerstand dem Drang, ihr ins Wort zu fallen und seine eigenen Gedanken denjenigen hinzuzufügen, die sie so offenkundig besorgten.

»Ich glaube, eigentlich kenne ich Tony Miller gar nicht. Aber du hast recht; etwas an ihm stimmt nicht. Und wenn du mich fragen würdest, ob er etwas zu verbergen hat ...« Hanni hielt kurz inne, und ihre Schultern lockerten sich, als sie langsam den Atem ausblies. »Tja, dann muss ich Ja sagen, selbst wenn ich nur ein paar Fotos habe, auf denen er nicht lächelt, um das zu unterlegen. Und vielleicht ... vielleicht ist dieses Etwas groß genug, um dafür zu töten, wenn Oli irgendwie herausgefunden hat, was es war.«

Der Raum füllte sich bedrückend mit Edda und Falko und all den beendeten Leben, für die sie noch keinen Mörder finden konnten. Freddy wollte so viele Fragen stellen, aber zumindest für kurze Zeit, bevor alles bedacht werden musste, was ihre Worte implizierten, spielte nur eine Frage eine Rolle.

»Ich dachte, du magst ihn?«

Hanni zuckte die Schultern. Es war eine hilflose Geste.

»Schon. Dachte ich zumindest. Es wäre näher an der Wahrheit zu sagen, dass ich nicht weiß, wo ich ihn hinstecken soll. Manchmal glaube ich, dass er mich mag und mit mir zusammen sein will, und manchmal glaube ich, ich stehe ihm im Weg.« Sie verstummte, als Freddy errötete, dann fasste sie sich wieder.

»Ich stimme dir zu: Tony Miller ist nicht der aufrichtige Mann, den er der Welt zeigt.«

Sie waren wieder ein Team, auch wenn das Gelände, auf dem sie sich bewegten, sich holprig anfühlte. Dieses Wissen gab Freddy die Sicherheit, um fortzufahren.

»Ich stimme dir zu, dass er nicht aufrichtig ist. Und so seltsam das auch klingt, ich bin mir nicht einmal sicher, ob er Amerikaner ist, oder zumindest nicht durch und durch. Ein Amerikaner würde das Wort *Partei* sicher nicht so aussprechen wie er oder so ein flüssiges Deutsch mit Berliner Einschlag beherrschen. Er wüsste nicht in so brutaler Weise, was Verlust in diesem Krieg bedeutet hat, wie Miller es tut, darauf würde ich wetten. Ich denke immer mehr – auch wenn es lächerlich klingt, wenn man berücksichtigt, was für ein Bild er so sorgsam nach außen trägt –, dass er ursprünglich aus Deutschland kommen könnte, vielleicht sogar aus Berlin.«

Hanni widersprach nicht und antwortete nicht. Sie ließ sich auf den Stuhl fallen, als wäre sie ausgelaugt.

Ihre Hand lag immer noch neben der Karte auf dem Tisch. Freddy würde sie so gern nehmen und sich selbst mit der Berührung erden. Stattdessen schob er die Hände in die Hosentaschen. Olis Tod hatte Hanni erschüttert, und er war es nicht gewohnt, sie so zerbrechlich zu sehen. Er wusste nicht, ob sie seinen Versuch, sie zu trösten oder ihr nahe zu sein, willkommen heißen oder abwehren würde.

Er räusperte sich und versuchte, die Stimmung wieder in sichere, professionelle Gefilde zu bringen.

»Zumindest sind wir einer Meinung, dass hier etwas nicht stimmt, und ich denke, damit kann ich es nicht bewenden lassen. Es wäre falsch, wenn man bedenkt, was alles passiert ist. Aber wie wir jetzt weitermachen sollen ...«

Sie sah so erschöpft aus, dass ein Teil von ihm aufhören wollte. Aber der Teil von ihm, der Polizist war, drängte ihn voran.

»Wir könnten ihn überprüfen, Hanni. Ich glaube, das sollten wir sogar. Vorerst nur wir beide, denn es ist zu riskant, zu wenig durchdacht, um andere einzuweihen. Ich weiß nicht, wie einfach es sein könnte, aber vielleicht können wir damit anfangen, dass wir versuchen, seine Bewegungsmuster auszumachen, und herausfinden, wo er und die Opfer Überschneidungen haben.«

Er hielt inne. In allem, was er sagte, lag Logik, aber wenn er aus dem Blickwinkel von Brack, seinem Team oder der Stadt darauf schaute, fühlte es sich zugleich verrückt an, es wirklich zu tun. Und das bedeutete, dass er es nur versuchen konnte, wenn Hanni dabei war. »Können wir das, Hanni? Uns das Undenkbare vorstellen? Und danach handeln?«

Hanni hielt seinen Blick eine Weile fest. Er sah, wie sie Tony gedanklich vor sich stellte und alle Stränge von ihm zusammenführte. Es war eine große Erleichterung, als sie nickte. Dann blickte sie wieder auf die Fotografien, und ihr Gesicht verzog sich. Ihre Trauer war so lebendig, dass Freddy den Anblick kaum aushielt. Also sah er stattdessen auf die Rosen, und da fiel ihm ein, dass ihn noch eine Frage quälte.

»Neulich abends, als du im Büro warst und sagtest, dass du Oli suchst, und dass du ihn für etwas Persönliches bräuchtest. Und auch im September habe ich dich gesehen: Du bist hinter ihm die Stufen der Wache hinuntergelaufen und hast besorgt ausgesehen. Hat er für dich auch eine Aufgabe erledigt, wie für mich?«

In seinem Bedürfnis, über etwas anderes mit ihr zu sprechen als über Tony, hatte er die Frage zu unvermittelt gestellt. Hanni sackte in sich zusammen und schien unfähig zu sein, eine Antwort zu finden.

»Vergiss es, es ist nicht wichtig. Geht mich nichts an.«

Echos füllten den Raum, die Freddy plötzlich nicht hier haben wollte. Oli, der in ihnen beiden Schuldgefühle auslöste. Ein Sender der Blumen, der in der Vergangenheit bleiben musste. *Das ist mein Kampf, und ich kann nicht zulassen, jemanden zu lieben, bevor er ausgefochten ist.* Diese Worte hatte Hanni vor fast zwei Jahren gesagt, über einen anderen Mann, zu dem sie in einer Beziehung stand, die Freddy nie verstanden hatte oder der er auch nur ansatzweise auf den Grund gegangen wäre.

Hanni schien ihn jedoch gar nicht gehört zu haben. Sie antwortete zu guter Letzt mit einer erschreckend tonlosen Stimme auf seine Frage: »Ja. Ich wollte ihm Arbeit geben, damit er sicher wäre, oder das habe ich mir zumindest eingeredet. Möglich, dass ich genau das Gegenteil getan habe. Es ist nämlich so, Freddy: Du hast vielleicht gar nicht Olis Blut an den Händen, genauso gut kann ich es sein.«

Er war auf den Füßen, wollte sie in die Arme ziehen, wollte alles tun, ums das Leid, das über ihr Gesicht glitt, wegzuwischen, und es war nicht wichtig, er brauchte nicht zu wissen, was sie dachte, getan zu haben.

»Tu es nicht. Wenn du mich berührst, breche ich zusammen, und das kann ich nicht zulassen.«

Es war wieder wie im Viktoriapark.

Es war so wie jedes Mal, wenn sie nah genug dran gewesen waren, die Mauer zu durchbrechen, die sie zwischen ihnen so hoch gezogen hatte.

Es war ihr *Ich kann nicht, ich will nicht*, und er war machtlos, so wie er es immer zu sein schien.

Freddy ließ die Arme wieder herunterfallen.

Hanni hob die Karte auf, ließ die Blumen einfach liegen, und zwischen ihnen spielte sich dasselbe Muster wie immer ab, in dem sie beide gefangen waren.

Freddy blieb allein, mit schmerzenden Armen zurück, und Hanni hatte ihn weggestoßen und war verschwunden.

KAPITEL 14

26. FEBRUAR 1949

Die Wohnung war zu klein. Er brauchte den Himmel.

Tony ließ sich auf einen Stuhl fallen und lockerte die Krawatte. Der Werbezirkus für den Kampf gegen die Blockade fraß seit Jahresbeginn den größten Teil seiner Zeit auf, und er war es müde. Er war nicht dazu geboren, Reden zu halten und Hände zu schütteln. Er musste fliegen. Er vermisste das Kribbeln beim Start, die Herausforderung, sein Flugzeug durch Nebel und auf kurze Landebahnen zu navigieren. Er vermisste das Röhren der Motoren.

Motoren waren immer schon Tonys Leidenschaft gewesen. Als er 1937 endlich in Pittsburgh angekommen war – mit einem Namen, den ein träger Einwanderungsbeamter auf Ellis Island abgewandelt hatte und der sich für sein neues Leben passender anfühlte –, hatte er sich geweigert, die für ihn vorgesehene Schule zu besuchen. Stattdessen hatte er im Automobilwerk seines Onkels angefangen zu arbeiten. Diese Arbeit hatte er geliebt. Er hatte die glatte Oberfläche, den heißen Geruch des Metalls und die Komplexität der Fertigung geliebt. Zwei Jahre lang hatte er alle Aspekte des Fließbandprozesses gelernt, bis er einen Motor mit geschlossenen Augen auseinanderlegen und wieder zusammenbauen konnte. Im Juli 1939 – in der Woche seines achtzehnten Geburtstages und am Tag, nachdem seine Einbürgerungspapiere angekommen waren – war er dann aus dem Haus seines Onkels marschiert und nie wieder zurückgegangen.

Er hatte keinen Plan gehabt außer von der nächsten Familie wegzugehen, der er egal war. Seine Eltern, deren Briefe an ihn viel seltener kamen als die, die er ihnen schickte, hatten sich geweigert, ihn wieder nach Hause zu holen und versprochen, sobald sie konnten, zu ihm nach Amerika zu kommen. In den Zeitungsberichten über Hitlers Würgegriff um Deutschlands Hals wies nichts darauf hin, dass das im Bereich der Möglichkeiten lag, und Tonys Onkel hatte, als Tony ihn bat, die Visa zu finanzieren, Armut vorgeschoben, die er nicht wirklich vorschützen konnte. Für diese Zurückweisung hasste Tony seinen Onkel. Nach dessen »Nein« konnte er nicht mehr in dem Haus bleiben, ohne ihm die Hände um den wulstigen Hals zu legen. Also war er gegangen.

Der erste Zug, der die Penn Station verließ, fuhr nach Seattle, also landete Tony in Seattle. Die erste Firma, bei der er ein Bewerbungsgespräch hatte, war Boeing, also landete Tony bei Boeing. Dort fand er seine nächste Leidenschaft. Im Sommer 1941 baute er keine Motoren mehr, sondern lieferte Flugzeuge aus. Im Jahr darauf hatte er sich bei der Luftwaffe der Vereinigten Staaten sein Abzeichen erworben und war auf dem Weg in den Krieg gegen ein Land, das ihn losgeworden war. Weder Mutter noch Vater waren anwesend gewesen, als er feierlich in den Dienst aufgenommen wurde – zwei Jahre lang hatte er nichts mehr von ihnen gehört –, aber es waren genug kichernde junge Frauen da, die erfreut waren, sich bei einem schneidigen und offenbar tragischerweise verwaisten jungen Piloten unterzuhaken.

Eine der jungen Frauen, die Tony durch die Savannah Airbase, der er in Georgia zugewiesen wurde, kennenlernte, überlebte ihn, die andere nicht. Davor hatte er im California Trainingscamp, in dem er stationiert gewesen war, auch bereits zwei Leichen zurückgelassen: eine ältere Frau und einen Mann mittleren Alters. Was Seattle anging ...

Tony lebte seit über zwei Jahren dort; es fiel ihm schwer, sich an all die Leben zu erinnern, denen er dort ein Ende gesetzt hatte. Nicht dass irgendjemand sonst sie hätte auflisten können. Dazu war Tony immer zu vorsichtig gewesen. In Pittsburgh hatte er sich in Streits ziehen lassen, und dort gab es Freundinnen, die Angst vor ihm hatten, aber er war nie so dumm gewesen, so nah an seiner Heimat zu töten. Stattdessen hatte er sich gezwungen, mit der Wut zu leben, und wenn er das nicht mehr schaffte, war er weggegangen. Danach ... war er sogar noch vorsichtiger.

Er wohnte an Orten, die weitläufig waren oder Trabantenstädte hatten, oder an denen, wie bei Luftwaffenstützpunkten, die Bewohner rasch wechselten. Keines seiner Opfer hatte Familie oder Verbindungen. Keines seiner Opfer schloss schnell Freundschaft mit den anderen – oder mit ihm. Er richtete sich nie nach einem festen Muster in Bezug auf das Alter oder Geschlecht, das hätte zu ihm führen können. Wer seine Opfer waren, spielte keine Rolle. Er suchte sie heraus, wenn er Frieden brauchte, und dann starben sie. Manche von ihnen wurden gefunden, aber dabei kam auch nie etwas heraus. Niemand forderte Ermittlungen. Niemand erinnerte sich an die Namen, bis auf die Detectives, die die ungelösten Mordfälle dokumentieren mussten. Keiner der Namen aus seiner Vergangenheit tauchte auf und belastete ihn. Bis auf den von Nancy.

Tony war es so satt, etwas über sie zu hören.

Nancy war sein Versuch gewesen, ein normales Leben zu führen. Er hatte sie 1944 in New York kennengelernt, und sie hatte den Kontakt zu ihm gehalten. Als er zwei Jahre darauf aus dem Wehrdienst entlassen wurde, wartete sie auf ihn. Er folgte ihr auf die Farm der Familie in Texas und tat so, als wäre er ein

Cowboy, bis er dieses Leben nicht mehr aushielt. Dann war er in die Prärie gezogen, Nancy im Schlepptau, um wieder fliegen zu können und Saatgut auszustreuen, bis er auch dieses Leben nicht mehr ertragen konnte und die Blockade die Air Force zwang, wieder nach Piloten zu suchen.

Nancy war Teil seiner Vergangenheit, ein Fehler und ein Missgriff. Tony hatte keine Lust, an sie erinnert zu werden, aber Alex Zielinski – der Narr, mit dem Hanni in der Great Fiddler Bar geflirtet hatte – hörte nicht auf, ihn immer wieder an sie zu erinnern.

Vielleicht sollte ich Zielinskis Name auf eine neue Liste setzen.

Die Idee einer zweiten Liste war verführerisch. Seit dem Tod des Kindes war Tonys Programm zügig vorangegangen. Neun seiner Familienmitglieder waren inzwischen abgedeckt, also waren nur noch drei Wiedergutmachungen nötig, und eine davon war für diesen Abend vorgesehen. Das war eine hervorragende Erfolgsquote, hieß aber nicht, dass er aufhören musste, wenn er den Drang verspürte. Zielinski könnte zu seinem nächsten Aufgabenfeld gehören – als ein Name auf einer neuen Liste von Nervensägen. Allerdings würde sein Name nicht ganz oben stehen, so nervtötend er auch war. Diese Ehre gebührte Hanni.

Tony stand auf und schenkte sich einen Bourbon ein, den er in kleinen Schlucken trank, während er seine Reisetasche packte.

Er hatte Hanni wirklich satt. Sie war weder dankbar noch nützlich, und Abstand hatte in ihrem Fall die Sehnsucht nicht geweckt. Seit fast einem Monat hatte sie keinen einzigen seiner Anrufe angenommen und dafür kein Wort der Erklärung geliefert. Tony war nicht froh darüber. Außerdem hatte er den Verdacht, dass sie Fotos von ihm gemacht hatte, die für ihn unvorteilhaft wären, wenn sie in Umlauf kämen. Er hatte gesehen, dass sie ihn beobachtete, die Kamera hochhob, wenn sie dachte, er sei unachtsam. Sie hatte Aufnahmen gemacht, die ihn sich unbehaglich fühlen lassen sollten. Tony wollte von ihr nicht beurteilt werden, und er wollte nicht von so wachsamen Augen wie ihren gemustert werden. Er hatte auch keine Lust, noch mehr Zeit mit Selbstgesprächen darüber zu verbringen, ob er eine Beziehung mit ihr riskieren könne, egal, wie sehr er auch versucht gewesen war. Es war endlich Zeit, sich um das Problem zu kümmern, zu dem Hanni – wie alle anderen auch am Ende – geworden war. Und danach war es Zeit, sich um Freddy zu kümmern.

Tony griff nach der Bourbonflasche und schenkte sich eine weitere, kleinere Menge ein. Genug, um den bitteren Geschmack hinunterzuspülen, den der Gedanke an den Kommissar in seinem Mund hinterlassen hatte, aber nicht so viel, dass die Aufgabe dieses Abends in Gefahr geriet. Hanni war eine Enttäuschung, aber Freddy Schlüssel war gefährlich. Tony hatte das bereits am Reichstag erkannt, und in Mitte hatte er es erneut gespürt. Hätte Freddy sich nicht unverhofft als Jude zu erkennen gegeben, hätte er Heiligabend nicht überlebt.

Was, wenn ich mich so geöffnet hätte wie er? Wenn ich ihm einen Teil der Wahrheit über mich erzählt hätte? Vielleicht hätte es seine Feindseligkeit etwas gemildert.

Das war kein neuer Gedanke. Zum ersten Mal war er ihm gekommen, als sie beide in der Sophienstraße zusammengestoßen waren und sich dann gegenübergestanden hatten. Als Freddy vom Schicksal seiner Familie unter den Nazis erzählt und Tony damit komplett überrascht hatte, hatte Tony kurz daran gedacht, das Gleiche zu tun. Die Möglichkeit, seine Last loszuwerden, war ihm plötzlich anziehend vorgekommen.

Er hatte zugelassen, sich vorzustellen, wie er Freddy die Hand schüttelte und sagte: »Meine Leute haben sie auch geholt.« Er hatte zugelassen, sich vorzustellen, wie er zugab, dass er auch nach Mitte gekommen war, um auf den Spuren seiner Vergangenheit zu wandeln. Dass er nicht unterwegs zur

Großen Hamburger Straße war, weil er einen Schwarzmarkt besuchen wollte, sondern um an der Stelle zu stehen, an der früher seine Schule gewesen war. Dass er vorgehabt hatte, anschließend zur Linienstraße zu gehen und nach der Stelle zu suchen, wo sein Vater früher den Schmuckladen gehabt hatte. Um zu schauen, ob – wie Freddy es ausgedrückt hatte – dort noch Echos zu finden waren.

Zum ersten Mal, seit er Berlin vor zwölf Jahren verlassen hatte, hätte er beinahe sein Leben offengelegt, aber dann hatte sich der gesunde Menschenverstand wieder gemeldet. Freddy war zwar Jude, aber er war auch Polizist, und das möglicherweise zum größeren Teil. Er hätte ihm zugehört und vielleicht Mitgefühl empfunden, aber er hätte die Information auch mit sich genommen und sich dann hinein vertieft. Freddy hätte sich nicht von Tonys Leben abgewandt, sondern es genauer betrachtet.

So wie er es getan hat, als er den Jungen auf mich angesetzt hat.

Tony faltete seine blaue Arbeiterjacke und legte sie in die Reisetasche, dann griff er nach der Nylonschnur. Er hatte sie in Mitte in der Tasche gehabt. Als er mit Freddy zusammenstieß, war er kurz versucht gewesen, es ihm um den Hals zu legen. Er hätte es getan, wenn er nicht so sicher gewesen wäre, dass Freddy sich wehren und Aufmerksamkeit erregen würde. Er wickelte sie jetzt sorgsam zusammen und packte sie weg; dabei stellte er sich das Rasseln des letzten Atemzugs des Kommissars vor. So viel Glück würde Freddy kein zweites Mal haben. Zumal er der Schlimmste von allen war, denn Freddy hatte ihn gezwungen, ein Kind zu töten.

Tony hatte Freddy schon bei ihrer ersten Begegnung nicht gemocht. Seit der Pressekonferenz, deren Botschaft *Achten Sie auf den Unbekannten, den Sie kennen* auf irgendeiner Ebene auf ihn selbst gezielt hatte, da war sich Tony sicher, und ihrer darauf folgenden Begegnung in Mitte war er dem Kommissar gegenüber auf der Hut gewesen. Inzwischen hasste er ihn. Weil er ihm den Jungen auf die Spur gesetzt hatte. Oli, das war der Name, den der Junge schließlich preisgegeben hatte. Er hasste Freddy, weil er Oli zu einem Problem gemacht hatte, für das es zuletzt nur eine mögliche Lösung gegeben hatte.

Tony hatte eine Weile gebraucht, bis er bemerkte, dass ihm ein Schatten folgte. Der Junge war gut, er konnte sich in seinem Umfeld unsichtbar machen. Tony hatte ihn ein oder zwei Mal gesehen, aber da war er in einer Gruppe gewesen, eines der Straßenkinder, die sich immer um ihn herum zusammenfanden. Er hatte nicht besonders auf Oli geachtet. Erst, als er zweimal in der russischen Zone aufkreuzte, wurde Tony misstrauisch.

Tony hatte Freddys Warnungen bezüglich der Gefahr, in Mitte oder Friedrichshain oder einem anderen der von den Russen kontrollierten Viertel herumzustreifen, nie in den Wind geschlagen, auch wenn er so getan hatte. Er wusste, wie gefährlich diese Gegenden waren, und dass es einen internationalen Zwischenfall auslösen könnte, wenn er in einer davon erwischt wurde.

Tony war bereit, das Risiko einzugehen, weil er im sowjetischen Sektor etwas bekommen konnte, was er sonst nirgends bekam: eine Schusswaffe. Das war nicht seine bevorzugte Wahl. Tony war ein hervorragender Präzisionsschütze, aber er hatte das Schießen nie so genossen wie viele der Männer, die mit ihm trainierten. Er wollte seine Haupt-Mordmethode nicht ändern, aber seit Tony Freddy kennengelernt hatte, war der Gedanke, eine Schusswaffe zu besitzen, in ihm übermächtig geworden. Hätte er an Weihnachten anstatt der Schlinge eine Pistole in der Tasche gehabt, hätte der Kommissar vielleicht schnell dafür gezahlt, ihn aufgehalten zu haben. Deshalb fühlte sich eine Pistole wie eine gute Versicherung an.

Tony war beim Kauf der Waffe genauso vorsichtig vorgegangen wie bei allem, was er tat. Er fuhr drei Mal nach Mitte, bevor er den Kauf wirklich durchzog. Beim dritten Mal bemerkte er auf dem Rückweg, dass er verfolgt wurde.

An diesen Tag erinnerte Tony sich nicht gern, aber manchmal konnte er es nicht vermeiden. Letztendlich hatte es sich als leicht erwiesen, sich in einer Gasse zu verstecken und den Jungen zu schnappen. Der Junge war fix, aber er war nicht so unbesiegbar wie seine Touren durch die dunklen Seiten Berlins ihn hatten glauben lassen. Allerdings stellte er sich als ausgesprochen zugeknöpft heraus.

»Wieso verfolgst du mich?« beantwortete er mit: »Tu ich gar nicht.«

»Wer hat dich beauftragt?« beantwortete er mit: »Keiner.«

Selbst, als Tony ihm die Schlinge und die Pistole und damit die Gefahr, in der er schwebte, zeigte, bestand er weiter darauf, unschuldig zu sein.

Allerdings hatte Oli nicht damit gerechnet, dass Tony ein geduldiger Mann war und mehr Tricks parat hatte als nur die gebrochenen Knochen, die der Junge offensichtlich erwartete.

Auf »Hat Schlüssel dich geschickt?« folgte ein Schulterzucken und ein ausdrucksloses Gesicht, aber Oli war nicht so klug, als Tony fragte: »Also war es Hanni?«

Der Ausdruck, der da über das Gesicht des Jungen huschte, verriet ihn. Es ging weniger darum, wer ihn geschickt hatte, als darum, wo sein Herz hing. Danach brauchte er nur zu drohen: »Sag mir, warum du mich verfolgst, oder ich lasse dich dabei zuschauen, wenn sie stirbt.«

Sofort hatte Oli Freddys Namen ausgespuckt, dann aus tiefstem Herzen gesagt: »Er weiß, dass Sie ein schlechter Mann sind.« Das hatte Tony gezeigt, wie jung der Knabe hinter seiner großspurigen Fassade in Wirklichkeit noch war. Ihn zu töten, war grässlich gewesen. Fast so grässlich wie das Kind zu töten, das für seinen Bruder David gestorben war. Oli hatte aber die Nylonschnur gesehen, und er war kein Dummkopf, also musste er sterben. Und das war Freddys Schuld. Also würde Freddys Name auf seiner neuen Liste an zweiter Stelle stehen.

Und vielleicht ziehe ich bei ihm durch, was ich dem Jungen angedroht habe, und lasse ihn zuerst dabei zuschauen, wie sie stirbt.

Der Gedanke wärmte ihn wie der Bourbon.

Tony hob die Tasche hoch und verließ die Wohnung. Hanni und Freddy konnten warten, aber ihre Zeit würde kommen. Seine Arbeit lief gut – wenn die Arbeit von heute Abend erledigt war, wäre er schon fast am Ende angelangt. Dann konnte das Folgeprojekt auch schon beginnen.

Das war ein erfreulicher, herzerwärmender Gedanke.

Tony blieb kurz auf der Türschwelle stehen und blickte nach oben. Der Nachthimmel war samten, der Mond weich, und sein Schein verwischte die harten Kanten des Stützpunktes. Er blickte zu den Sternen, suchte nach den Sternbildern und Mustern und stellte sich vor, wie sein Flugzeug zwischen ihnen am Himmel tanzte. Die Vorstellung war beruhigend, so wie der Himmel, den er liebte, es immer war.

Er schulterte seine Tasche und ging mit leichterem Schritt von der Wohnanlage weg. Vielleicht konnte er nicht so oft fliegen, wie er es sich wünschte, aber die Zukunft fühlte sich plötzlich glänzender aus.

KAPITEL 15

25. BIS 28. MÄRZ 1949

»Ich stelle mich wieder für die Pressekonferenzen zur Verfügung. Seit Oli gestorben ist, habe ich sie vernachlässigt, und das war nicht hilfreich. Ich bitte auch darum, Tonys Fotografin zu sein, wenn er möchte. Ich weiß, dass dir der Gedanke nicht gefällt, aber wenn diese Ermittlungen irgendwohin führen sollen, müssen wir dichter an ihn herankommen, und das kann niemand machen außer mir.«

Freddy gefiel Hannis Vorschlag kein bisschen, weil er befürchtete, dass es sie in Gefahr bringen könnte, wenn sie wieder mehr mit ihm zu tun hatte. Hanni vermutete, dass er damit richtig lag, aber sie sah keine Alternative. Sicher war sie sich nur, dass ihre kurze Schwärmerei für Tony vorbei war – wenn sie ehrlich mit sich selbst war, hatte sie gar nicht erst richtig begonnen. Wofür Tony auch stehen mochte, er war nicht Freddy, und kein einziger Versuch, so zu tun, als spielte das keine Rolle, hatte geklappt. Und nun war Tony möglicherweise ...

Hanni kannte die Antwort hierauf immer noch nicht, aber sie vertraute ihrem Instinkt und dem von Freddy, und sie wusste: Was auch immer sie über Tony herausfinden würden, es wäre nichts Gutes.

Nicht dass sie irgendwelche Fortschritte gemacht hätten. Ihre Versuche, Tonys Leben zu überprüfen, hatten notwendigerweise vorsichtig sein müssen, und sie hatten – wie auch alle anderen Spuren in diesem Fall – zu nichts geführt.

Hanni hatte fast den gesamten Februar verloren, so geschockt war sie wegen Olis Tod gewesen und so sehr hatte sie der Gedanke an ihren Vater Reiner mit Angst und Frustration erfüllt. Als der Fall wegen fehlender neuer Spuren zum Stillstand gekommen war, hatte sie die Polizeiwache und das Pressebüro der Amerikaner gleich ganz gemieden und sich stattdessen auf Aufträge anderer Zeitungen konzentriert, die viel schlechter bezahlt waren. Leider bedeutete das auch, dass sie keinen Zugang zu Tempelhof hatte, und die Lagerarbeiter, die sie dort fotografiert hatte, waren nicht gerade daran interessiert, mit Freddy zu sprechen. Wenn sie es widerwillig doch taten, dann wussten sie rein gar nichts über Tonys Flugpläne. Es hatte sich als unmöglich entpuppt, Tonys Bewegungen zu beobachten, außer an den Tagen, an denen er als Hauptattraktion der Air Force seine Auftritte hatte, und weder sie noch Freddy waren bisher auf eine Idee gekommen, wie man ihm oder überhaupt dem Fall von einer anderen Richtung aus beikommen könnte.

Die Ermittlungen waren zum Stillstand gekommen, der Würger hingegen nicht. Trotz Freddys Warnung waren noch mehr Türen geöffnet und mehr Morde begangen worden. Die Zahl der Opfer, deren Tod zu dem von Edda Sauerbrunn passten, war auf zehn gestiegen. Eine unglaubliche Zahl. *Zehn*, donnerte es wie Schockwellen durch die Wache. *Zehn* – in den Zeitungen so groß gedruckt, dass die halbe Seite ausgefüllt war – ließ den Schrecken durch die Straßen rumpeln. Und die Zahl *zehn* hatte Freddy um Jahre altern lassen.

Keine der Einzelheiten änderte sich mit der anwachsenden

Opferzahl. Alle Opfer waren in ihren eigenen Wohnungen stranguliert worden; es gab abgesehen von ihrer Todesart keine Gemeinsamkeiten zwischen ihnen; alle Tatorte waren ruhig. Die Kreuzberger Ermittlungskommission war ausgelaugt und die Presse außer sich. Aber wenigstens war Freddy sich sicher, dass er nicht vom Fall abgezogen würde, denn in ganz Berlin würde kein Polizist diesen Fall anfassen.

»Der Fall des Würgers von Berlin ist ein vergifteter Kelch, wie er im Buche steht: Wer auch immer es schafft, ihn aufzuklären, wird der Held der Stadt sein, aber keiner glaubt noch daran, dass das möglich ist. Jeder Polizist, der von dem Fall hört, hört nur noch den Lärm, der entsteht, wenn seine Karriere zusammenkracht. Was mit meiner Karriere wahrscheinlich passieren wird, vor allem, wenn Brack herausfindet, wen wir neuerdings im Verdacht haben. Er wird mich fertigmachen, wenn er davon Wind bekommt.«

Das hatte Freddy Hanni an einem Abend anvertraut, als der Rest des Teams schon nach Hause gegangen und der zweite Stock menschenleer war. Sie hatten sich in einem leergeräumten Bereich hingekniet, wie in letzter Zeit an viel zu vielen Abenden, und die Fotos um sich herum verstreut. Sie versuchten, zwischen den Bildern, auf denen Tony in ganzen Seen lachender Menschen unterging, und den Toten eine Verbindung herzustellen. Sie schafften es nicht, konnten aber nicht aufhören. Das einzig Gute daran – auch wenn keiner der beiden es eingestand – war, dass ihre Zusammenarbeit und das geteilte Geheimnis sie beide einander wieder nähergebracht hatte. Es gab ungeschriebene Regeln: Sie achteten sorgsam auf die jüngst wiedererstandene Verbindung zwischen ihnen und beschränkten sie ausschließlich auf die professionelle Ebene. Freddy hatte nicht gefragt, weshalb Hanni dachte, sie sei schuld an Olis Tod, und Hanni hatte keine Erklärung angeboten. Sie behandelten sich gegenseitig mit Glacéhandschuhen, aber die Kälte zwischen ihnen hatte einer neuen Nähe Platz gemacht.

Dafür war Hanni zutiefst dankbar, auch wenn ihr vieles andere leidtat.

Die Wucht von Olis Ermordung erschütterte noch immer ihrer beider Leben. Freddy war in sich gekehrt. Hanni kämpfte gegen Schlaflosigkeit und lag nachts wach, immer wieder darüber nachgrübelnd, wie wenig sie trotz ihrer guten Absichten getan hatte, um das Leben des Jungen besser zu machen. Das Wissen, dass Oli sie wie auch den Rest der Welt immer auf einer Armlänge Abstand gehalten hatte, half nicht. Inzwischen wusste sie auch – ohne dass es ihren Schlaf jedoch verbesserte –, dass ihr Vater Reiner nicht der Grund für den Mord an ihm war. Die Nachricht, die mit den Rosen gekommen war, stellte das zwischen den Zeilen klar.

Hanni wusste im ersten Moment, als sie den Strauß in Freddys Hand sah, von wem die Blumen kamen. Es war nicht der erste Strauß dieser Art. Hanni hatte auch früher schon einen ähnlichen von ihrem Vater bekommen: einen Strauß bombastischer, starkriechender, blutroter Blüten, deren Stängel mit seidigem Edelweiß umwickelt waren. Die Nachricht, die mit dem ersten Strauß gekommen war, hatte keine erwünschten Neuigkeiten gebracht, und genauso wenig tat es die zweite. Sie bewies lediglich, was sie bereits befürchtet hatte: Reiner lag nicht irgendwo in einem Gefängnis der Alliierten, weil er alten Hass neu geschürt hatte, sondern er war so frei wie eh und je und konnte sein Gift zusammenbrauen. Und wenn man ihm glauben konnte, aber Hanni hatte vor langer Zeit gelernt, dass man das sollte, war seine Schule vielleicht verloren, aber sein Traum, die Treue und die Köpfe der neuen Generation für sich zu gewinnen, war keineswegs tot.

Mein liebes Mädchen,

da wären wir wieder: eine Schicksalswende – wenn auch dieses Mal eher für mich als für dich –, überbracht

in einem Strauß. Vielleicht wird das noch zur Familientradition.
Ich muss gestehen, dass ich nicht weiß, wie sehr du in dieser Angelegenheit mitgemischt hast, wenn überhaupt. Vielleicht hast du mich erneut überrascht. Ich werde, sobald ich kann, mein Bestes geben, es herauszufinden. Es mag genügen zu erwähnen, dass ich nicht mehr in Berlin bin und nicht die Absicht habe, dorthin zurückzukehren, solange es keine grundlegende Änderung in der Stadt gibt. Eine Unternehmung, in die ich involviert war, ist zu einem Ende gekommen. Glücklicherweise ging es nur um ein einzelnes Glied in einer langen Kette, und meine Geschicke sowie meine Pläne gedeihen weiterhin.
Du verstehst vielleicht die Bedeutung, vielleicht auch nicht. Ich denke, Ersteres ist wahrscheinlicher, aber das ficht mich derzeit nicht an. Ich bin noch nicht fertig, meine Liebe, das solltest du wissen – mein Herz und mein Kopf sind immer noch sehr darauf aus, zu gewinnen. Und auch wenn ich persönlich nicht mehr in deiner Nähe bin, so gibt es doch Menschen, die dich beobachten. Vergiss das niemals. Wo ich auch immer bin, Hannelore, es wird immer Menschen geben, die dich beobachten.

Wie gewöhnlich war er ihr zehn Schritte voraus.

Die Botschaft in der Nachricht war so kryptisch wie die damals im Edelweiß – der von den Nationalsozialisten bevorzugten Blume –, mit dem die Rosenstängel umwunden waren. Die Nachricht war auch nicht unterzeichnet, nicht adressiert und nicht nachverfolgbar.

Dass ihr Vater nicht mit der Wannseeschule in Verbindung gebracht wurde und außerdem aus Berlin verschwunden war, war für Hanni, das wusste sie, gleichzeitig Fluch und Segen. Es bestand keine unmittelbare Gefahr von ihm, aber sie hatte auch keine Beweise, die sie bräuchte, um ihn vor Gericht zu bringen. Den einzigen schwachen Trost in Reiners Nachricht fand sie darin, dass er nicht Olis Tod angeordnet hatte. Hätte er es getan, so hätte in seinen Worten eine wenn auch noch so vage Andeutung davon und von ihrer Rolle dabei gelegen. Dass sie fehlte, befreite Hanni von der Schuld Oli gegenüber, verschob aber die Last in Freddys Richtung.

Hanni wollte das nicht für ihn. Sie wollte für ihn nur Gutes.

Also muss ich alles dafür tun, ihm bei der Lösung des Falles zu helfen und die Wahrheit über Tony herauszufinden.

Das wäre alles bestens, wenn nur Tony nicht jedes Mal, wenn sie beim Luftwaffenstützpunkt anrief und nach ihm fragte, durch Abwesenheit glänzte.

Der Wachmann am amerikanischen Stützpunkt erwies sich als genauso jung und leicht zu überreden wie der Wärter, der in Theresienstadt nicht hingeschaut hatte, aber dieses Mal wusste Hanni wenigstens, dass sie ihn nicht in Gefahr brachte. Sie brauchte kaum mehr als ein strahlendes Lächeln und »Bitte, ich möchte ihn so gern überraschen«, um in das US-Hauptquartier von Dahlem und an Tonys Adresse zu gelangen. Sie ging die Ringstraße entlang in dem Wissen, dass der Wachmann sie beobachtete und wahrscheinlich überlegte, was ihr günstigster Preis sei. Aber es war ihr egal. Sie war in den Unterkunftsbereich der Basis gelangt und hatte die Bestätigung, dass Tony anwesend war.

Und ich habe das Überraschungsmoment auf meiner Seite, das könnte auch etwas bringen.

Auf jeden Fall war Tony überrascht, als er die Tür öffnete. In dem kurzen Moment, den er brauchte, um seine übliche joviale Maske wieder aufzusetzen, war auch klar, dass er sich keineswegs freute, sie zu sehen.

»Ich weiß, ich weiß. Ich hätte nicht ohne Vorwarnung aufkreuzen sollten, und die Wache hätte mich auch nicht hereinlassen dürfen, ohne dich zu warnen, aber bitte gib dem Jungen keine Schuld. Ich habe sein Nein nicht akzeptiert, obwohl er es wirklich versucht hat. Es ist nur so, dass ich versucht habe, dich anzurufen, aber nie durchgekommen bin, dabei will ich mich ehrlich dafür entschuldigen, so schwer erreichbar gewesen zu sein, als du mir mehr Arbeit anbieten wolltest. Also bin ich hier, um mich zu entschuldigen!«

Sie sprach weiter ohne Luft zu holen, bis Tony keine andere Wahl blieb, als zur Seite zu treten und sie hereinzulassen.

»Du musst mich für schrecklich unfreundlich halten, aber die Fallbelastung auf der Wache war so überwältigend, und es gab noch eine Familienangelegenheit, und du weißt ja, wie unmöglich Familie sein kann.«

Hanni plauderte weiter über Nichtigkeiten, während Tony sie in ein kleines Wohnzimmer führte, und sie bemerkte, wie spartanisch es eingerichtet war.

»Egal, jetzt habe ich wieder viel mehr Zeit, und da bin ich. Wenn du meine Dienste als Fotografin wieder benötigst, wäre ich froh, wieder anzufangen und Fotos zu schießen.« Sie endete mit einem Lächeln, das eine entsprechende Reaktion erforderte. Tony erwiderte es, wenn auch zögernd. Hanni verbuchte das als Erfolg.

»Ui, was für ein Auftritt. Ich hatte Hanni Winter bisher nie als Wirbelwind abgespeichert.«

Tony erholte sich recht schnell, wie Hanni auch erwartet hatte. Jetzt musste sie noch sicherstellen, dass er nicht die Oberhand in ihrem Treffen gewann. Sie redete immer weiter, damit er erst gar keine Gelegenheit bekam, plapperte begeistert, »wie wunderbar es doch sein musste, eine Wohnung ganz für sich zu haben«, während er sie zu einem Sofa ohne Kissen führte und selbst auf dem Rand eines Sessels Platz nahm. Als Hanni es sich mit einem ganzen Schwall weiterer Komplimente gemütlich machte, bemerkte sie, wie er verstohlen auf seine Uhr schaute.

»Es tut mir leid. Ich war gedankenlos und habe dich in einem schlechten Moment erwischt. Musst du noch zu einer anderen Pressekonferenz? Es wirkt wirklich, als ob sie dich oft auf die Bühne schickten.«

Tony schüttelte den Kopf, ließ den Ärmel aber zurückgeschoben.

»Ich habe keine Pressekonferenz, nein. Ich fliege tatsächlich seit viel zu vielen Wochen mal wieder. Ich fliege gleich nach Faßberg, um Nachschub zu holen. Ich werde mindestens bis Dienstagabend weg sein.«

Die Veränderung in Tonys Gesicht, als er »ich fliege« sagte, war bemerkenswert. Er strahlte vor Freude – Hanni erkannte sie als echt, weil sie so viel Unechtes an ihm gesehen hatte. Sie musste sich zwingen, nicht zu bereitwillig darauf anzuspringen. Oder darauf, dass er seine Wohnung leer zurücklassen würde. Das bot Möglichkeiten, auch wenn sie noch nicht wusste, inwieweit, und dieser Mann, der normalerweise bis obenhin zugeknöpft war, hatte die Tür zu seiner Welt gleich zwei Mal einen Spaltbreit geöffnet. Hanni würde aber nicht so ungeschickt sein, gleich darin herumzutasten. Sie lächelte und ging zu einem weniger atemlosen Ton über, der nicht so verwirrend war.

»Du freust dich darüber, nicht? Wieder zu fliegen? Du hast es vermisst.«

Es war, als hätte ein anderer Mann den Raum betreten. Tonys Lächeln war nicht mehr ein bloßer Reflex, sondern es war breit, und seine Augen strahlten aufrichtig.

»Mehr als ich dir sagen kann. Ich weiß, dass mich die Luftwaffe hier braucht, dass es lebenswichtig für die Aufrechterhaltung der Durchhaltemoral ist, aber es war die reine Folter, nicht hoch in den Himmel zu dürfen.«

»Erzähl mir, wie sich das anfühlt.« Hanni beugte sich vor,

sodass sie ihn hätte berühren können, tat es jedoch bewusst nicht. »Ich bin noch nie geflogen, würde aber zu gern. Wenn du noch Zeit hast, wäre es toll zu hören, wie es dort oben wirklich ist.«

Sie unterbrach sich und hustete. »Du hast wohl keinen Tee da, oder? Meine Kehle ist ganz trocken vom Herweg.« Sie lächelte erneut, als Tony nickte. »Und sprich bitte weiter, wenn du ihn machst. Erzähl mir, dass es da oben am Himmel genauso wundervoll ist, wie ich es mir immer ausgemalt habe.«

Ihr Interesse wirkte. Tony ließ die Küchentür offen stehen, und als er erst einmal anfing zu erzählen, konnte er nicht mehr aufhören. Er beschrieb die Steuerungshebel und welches Gefühl von Macht sie vermittelten, als hielte er sie in der Hand. Er erzählte ihr, wie magisch es sich angefühlt hatte, als er zum ersten Mal durch die Wolken gebrochen war. Er brachte ihr die Teetasse mit dem Beutel und dem Löffel darin, wie sie ihn gebeten hatte, und ließ sich weiter in lyrischen Worten über die Schönheit des Himmels aus. Er legte mehr Enthusiasmus an den Tag, als sie ihm zugetraut hätte. Er trank den Kaffee, den er für sich selbst gemacht hatte, nicht und bemerkte nicht einmal, dass sie ihren Tee nicht berührte. Er vergaß auch, auf seine Uhr zu schauen. Er redete gar nicht mehr davon, wegzumüssen, bis die Uhr im Flur schlug und er in Panik aufsprang.

»Ich muss los, sonst verpasse ich den Slot, und nur der liebe Gott weiß, wann ich wieder eine Bewilligung beim Colonel einheimsen kann.«

Hanni ahmte sein nervöses Aufspringen nach und war sofort voller Sorge. »Ach Herrje, natürlich musst du los. Um das Fotografieren können wir uns ja kümmern, wenn du wieder da bist. Wie wär's, du schnappst dir deine Sachen, und ich mache hier Ordnung.«

Sie winkte ihn zum Schlafzimmer, während sie geschäftig die Tassen holte. Es dauerte nur einen Moment, den Teelöffel einzuwickeln und in der Tasche zu verstauen. Als Tony in seiner Fliegerjacke, die Reisetasche in der Hand, wieder herauskam, wartete sie an der Wohnungstür auf ihn. Sie trug ihren Mantel und setzte ein entschlossenes Gesicht auf.

»Es hat mir Spaß gemacht, mich mit dir zu unterhalten.«

Er ging zu ihr, und kurz dachte Hanni, er würde sie küssen. Zu ihrer Erleichterung griff er an ihr vorbei nach einem Schlüssel von einem Teller auf dem Regalbrett neben der Tür.

Da liegt noch einer.

Hanni bewegte sich nicht. Als sie heute hergekommen war, hatte sie keinen Plan gehabt, wie sie vorgehen wollte, und sie hatte keine Zeit gehabt, sich klarzumachen, welche Möglichkeiten es bot, dass Tony länger weg sein würde. Jetzt hatte sie einen Teelöffel, den er berührt hatte, in ihrer Handtasche, und die Möglichkeit, heimlich ohne ihn wieder in die Wohnung zu gehen. Sie musste ihn nur noch einmal ablenken.

»Hast du alles?« Sie nickte zu der Reisetasche. »Ich kann nie aus dem Haus für eine Reise, ohne mein Gepäck doppelt überprüft zu haben.«

Tony runzelte die Stirn – ihm war offensichtlich noch nie der Gedanke gekommen, etwas Wichtiges vergessen zu können – sah aber auf seine Tasche, wie es für Hanni nötig war. Es war nur der Bruchteil einer Sekunde, aber der reichte, um die Hand auszustrecken und den Zweitschüssel aus der Schale in ihrer Tasche verschwinden zu lassen.

»Ach, ich Dummerchen. Natürlich hast du das, schließlich bist du ein Profi. Sollen wir?«

Sie schaffte es, nicht zu triumphieren, als er die Tür hinter ihnen verschloss und sie wegführte.

»Captain Miller ist heute Abend nicht hier.«

»Ich weiß. Deshalb bin ich hier, um Captain Jones zu sehen.«

Sie hatte einen Allerweltsnamen ausgesucht. Das Küsschen, das sie dem diensthabenden Soldaten auf die Wange gab, verhinderte weitere Fragen. Fünf Minuten später schloss Hanni Tonys Wohnung auf und ging hinein. Als sie drinnen war, verließ all das Adrenalin, das sie hergebracht hatte, schlagartig ihren Körper. Hanni musste sich an die Tür lehnen, bis ihr Herz aufhörte zu rasen.

Ich hätte Freddy sagen sollen, dass ich hierherkomme.

Das war ein vernünftiger Gedanke, und es wäre vernünftig gewesen. Allerdings hätte Freddy sie aufgehalten, weshalb sie ihm auch die letzten achtundvierzig Stunden aus dem Weg gegangen war.

Sie hatte kaum geschlafen, seit sie am Samstag Tonys Wohnung verlassen hatte. Es war ein Kampf gewesen, nicht gleich am Sonntag wieder zum Armeequartier zu eilen, sondern bis Montag zu warten, wenn hoffentlich weniger Menschen dort wären.

Den größten Teil des Samstags hatte Hanni im Tiergarten verbracht, war um den See herumgewandert und hatte im Café die Zeit totgeschlagen. Sie tat, was sie konnte, um die Stunden zu füllen und Kreuzberg fernzubleiben, falls Freddy auf die Idee kam, sie dort zu suchen. Den Montag hatte sie sich in ihrer Dunkelkammer versteckt und die Wache gemieden, denn sie war sich sicher, dass er sofort das Geheimnis ihres Besuchs sowie ihre Absicht, wieder hinzugehen, aus ihr herausbekäme, wenn sie anfingen miteinander zu reden. Sie wusste, dass er über beides wütend geworden wäre. Aber das spielte jetzt keine Rolle mehr, denn es war Montagabend, sie war in Tonys leerer Wohnung, und was Freddy nicht wusste, tat ihm auch nicht weh.

Es war zu kalt, um im Flur zu bleiben, lagen ihr nun die Nerven blank oder nicht. Hanni hatte keine Zeit zu verlieren. Nach allem, was sie wusste, konnten sich Tonys Pläne auch geändert haben, und es gab keine Entschuldigung, die ihre

Anwesenheit in seiner Wohnung erklären könnte. Sie lockerte die Schultern, ließ die Handtasche fallen und begann, sich methodisch durch die Zimmer zu arbeiten. Sie zog Schubladen auf und öffnete Schränke. Sie sah sich genau an, wie und wo die Inhalte lagen, bevor sie irgendetwas herausholte. Alle paar Minuten hielt sie inne, um auf mögliche Geräusche von der Straße draußen zu lauschen. Den Schlüssel zu schnappen, ohne dass Tony es bemerkte, war unerwartetes Glück gewesen, und Hanni war nicht die Art Mensch, die groß ans Glück glaubte.

Es war keine einladende Wohnung. Nicht nur das Wohnzimmer war spartanisch, sondern auch die restliche Wohnung war seelenlos. Es waren keine Erinnerungsstücke vorhanden, die ihr Persönlichkeit verliehen, keine persönlichen Gegenstände, die ihr Herz verliehen. Es waren aber auch keine Geheimnisse zu finden.

Immer entmutigter hastete Hanni von Schrank zu Schrank und versuchte, sich zu überzeugen, dass die nächste Schublade etwas enthüllen würde, das vernichtender wäre als es der Teelöffel vermutlich war. Als sie den mitgenommen hatte, hatte sie ihn für einen solchen Fund gehalten, aber dann, bei Tageslicht besehen, war ihr klargeworden, was für ein klägliches Beweisstück das tatsächlich war. Selbst wenn im forensischen Labor von dem Metall ein Fingerabdruck gewonnen werden und der demjenigen, der in Matty Scheibels Wohnung gefunden worden war, zugeordnet werden konnte – und das war sehr fraglich – und wenn sie den Abdruck benutzen konnten, um eine Verbindung zwischen der jungen Frau und Tony herzustellen, würde er sich herausreden. Wahrscheinlich würden sie sogar nicht einmal bis zu ihm vorstoßen, denn Brack oder die Amerikaner würden sofort alles herunterspielen, was der Abdruck implizierte. Der Teelöffel war ein Witz. Er reichte nicht.

Hanni begann noch mal von vorne und redete sich ein, dass es dieses Mal funktionieren würde. Sie schob die Finger unter die Schubladen und in die hintersten Ecken der höchsten Regalbretter. Sie durchsuchte seine Gürtel auf der Suche nach dem einen, dessen Breite zu den Würgemalen passte, die an den Opfern zurückgeblieben waren. Schließlich tat sie etwas, das sie nicht vorgehabt hatte, weil es eine schwierige Herausforderung würde, alles wieder perfekt zurückzulegen, und leerte seine unglaublich aufgeräumten Küchenschränke.

Die meisten Marken darin waren amerikanisch, und sie kannte sie nicht. An jedem anderen Tag hätte sie das abgelenkt, und sie wäre versucht gewesen, zu kosten. Aber heute nicht. Hanni arbeitete die Fächer eines nach dem anderen durch, und ihr sank das Herz, als sie ein besonders sorgfältig eingeräumtes öffnete. Sie räumte es langsam aus und merkte sich die Anordnung der Inhalte. Sie war immer noch darauf konzentriert, die Sachen, die sie herausgenommen hatte, so abzustellen, dass sie wie ein Spiegelbild des Schrankfaches dastanden, als von hinten ein Foto herausfiel.

Es war versteckt gewesen, was bedeutete, dass es wichtig war. Es bedeutete auch, dass sie es auf keinen Fall aus der Wohnung entfernen oder beschädigen konnte. Hanni hob das Bild mit den Fingernägeln hoch und trug es zum Wohnzimmer, wo das Licht am besten war. Sie setzte sich und stellte sicher, dass ihre Hände trocken waren und nicht zitterten. Dann atmete sie tief ein und sah es sich an.

Es war eine Szenerie in einem Garten. Ein lebendiges, kein formelles Foto, auf dem sich die Personen lässig aneinanderschmiegten und die Köpfe zusammengeschoben hatten. Anhand der Ähnlichkeiten in Kinnform, Augenwinkeln und Nasen schloss Hanni, dass die meisten Menschen darauf verwandt waren. Die Aufnahme schien außerdem von einem der Abgebildeten selbst gemacht worden zu sein, denn die Gestalt links außen war etwas verwischt, was auf die Benutzung eines Selbstauslösers schließen ließ. Es war ein charmantes Foto einer glücklichen Familie an einem sonnigen Tag.

Als es gemacht wurde, war es unschuldig gewesen. Jetzt nicht mehr. Nicht nur, dass es bewusst versteckt worden war, anstatt es aufzustellen; zehn der lächelnden Gesichter waren mit kleinen Häkchen darüber markiert.

Hanni ließ keine Reaktion darauf zu – für Emotionen hätte sie später noch Zeit. Sie zog ihre Kamera aus der Tasche und fotografierte sorgfältig die Vorderseite des Fotos ab. Dann drehte sie es um und fotografierte die ordentliche Handschrift, mit der auf der Rückseite die Namen der Opfer aufgelistet waren. Sie machte noch ein Dutzend Fotos der Gesichter, zoomte an diejenigen heran, die vertraut aussahen, und deren Ebenbilder sie bereits unter viel schlimmeren Umständen katalogisiert hatte. Dann trug sie das Foto genauso vorsichtig in die Küche zurück, wie sie es herausgetragen hatte, stellte es in den Schrank zurück, in dem sie es gefunden hatte, und räumte die Päckchen und Dosen wieder an ihren Platz.

Wir haben ihn. Das ist kein Witz. Das ist der Beweis.

Hanni schob die Kamera in ihre Tasche, tauschte den Mantel, den sie trug, gegen den zweiten aus, den sie zusammengerollt und mitgebracht hatte, und versteckte ihr Haar unter einer Mütze. Sie versuchte, nicht zu eilen. Sie versuchte, sich genauso methodisch zu bewegen wie sie es bei der Durchsuchung der Wohnung getan hatte, für den Fall, dass die Aufregung, die in ihr brodelte, sie zu einem Fehler verführte. Sie legte den Schlüssel wieder in die Schale und schlich sich hinaus, in einem Stoßgebet dem Erfinder der sich selbst verschließenden Türen dankend. Dann wartete sie, bis sie sicher war, dass ein neuer Soldat am Tor Wachdienst bezogen hatte, bevor sie die Wohnanlage verließ.

Wir haben ihn.

Als sie die Straße halb hinunter gegangen war, blieb Hanni stehen, schlang die Arme um ihren Körper und ließ das Lachen kommen.

Wir haben ihn.

Nichts sonst war in ihrem Kopf. Seit sie das Foto gefunden hatte, war nichts anderes mehr in ihrem Kopf. Dann frischte der Wind auf, pustete ihr um die Knöchel, und ein anderer Gedanke schlich sich ein.

Wir haben ihn. Aber wie in Gottes Namen kriegen wir ihn?

KAPITEL 16

25. MÄRZ BIS 5. APRIL 1949

Der richtige Mann zur richtigen Zeit: Der Held, der eine Stadt ernähren hilft

Willst du einen Mord in unserer Straße begehen? Wir warten schon auf dich

Freddy starrte auf die beiden Fotos, die nebeneinander auf seinem Schreibtisch lagen. Eines war farbig und auf ein Hochglanzmagazin gedruckt, das andere schwarz-weiß und mehr schlecht als recht auf billigem, dünnem Papier abgedruckt. Er nahm an, dass Brack beide hierhin gelegt hatte.

Ohne auch nur zu ahnen, wie eng beide zusammenhängen.

Es lag kein Zettel dabei. Freddy nahm an, dass das Arrangement als Beleidigung hingelegt worden war, als eine Art schlechter Kopie der Arbeit, die er tat, oder in Bracks Augen eben nicht tat. Immerhin war es eine Abwechslung zu dem üblichen Gebrüll, das er sich sonst anhören musste.

Das Foto auf dem Titelblatt des *Time*-Magazins zog sofort die Aufmerksamkeit des Betrachters auf sich. Darauf war Tony als strahlender Held dargestellt. Die Anordnung war in

Freddys Augen genauso klischeehaft wie die Überschrift; er konnte sich vorstellen, wie Hanni lachen würde, wenn sie es sähe. Der Captain war in seinem Fliegeranzug abgebildet. Er stand, die Fäuste in die Hüfte gestemmt, vor einem Flugzeug, während über ihm in den Wolken ein weiteres Flugzeug seine Runden drehte, als warte es auf seine Landeerlaubnis. Tonys Körper war der Kamera zugewandt, aber sein Blick war in die Ferne gerichtet. Sein Ausdruck war so nachdenklich, als ob er sich nicht nur Gedanken über die Unwägbarkeiten der Blockade machte, sondern gleich auch darüber, wie er sie ganz allein lösen würde. Mit seinen breiten Schultern und dem kantigen Kinn war er das Inbild von Stärke, Selbstkontrolle und Befehlsgewalt. Freddy war überrascht, dass Brack nicht mit Rotstift *Sehen Sie den Unterschied zwischen ihm und Ihnen?* quer über das Deckblatt gekritzelt hatte. Dieses Bild war lächerlich, aber das zweite war beunruhigend.

Freddy drehte das Magazin um und wandte seine Aufmerksamkeit dem Poster mit der steilen Schrift und dem viel grobkörnigeren Foto zu. Im Gegensatz zu Tonys heldenhafter Pose hatten diese Männer die Mützen vom Kopf gezogen und die Gesichter abgewandt. Ihre Absicht – die sich nicht in einer gerunzelten Stirn und einer weltbewegenden Uniform ausdrückte, sondern in den Hämmern und Prügeln, die sie festhielten – war genauso klar zu erkennen wie Tonys unausgesprochener Anspruch, Berlin zu retten. Jeder, der es sah, einschließlich des Mörders, an den sich die Nachricht richtete, würde genau wissen, wer die Stadt verteidigte.

Freddy legte das Poster wieder ab und rieb sich die Schläfen, hinter denen sich drohende Kopfschmerzen ankündigten. Nach der Adresse der Bierhalle zu schließen, in die die Freiwilligen eingeladen waren, um sich zu versammeln, stammte dieses Exemplar aus Wedding. Freddy hatte in Kreuzberg und Neukölln bereits die gleichen Poster gesehen, und er nahm an, dass sich in der ganzen Stadt Plakate nach diesem Vorbild befanden. Zehn Leichen, zehn in Tatorte verwandelte Wohnungen, und kein Verdächtiger in Sicht – Berlin reagierte mit Härte darauf; Bürgerwachen waren in den Straßen unterwegs, die entschlossen waren, die Arbeit der Polizei zu machen und den Würger zu jagen. Die Auswirkungen waren bereits spürbar. Zwei Männer, die unabhängig voneinander im falschen Viertel aufgekreuzt waren, waren übel zugerichtet im Krankenhaus gelandet. Einer von ihnen hatte ein Auge verloren. Freddy wusste, es war nur eine Frage der Zeit, bis jemand – ein Unschuldiger – so schlimm verletzt würde, dass er starb. Er würde sich die Schuld daran geben, und auch alle anderen würden das tun, und sie hatten recht.

Freddy hatte versucht, über offizielle Kanäle die Menschen in der Stadt zu beruhigen, aber es war ihm nicht geglückt. Brack hatte sich geweigert, etwas zu unternehmen, um die Bürgerwachen in den Griff zu bekommen oder die Schlägereien zu bekämpfen. Als Freddy darauf – dieses Mal viel demütiger – Elias um Hilfe bat, hatte dieser ihn mit der spitzen Bemerkung »Wenn du nicht willst, dass andere deine Arbeit machen, dann mach sie besser selbst« weggeschickt. Danach gab es niemanden mehr, an den Freddy sich wenden könnte.

Ich habe Berlin die Herrschaft des Pöbels zurückgebracht.

Das war ein krankmachender Gedanke, und Freddy wusste nicht, wie er ihm begegnen sollte. Außerdem wusste er einfach nicht, wie er den Verdacht auf Tony lenken konnte.

Nach dem Debakel, das der Versuch, Tonys Bewegungsmuster zu verfolgen, mit sich gebracht hatte, hatten er und Hanni ganze Tage über Hannis Werbefotos gebrütet und versucht, eine Übereinstimmung zu den Personen zu finden, die sich Freddy bei den Beerdigungen genau angesehen hatte. Ergebnislos. Als Nächstes würden sie die Familien der Opfer wieder besuchen und sehr gut überlegte Fragen stellen. Dort wieder alte Wunden aufreißen zu müssen, war keine verheißungsvolle Aufgabe. Der eine Besuch, den Freddy bisher unternommen hatte, bei Jochen Stahls Mutter, war nicht gut verlaufen. Sie hatte noch gewusst, dass sie Tony an den Tagen vor der Tragödie begegnet war, aber als Freddy versuchte, tiefer in ihre verschwommenen Erinnerungen vorzudringen, hatte sie nur Lob für ihn gehabt. Tony hatte ihr einen persönlichen Beileidsbrief geschickt, den sie wie eine Ikone an die Brust gedrückt hatte. Das hatte Freddy Übelkeit beschert. Es war entweder eine sehr einfühlsame Geste oder, wenn Tony wirklich schuldig war, eine erschreckend manipulative. Der Gedanke, dass er in den Häusern der anderen Opfer auf ähnliche Briefe und Reaktionen treffen würde, war ein Schlag ins Gesicht, für den er noch nicht bereit war.

Er warf das Magazin und das Poster in den Papierkorb und trat von seinem Schreibtisch weg. Matz wartete bereits darauf, das Team für die morgendliche Besprechung zusammenzurufen. Freddy hatte nichts zu sagen, was er nicht bereits gesagt hätte. In seinem Kopf war nichts als klischeehafte Äußerungen über fortdauernden Mut und dunkelste Stunden, die von Winston Churchill stammen könnten. Er bezweifelte, dass diese Meinung ihm irgendjemanden näherbringen würde. Trotzdem ging er aus seinem Büro hinaus und setzte ein Lächeln auf. Niemand machte sich die Mühe, es zu erwidern.

»Sind wir dann so weit?« Er wusste nicht, was er als Nächstes sagen sollte. Als die Tür aufflog und Hanni mit aufgelöstem Haar und erhitzten Wangen hereinrauschte, hätte er am liebsten gejubelt. Wenigstens glotzte ihn jetzt keiner mehr an.

»Freddy, kann ich kurz mit dir reden, bevor die Besprechung beginnt?«

»Geht es dir gut?«

Das war nicht so schlimm wie »Wo zur Hölle warst du? Ich war krank vor Sorge«, das ihm beinahe entschlüpft wäre, aber seine drängende Stimme sorgte dennoch dafür, dass sich die Köpfe drehten. Er winkte sie rasch in sein Büro und schloss die Tür, als Matz versuchte, sich zu ihnen zu gesellen. Hannis

Nachdruck ließ vermuten, dass sie etwas gefunden hatte. Was und wie wenig es auch sein mochte, es wäre auf jeden Fall besser, es den Männern zu sagen, als erneut eine hohle Ermutigungsansprache zu halten.

»Wo warst du gestern? Ich habe es nachgeprüft, aber es gab keine Pressekonferenz.« Freddy sah Hanni ins plötzlich errötende Gesicht, und bei ihm fiel der Groschen. »Du bist zu ihm gegangen, oder? Und du bist mir seit dem Wochenende aus dem Weg gegangen, weil du wusstest, dass ich dich daran hindern würde.«

»Zweimal ja, aber das spielt keine Rolle. Oder das wird es nicht, wenn du siehst, was ich dir hier bringe.«

Hanni berichtete ihm so schnell, was sie getan hatte, dass er gar nicht dazu kam, entsetzt zu sein. Dann ließ sie ein Bündel Fotos auf seinen Schreibtisch fallen.

»Ich habe die letzten erst heute Morgen fertig entwickelt, deshalb bin ich so spät dran.«

Sie setzte sich und schwieg, während Freddy die Fotos auseinanderschob und sorgfältig betrachtete. Er brauchte eine Weile, bevor er akzeptieren konnte, was er vor sich sah.

»Ist das hier Tony?«

Freddy zeigte auf einen Jungen mitten im Bild, der auf dem Boden saß und den Kopf ans Knie einer lächelnden Frau gelehnt hatte, die das gleiche dunkle Haar wie er und die gleichen ausgeprägten Züge hatte.

Hanni nickte. »Ich glaube ja. Man kann die Ähnlichkeit sehen, auch wenn er viel jünger ist. Wenn das Bild Ende der Zwanziger, Anfang der Dreißigerjahre gemacht wurde – wie die Mode vermuten lässt – passt er altersmäßig in den Rahmen.

»Also ist die Frau, an die er sich lehnt, wahrscheinlich seine Mutter.« Freddy hielt inne und hob das Foto ans Licht. »Und sie könnte genauso gut Edda Sauerbrunn sein.«

Hanni nickte erneut. Freddy saß kurz ruhig da und ließ die Verbindung einsinken, die er gerade hergestellt hatte.

Dann hob er die Aufnahme hoch, die Hanni von der Rückseite des Fotos gemacht hatte, und las einiges, was dort notiert war.

»Die Liste. Sie beweist sicher, was wir die ganze Zeit schon vermutet haben: Er hat nach Doppelgängern seiner Familie gesucht. Das *M* hinter Edda muss für *Mutter* stehen, das *V* bei Falko für *Vater*.« Freddy griff nach dem Gartenfoto und überprüfte die Anordnung. »Die Ähnlichkeiten zwischen ihnen sind verblüffend. Und wenn wir der Logik folgen, die er anscheinend angewandt hat, müssen die zwei *B* für *Bruder* und das S für *Schwester* stehen.

Freddy stellte die Zusammenhänge der Buchstaben zwischen den Cousinen, Vettern, Onkeln und Tanten und den Frauen und Männern her, die die Kamera eingefangen hatte.

»Es ist die erweiterte Familie, das muss es sein, und er hat sie nach dem Aussehen einen für den anderen ermordet.«

Ohne nach ihnen zu schicken, wusste Freddy, dass die anderen Fotos der Opfer genauso zu dem Gartenfoto passen würden wie Edda und Falko, denn ihre Gesichter waren in seine Erinnerung eingegraben. Er wusste auch, dass er in Hochstimmung sein müsste – schließlich hielt er die Lösung zu einer der schlimmsten Mordserien in der Hand, die die Stadt je erlebt hatte. Aber er spürte nichts als Traurigkeit bis in die Knochen hinein. Für die Menschen auf dem Foto und für die aus seiner Stadt, die gestorben waren.

Hanni wartete und gab ihm die Zeit, die er brauchte, um sich wieder zu sammeln, dann beugte sie sich vor und griff nach dem Gruppenfoto.

»Bisher haben wir zehn Leichen und zehn Häkchen. Ich bin mir ziemlich sicher, dass dieses Bild mit einem Selbstauslöser von einer der Personen gemacht wurde. Also waren es an dem Tag zwölf Personen. Ich meine, ohne Tony. Ich schätze, wir können davon ausgehen, dass sie alle im Krieg gestorben sind. Und ich glaube, dass er für jedes Leben, das ihm genommen wurde, eines nehmen will, jedenfalls nach den Häkchen und den Initialen zu urteilen, die er gesetzt hat.

Sie sind Jude, und Ihre Familie wurde umgebracht.

Tonys Worte, die er in Mitte gesagt hatte, kamen Freddy in den Sinn, dichtgefolgt von *Und das gleiche Grauen ist seiner Familie widerfahren*. Er lehnte sich zurück. Tony war genauso ein selbsternannter Richter wie die Männer, die er inspiriert hatte, ihn zu jagen. Und wie bei denen war seine Aufgabe noch nicht beendet.

»Wenn es also zwölf Familienmitglieder gibt und wir recht damit haben, dass er der Mörder ist, stehen uns noch zwei Morde bevor.«

Er sah zu Hanni auf. All ihre Vermutungen hatten sie in die richtige Richtung geführt. Trotzdem war es eine Sackgasse.

»Aber wir können nichts tun, um ihn einzukassieren, also wie können wir sie verhindern? Auf dem Foto ist nichts als eine vage Ähnlichkeit, dank der wir den Zusammenhang zu Tony herstellen können. Ich nehme an, Miller ist nicht sein Familienname, er hat ihn geändert. Aber hierin steckt kein Hinweis, der uns weiterhilft. Keine Besonderheit in der Schrift, die wir abgleichen könnten, oder irgendeine persönliche Inschrift. Wir haben nichts außer dem Fundort, an dem du gar nicht hättest sein dürfen. Brack wird es nicht akzeptieren. Keiner wird das.«

Hannis Seufzer klang, als käme er aus tiefster Seele.

»Ich weiß. Als das Foto aus dem Schrank fiel, in dem er es versteckt hatte, konnte ich nur noch denken *Wir haben ihn*. Dann bin ich weggegangen und dachte nur noch *Aber was jetzt?* Es ist, als hätten wir jeden Grund zum Feiern und keinen. Wir haben unseren Mörder und haben ihn doch nicht.«

Erschöpfung breitete sich in ihrem Gesicht aus. Freddy sah, wie tief sie war, und riss sich zusammen. »Nein, komm schon. Wir dürfen nicht so untröstlich sein. Das ist eine gute Sache, Hanni. Wirklich gut. Na gut, wir können den Zusammenhang nicht beweisen, jedenfalls noch nicht, und wir können das nicht benutzen, um ihn verhaften und anklagen zu lassen, aber es ist der Beginn eines echten Falles. Wir werden ihn kriegen, ich weiß es. Wenn es einen Hinweis gibt, muss es noch mehr geben.«

Sein zuversichtlicherer Tonfall riss sie aus der dunklen Stimmung, in der sie beinahe versunken wäre.

»Aber den gibt es – das hätte ich dir zuerst sagen müssen. Ich habe aus seiner Wohnung einen Teelöffel mitgebracht, auf dem sein Fingerabdruck ist. Den habe ich heute Morgen ins Labor geschickt, um zu sehen, ob sie etwas Brauchbares abnehmen können und eine Übereinstimmung mit dem aus Matty Scheibels Wohnung finden.«

Sie brauchte Begeisterung von ihm, also stellte Freddy sich der Herausforderung. »Das ist fantastisch, Hanni. Das ist noch ein Baustein.«

Er sprach das Offensichtliche nicht aus: dass nur ihr Wort dafür stand, wo sie den Löffel gefunden hatte, um ihn mit Tony in Verbindung zu bringen, und das bedeutete, dass es kein Beweismittel war. Aber sie beide brauchten zumindest den Anschein eines Fortschritts. Er sah sie an und wünschte sich, er könnte ihr den Rücken tätscheln oder ihr die Hand schütteln, wie er es täte, wenn Matz vor ihm stünde, und schon bei dem Gedanken fühlte er sich unbehaglich. Es wäre nie eine nebensächliche Geste, Hanni zu berühren, nicht einmal mit den Fingerspitzen.

»Großartige Arbeit, und noch dazu gefährlich. Danke.«

Durch den Stolz in ihrem Gesicht fühlte Freddy sich gleich viel besser.

»Damit buchten wir ihn ein. Wir können weiter versuchen, Beweise zu sammeln. Wir finden über die Menschen auf dem Foto heraus, so viel wir können, und wie Tony mit ihnen verbunden ist, wir suchen die Familien wieder auf und beobachten genau, was er tut. Wir können versuchen, ihn zu einem Fehler zu verlocken. Das ist er, Hanni, der Fortschritt.«

Ihr Lächeln machte aus seiner Begeisterung etwas Echtes. Sein Strahlen ging ihm durch und durch.

Freddy erhob sich wieder. Matz stand immer noch vor seiner Tür, und das Team wartete. Das Foto musste geheim bleiben, aber er konnte bei der Besprechung ganz allgemein die Möglichkeit eines übereinstimmenden Fingerabdrucks erwähnen und seinen Männern damit wieder etwas Zuversicht geben.

Hanni erhob sich nun ebenfalls. Sie streckte im selben Moment wie er die Hände aus, um die Bilder vom Schreibtisch einzusammeln, und ihre Finger berührten ungewollt die seinen. Ihre Haut kribbelte an seiner.

»Was würde ich ohne dich tun?«

Seine Worte kamen aus dem Nichts. Er konnte sie nicht als übertriebenes professionelles Kompliment tarnen, denn sein Tonfall war zu zärtlich.

Hanni erstarrte. Dann drehte sie sich um und blickte zu ihm auf, und in ihren Augen sah er einen Schimmer, auf den er seit Monaten gewartet hatte. *Wenn ich jetzt die Finger mit ihren verschränken und sie küssen würde, würde sie mich nicht wegdrücken.*

Diese Gewissheit war überwältigend. Freddy überwand den kleinen Abstand zwischen ihnen, mit der Hand wollte er ihre Wange berühren.

»Matz sieht uns.«

Das war kein Nein, es konnte *Warte* bedeuten. Sie war nicht vor ihm zurückgeschreckt. Als er blinzelte und sich zwang, nach der Tür zu greifen statt nach ihr, lächelte sie sanft, und der Schimmer lag immer noch in ihren Augen.

Vielleicht ist er weg, wer es auch war. Vielleicht waren die Blumen ein Abschiedsgeschenk. Vielleicht gibt es für uns noch eine Chance.

Das waren viele *Vielleichts*, aber bis jetzt hatte es nichts Annäherndes gegeben.

Freddy öffnete die Tür und ließ Hanni hinausgehen. Dann folgte er ihr ins Hauptbüro, den Kopf gereckt, die Schultern zurückgezogen, bereit, eine Besprechung zu führen, in der er endlich etwas zu vermelden hatte, und so selbstbewusst wie ein Held auf dem Deckblatt eines Magazins.

Wieder am Himmel sein zu können hatte Tonys Gangart wieder federnd werden lassen. Er hatte sie für verloren gehalten.

Die beiden Flüge nach Faßberg und zurück hatte er mit – wie seine bewundernde Crew es ausdrückte – außergewöhnlicher Professionalität durchgeführt, obwohl die eine Landung durch einen furchtbaren Wettereinbruch gefährdet gewesen war. Auf dem Stützpunkt war seine Crew in Begeisterung ausgebrochen. Die Piloten in Faßberg, die von seiner Unerschrockenheit gehört und ihn jetzt in Aktion erlebt hatten, applaudierten ihm. Tony kehrte mit einer Ausgabe des *Time*-Magazins in der Hand nach Tempelhof zurück, das ihm in der Bar jemand gegeben hatte, und er spürte sich ganz wie der Held, als den das Magazin ihn bezeichnete.

Sein Triumph entpuppte sich allerdings als von kurzer Dauer. Sobald Tony durch seine Wohnungstür trat, verpuffte das Hochgefühl, das ihm die Schubkraft der Motoren und zwei perfekte Landungen beschert hatten. Die Schale, in die er den Schlüssel fallen lassen wollte, stand nicht exakt an der sorgfältig gewählten Stelle auf dem Regalbrett.

Es ist jemand hier gewesen.

Tony ließ die Tasche fallen und schlich schnuppernd durch den Flur. Jetzt war die Wohnung leer, aber es war jemand darin gewesen. Er spürte regelrecht suchende Finger.

Er ging langsam ins Wohnzimmer und bewegte sich dann vorsichtig durch die restliche Wohnung und suchte nach anderen Anzeichen einer Störung. Nichts war stark verändert, aber zu viele Dinge waren fast unmerklich anders. Seine Hemden lagen so flach in der Schublade, als wären sie gewissenhaft glattgestrichen worden. Seine Gürtel waren nicht so fest aufgerollt, wie er sie zurückgelassen hatte. Die dünne Staubschicht, die sich auf dem unbenutzten obersten Fach seines Kleiderschranks angesammelt hatte, war aufgewirbelt worden und auf die Schultern der Kleiderbügel mit den Mänteln gefallen.

Jemand hat die ganze Wohnung durchsucht.

Er wusste genau, wer herumspioniert hatte.

Tony ging in die Küche, ballte und lockerte die Fäuste, schluckte den Ärger hinunter, der durch seine Kehle nach oben stieg. Er hätte seinen Ersatzschlüssel mitnehmen sollen. Und, wie ihm mit einem Schock einfiel, er hätte nichts zurücklassen dürfen, das sie finden konnte. Die Erkenntnis, was Hanni entdeckt haben könnte, ließ ihn aufspringen. Er hatte daran gedacht, den Umschlag mit den Einzelheiten seiner möglichen Opfer mit nach Faßberg zu nehmen, aber er hatte vergessen, das Foto einzupacken.

Und daran war sie schuld.

Diesen Gedanken ließ er sich sorgfältig durch den Kopf gehen, gemeinsam mit der plötzlichen Sicherheit, dass Hannis Geplapper und Betriebsamkeit Absicht gewesen waren. Dass sie nicht nur unangekündigt in seiner Privatwohnung aufgekreuzt war, weil sie in seinem Leben herumschnüffeln wollte, sondern dass sie die ganze Zeit vorgehabt hatte, ihn abzulenken. Er griff haltsuchend nach einer Stuhllehne. Am liebsten hätte er mit der Faust die Wand durchschlagen.

Ich muss ruhig bleiben. Ich muss so methodisch vorgehen wie sie es wohl gemacht hat.

In diesem inneren Aufruhr würde er die Küche nicht so sorgfältig untersuchen können, wie sie es getan hatte, was bedeutete, dass er den Zorn noch nicht ablegen konnte.

Zuerst ging er zum Spülbecken. Einer der Teelöffel fehlte.

Tony goss sich ein Glas Wasser ein und nippte daran, während er nachdachte, was das zu bedeuten hatte. Ein fehlender Teelöffel war bedeutungsvoll. Es hieß, dass Hanni ihn einer Sache verdächtigte. Da die ganze Stadt von einem bestimmten Verbrechen besessen war, war es nicht schwer, sich zu denken, worum es ging. Der Diebstahl war allerdings noch kein Beweis, dass Hanni in seiner Abwesenheit zur Wohnung zurückgekommen war. Sie hätte den Löffel auch am Samstagnachmittag nehmen und beschließen können, dass das ein ausreichendes Beweismittel wäre. Die bewegten Kleidungsstücke und der Staub bildete er sich vielleicht nur ein, und die Schale mit dem Ersatzschlüssel hatte er vielleicht selbst verschoben.

Tony ging gedanklich sämtliche Unsicherheiten durch, während er sich zu dem Schrank drehte, in dem er sein Geheimnis aufbewahrte. Er glaubte nicht, dass eine der Entschuldigungen stimmte. Und sobald er die Schranktür öffnete, wusste er, dass sie herumgeschnüffelt hatte.

Die Päckchen und Gläser waren wieder an die richtigen Stellen gestellt worden, allerdings nicht mit der Detailgenauigkeit, die er an den Tag legte. Etiketten waren leicht verdreht, anstatt exakt nach vorne ausgerichtet zu sein, wie sie es sollten. Der Abstand zwischen den Kartons und den Dosen war ungleichmäßig.

Tony räumte langsam das untere Schrankfach aus, stellte sich dabei vor, wie Hanni das Gleiche getan und versucht hatte, sich einzuprägen, wohin alles gehörte. Als er die Schachtel Frühstücksflocken herausnahm, war er kurz überrascht, dass das Foto noch da war, bis ihm klar wurde, dass Hanni alles

Mögliche war, aber keine Närrin. Sie hätte das Foto nicht weggenommen und sich damit zu erkennen gegeben, sondern sie hätte ihre Kamera mitgebracht.

Er nahm das Foto heraus und hielt es gegen das Licht. Am oberen Rand sah er einen kleinen Abdruck, wo sich vermutlich ihr Fingernagel eingedrückt hatte.

Sie weiß Bescheid. Sie und Schlüssel, zu dem sie sicher schnurstracks von hier aus gelaufen ist, werden sich schon zusammengereimt haben, was es bedeutet.

Er ließ das Foto auf dem Schrank liegen, ging zurück ins Wohnzimmer und setzte sich aufs Sofa.

Hanni wusste, was er getan hatte. Sie würde noch lang genug leben, um das zu bereuen. Tony drehte sich der Magen um. Beinahe hatte er sich ihr gegenüber wieder verletzlich gemacht. Er hatte gedacht, das hätte er im Griff. Es war ihm gelungen, Hanni als Nervensäge abzutun. Er war bereit gewesen, sich darum zu kümmern, und dann hatte sie ihn wieder eingefangen, mit ihrem Interesse am Fliegen und auch an ihm. Als sie mit großen Augen an seinen Lippen gehangen hatte, hatte ihr Interesse ehrlich gewirkt. Es hatte ihm geschmeichelt, er hatte sich davon hereinlegen lassen. Hanni würde lang genug leben, um auch das zu bereuen.

Tony verlagerte das Gewicht auf dem Sofa, und seine Haut brannte, als er erkannte, wie dicht er auf eine Katastrophe zugesteuert war. Am Samstag und später, als er im Stützpunkt in seiner Koje gelegen und über sie nachgedacht hatte, da hatte er tatsächlich in Betracht gezogen, Hanni in sein Leben hereinzulassen. Nein, das war sogar mehr als einmal der Fall gewesen.

Hanni hatte sich in seinen Kopf geschlichen. Sie war dort, als er das erste Flugzeug aus Tempelhof geflogen und sicher durch eine dichte Nebeldecke über dem Luftwaffenstützpunkt gelandet hatte. Beide Male hatte er sich ausgemalt, wie sie ihn beobachtete und bewunderte. Als er allein in Faßberg gewesen war, hatte er sich vorgestellt, wie er ihr erzählen würde, mit welcher Schnelligkeit die Wolken dichter und der Himmel dunkel geworden waren, und wie sehr die Gefahr des Absturzes seine Flugkünste auf die Probe gestellt hatte. Er hatte sich vorgestellt, wie ihre Augen leuchteten, während sie zuhörte. Nancy hatte Angst vor Flugzeugen gehabt, und dann war sie von ihnen gelangweilt gewesen, aber Hanni hatte sich anscheinend wirklich etwas daraus gemacht. Etwas daran war sehr attraktiv gewesen, und wenigstens für einen Moment hatte er gedacht, dass es das Risiko wert wäre.

Was die Berliner auch denken mochten, die Blockade ging auf das Ende zu, oder zumindest auf die Verheißung eines Endes. Die Sowjets begannen langsam zu akzeptieren, dass sie die Stadt nicht brechen konnten. Dass die zehntausend Tonnen Versorgungsgüter, die jetzt täglich eintrafen, eine Größe waren, mit der zu rechnen war, und dass die Alliierten, wenn es darum ging, dass die Berliner sich auf eine Seite stellen sollten, die klaren Gewinner waren. *Verhandlungen* war kein unmögliches Wort mehr.

Als Konsequenz auf die Gerüchte, die in den Kommandoposten der Alliierten kreisten, hatten einige Piloten angefangen, vom Leben *danach* zu sprechen. Und fern von Berlin und den dortigen Anforderungen hatte Tony angefangen, sich zu fragen, wie *danach* für ihn aussehen konnte. Er war sogar weiter gegangen als nur Vermutungen anzustellen: Er hatte etwas getan, obwohl er sich nach dem Debakel mit Nancy versprochen hatte, es nie wieder zu tun. Er hatte zugelassen, dass er sich eine Zukunft mit einem Menschen ausgemalt hatte. Er hatte sich vorgestellt, nicht mehr allein und nicht mehr wütend zu sein. Er hatte sich gefragt, ob Liebe möglich war. Und in diese Fragen, diese Hoffnung, jemanden zu finden, die seine größte Leidenschaft teilte, hatte sich Hanni eingeschlichen.

Was für ein Unsinn. Sie hat mich hereingelegt. Sie hätte mich zerstören können.

Langsam stand er wieder auf; seine Glieder waren schwer

von der Größe ihres Verrats. Hanni hatte ihm die Freude am Fliegen, die er wiederentdeckt hatte, genommen. Das war noch ein Grund mehr, sie zu hassen. Sie hatte ihm die Vorstellung, ein normales Leben führen zu können, weggenommen. Das war *noch* ein Grund. Die Liste der Gründe, Hanni zu hassen, wuchs.

Tony ging wieder in die Küche, machte sich eine große Tasse Kaffee, öffnete eine Dose Hühnersuppe und erhitzte sie.

Anstatt den Zorn seinen ganzen Körper erfassen zu lassen, was ihn zum Handeln genötigt hätte, atmete er gezielt darüber hinweg, so wie er es in Pittsburgh gelernt hatte. Es bestand kein Grund zur Eile, und es war nicht nötig, dass er derjenige war, der litt. Sein Plan hatte ihn bereits einen langen Weg hergeführt. Nun musste er zwar den Plan ändern, aber darin könnte auch Stärke liegen.

Tony aß fertig und spülte das Geschirr ab, dann nahm er das Foto erneut in die Hand. Es waren zwei Menschen – eine Tante und ein Onkel – übrig, die geehrt werden mussten, und es gab zwei Menschen, die verdient hatten zu sterben. Hanni, die ihn zum Narren gehalten, und Freddy, für den sie es getan hatte, da war er sich sicher.

Er ließ das Foto, wo es war. Dann ging er zurück ins Wohnzimmer, schenkte sich einen Bourbon ein und zündete eine Zigarette an.

Tony machte sich keine Gedanken mehr über Zielinski. Es würde keine zweite Liste mehr geben, und er würde nicht länger nach Gesichtern Ausschau halten, die seinen Lieben am stärksten glichen. Das war nicht nötig, denn es musste noch zwei Tode geben, und die würden auch ausreichen. Danach würde er nicht länger über neue Projekte in Berlin nachdenken. Er würde um Versetzung bitten, zurück nach Amerika gehen und irgendwo von vorne anfangen. Er wäre sicher in dem Wissen, dass er sein Versprechen von vor langer Zeit gehalten hatte: seine Familie zu ehren, um seine Liebe für sie zu beweisen.

Er nahm einen Schluck, genoss die Zigarette und freute sich auf das, was bevorstand.

Dass der nächste Mensch, der von seiner Hand sterben würde, Hanni war.

KAPITEL 17

16. APRIL 1949, NACHMITTAG

Frühling liegt in der Luft.

Diesen Satz hatte Hanni öfter gehört, als sie zählen konnte, aber er hatte ihr nie viel mehr bedeutet als ein fröhlicher Gruß. Dieses Ostern aber war »Frühling liegt in der Luft« zu etwas körperlich Wahrnehmbaren geworden, und sie konnte nicht anders, als ihn zu riechen. Die Bäckerei an der Ecke von ihrer Unterkunft duftete wieder nach Bäckerei, und alle Leute draußen lächelten.

Hanni war vor dem Frühstück hinausgegangen, um die Filmrollen zu kaufen, die sie noch brauchte, und sie hatte nicht vorgehabt, sich irgendwo aufzuhalten. Ihre Tage waren von der Mordermittlung erfüllt. Sie führte die Befragungen in den Opferfamilien, die Freddy mit niemandem sonst aus dem Team teilen konnte. Sie brütete über den Fotos, die sie bei den Pressekonferenzen gemacht hatte, um Gesichter zu finden, die den beiden Mitgliedern von Tonys Familie ähnelten, die noch fehlten. Sie hatte keine Zeit gehabt, außer der Arbeit irgendetwas zu bemerken, vor allem nicht die Warteschlangen, die ja fest zum täglichen Bild gehörten. Aber heute Morgen war es anders. Nicht nur, dass alle darin lächelten, sie plauderten und lachten auch miteinander. Und der Duft, der aus dem kleinen Laden strömte, als sich die Tür öffnete, war so delikat, dass selbst Hanni ihn nicht ignorieren konnte.

Sie stellte sich in die langsam voranrückende Reihe, um die herum die Kinder spielten, die mit der Nase am Schaufenster der Bäckerei klebten. Als sie endlich einen Blick auf die ausgestellten Waren erhaschte, hätte sie am liebsten das Gleiche getan. Die aufgebauten Süßigkeiten waren genauso wundervoll, wie der Duft nach Zitrone und Mandeln hatte erwarten lassen. Viele Laibe Osterbrot lagen auf den hölzernen Regalbrettern, der üppige Hefeteig war geflochten und zu einem Kranz gelegt, und sie waren mit leuchtend gelben Papierküken und pummeligen rosafarbenen Papierhäschen dekoriert. Und in der Mitte der Brote war ein Anblick, den niemand, der so lang mit Kürzungen hatte leben müssen, erwartet hätte: Ein Kreis von gebackenen Osterlämmchen, die dick mit Puderzucker bestäubt waren.

Hanni leckte sich über die Lippen, als die Erinnerung an ihren buttrigen Geschmack ihr in den Mund stieg. Beim Gedanken an solchen Luxus war sie genauso aufgeregt wie die restlichen Leute in der Schlange. Aber sie glaubte nicht, dass ihr Erscheinen das Ende der Blockade ankündigte, zumindest nicht so, wie die plaudernde Menge um sie herum es tat.

Das ist kein Zufall, auch wenn es eine viel subtilere Vorgehensweise ist als eine weitere Pressekonferenz, in der Statistiken verlesen werden.

Die extravagant ausstaffierte Bäckerei war eine Propagandaübung, da war sich Hanni sicher. Sie stellte sich die Szenen vor, und die erfreute Reaktion, die in Kreuzberg stattfand, wäre im ganzen amerikanisch kontrollierten Sektor die gleiche. »Das muss bedeuten, dass die Russen geschlagen sind«, klang es wie von einem Echo um sie herum – und zwar manchmal so laut, dass Hanni sich fragen musste, ob die Kunden dafür bezahlt wurden, das zu verkünden. Es war allerdings schwer, zynisch zu sein, wenn der randvolle Laden so viel Freude brachte.

Zehn Monate zuvor, als die Blockade angekündigt worden war, hatte es in den Straßen keine Freude gegeben. Die Leute hatten panisch reagiert. Wie die Heuschrecken waren sie über die Läden hergefallen und hatten alles aufgekauft, was sie sich irgendwie hatten leisten können. Die Bäckereien und Lebensmittelläden waren innerhalb von Stunden leergekauft. Wenige Wochen danach – als die Unterbrechung der Lieferketten anfing wehzutun und die Luftbrücke kaum begonnen hatte – spielte die Größe eines Geldbeutels keine Rolle mehr. Es war in den Läden nichts mehr übriggeblieben, was man hätte kaufen können. *Unterwerft euch den Russen oder verhungert* war nicht mehr nur eine vage Bedrohung, mit der sich am besten die Politiker befassen sollten, sondern zu einer täglichen Sorge geworden. Die Gesichter waren verkniffen, die Schultern hingen herunter, und Eltern sorgten sich um ihre Kinder.

Und doch, hier sind wir, und wir stehen immer noch aufrecht. Umgeben von Zeitungsüberschriften, die andeuten, dass die Blockade vorbei ist und die Schlacht um das Herz Berlins gewonnen.

Lebensmittelvorräte dreimal so hoch wie vor einem Jahr

Das Wunder der Fliegerei: Flugzeuge landen im Vier-Minuten-Takt in Tempelhof

Alle Rekorde gebrochen: 13.000 Tonnen Nachschub täglich!

Wenn alles andere auch eher auf Optimismus als auf der Realität basierte, so waren die letzten beiden Aussagen doch sicherlich wahr. Hanni – die es nicht nur geschafft hatte, wieder auf die Liste der akkreditierten Fotografen zu gelangen, sondern auch speziell Tony zugewiesen worden war – hatte bereits die Informationsblätter erhalten, in denen diese Erfolge dargelegt worden waren. Ob die erste Überschrift ebenso richtig war, wie die anderen fraglich, spielte auch keine Rolle. Wichtig war aber, dass alle, die in der Schlange anstanden, eine Zeitung mit guten Nachrichten in Händen hielten, und dass alle, die eine besaßen, überglücklich über die Amerikaner waren. Und diesen Erfolg würde die zweite Verheißung sicherlich in einen Triumpf verwandeln.

BERLINER, AUFGEPASST, HIER KOMMT DIE OSTERPARADE!

Kommen Sie am Samstag, den 16. April, Beginn 12 Uhr mittags, zu einem Fest für die ganze Familie in den Tiergarten ... Feiern Sie mit uns die letzten, alle Rekorde brechenden Leistungen unserer kühnen amerikanischen Piloten ... Bringen Sie Ihre Kinder zum Ostereiersuchen und Karussellfahren mit, Spaß garantiert für jedermann!

Die Osterparade, diese Bezeichnung hatte sich Colonel Walker ausgedacht, obwohl die Bezeichnung eigentlich die Flugzeug-Konvois meinte, die in die Stadt strömten, und nicht das geplante Volksfest zu Ostern. Hanni brauchte sich den Gruppen, die plaudernd vor den Postern mit den Ankündigungen standen, nicht anzuschließen. Sie war schon eingeladen worden, Tony als Star bei dem Ereignis zu fotografieren, und über die Einzelheiten informiert worden. Außerdem wollte sie das Foto auf der Einladung nicht ansehen. Es war eine ältere Aufnahme, die sie von Tony gemacht hatte. Er stand in seiner Lieblingspose frontal vor der Kamera und ließ seine Fliegermütze in die Luft fliegen. Die Verkäuferinnen hatten eines der Plakate am Fenster befestigt, und anscheinend zeigten sie und alle anderen Frauen, die daran vorbeikamen, immer wieder darauf und schwelgten in Bewunderung. Hanni hielt krampfhaft den Kopf abgewandt. Der Anblick seines lächelnden Gesichtes bereitete ihr Übelkeit.

Es war unangenehm, sich so ausgeschlossen von der Gruppe zu fühlen. Nach dem Kichern und Grinsen zu urteilen hatten die Ankündigung oder das Bild – oder beides – sicher ihren Zauber auf alle anderen ausgeübt. Wenn die Kunden der Bäckerei einen repräsentativen Querschnitt abgaben, plante offenbar ganz Kreuzberg, zu der Feier zu gehen. Hanni war davon kaum überrascht. Nach dem Gerede dieser Woche in der Wache, dass Urlaubstage gestrichen wurden – weil fast jeder Polizist in Kreuzberg und den umliegenden Ortsteilen einberufen worden war, um die Sicherheitskräfte zu verstärken – erwarteten die Amerikaner bei ihrem Fest Gästezahlen, für die sie eine ganze Parade Köche brauchten, ganz zu schweigen von Piloten.

»So offen wie es klingt, wird es nicht sein. Schaut euch an, wie sie *Ihre Kinder* und *Familie* benutzen. Es ist nicht ›für alle‹, sondern es geht um ›gute Deutsche‹, die den Amerikanern dafür danken sollen, dass sie sie ernährt haben, und um Amerikaner, die den ›guten Deutschen‹ dafür danken, dass sie es zugelassen haben. Es ist reine Schau. Die lassen niemanden rein, ohne ihn genau zu überprüfen. Und irgendwelche Sowjets dürfen da schon gar nicht hinein, obwohl sie das eigentliche Zielpublikum der Veranstaltung sind.«

Brack hatte Freddy in aller Öffentlichkeit abgekanzelt, er sei ein Zyniker, und hatte ihn aus lauter Gehässigkeit zum Chef der Sicherheit erklärt. Alle wussten, dass Freddy recht hatte. Es gab Dutzende Plätze, an denen die Amerikaner ihre Anti-Blockade-Feier hätten abhalten können, aber sie hatten sich entschieden, es im Tiergarten zu machen, mit Blick auf das Brandenburger Tor und die sowjetischen Soldaten, die in der

Gegend patrouillierten. Es war nur ein weiterer Schachzug im endlosen Propagandakrieg in der Stadt.

Hanni musste bei der Veranstaltung anwesend sein, freute sich aber nicht darauf, denn es wäre das erste Mal, dass sie Tony sähe, seit sie seine Wohnung durchsucht hatte. Das war ein äußerst beunruhigender Gedanke, auch wenn weder sie noch Freddy es eingestanden. Hanni hatte Freddy geschworen, dass es ihr nichts ausmachte, wieder enger mit Tony zusammenzuarbeiten. Freddy hatte ihr geschworen, er sei deswegen auch nicht besorgt. Beide hatten gelogen. Beide waren inzwischen fest davon überzeugt, dass Tony der Mörder war. Aber sie waren trotz aller Mühe, die sie sich gegeben hatten, und trotz der Überstunden, die sie immer noch machten, keinen Schritt näher daran, es beweisen zu können. Und das hieß, dass Freddy ihren Verdacht nirgendwo vorbringen konnte, wo die Möglichkeit bestand, dass man ihnen auch glauben würde.

Ohne auf die Flugpläne Zugriff zu haben, und wegen der vielen Termine, die er oft innerhalb eines Tages wahrnahm, hatte es sich als unmöglich erwiesen, herauszufinden, wo genau Tony jeweils an den Mordtagen gewesen war. Im forensischen Labor hatte man einen Fingerabdruck auf dem Teelöffel gefunden, aber er war zu verschmiert gewesen, um ihn zu vergleichen. Freddy war mit dem Foto, das Hanni entdeckt hatte, zum Roten Kreuz gegangen, um zu hören, ob irgendjemand die Familie darauf wiedererkannte, oder ob Fragen zu ihr gestellt worden waren. Das hatte nichts ergeben. Und sie hatten Tony nicht auf frischer Tat ertappen können. Obwohl erst zehn, nicht zwölf Häkchen auf dem Foto gesetzt worden waren, waren Mord elf und zwölf inzwischen noch immer nicht passiert.

Der Fund des Fotos war über zwei Wochen her. Der Fund der letzten erwürgten Leiche war über sechs Wochen her. Das war genau so ein Grund für die etwas gelöstere Stimmung in den Straßen wie die besser ausgestatteten Geschäfte und das wärmer werdende Wetter, das die Stromkürzungen erträglicher machte.

Die Zeitungen spekulierten inzwischen darüber, ob der Mörder aufgehört hatte oder weitergezogen war. Dass ihn die Nachbarschaftswachen weggetrieben hatten. Das Gerede in den Cafés und Pubs und in der Kreuzberger Wache ließ vermuten, dass ein großer Teil der Stadt angefangen hatte, dieser Schlussfolgerung zu glauben. Nur Freddy und Hanni dachten das nicht, und nur Hanni wollte Tony unbedingt aufhalten, bevor die nächste Mordserie begann.

»Und es wird eine geben. Es ergibt einfach keinen Sinn, dass er seine Mission stoppt, wenn er so dicht vor dem Ziel ist. Er wartet auf etwas, und es ist unsere Pflicht, zu sagen, was wir wissen, bevor er das findet, was immer er sucht, und wieder von vorne anfängt.«

»Nein, ist es nicht.«

Während die Tage, seit sie das Foto gefunden hatte, ins Land zogen, hatte Hanni fortgesetzt versucht, Freddy dazu zu bringen, mit ihrem Verdacht bezüglich Tony an Brack oder die Amerikaner heranzutreten. Aber jedes Mal, wenn sie es versuchte, lehnte Freddy ab.

»Ich will ihn aufhalten. Ich will, dass er für jedes seiner Verbrechen zahlt. Aber wir haben keine Beweise, und man wird uns nicht glauben. Er wird von den anderen beschützt werden, oder er ist gewarnt und wird verschwinden. Das will ich mir nicht aufs Gewissen laden. Deshalb musst du auf meinen Weg vertrauen. Die Osterparade ist der Schlüssel, dort wird er eine Rede halten. Er hat die Rolle des Stars bekommen. Wenn wir uns die wenigen Muster, die wir zusammentragen konnten, anschauen, ist das genau die Art von Aufmerksamkeit, die er braucht. Er wird am Samstagabend den nächsten Mord begehen, das spüre ich.«

Freddys Vorgehensweise ergab durchaus Sinn, sie löste

allerdings auch ein Dutzend Alarmglocken in Hannis Kopf aus, die sie nicht ignorieren konnte.

»Du willst das Risiko eingehen, ihn auf frischer Tat zu ertappen, oder? Du willst diese Karte erneut ausspielen, trotz all der Schwierigkeiten, in die es uns letztes Mal gebracht hat.«

»Welche Wahl habe ich denn? Wie sollen wir ihn denn sonst kriegen?«

Hanni hatte darauf keine Antwort gehabt, aber Freddys Aussage: »Ich habe meine Lektion gelernt, ich weiß, was ich tue«, hatte sie nicht im Mindesten beruhigt.

∼

Im Tiergarten lag ebenfalls Frühling in der Luft, ein Trost für alle Berliner, die seine weitläufigen Flächen mochten.

Der Krieg hatte das Herz des beliebtesten Parks der Stadt herausgerissen. Große Teile davon waren für den Gemüseanbau umgegraben und für Feuerholz abgeholzt worden. Unmittelbar nach ihrem Sieg hatten die Alliierten ihn ebenfalls geplündert. Sie hatten die Statuen von Herrschern aus längst vergangenen Zeiten und Kriegshelden abgebaut, die seit dem Jahrhundertwechsel entlang den Hauptwegen gestanden hatten, um Berlin klar zu zeigen, wer jetzt das Sagen hatte. Nicht allen Bürgern waren die Denkmale wichtig gewesen oder nicht alle hatten überhaupt gewusst, wen die Marmorstatuen darstellten, aber die Art, wie ihnen die Landesgeschichte einfach so weggenommen wurde, hatte keinem gefallen. Danach war der Park vernachlässigt worden, er wurde zur traurigen Ödnis, war kein Kleinod mehr. Nun erwachte er endlich wieder zum Leben.

Sobald der letzte Winterfrost vergangen war, hatte ein großes Wiederaufforstungsprogramm begonnen. Eine Viertelmillion junger Bäume und noch mehr ausgewachsene waren trotz der Blockade von überall aus Deutschland nach Berlin eingeflogen worden. Im April sahen die neu bepflanzten Stellen im Tiergarten zwar noch nicht wie ein Wald aus, aber sie gediehen. Es gab wieder schattige Bereiche. Es gab wieder Plätze, in die verliebte Pärchen sich zurückziehen konnten.

Oder wo Menschen mit Geheimnissen sich verstecken können.

Hanni drehte den Bäumen den Rücken zu, die einen Kreis um das Gebiet bildeten, auf dem die Feierlichkeiten der Osterparade stattfanden. Der Nachmittag brachte schon genug Herausforderungen, ohne dass sie sie noch um eingebildete erweiterte. Reiner mochte zwar ihre Träume heimsuchen. Sie hatte es nicht geschafft, die Drohung, die er ausgesprochen hatte – er werde sie weiterhin beobachten – abzuschütteln. Aber er war wohl kaum der Typ Mann, der hinter Bäumen lauerte. Und Tony stand viel zu sehr im Licht der Aufmerksamkeit, um aus dem Blick zu verschwinden – zumindest am helllichten Tag.

Obwohl hier so viel los ist, dass er es vielleicht schaffen könnte.

Die Amerikaner hatten die Teilnehmer genauso gründlich kontrolliert, wie Freddy vorausgesagt hatte. Das Festgelände war trotzdem überfüllt, und es war so viel los, dass es schwer war, jemanden im Blick zu behalten.

Hanni hatte bereits zwei Filmrollen mit Hintergrundmaterial gefüllt. Sie hatte die aufgebockten Tische mit den Menschentrauben drum herum und die bunt bemalten Karusselle fotografiert, die von Kindern umschwärmt wurden, seit die ersten paar Familien durch die Tore hereingelassen worden waren. Sie hatte die Bühne, die mit dem Sternenbanner dekoriert war, fotografiert, auf der die Siegesreden gehalten werden sollten, und die Lampions, die in den Bäumen aufgehängt worden waren und bei Sonnenuntergang angezündet werden sollten. Und unzählige Fotos der Leute. Nicht nur die Feiernden in ihrer Sonntagskleidung, sondern auch die Piloten, die genauso herausgeputzt und strahlend zur Schau gestellt wurden. So viele von ihnen liefen in ihren schneidigsten Uniformen herum, dass es wirkte, als hätte die Air Force für jedes Kind einen geschickt.

Die jungen Piloten blieben unermüdlich guter Laune. Sie hatten das Fest mit Ostereiersuche eröffnet und den Kindern bei der Suche nach Schaumzuckernaschereien und Marzipaneiern geholfen. Jetzt verteilten sie hölzerne Flugzeuge, organisierten Flugwettbewerbe und entließen die Eltern, sich Apfelsaft und Bier zu holen, um anschließend ihren Nachwuchs anzufeuern.

Hanni wusste, dass sie die Fotos, die sie von diesen lebhaften Szenen machte, an alle Zeitungen in der Stadt verkaufen konnte, einschließlich denen im Osten, in denen die Bildunterschriften sich darüber empören würden, dass die Amerikaner sich Zuneigung erkauften. Und sie wusste, dass die Fotos der ungeladenen Gäste ihr sogar noch höhere Preise einbringen würden – die sowjetischen Panzer, die um das Brandenburger Tor aufgefahren waren, und die sowjetischen Truppen, die schwerbewaffnet ihre Manöver durchführten. Nicht dass sich irgendeiner der Feiernden für sie interessierte. Sie konzentrierten sich vielmehr auf die Unterhaltung und das Essen, wozu man sie ja ständig anhielt.

Die Scharen von Köchen waren genauso beschäftigt gewesen wie die Piloten. Sie hatten offensichtlich Anweisungen von Deutschen befolgt und Zutaten verwendet, die sie auf den Schwarzmärkten zu Millionären gemacht hätten. Es standen unzählige Platten mit Käse, Würstchen und Sauerkraut bereit. Es hieß, nach den Reden gäbe es Schüsseln mit Lammeintopf, Kartoffelpüree und grünen Bohnen. Und es gab Kuchen, wie Hanni ihn seit den Familienfeiern vor dem Krieg, als sie die klebrige Süße von den Fingern leckte, nicht mehr gesehen hatte. Es gab gewickelte Nusskränze und Ostertorte aus feinstem Biskuitteig mit viel Sahne. Um die Tische standen die Bewunderer in Dreierreihen, aber Hanni konnte sich ihnen einfach nicht nähern. Der Luxus, den sie verhießen – zusammen mit der Musik des Karussells und den Zweigen mit den Lampions – erinnerte sie zu sehr an ganz andere Zeiten.

Als ich noch jung genug war, um zu glauben, mein Vater sei ein anständiger Mann, und als ich noch keine Ahnung hatte, wie die Welt wirklich funktioniert – oder wie düster sie sein könnte.

Sie ging vom Kuchentisch weg und versteckte sich hinter der Kamera, die einzig funktionierende Methode, sich auf das Jetzt zu konzentrieren und die Vergangenheit in Schach zu halten. Sie machte noch ein Foto von den Trinkenden, die an einem der aufgebockten Tische feierten, und eines von einem Kind mit Schokoladenmund. Dann machte sie den Fehler, Freddy durch die Linse zu suchen.

Er war so nervös, dass sie fast das Sirren seiner angespannten Nerven zu hören glaubte, und wie sein Plan, Tony aufzuhalten, zerfaserte. Sie hörte geradezu die Liste der Probleme, die ihm durch den Kopf gingen: *Es sind viel zu viele wimmelnde Menschen; es laufen zu viele Kinder herum; es wäre Wahnsinn, hier eine Schusswaffe einzusetzen.* Hanni wusste, dass Freddy bewaffnet hergekommen war, denn er hatte es ihr gesagt. Dabei sollte er keine Waffe tragen. Brack hatte seinen Polizisten untersagt, bei einer Veranstaltung mit so vielen Familien eine Schusswaffe zu tragen, egal, ob die Sowjets Ärger machen würden oder nicht. Hanni hatte das für einen guten Rat gehalten, Freddy nicht. Er hatte für sie eine zweite Waffe mitgebracht, die sie sich aber zu nehmen geweigert hatte.

Und wenn wirklich etwas schiefgeht, kann er seine nicht benutzen. Außerdem können wir beide allein nicht auf Tonys Spur bleiben, jedenfalls nicht, wenn es dunkel wird.

Dieser Gedanke und die Sorgenfalten auf Freddys Gesicht ließen sie eine Entscheidung treffen. Sie sah Tony, der um sich eine Gruppe Kinder versammelte und Ausschau nach ihr hielt. Er würde warten müssen. Hanni verstaute ihre Kamera und eilte zu Freddy, der neben dem Zelt mit den Getränken stand und auf dem Fest wie ein Schreckgespenst aussah.

»Wir brauchen eine bessere Strategie.« Sie wedelte mit der Hand in seine Richtung, als sein Gesicht noch angespannter wurde. »Ich will keinen Streit anfangen. Ich weiß, du willst ihn verfolgen, um zu sehen, wem er gegebenenfalls hinterhergeht, und ihn schnappen, bevor er zuschlägt. Tu das. Aber für mich musst du noch ein paar andere Dinge tun.«

Er runzelte zwar immer noch die Stirn, bedeutete ihr aber mit einem Nicken, weiterzusprechen. Hanni atmete tief ein und aus und fuhr dann sehr schnell fort, sodass Freddy ihr nicht ins Wort fallen und widersprechen konnte. Sie wusste, dass er nicht gern hören würde, was sie ihm zu sagen hatte.

»Ich will, dass du Matz alles erzählst, was wir bezüglich Tony vermuten. Nein, widersprich mir nicht, sag nichts; hör mir zuerst zu. Matz wird dir glauben – er glaubt dir immer und ist immer loyal, das weißt du. Aber noch wichtiger ist, dass er ein weiteres Paar Augen hat, und die brauchen wir dringend. Und wenn du das getan hast, will ich, dass du zu Colonel Walker gehst und ihn bittest, für Montag ein Treffen mit dir zu vereinbaren. Erfinde einen Grund; es ist egal, welchen. Wenn es heute Abend so läuft, wie du es hoffst, wirst du sowieso keinen brauchen. Wenn du diese beiden Dinge tust, werde ich nicht zu Brack gehen. Wenn du sie nicht tust, dann gehe ich doch.«

»Das würdest du nicht wagen.«

Freddys ganzer Körper war so angespannt, dass Hanni dachte, gleich werde er explodieren. Und in seinen Augen sah sie, dass er ihr Vorhaben als Verrat ansah. Trotzdem blieb sie standhaft; sie hatte keine andere Wahl.

»Doch, und egal, was du denkst, deinetwegen würde ich es machen. Es steht ein Leben auf dem Spiel, Freddy, vielleicht sogar zwei, das weißt du so gut wie ich. Vielleicht schnappst du Tony heute Abend, vielleicht kannst du ihn aufhalten. Vielleicht auch nicht. Vielleicht wird er niemanden von hier töten. Wir wissen nur sicher, dass er wieder zuschlagen wird, und das dürfen wir nicht zulassen. Nicht wenn die Möglichkeit besteht, dass er uns entwischt.«

Freddy sah sich unter der wachsenden Menschenmenge um, und auf seinem Gesicht zeichneten sich genug Zweifel ab, dass Hanni weiter auf ihn einsprach.

»Du sagtest, du hättest vom letzten Mal, als wir den Täter auf frischer Tat ertappen wollten, deine Lektion gelernt. Das glaube ich dir. Ich weiß auch, dass du nicht versuchen würdest, Tony auf die gleiche Weise zu fassen, wenn du andere Spuren hättest. Also, wenn ich dir vertrauen kann, kannst du mir dann nicht auch vertrauen? Ich will nicht zu Brack gehen, also nötige mich nicht dazu. Bitte Matz um Hilfe und verabrede ein Treffen mit Walker. Deck alles ab. Ich will dich nicht verraten, Freddy, ich schwöre, aber ich werde nicht wieder zurücktreten und zulassen, dass ein Mensch stirbt.«

Freddy antwortete nicht sofort. Er beobachtete die Frauen beim Kuchen, die kicherten und darauf bestanden, dass sie etwas so Üppiges nicht essen könnten und dann doch ein Stückchen probierten. Er beobachtete die Kinder, die mit den Spielzeugflugzeugen in der Luft um die Tische herumliefen. Hanni wusste, was er tat. Er stellte sie sich zu Hause aufgebahrt vor, mit einer dünnen braunen Linie um den Hals. Sie wartete, während er gründlich nachdachte, was auf dem Spiel stand. Als er sie endlich ansah und zustimmend, nicht frustriert, seufzte, lockerten sich ihre Schultern.

»Du hast gewonnen. Ich rede mit Matz und bitte ihn um Hilfe, und ich spreche wegen Montag mit dem Colonel. Reicht das?«

Er wartete darauf, dass sie bejahte, aber sie war noch nicht ganz fertig.

»Und wenn du Tony heute Abend nicht schnappst, aber sicher bist, dass er sich ein Opfer herausgesucht hat. Wenn du irgendeinen Anlass zu der Vermutung hast, dass er sein Opfer aufsucht, aber gar nichts dagegen tun kannst, dann gehst du sofort selbst zu Brack. Tust du das?«

Die Pause zwischen ihrer Frage und der Antwort dauerte zu lang, sodass Hanni etwas tat, das sie sehr lange nicht mehr getan hatte: Sie griff nach seiner Hand.

»Es ist deinetwegen, aber auch für die Person, die Tony sich schnappt. Du darfst keine Schuld für den Tod eines weiteren Menschen auf dich laden, Freddy, sonst zerbrichst du. Deine Seele steht auf dem Spiel.«

Als sie die Worte laut aussprach, anstatt sich in aller Stille Gedanken darüber zu machen, hörten sie sich überdramatisch an. Das Gefühl seiner Finger, die sich fest mit ihren verschränkten, war allzu innig. Hanni wollte sie lösen, aber er hielt sie auf. Sie versuchte, das, was sie gesagt hatte, zu verharmlosen. »Das war albern, entschuldige.« Aber er hinderte sie daran. Er ließ ihnen beiden keinen Augenblick, um nachzudenken. Er verschränkte seine Finger noch fester mit ihren, dann zog er sie an sich und küsste sie.

Der Kuss dauerte nicht lang, nur wenige Sekunden. Freddy versuchte nicht, ihn zu erklären. Er sagte nur: »Ich tue, was du willst, ich verspreche es.« Dann ließ er ihre Hand los und ging zu dem Tor, an dem Matz Dienst tat. Hanni ließ er an Ort und Stelle stehen wie einen der neuen Parkbäume. Ihre Lippen kribbelten und ihr Herz loderte.

KAPITEL 18

16. APRIL 1949, ABEND

Hunderte Menschen umgaben ihn, aber er wollte nur eine in seiner Nähe. Freddy bahnte sich seinen Weg durch die vollbeladenen Tische und die Paare, die angefangen hatten, unbeholfen zu tanzen, und ging zu dem Tor, wo Matz gerade die Papiere einiger spät Eintreffender überprüfte. Freddys Glieder waren so wacklig, als hätte er sich eine Grippe eingefangen. Er konnte nicht mehr aufhören zu lächeln. Sie hatten kurz vor einem neuen Krach gestanden und vor einer neuen Entfremdung, aber dann hatte Hanni seine Hand genommen. Es war die einfachste Geste, die kleinste Bewegung, hatte aber alles geändert. Er spürte die Berührung ihrer Finger noch, die Wärme ihres Kusses. Sein Mund hatte ihren nur einen Moment berührt, aber dieser Moment hatte ihn völlig eingenommen. Und jetzt musste dieser Tag endlich vorbeigehen, und alle mussten nach Hause, sodass er sie wieder für sich hätte und küssen könnte.

Ohne zu reden. Vor allem nicht über die Vergangenheit, wo alle Probleme anscheinend angefangen haben. Keiner von uns braucht solche Gespräche noch einmal.

Es war der Gedanke an Gespräche, der ihn sofort wieder

auf den Boden holte. Er wollte keine alten Missverständnisse mit Hanni aufwärmen, aber er wollte auch nicht mit Matz oder Colonel Walker sprechen. Doch das hatte er ihr versprochen – nach diesem Kuss hätte er ihr versprochen, den Mond für sie herunterzuholen –, also konnte er jetzt keinen Rückzieher machen.

Freddy lehnte sich gegen den Zaun, der um das Festgelände herum aufgestellt worden war, und wartete, bis Matz eine Familie und ein paar Gossenjungen durchgewinkt hatte, die definitiv nicht als »gute Deutsche« durchgehen würden, weil er einfach zu gutherzig war, um ihrem Bitten und Betteln zu widerstehen. Die schmalen Gesichter und dünnen Glieder der Jungen ließen erkennen, dass es lang her war, seit sie etwas Richtiges gegessen hatten. Und ihre schulterzuckende Haltung, mit der sie ausdrückten, dass es ihnen egal sei, ob Matz sie durchließe oder nicht, ließ erkennen, dass sie das niemals zugeben würden.

Es könnten Olis kleine Brüder sein, nach außen ganz großspurig, aber nichts dahinter.

Bei diesem Gedanken waren der Kuss und sein Zauber vergessen.

Freddy ließ sich so schwer gegen den Zaun sinken, dass das dünne Metall protestierend klapperte. Was er auch immer öffentlich zu dem Team sagen würde, er glaubte nicht mehr daran, dass Olis Ermordung Zufall oder die Tat eines Trittbrettfahrers war. Tony hatte Oli umgebracht, und wahrscheinlich auch den Jungen in der Heimstraße, genauso wie die zehn anderen Opfer. Zu viele Morde waren geschehen, ohne dass er sie hatte verhindern können, und wie Hanni ganz richtig gesagt hatte, konnte er keinen weiteren ertragen. Deshalb musste er seinen Stolz herunterschlucken.

»Lass es gut sein, Matz.«

Er streckte den Rücken durch, als Matz sich vom Tor und

dem Betteln eines anderen abgerissenen Jungen ohne Ausweis abwandte.

»Geht es dir gut? Du siehst nicht gut aus.«

Das war nicht so dahingesagt. In Matz' Stimme lag Mitgefühl. Freddy wusste, dass es seinen Assistenten eines Tages zu einem besseren Polizisten als ihn selbst machen würde.

Es ging ihm gar nicht gut, aber er nickte trotzdem.

»Mir geht's gut. Aber ich muss dir etwas sagen, worin ich dich wahrscheinlich schon vor Wochen hätte einweihen sollen.«

Er begann, möglichst knapp Hannis und seine Rückschlüsse über Tony auszuführen. Matz hörte schweigend zu. Dann tat er das, was Hanni vorausgesagt hatte: Er glaubte ihm.

»Ich will nicht lügen; ich habe das nicht erwartet. Aber wir sagten beide von Anfang an, dass etwas an Miller nicht echt ist. Er hat immer wie ausgedacht gewirkt, so als wolle er eine Schablone des perfekten Amerikaners ausfüllen. Und er ist eiskalt – ich mochte nie die Art, wie er Hanni anschaut, als ob er nicht entscheiden könne, ob sie für ihn nützlich sein kann oder nicht.«

Erst, als Matz diese Beobachtung erwähnte, fiel Freddy ein, dass Hanny gesagt hatte, sie sei nie sicher, ob Tony mit ihr zusammen sein wolle, oder ob sie ihm in die Quere geraten sei.

»So etwas hat Hanni auch gesagt. Und jetzt, wo ich darüber nachdenke – als er sie an dem Tag der Protestkundgebung so angeschaut hat, hatte ich das befremdliche Gefühl, er würde ihren Wert abschätzen.«

Er sah Matz an, und in seinem Kopf setzte ein Summen ein. »Was, wenn wir das alles falsch einschätzen? Was, wenn Hanni von ihm mehr Gefahr droht, als ich dachte? Vielleicht sollte ich sie suchen und ihr sagen, dass sie gar nicht hier sein sollte.«

»Na, viel Glück! Wahrscheinlich reißt sie dir den Kopf ab und sagt dir, dass sie sehr wohl selbst auf sich aufpassen kann, und ...«

Matz konnte den Gedanken nicht zu Ende führen, denn jemand rief von der anderen Seite der Bühne seinen Namen, wo anscheinend gerade ein Handgemenge entstand.

»Ich schaue besser mal nach, was da los ist. Es gab Berichte, dass die Sowjets die Baumreihe benutzen, um reinzukommen, und Ärger mit denen können wir nicht brauchen. Ich zumindest nicht, wenn ich nicht bis auf Weiteres Papierkram machen will.«

Er rief einen jüngeren Polizisten herüber, der seinen Posten übernehmen sollte, und wandte sich wieder an Freddy. »Was soll ich wegen unseres gemeinsamen Freundes unternehmen?«

Freddy sah sich um – alle waren auf etwas anderes konzentriert. Er zog die Ersatzpistole, die er mitgebracht hatte, aus seiner Innentasche und schob sie Matz in die Hand.

»Behalte ihn im Auge, wie Hanni und ich es gemacht haben. Wenn er sich vom Hauptplatz entfernt oder jemandem zu folgen scheint, dann geh ihm nach, aber gib mir vorher Zeichen. Und benutz die nicht, sonst wird dir Brack mehr als nur den Papierkram aufhalsen. Sie ist nur zum Schutz, zur Abschreckung, wenn nötig. Droh ihm, wenn du musst, aber schieß nicht. Klar?«

Matz zögerte, dann nickte er und versteckte die Waffe.

»Hoffen wir, dass die Abschreckung reicht – der Ort eignet sich nicht für Kugeln.«

Er hastete zur Bühne, wo das Handgemenge allzu schnell zu einem Streit heranwuchs, dabei hielt er die Hand flach gegen die Waffe in seiner Tasche gedrückt und wirkte ansonsten ruhig. Freddy beobachtete ihn, und ihm wurde unangenehm bewusst, dass er so mit seinen eigenen Problemen beschäftigt gewesen war, dass er Matz' Talente völlig vernachlässigt hatte.

Das bringe ich wieder in Ordnung. Ich werde ihm in mehr Fällen die Leitung überlassen, und wenn wir mit diesem hier durch sind, werde ich dafür sorgen, dass er die Anerkennung bekommt, die er verdient.

Freddy beschloss, auch auf Matz' Instinkt bezüglich Hannis Reaktion zu vertrauen, wenn er anfinge, auf sie einzuwirken, und begann, mit den Augen die Menge nach Colonel Walker zu durchsuchen. Er war sich jetzt sicherer, Tony zu schnappen als vor einer Stunde. Die erste schwierige Unterhaltung war gut gelaufen; Matz hatte so reagiert, wie er es immer tat. Freddy hatte das Gefühl, die zweite würde sehr viel schwieriger werden.

Hunderte Menschen umgaben ihn, aber er wollte nur eine in seiner Nähe.

Nein, das stimmte nicht. Er wollte zwei, aber er konnte sich nicht dem Risiko aussetzen, das es ihm brächte, wenn er beide gleichzeitig schnappte.

Tony beobachtete die Menschenmenge von der bewusst sichtbar gewählten Position neben dem Karussell aus. Er beobachtete den vollen Festplatz schon den ganzen Nachmittag. Jetzt, da langsam die Sonne unterging und die Dämmerung und das Trinken Hemmungen fallen ließen, war es kein erbauender Anblick. Die Atmosphäre der glücklichen Familie fiel in sich zusammen. Die Kinder waren übermüdet und mit Süßigkeiten überfüttert, und zu viele von ihnen schrien und sollten eigentlich längst in ihren Betten liegen. Ihre Eltern, schläfrig von zu viel Lammeintopf und zu viel Kuchen oder weil sie ihr Bier mit etwas Stärkerem aufgefüllt hatten, waren fest entschlossen, sie zu ignorieren. Mehrere Männer und eine oder zwei der Frauen waren streitsüchtig und randalierten. Hinter der Bühne hatte es mindestens einen Streit zwischen Nachbarn gegeben, die zu besoffen waren, sich gegenseitig noch zu erkennen, und alle hatten die Schuld daran den Sowjets in die Schuhe geschoben, die angeblich Ärger suchten. Es bestand die Gefahr, dass die Veranstaltung aus dem

Ruder lief, und was das Benehmen während seiner Rede anging ...

Tony war mit dem Tagesprogramm unglücklich gewesen, sobald er erkannt hatte, dass er nicht der Höhepunkt sein sollte. Er war davon ausgegangen, dass er als einziger Pilot reden sollte – schließlich war er derjenige vom Poster, und bisher hatte er die Bühne nie mit einem seiner Fliegerkameraden teilen müssen. Dieses Mal war er allerdings kaum der Star, sondern nur der Letzte in einer viel zu langen Reihe von Rednern. Als Tony an der Reihe war, hatte sich schon eine ganze Bagage glattgesichtiger Jungen in schneidigen Uniformen an die Menschenmenge gewandt, Statistiken verlesen und mit den eigenen Heldentaten geprahlt. Sie hatten mit übertriebenem Enthusiasmus darauf bestanden, sie seien »ein ganz normaler Amerikaner, aber am heutigen Tage auch ein Berliner!«, dabei aber gar nicht auf die Reaktion des Publikums geachtet. Die Behauptung war längst nahezu inhaltsleer.

Tony war zum Mikrofon gegangen und sich dabei unangenehm bewusst, dass die Deutschen, die gezwungen worden waren, während der Reden sitzen zu bleiben, bevor sie etwas essen durften, einfach müde waren, für all die Siege, für die sie dankbar sein sollten, Applaus zu klatschen. Der Empfang der Leute gab ihm recht; er wurde mit Kommentaren begrüßt, die er sich noch nie hatte anhören müssen. Jemand nannte ihn unter großem Gelächter der anderen einen »hübschen Boy«. Von der Reaktion auf die Bemerkung angestachelt fragte ein anderer, ob er nur hier sei, weil Hollywood für »den echten Montgomery Clift« zu viel Honorar verlange. Keinen interessierten seine Beschreibungen der gefährlichen Landemanöver, die er durchgestanden hatte, damit sie zu essen hatten. Keiner nannte ihn Held. Stattdessen waren Forderungen lautgeworden, den deutschen Bodenmannschaften zu danken, die nach Ansicht des Mannes, der Tonys erste Worte überbrüllte, die Landebahnen gebaut und damit die eigentliche Arbeit getan hatten. Tony hatte das anerkannt, einen Toast ausgebracht und den Applaus darauf eingesteckt. Allerdings hatte er das genauso wenig genossen wie das Rampenlicht zu teilen.

Und sie hörte nicht auf, Fotos zu machen. Nicht einmal, als sie sah, dass er erniedrigt wurde und man sich über ihn lustig machte. Sie genoss es sogar.

Mit Hanni war er auf jeden Fall fertig.

»Sie haben mir weniger gegeben als ihm. Wir bekommen alle das gleiche Geld, oder wir machen's nicht.«

Tony konzentrierte sich wieder auf seine Aufgabe. Dem Kind glaubte er nicht – er wusste, dass die drei Jungen, die seine Geldbörse anstierten, einander innerhalb eines Herzschlags verkaufen würden –, ließ aber trotzdem noch eine Münze in die gierige Hand fallen, dann sah er nochmals rasch über die Menge. Der Gesang wurde lauter, wenn auch nicht wohltönender; die provisorische Tanzfläche war voll. Es war unmöglich, ein einzelnes Gesicht zu erkennen. Er hätte das Chaos selbst nicht besser planen können.

Tony hatte gleich zu Beginn des Festtages bemerkt, dass er unter Beobachtung stand. Es konnte ihm kaum entgehen. Freddy, Hanni und der weitere Mann, den Freddy mit hineingezogen hatte – ein schlaksiger Junge, der aussah, als käme er frisch von der Schulbank und der am Eingang auf die fadenscheinigsten Trauermärchen hereingefallen war – könnten genauso gut Schilder mit der Aufschrift *Wir sehen dich* an den Köpfen tragen. Ihre Methoden waren hoffnungslos schlecht. Den größten Teil des Nachmittags und des frühen Abends hatten sie ganz offen dagestanden und ihn direkt angeschaut. Seit der Dritte dabei war, hatten sie auch begonnen, ihn einzukreisen, wahrscheinlich darauf eingestellt, ihn zuschlagen zu sehen. Es war beleidigend; sie hatten offenbar keine Ahnung, wie detailliert er seine Vorbereitungen traf. Es war auch gefährlich. Tony war klar, dass Freddy und seine kleine Bande, egal, wie durchschaubar ihre Methoden auch waren, eigenmächtig auf der Jagd waren.

Und sie kommen mir und meiner Jagd damit näher als sie sollten.

Tony hatte Freddy mit Colonel Walker sprechen sehen. Er hatte nicht hören können, was gesagt wurde, und an der gerunzelten Stirn des Colonels, als Freddy sich ihm näherte, war zu erkennen, dass er das Gespräch nicht freiwillig führte. Das war allerdings nur ein geringer Trost. Walker hörte zu, und was auch immer Freddy gewollt hatte, er nickte und stimmte zu. Das hatte Tonys Puls zum Rasen gebracht. Was er vorher gesehen hatte, hatte ihm viel besser gefallen: Freddy hatte Hanni geküsst.

Es war nur ein flüchtiger Kuss gewesen, aber er war passiert, und Hannis Gesicht hatte danach gestrahlt. Da war Tonys Puls vor Freude gerast. Es bewies, was er schon lange vermutete: dass einen von beiden zu verletzen dem jeweils anderen sehr wehtun würde.

Er wird zusammenbrechen, wenn ich sie wegnehme, und die Bedrohung mir gegenüber ist dann verschwunden.

Natürlich würde er Freddy trotzdem noch töten.

Drei Leute beobachteten also einen. Auf dem Papier sah das aus, als stünden die Chancen schlecht. Aber es drehte sich hier nicht um Rechenaufgaben auf dem Papier, und diese Statistik besorgte Tony auch nicht. Er war kein Spieler, aber ein Meister der Taschenspielertricks, und drei Menschen waren genauso gut wie einer, wenn sie in die falsche Richtung blickten.

Er gab jedem der Burschen noch eine Münze obendrein und schickte sie zurück aufs Hauptfestivalgelände. Die Straßenkinder waren erschreckend leicht manipulierbar, weil sie so dringend Essen oder Geld oder auch nur ein bisschen Aufmerksamkeit brauchten, dass sie einfach alles tun würden, ohne nachzufragen. Aber nur wenige waren so schlau wie er dachte, dass Freddys kleiner Freund Oli wohl gewesen war.

Tony ließ die verwöhnten Kinder auf dem Karussell nochmal eine Runde fahren, während die drei unsichtbaren verschwanden, um seinen Anweisungen zu folgen. Einer spazierte zu Matz, einer zu Freddy und einer zu der Prämie für diesen Abend. Tony blieb, wo er war und lächelte, bis alle Jungen an ihrem Platz waren und alle Köpfe, die in seine Richtung gewandt sein sollten, sich weggedreht hatten. Dann schlüpfte er in die Dunkelheit, in der keine Lampions aufgehängt worden waren, und tat das Einzige, was ihm noch zu tun blieb: Er wartete.

»Fräulein, Fräulein, ich kann meinen Bruder nicht finden. Meine Eltern haben gesagt, wir dürfen ein bisschen allein herumlaufen, aber ich glaube, er ist ohne mich nach Hause gegangen. Oder er ist verloren gegangen. Ich habe ihn am Karussell das letzte Mal gesehen. Können Sie mir helfen? Es wird dunkel, und ich habe Angst.«

Hanni sah den Jungen an, der plötzlich neben ihr aufgetaucht war und nicht sehr sanft an ihrem Ärmel zupfte. Seine Lippe zitterte und er war noch klein. Instinktiv wollte sie auf die Knie gehen und nach ihm greifen. Aber ein zweiter Impuls hinderte sie daran: Mit diesem Kind stimmte etwas nicht. Seine Jacke war fadenscheinig und schmuddelig und sein Gesicht ungesund blass. Das könnte einfach ein Zeichen dafür sein, dass er, wie zu viele Berliner Kinder, aus einer Familie stammte, die ein schweres Leben ertragen musste. Hanni wollte ihn deswegen nicht verurteilen, aber seine Augen, nicht der Zustand seiner Kleidung, hinderten sie daran, hinunterzugehen und ihm Trost anzubieten. In seinen Augen lag eine Kälte, die nicht zu seinem zitternden Mund passte. Er sah nicht aus wie ein Kind, das Angst vor der Dunkelheit hatte, sondern wie ein Junge, der darin aufblühen würde. Das bereitete Hanni Unbehagen und hielt sie davon ab, zu fragen: »Was kann ich tun?«

Stattdessen zog sie ihren Mantel aus seinen klammernden Fingern und sah sich nach Matz um. Er war auf einer freien Fläche in der Nähe des Haupttors, wo sie ihn leicht fand, aber auch er war hinuntergebeugt und redete mit einem Kind. Sie konnte ihn nicht auf sich aufmerksam machen.

»Können Sie mir helfen, Fräulein?«

Er bettelte mit schmeichelnder und verzweifelter Stimme, aber Hanni hörte nicht hin.

Lass dich von nichts ablenken.

Das hatte Freddy ganz deutlich betont, und jetzt gerade war Matz abgelenkt, und zwar ebenfalls von einem Kind. Hannis Instinkte sagten ihr, dass da etwas falsch lief, auch wenn ihr Verstand ihr sagte, sich nicht zu sorgen – denn Matz hatte eine Art, die auf Kinder anziehend wirkte, und das war bloßer Zufall.

Sie drehte sich in die andere Richtung, um nach Freddy zu suchen. Er stand vor der Bühne, wie die letzten paar Stunden schon, aber er hatte sich ebenfalls abgewandt und sprach mit jemanden, sie konnte dieses Mal allerdings nicht sehen, mit wem.

»Fräulein? Haben Sie mich gehört? Was soll ich bloß tun?«

Der Junge sah zu ihr auf, die Schultern angespannt, sein dünner Körper zitterte. Er sah so verzweifelt aus, dass Hanni sich endlich hinunterbeugte, so wie er es wollte. Alles andere wäre ihr unmenschlich vorgekommen. Egal, was Freddy gesagt hatte – und offensichtlich selbst nicht befolgte – es war schwer, einem so mitleiderregenden Anblick zu misstrauen.

»Entschuldige. Ja, natürlich helfe ich dir, wenn ich kann.« Jetzt, da sie auf Augenhöhe mit dem Jungen war und ihn ernstnahm, wurden seine Augen wärmer. »Sag mir, wie dein Bruder heißt, damit wir versuchen können, ihn zu finden. Und wie heißt du?«

Er antwortete klar und deutlich – seine Stimme war so laut, dass sie sogar inmitten des Gesangs und der Musik zu verstehen war. Der Name prallte regelrecht an ihr ab.

Hanni stand auf und trat einen Schritt zurück. Sie streckte die Hände aus, wie um ihn wegzudrücken, merkte aber nicht, dass sie das tat.

»Entschuldige, ich habe dich, glaube ich, nicht richtig verstanden. Wie heißt du?«

Sein kleines, schmales Gesicht war ein Abbild der Unschuld.

»Odi. Ich sagte, ich heiße Odi. Das ist die Kurzform für Odis, aber das benutzt keiner außer meiner Mutter.«

Hanni war sich sicher, dass er nicht Odi gesagt hatte, aber bevor sie sich erholen und ihm das vorwerfen konnte, schob sich eine schmale Hand in ihre.

»Bitte, Fräulein. Was, wenn er zwischen die Bäume gegangen ist und die Russen ihn sich geschnappt haben? Was, wenn sie ihn in eins ihrer Lager mitnehmen? Meine Mutter wird mir nie verzeihen.«

Er begann, in Richtung des Karussells zu laufen und zog Hanni mit. Seine Lippe zitterte wieder.

Er hat nicht Oli gesagt. Er kann nicht Oli gesagt haben.

Aber Hanni hatte Oli gehört, und der Name hatte sie aus dem Gleichgewicht geworfen. Sie vergaß, dass sie sich nicht ablenken lassen und nirgendwohin gehen sollte, nicht mal zum Karussell, ohne Freddy Bescheid zu geben. Der Gesichtsausdruck des Jungen war zu verzweifelt, um ihn zu ignorieren, und er wiederholte das Wort »Bitte« in einem jammernden Tonfall, über den sie nicht hinweghören konnte. In ihrem Kopf drehten sich Gedanken an Olis letzte Momente. Was, wenn er auf die gleiche hilflose Art »Bitte« gesagt hatte? Was, wenn er genau so um sein Leben gebettelt hatte, wie dieser Junge darum bettelte, dass sie ihm half, seinen Bruder zu retten? Wie könnte sie es ablehnen? Wie sollte sie sich vergeben, wenn ihr Zögern noch ein Kind das Leben kostete?

Sie achtete nicht mehr darauf, wohin sie ging, und stolperte. Odi zog fester.

»Hier hab ich ihn zuletzt gesehen.«

Er zeigte auf eine Reihe Bäume, die nicht weit weg von den grellbunt bemalten Pferden und schreienden Kindern standen.

»Er ist vor mir runtergesprungen, als die Fahrt zu Ende war. Ich glaube, er ist dorthin gelaufen.«

Hanni wusste, dass der aufgeforstete Bereich nicht so dicht bepflanzt war, wie er aussah. Dass die untergehende Sonne die Leerräume zwischen den Ästen mit dichter werdenden Schatten füllte. Sie wollte immer noch nicht hineingehen.

»Ich glaube, wir sollten hier warten und einen der Piloten bitten, mit uns zu gehen und bei der Suche zu helfen. Sie wären schneller als ich.«

Aber der Junge hörte nicht auf sie, und sein Griff war fest. Bevor Hanni begriff, wie schnell sie liefen, waren sie schon durch die Reihe der Bäume und unter einem Blätterdach, das überraschend dicht war. Sie stolperte, als ein Wurzelgeflecht, das viel älter war als die neueren Pflanzungen an ihren Füßen zerrte. Das Licht der Lampions und des Karussells wurde dunkler. Die Rufe der Trinkenden und Tanzenden wurden zu einem Flüstern.

»Wir sollten wirklich nicht tiefer hineingehen. Wir sollten hierbleiben und nach deinem Bruder rufen. Wie heißt er noch mal?«

Aber der Junge hatte es ihr gar nicht gesagt und tat es auch jetzt nicht.

Hanni brauchte eine Weile, bis sie begriff, dass ihre Hand leer war. Sie war allein.

Sie wirbelte herum und zuckte zusammen, als ihr ein Zweig durchs Gesicht strich. Ihr Verstand sagte ihr, dass sie kaum ein paar Meter von Hunderten Menschen entfernt war. Sie brauchte nur ein paar Schritte zu machen, und das Ganze würde sich als nicht sehr witziger Scherz oder ein Diebstahlversuch herausstellen. Bloß trug sie ihre Kameratasche immer noch über der Schulter, und ihr Geldbeutel steckte noch in ihrer Manteltasche, und der Junge, der sie hätte bestehlen sollen, war weg.

Ihr Herz fing an zu holpern. Erneut wirbelte sie herum und bemerkte, dass sie jetzt ganz durcheinander war und nicht mehr wusste, welcher Weg hinausführte und welcher tiefer in das Gehölz hinein.

Das ist nicht weiter schlimm, da die Bäume sich nicht sehr weit ausdehnen können. Egal, in welche Richtung ich gehe, ich sollte schnell genug wieder rauskommen.

Sie machte einen Schritt in die Richtung, von der sie hoffte, dass es die richtige war. Noch einen Schritt konnte sie nicht machen.

Eine Hand legte sich auf ihren Mund. Ein hartes Stück Metall wurde ihr in den Rücken gedrückt. Und eine allzu vertraute Stimme flüsterte: »Hallo.«

»Wie ist es mit Colonel Walker gelaufen?« Freddy löste sich von der Gruppe Männer, die er nicht in der Nähe der Bühne haben wollte, und zog ein Gesicht, das der Colonel nicht gern gesehen hätte.

»So gut wie erwartet. Anscheinend hatte Brack recht, und mein Ruf bei den Amerikanern, nicht vertrauenswürdig zu sein, hat sich von der Armee zur Luftwaffe ausgebreitet.« Er schüttelte den Kopf, als Matz ihn sofort verteidigen wollte. »Spielt keine Rolle. Es war mir letztes Jahr schon nicht wichtig, wie sie über mich dachten, und jetzt ist es mir auch nicht wichtig. Hauptsache, ich habe bekommen, was ich wollte – Walker hat einem Treffen am Montag zugestimmt, um die Sicherheitsmaßnahmen für heute zu besprechen. Das hatte ich ihm als Thema genannt. Das sollte Hanni zufrieden machen, und hoffentlich haben wir unseren Mann bis dahin geschnappt, und die Amerikaner müssen mir zuhören, nicht umgekehrt.« Er hielt inne und runzelte die Stirn. »Wo wir gerade von Hanni sprechen, weißt du, wo sie ist?«

Matz nickte. »Ja, sie ist drüben beim Hauptversorgungszelt und deckt den Bereich dort ab, wie besprochen.«

Dann blickte er in die Richtung, in die er deutete, und das Stirnrunzeln auf Freddys Gesicht spiegelte sich in seinem wider.

»Dort war sie jedenfalls, als ich zuletzt nachgesehen habe.«

Freddy winkte die Gruppe Besoffener weg, die nahe genug standen, um sie hören zu können.

»Wann war das? Wann genau, Matz? Nicht raten.«

»Es ist nicht lang her. Zehn Minuten, höchstens zwölf.« Er kramte in seiner Tasche, dann hörte er auf, als Freddy ihn anstarrte. »Entschuldige, die Macht der Gewohnheit. In meinem Notizbuch steht eh nichts. Ich habe versucht, es so zu machen, wie du gesagt hast, und mich nicht mehr darauf zu verlassen.« Er sah, wie Freddys Mund schmal wurde, und riss sich zusammen. »Entschuldige. Es kann nicht länger als zwölf Minuten her sein. Ich hatte gerade auf die Uhr geschaut, da ist dieses Kind gekommen, und sie war da auf jeden Fall an ihrem Platz. Was? Was ist los?«

Freddys Sinne gingen in Alarmbereitschaft, es fiel ihm schwer, nicht lauf zu rufen: »Welches Kind, Matz? Was wollte es?«

Dieses Mal zog Matz seinen Notizblock heraus, als würde sein Gedächtnis geschärft, wenn er es nur in der Hand hielt. Freddy konnte sehen, wie er die letzte Stunde rekapitulierte und sein Gehirn versuchte, die Details zu sortieren, die er sonst immer mit dem Bleistift notierte.

»Es war ein Junge, eines der Straßenkinder, die ich hereingelassen habe, weil sie so hungrig aussahen, und hier hat es doch so viel zu Essen gegeben. Er wirkte ehrlich verzweifelt ... Er sagte, sein Freund käme nicht herein, und dass nur ich das regeln könne. Ich habe versucht, ihn abzuschütteln, aber er war sehr hartnäckig. Also bin ich ihm zum Tor gefolgt, und ...«

»Dort war keiner?«

Matz nickte.

»Und dann ist der Junge auch verschwunden?«

Erneut nickte Matz und dann zuckte er zusammen, als Freddy eine Salve Flüche abfeuerte.

»Ich weiß, ich hätte nicht gehen sollen. Du hast gesagt, ich darf mich nicht ablenken lassen, und ...«

Freddy unterbrach ihn. »Wir sind reingelegt worden. Wir beide. Du warst am Tor beschäftigt, und ich war zur gleichen Zeit hinter der Bühne, weil ein anderes angeblich verzweifeltes Kind mich dorthin geschickt hatte, um einen Streit zu schlichten, der aber schon vorbei war, als ich ankam. Und dann bin ich in eine Horde Idioten geraten, die Ärger suchten. Ich schwöre, die hat jemand vorher aufgewiegelt.«

»Es könnte Zufall sein.«

Matz brach diesen Gedankengang ab, als Freddy bei dem Wort zuckte, und ihm fiel die Kinnlade herunter. »O Gott. Mal ganz abgesehen von Hanni, wo ist Tony? Siehst du ihn irgendwo?«

Freddy wurde blass. Wenn Hanni verschwunden war, hätte Tony sein nächster Gedanken sein müssen. Nein, Tonys Anwesenheit hätte er sogar als Allererstes überprüfen müssen. Oder er hätte gar nicht erst aufhören dürfen, ihn zu beobachten, so geschickt der Junge auch sein mochte.

Ich hatte recht. Er war hinter ihr her. Ich hätte meinen Instinkten vertrauen müssen, anstatt auf Matz zu hören.

Es war zwecklos, es auszusprechen. Matz war schon auf die Zehenspitzen gegangen und schaute über die Menge hinweg, und in seinem Gesicht stand der gleiche kalte Schweiß, der Freddy gerade gekommen war.

»Er hat neben dem Karussell gestanden, nachdem er von der Bühne heruntergekommen ist.«

»Da ist er nicht mehr.«

Matz schüttelte den Kopf. »Nein.«

Und dann sprach er die Fragen aus, die sich auf Übelkeit erregende Weise in Freddys Kopf drehten.

»Was, wenn Miller wusste, dass wir ihm auf der Spur sind, und er hat uns ausgetrickst? Was, wenn er die Jungen geschickt hat, und es noch einen gab, den er zu Hanni geschickt hat? Wenn sie nicht hier ist und nicht ...« Er unterbrach sich und schluckte. »Wir müssen Hanni suchen.«

»Wir müssen sie nicht nur suchen.« Freddys Gesicht war um zwanzig Jahre gealtert. »Wenn er sie hat, müssen wir sie finden, Matz. Wir müssen sie finden, solange wir es noch können.«

»Geh weiter. Schrei nicht, wenn ich die Hand wegnehme. Versuch nicht, dich zu wehren oder wegzulaufen. Ein Fehler, und ich erschieße dich.«

Er wird mich sowieso erschießen, egal, was ich mache, kam es Hanni in den Sinn, dann: *Nicht, wenn ich es nicht zulasse.*

Tony war hinter ihr, sein Gesicht und Körper für sie nicht zu sehen. Der Lauf der Waffe war in ihren Rücken gedrückt. Er hielt sie so fest, dass sich seine Schritte anfühlten wie ihre. Hanni schrie auf, als seine Hand von ihrem Mund zu ihrem Arm wanderte und ihn verdrehte.

»Ich sagte, nicht schreien.«

Er drängte sie vorwärts, tiefer in die Schatten. Jedes Mal, wenn sie auf dem verschlungen gewachsenen Unterholz den Halt verlor, riss er sie noch fester an sich.

»Es wird jemand kommen.«

Sie senkte die Stimme zu einem Flüstern und hatte Angst, selbst das könnte zu laut sein. Tony fasste ihren Arm noch fester, wurde aber nicht langsamer.

»Wer denn? Freddy? Lass ihn nur. Wenn ich muss, kümmere ich mich gleichzeitig um euch beide. Das beschleunigt die Sache.«

Freddy hatte er also auch auf dem Radar; Freddy würde er als Nächsten töten. Wenn Tony das gesagt hatte, um ihr noch mehr Angst zu machen, dann hatte die Drohung genau den gegenseitigen Effekt. Was auch passierte, Hanni würde nicht zulassen, dass Freddy starb. Das bedeutete, dass sie selbst auch nicht sterben durfte. Sie hatte Angst – nur ein Narr hätte in ihrer Lage keine Angst –, und sie war in Gefahr, aber sie war auch früher schon in einer solchen Lage gewesen und hatte überlebt. Das wusste sie. Aber Tony wusste es nicht.

»Er wird dich aufhalten. Er hat auch eine Waffe.«

Tony lachte. Sein Atem war feucht und warm an ihrem Hals. Hanni spürte seine Haut an ihrer, wo ein Mantelärmel zurückgerutscht war. Sie konnte ihn auch riechen: Kaffee, Nikotin und die Mischung aus Moschus und Zitrone seines Eau de Cologne. Er war überall um sie herum, breitete sich in ihrer Nase und ihrem Mund aus. Es war schwer, beim Einatmen gegen die Übelkeit anzukämpfen. Sie erschauderte; das konnte sie nicht unterdrücken. Tony musste noch mehr lachen.

»Was ist los, Hanni? Ich dachte, du magst es, so schön eng in meiner Nähe zu sein? Jedenfalls hast du vor der Bar diesen Eindruck erweckt. Und in der Wohnung bist du mir erst recht unter die Haut gegangen.«

Er wusste, dass sie dort gewesen war. Er musste wissen, dass sie das Foto gesehen hatte. Die Gefahr, in der sie schwebte, schwoll an.

»Du hast es herausgefunden, nicht?« Er flüsterte jetzt nur

noch. »Kluges Mädchen. Und ich nehme an, die Fotos, die du von meinem Bild gemacht hast, hast du deinem ebenfalls schlauen Freund gezeigt. Aber sonst hast du es niemandem erzählt, nicht? Drei von euch sind hinter mir her, aber nicht der Rest der Truppe oder euer Grobian von einem Chef – oder meiner. Für die anderen bin ich immer noch Tony, der Held. Ich tippe darauf, dass du deinen Verdacht für dich behalten hast, weil er dich sonst wie eine Irre dastehen ließe. Also bist du vielleicht doch nicht so schlau.«

Es war zwecklos, einen Ausbruch zu versuchen; sein Griff war viel zu fest. Es war zwecklos, immer zu wiederholen, dass sie gerettet werden würde. Es gab auch keine Gegendrohung oder ein Versprechen bevorzugter Behandlung, die sie ihm anbieten könnte.

Aber jede Minute, die ich am Leben bleibe, verschafft mir eine weitere.

Hanni leckte sich über die trockenen Lippen und beschloss, ihn zu zwingen, Farbe zu bekennen.

»Ja, du hast recht; ich habe mir alles zusammengereimt, und Freddy weiß Bescheid. Aber ich verstehe nicht, warum du mich geschnappt hast. Es waren zwölf Personen auf dem Foto, zehn Leute sind tot, und es ist nur eine Frau übrig, die du noch nicht mit einem Haken markiert hast. Ich bin nur halb so alt wie sie; ich sehe ganz anders aus. Bei all der Mühe, die du investiert hast, um die passenden Personen für die anderen Familienmitglieder – ich nehme an, darum handelt es sich? – zu finden, und die Klugheit, die du dabei gezeigt hast, wieso änderst du dann jetzt deine Vorgehensweise? Willst du die Aufgabe nicht genauso sorgfältig zu Ende bringen, wie du sie begonnen hast?«

Es war ein Spiel, ihn herauszufordern. Ihn denken zu lassen, dass sie Einblick in seine Denkweise hätte. Aber Hanni blieb nichts anderes als zu spielen, und wenn sie eines über Tony sicher wusste, dann, dass man ihn am besten einfing, wenn man ihm schmeichelte.

»Dann hast du das also verstanden? Wie wichtig es war, dass sie zusammenpassten?«

Es hatte funktioniert. Er wurde langsamer, und die Waffe wurde ihr nicht mehr so schmerzhaft in den Rücken gedrückt. Hanni zwang sich, darauf nicht zu reagieren. Er hatte noch nicht locker genug gelassen, dass sie hätte flüchten können, aber es war ein Moment des Durchatmens, mit dem sie arbeiten konnte.

»Am Anfang nicht. Anfangs konnten wir kein Muster erkennen. Wir konnten kein Profil des Mörders erstellen. Erst, als wir das Foto gesehen und mit den Opfern abgeglichen haben, erkannten wir die Ähnlichkeit. Es war verblüffend, welch große Übereinstimmung du erreicht hast. Es muss sehr viel Arbeit gekostet haben, die richtigen Gegenparts zu finden.«

»Hör auf, Hanni. Du machst dich nur zur Närrin.«

Dieses Mal berührte sein Mund ihr Ohrläppchen, und sie konnte den angewiderten Schauder nicht unterdrücken. Dieses Mal lachte Tony nicht, sondern redete weiter.

»Du solltest dich an Folgendes erinnern: Ich bin einmal auf deine Schmeichelei hereingefallen, und das wird mir nicht wieder passieren. Es ist mir egal, ob du meine Arbeit für klug, grausam oder verrückt hältst. Deine Meinung ist mir völlig egal.«

Es hatte nicht funktioniert, er fühlte sich nicht geschmeichelt. Er spielte mit ihr. Was sie auch versuchte – ob sie schrie oder bettelte oder es irgendwie schaffte, sich umzudrehen und gegen ihn zu wehren – sie würde der Falle nicht entkommen, die er für sie gebaut hatte. Hanni spürte ein Schluchzen in der Kehle aufsteigen. Sie schluckte es hinunter, aber Tony hörte es trotzdem.

»Schon besser. Ich will keine Komplimente von dir. Ich will dich weinen sehen; ich will, dass du Angst hast. Ich will, dass du den gleichen grauenvollen Tod erleidest, den meine Familie erlitten hat. Ich will, dass du weißt, dass er naht und dass er nicht friedlich sein wird. Ich werde es nicht schnell machen. Du wirst nicht von freundlichen Worten deiner Lieben umgeben sein. Dein Tod wird einsam und schmerzhaft sein, und die Menschen, die du hinterlässt, werden es wissen und ebenfalls leiden.«

Einen Moment spürte Hanni Reiners Präsenz neben sich, als ob Tony wüsste, wer sie war. Als ob er die Lager und das Gas und die Öfen an ihr riechen könnte und sie dafür zahlen lassen wollte. Beinahe hätte sie ihn gefragt, wie er ihr Geheimnis herausgefunden hatte, aber dann begriff sie, dass er das gar nicht hatte. Und wenn doch, wäre es ihm egal gewesen. Sie bedeutete Tony nicht mehr als eine Leiche, die in der Rachefantasie, die er erschaffen hatte, eine Rolle spielte. Dass er nur ihren Tod brauchte, sonst nichts. Ihre Augen füllten sich mit Tränen, aber sie blinzelte heftig, um sie nicht fließen zu lassen. Sie wollte ihm nicht auch noch die Genugtuung geben, in Selbstmitleid zu versinken. Wenn sie sterben würde, dann als sie selbst, nicht als das hilflose Opfer, als das er sie gern sehen würde.

»Wieso erschießen?«

Diese Frage hatte er nicht erwartet. Sie ließ ihn erneut langsamer werden.

»Du hast alle anderen erdrosselt, einschließlich Oli, denn das warst du auch, nicht? Also wieso willst du mich erschießen?«

Tony schob die Waffe an ihrem Rückgrat entlang höher.

Er will, dass ich weiß, warum ich sterbe.

Hanni spürte die Geschichte, die in ihm brodelte, so wie er ihre Tränen gespürt hatte. Sie wusste plötzlich, nachdem sie seine vorherigen Morde so genau verfolgt hatte, dass es zwei Stufen in den Morden gab, und dass die Erklärung als Erstes kam. Und dass es hier anders war, denn ihr lag keine Schlinge um den Hals und so hatte sie noch ihre Stimme.

»Sag mir den Grund. Wenn ich sterbe, schuldest du mir zumindest das.«

Er antwortete nicht so rasch, wie sie die Frage gestellt hatte. Die Pause war lang genug, dass Hanni dachte, sie hätte verloren; dass er verstanden hatte, dass sie ihn ablenken wollte und sich Zeit kaufte. Es fiel ihr schwer, nicht vor Erleichterung zu keuchen, als er zuletzt sprach.

»Weil du mich durchschaut hast. Deshalb darfst du nicht weiterleben.«

Anscheinend hatte er nicht bemerkt, dass sie erneut langsamer gingen.

»Aber vorher benutze ich dich noch.«

Seine Stimme war tiefer geworden, darin lag eine Geschichte, auf die er stolz war, und die er nur zu gern erzählen wollte. Hanni wusste, dass es unsicherer Boden war, aber er war nicht mehr so sehr auf ihren Todeszeitpunkt fixiert, und darin lag ein Hauch Hoffnung.

»Die Pistole, die du an deinem Rücken spürst, ist russisch; die Munition darin ist russisch. Weißt du, warum das bedeutsam ist?«

Hanni hatte keinen Schimmer, also brauchte sie sich keine Mühe zu geben, damit die Antwort ehrlich klang. »Nein, aber das wüsste ich gern.«

Tony verfiel in den Tonfall eines Geschichtenerzählers.

»Eigentlich ist es ganz einfach. Wie ich schon sagte, brauche ich dich noch – um einen Zwischenfall auszulösen, der alle Leute den Würger von Berlin vergessen macht und die Aufmerksamkeit von mir weglenkt. Wir sind fast an der Grenze zu sowjetischem Territorium. Noch ein paar Minuten, und wir sind dort. Und dort werde ich dich erschießen und liegenlassen, tödlich verwundet und verblutend. Dann laufe ich zurück und finde den Suchtrupp, der deiner Meinung nach unterwegs ist, und spiele den Helden, den sie von mir erwarten. ›Ich habe einen Schrei und Schüsse gehört.‹ Wenn ich das sage, was brauchen sie dann noch? Sie werden dorthin laufen, wo ich hinzeige, und deine Leiche wird dort auf sowjetischem Boden liegen, und mit etwas Glück wird schon ein sowjetischer Soldat neben dir knien und von deinem Blut bedeckt sein. Kannst du dir vorstellen, welches Chaos dann ausbricht?«

Als Hanni bejahte – weil sie es sich nur zu bildhaft vorstellen konnte –, hob sich bei seinem Lachen und der Aufforderung »Beschreib es mir« ihr Magen. Sie hatte keine Wahl, als zu tun, was er sagte. Sie gab sich nicht mehr die Mühe zu flüstern; er schien es nicht zu bemerken.

»Man wird den Sowjets die Schuld geben. Die Zeitungen werden voll davon sein. Eine Polizeifotografin, die von einer Veranstaltung geholt wurde, die sie für die Amerikaner fotografiert hat. Eine brutal ermordete Frau. In den Schlagzeilen werden sie Blut fordern, und 1945 mit allen Grausamkeiten, die die russische Armee Berlin angetan hat, wird in der Presse wieder aufbranden. Gott weiß, wie sehr es eskalieren kann. Vielleicht wird keine Rede mehr vom Ende der Blockade sein. Stattdessen werden sich zwei Seiten, denen ein Kampf lieber ist als ein Kompromiss, wieder gegenseitig auf die Palme bringen und alles riskieren.«

Die Freude in Tonys Stimme war genauso Übelkeit erregend wie sein Geruch. »Das war eine sehr gute Zusammenfassung meines Plans. Perfekt, findest du nicht auch?«

Er war alles andere als das; er war entsetzlich.

Hanni gab sich nicht die Mühe einer Antwort – sie ließ Tony weiterreden, während sie sich den Kopf über eine mögliche Flucht zerbrach.

»Die ganze Stadt wird entrüstet sein. Wenn sie die Bilder deines verletzten Körpers sehen und die Hassergüsse über das Tier, das dich getötet hat, lesen, wird keiner mehr an den Würger denken. Aber nur um sicher zu gehen, wird ein paar Tage später wieder eine Leiche gefunden werden. Dieses Mal im amerikanischen Sektor. Ein sowjetischer Soldat mit einer

Schlinge in der Tasche und einem Foto im Rucksack, auf dem kleine rote Häkchen gesetzt sind. Der Fall wird damit komplett abgedeckt sein. Die Sowjets werden erneut im Visier stehen, was einen interessanten Nebenschauplatz abgibt, und alle Nachbarschaftswachen der Stadt werden es sich auf die Fahnen schreiben. Wie ich schon sagte: perfekt.«

Er hielt sie so dicht an sich, dass sein Griff auf ihrer nackten Hand sich wie eine Liebkosung anfühlte. Hanni schaffte es, nicht aufzuschreien oder zusammenzuzucken, als Tony weitermachte, obwohl sie am liebsten geheult hätte.

»Du hast mich zu der Planänderung gebracht, Hanni, und darüber war ich nicht gerade froh. Aber du hast mich auch dazu gebracht, mir einen besseren auszudenken. Jetzt werde ich mit intaktem Ruf und sauberer Akte davonkommen. Was für ein Gewinn. Ich bräuchte Freddy vielleicht gar nicht zu töten, was ich aber natürlich machen werde. Vielleicht sollte ich dir dafür danken, dass ...«

Er unterbrach sich. Sein Körper spannte sich an. Er hörte es im selben Moment wie Hanni. Ein Rascheln, das von einem vorbeilaufenden Tier kommen konnte oder – bitte, lieber Gott! – von einem Schritt, der vorsichtig über eine Wurzel hinwegging oder einem Arm, der einen Zweig beiseiteschob.

Hanni hielt den Atem an und wartete auf einen Ruf oder darauf, dass Tony schösse. Dann gab es ein neues Geräusch, lauter dieses Mal, plötzlich. Ein heruntergefallener Ast oder mehrere Zweige, die mit einem Krachen brachen, das durch die stille Nachtluft hallte.

Alles geschah zu schnell, um darüber nachzudenken.

Tony fuhr bei dem Krach zusammen, stolperte und ließ ihren Arm los. Die Waffe verschwand aus ihrem Rücken. Hanni warf sich nach vorn, landete mit dem Gesicht nach unten auf dem Boden und rollte sich halb, kroch halb unter die dünne Decke aus Blättern, die sie wohl kaum bedecken konnte. Mit der Wange schrammte sie an einem Stein entlang, sie stieß sich die Schulter an einem Wurzelgewirr, aber sie bewegte sich weiter, hatte keine Ahnung, wo Tony war, und sie rechnete damit, gegen seine Füße und seine Waffe zu stoßen.

»Halt!«

Der Ruf hallte durch die Bäume. Hanni hielt inne und rollte sich zusammen, aber es war nicht Tony.

»Halt, sagte ich!«

Freddy war es auch nicht. Es war Matz. Ohne Waffe und ohne eine Spur von Tonys Arglist.

Hanni rappelte sich auf die Füße und hastete zurück in Richtung der Stimme, und sie schrie, so laut sie konnte.

»Er hat eine Waffe! Runter – er hat eine Waffe!«

Der Lärm, der auf ihren Schrei folgte, war zu laut für das Brechen eines Astes. Der Lichtblitz, der die Baumstämme silbern färbte, war zu hell, um von einem Lampion oder einem Karussell zu kommen. Hanni ließ sich auf die Knie fallen, als ein Vogelschwarm aufflog und der Wald zu erbeben schien.

»Er hat eine Waffe.«

Sie wusste nicht, ob sie es rief oder flüsterte; ihre Ohren klingelten, und ihre Worte waren gedämpft.

»Er hat eine Waffe.«

Niemand antwortete. Um sie herum war nichts als Schweigen.

»Du musst jetzt mitkommen, Liebes. Du kannst nichts mehr tun.«

Er sagte es immer wieder, mit tränenerstickter Stimme, aber Hanni konnte sich nicht rühren. Ihre Hände klebten von Blut, und ihr Kleid war ganz steif davon. Sie wusste, dass Matz tot war, denn sie hatte seine Hand gehalten, als das Leben aus seinem Körper gewichen war. Aber es zu wissen und es zu glauben war nicht das Gleiche. Und was ihre Gefühle anging …

Sie würde sich lieber ins Unterholz legen und nie wieder rühren als den Schmerz zu erleiden, der herannahte.

»Es ist meine Schuld.«

An Freddys Seufzen und seiner Bitte, »Hanni, fang nicht wieder von vorne an« wurde ihr bewusst, dass sie das bereits gesagt haben musste. Sie konnte sich nicht daran erinnern, dass sie etwas gesagt hatte. Aber sie konnte nicht mehr mit Reden aufhören.

»Ich habe alles falsch gemacht. Ich habe nicht gemacht, was du gesagt hast. Ich habe mich ablenken lassen. Dabei habe ich dem Jungen misstraut; ich wusste, dass ich ihm nicht hätte folgen dürfen, sondern dass ich dir hätte Bescheid geben müssen. Oder dass ich ...«

Sie sah auf Matz' Leiche hinunter und brachte seinen Namen nicht über die Lippen.

»Hanni, hör zu.« Freddy hatte sich neben ihr hingekniet. Er legte ihr die Hand unters Kinn und drehte ihren Kopf zu sich. Seine Augen waren eingesunken und rotgerändert. Seine Stimme brach immer wieder weg.

»Wir sind alle drei hereingelegt worden, Schatz, alle drei. Miller muss gewusst haben, dass wir hinter ihm her waren – er hat wohl erraten, dass du in der Wohnung warst. Er hat die Sache mit den Jungen angeleiert. Er hat auch einen zu mir geschickt, um mich abzulenken, und einen anderen zu Matz. Dann hat er dich geschnappt, was wahrscheinlich von Anfang an sein Plan war. Wenn irgendjemand Schuld hat, dann ich. Ich habe ihn unterschätzt. Ich habe dich wieder zu ihm gehen lassen.«

Der Schmerz und das Schuldgefühl, die von ihm ausgingen, waren so tief empfunden wie ihre. Hanni suchte nach Worten, als die Welt sich um sie herum zu drehen begann. »Der Junge, der mich angesprochen hat, sagte, er heiße Oli.«

»Großer Gott. Dafür könnte ich ihn umbringen, ganz abgesehen von allem anderen.«

Sie hatte den Kopf an Freddys Schulter gelehnt; seine Arme waren für sie wie ein Anker. »Das war auch ein Trick, oder? Um sicherzustellen, dass ich ihm folgte.« Sie spürte, dass Freddy nickte, aber er sagte nichts, bis ihr Atem sich wieder beruhigt hatte. Dann schob er sie sehr langsam von sich und sah ihr in die Augen.

»Tut mir leid, Hanni, aber das muss ich fragen. Hat Miller dir irgendetwas erzählt? Bevor ... bevor er das gemacht hat, bevor er geflüchtet ist?«

Hannis Kopf war leer, ihr Mund zu trocken, um ihre verworrenen Gedanken auszusprechen. Sie wusste, er brauchte Antworten, aber sie war zu erschöpft. Sie wollte wegkriechen, einen Baum finden, unter dem sie sich zusammenrollen konnte. Sie wollte einschlafen und in dem Wissen aufwachen, dass Matz' Tod nur ein Albtraum gewesen war, wie man sie in einem verhexten Wald und einem verworrenen Märchen hatte. Sie wollte vor der Welt davonlaufen. Nur dass es Oli und Matz und zehn andere, einst geliebte Menschen gab, die tot waren und um derentwillen sie weitermachen musste. Sie richtete sich langsam auf, traute ihrem Körper nicht ganz.

»Er hat bestätigt, was wir schon wussten, über das Foto und die Art, wie er die Menschen einander zugeordnet hat.«

Freddy hielt ihren Arm und half ihr auf die Füße. Es waren noch andere da – Hanni konnte ihre dunklen Umrisse zwischen dem Ring aus Laternen sehen, nach denen Freddy hatte schicken lassen, nachdem er sie gefunden hatte. Zwei der Gestalten hielten eine Liege, eine ein Tuch. Sie warteten darauf, Matz wegzutragen und einen neuen Tatort zu markieren. Hanni wollte sie anbrüllen, dass sie weggehen und ihn nicht anfassen sollten, aber Freddy sprach erneut mit ihr und versuchte, sie an Ort und Stelle festzuhalten.

»Und sonst nichts? Keine Familie, kein Hintergrund, nichts über seine Vergangenheit?«

Seine Stimme war sanft, aber nachdrücklich.

Hanni schüttelte den Kopf. »Nein, nichts. Er hatte einen Plan, und das war das Einzige, was ihn interessierte. Er wollte mich umbringen, und dann wollte er dich umbringen, und er wollte damit und mit allem anderen davonkommen.«

»Aber wie um Himmels willen wollte er das denn erreichen?«

Hanni erzählte ihm so knapp wie möglich die Einzelheiten, wie Tony die Sowjets hatte ins Zentrum stellen wollen, und dann war sie diejenige, die ihn hielt, als er fluchend aufstampfte.

»Er darf nicht entkommen. Das lasse ich nicht zu. Ich gehe damit zuerst zu Brack und dann zu Walker. Ich werde eine Verbrecherjagd anstoßen, wie diese Welt sie noch nicht gesehen hat.«

»Ich komme mit dir.«

Sie hörte nicht auf seine Einwände wegen der blauen Flecken, von denen sie übersät war, oder ihres Schockzustands.

»Ich lasse alles untersuchen, aber ich komme mit. Ich bin diejenige, die gehört hat, was Tony sagte. Ich schulde es Matz, alles zu berichten.«

Freddy seufzte, aber er wusste es besser, als Einwände zu erheben. Er nickte und winkte in Richtung eines der Männer, die immer noch respektvollen Abstand einhielten.

»Es ist ein Arzt da, der dich untersuchen kann. Wenn er zustimmt, kannst du kommen.«

Er legte die Hand unter ihren Ellbogen und versuchte, sie von der Leiche wegzuführen.

»Bitte, Hanni, lass sie ihre Aufgabe erledigen. Sie trauern genauso sehr wie wir.«

Diese Wahrheit stand in den schockierten Gesichtern geschrieben, die ihnen entgegenkamen. Hanni wusste, dass dieser Tod im Leben vieler Menschen einen Einschnitt bedeutete. Dieses Wissen – wie beliebt Matz gewesen war und wie sehr er vermisst würde – machte seinen Tod aber nicht besser ertragbar.

Sie ließ zu, dass Freddy ihr den Arm um die Schulter legte, und schmiegte sich an ihn. Als sie losgingen, war sie sich nicht ganz sicher, wer wen stützte. Dann blieb Freddy abrupt stehen.

»Was hast du da in der Hand? Ist es etwas, das die Forensiker sehen sollten?«

Hanni schaute nach unten. Das Objekt, das sie festhielt, war so voller Blutflecken wie sie selbst. Erst als Freddy stöhnte, erkannte sie, was es war.

»Sein Notizbuch. Es hat auf dem Boden gelegen. Es muss ihm aus dem Mantel gefallen sein, als er ...«

Sie sah auf das verformte Buch, dann auf Freddy, und dann entglitt ihr die Welt, und der brüllende Schmerz war da.

KAPITEL 19

17. APRIL 1949

»Erzählt mir alles von Anfang bis Ende. Und fangt damit an, wer ihn getötet hat.«

Bracks Stimme war ungewöhnlich ruhig. Hanni fand es furchtbar, auf welche Weise seine Ruhe den Raum beherrschte. Wenn er brüllte, konnte man ihn viel leichter ignorieren. Aber der Hauptkommissar hatte die Stimme nicht ein einziges Mal erhoben. Weder, als er von Matz' Tod erfahren hatte noch als er in der Leichenhalle angekommen war, um sich die Leiche anzusehen. Weder, als das erschöpfte Team sich am Sonntagmorgen in aller Frühe auf der Wache versammelte, noch als er Freddy und Hanni in sein Büro zitierte. Alle hatten erwartet, von ihm angebrüllt zu werden, und die Ruhe war nervenaufreibend.

Das Team taumelte, blind vor Trauer, herum. Alle waren vom Verhalten ihres Chefs verwirrt, und weder Freddy noch Hanni konnten ihnen helfen. Sie konnten keine einzige Frage beantworten – was war im Wald passiert, warum war Hanni von blauen Flecken übersät, was war mit den Gerüchten, dass der Mörder ein sowjetischer Spion gewesen sei? – bis sie die Wahrheit vor Brack ausbreiteten. Es war eine Erleichterung gewesen, als er sie beide endlich hatte rufen lassen. Dann begann Freddy zu sprechen, und es fühlte sich kein bisschen wie eine Erleichterung an.

»Es war der amerikanische Pilot, Captain Tony Miller.«

Sie warteten auf Ausrufe und Flüche. Brack sah sie mit offenstehendem Mund an. Außer einem hervorgepressten »Ihr wollt mich veräppeln« schien er unfähig zu sein, zu sprechen. Freddy war nicht viel besser – seine Eröffnung war so leblos, als hätte er sie auswendig gelernt.

»Wir haben lange gebraucht, das ganze Bild zusammenzutragen, und es fehlen noch viele Einzelheiten.«

Sein Versuch, die Ereignisse zu erklären, war nur schwer mit anzusehen oder anzuhören. Freddys Blicke verloren sich in dunklen Abgründen, seine Stimme klang roboterhaft und völlig übermüdet. Hanni wusste, dass das Letzte, was sie wollte, wäre, die Geschehnisse von Samstagabend nochmals zu erzählen. Es waren kaum zwölf Stunden vergangen, seit sie neben dem leblosen Körper von Matz gekniet hatten. Sie waren beide noch von der Trauer überwältigt und unfähig, zu begreifen, dass jemand, der so voller Leben war, so plötzlich gegangen sein konnte. Sie brauchten Zeit zu trauern, nicht ein Begräbnis, bei dessen Vorstellung sie schon den Gedanken nicht ertrugen. Nicht durch Stille oder Tränen, sondern, indem sie hinaus auf die Straßen gingen und nach Tony suchten. Und das würde Brack sie nicht tun lassen, ehe er den ganzen Fall vor sich hatte.

Hanni beugte sich vor, sah Brack in die Augen und bemühte sich, nicht zu zucken, als stechender Schmerz sie durchlief. Jeder einzelne Zentimeter ihres Körpers fühlte sich zerschlagen an. Ihre Arme und Beine waren von blauen und violetten Blüten bedeckt, und ein feines Netz roter Kratzer überzog sie. Sie schob ihre zerkratzten Hände unter die Knie, als Brack darauf starrte. Freddy durch das Martyrium zu helfen war das Mindeste, was sie tun konnte.

»Ich war auch an der ganzen Sache beteiligt, Herr Hauptkommissar. Vielleicht kann ich einen Teil der Geschehnisse erklären?«

Bracks Blick war vernichtend. »Ich bin sicher, Sie könnten alles *erklären*, Fräulein Winter. Ich bin mir sicher, Sie könnten ein besseres Licht auf das Debakel werfen. Aber ich will es vom Oberkommissar hören, ohne dass Sie seine Handlungsweise in anderem Licht zeichnen, wie Sie es vergangenes Jahr so geschickt taten. Sie sind nur hier, damit Sie dort draußen nicht reden können, also lehnen Sie sich zurück und seien Sie still.«

Seine Verachtung war erniedrigend, aber Freddy fing an zu reden, bevor sie Einwände erheben oder sich verteidigen konnte. Er konnte schneller sprechen, obwohl seine Stimme weiterhin leer klang. Er führte Brack so kurz und prägnant wie möglich durch jeden Schritt ihrer Ermittlungsversuche, von dem ersten Verdacht bis zu Hannis Entdeckung des Fotos. Und er schaffte es besser als Hanni, nicht zu stolpern, als Brack knurrte und schnaubte. Es war nicht leicht auszuhalten, denn die Momente zu ignorieren, wenn Brack kurz vorm Explodieren stand, war unmöglich.

Freddy endete mit der Szene im Tiergarten, als Matz tot war und Tony verschwunden. Als die amerikanischen Offiziere bei Freddys Erscheinen zwischen den Bäumen alle verschwunden waren. Für den Fall, dass die Schwierigkeiten, die sich, wie sie wussten, anbahnten, von den Sowjets angefangen worden waren.

»Ich habe zu dem Zeitpunkt keine Fahndung angeordnet. Unsere Männer waren durch den Zwischenfall entsetzt, und wir brauchen dafür ein Maß an Kooperation der Amerikaner, das ich gestern Abend nicht einfordern konnte, das war mir klar. Miller ist geflohen, da bin ich mir ziemlich sicher, aber die Stadt ist blockiert, und er kann nicht weit gekommen sein. Ich hielt es für besser, Sie einzuweihen und die Suche nach ihm heute zu beginnen, nicht gestern Abend aufs Geratewohl.«

Bei *Ich hielt es für besser* fluchte Brack. Als Freddy schließlich aufhörte, sah Brack eine gefühlte Ewigkeit über ihre Köpfe hinweg, dann stellte er endlich die Frage, die Hanni gefürchtet hatte. Die Drohung in »Dann verratet mir jetzt, warum ich so sehr im Dunkeln gelassen wurde« breitete sich wie Schimmel im Raum aus.

»Weil ich dachte, dass Sie mir nicht glauben, weil jeder in Berlin Miller als Helden betrachtet. Ich habe selbst lang genug gebraucht, bis ich akzeptierte, dass er der Würger sein könnte, und bis gestern Abend waren unsere Beweise, dass er gefährlich war, bestenfalls dünn.

Es war eine mutige Antwort, aber sie nützte Freddy nichts. Bracks Schultern waren so angespannt, dass die Sehnen an seinem Hals sich wie Peitschenstränge abzeichneten.

»Aber Matz Laube haben Sie es gesagt, oder? Und er hat Ihnen wohl geglaubt. Und dann hat er Befehle von Ihnen befolgt, die von mir nicht abgesegnet waren. Und für seine Mühe wurde er getötet.«

Jedes »und« fühlte sich wie ein Hammerschlag an. Freddys Gesicht wurde angespannt. Es war das einzige äußere Zeichen für das Leid, das ihn erfüllte, und das Hanni kannte.

»Die Verantwortung dafür nehme ich auf mich. Ich dachte, ich hätte die Lage im Tiergarten unter Kontrolle. Ich dachte, ich könnte den Captain fassen. Das war ein Fehlurteil.«

Der Ekel, der sich auf Bracks Zügen ausbreitete, war beunruhigend. Hanni wusste nicht, wie Freddy unter dieser Bedrohung bestehen konnte, ohne zurückzuzucken.

»Aber Sie haben ihn nicht gefasst, oder? Wenn die Geschichte, die Sie mir hier vorgebracht haben, stimmt, dann haben Sie tatsächlich einen Mann entkommen lassen, der sehr gefährlich ist. Das war eine katastrophale Entscheidung, Schlüssel. An diesem Plan, Miller bei dem Fest zu schnappen, war nichts zu Ende gedacht oder unter Kontrolle. Ist es nicht vielmehr so, dass es bei dieser ganzen Unternehmung nur um Ihr Ego gegangen ist? Und jetzt hat uns dieses Ego einen unserer vielversprechendsten Polizisten gekostet. Das war nicht gerade ein gelungenes Tagwerk, oder? Und was schlagen Sie jetzt vor? Wollen Sie den Amerikanern dieselbe Geschichte auftischen und erwarten, dass sie Ihnen zu Hilfe eilen? Oder wollen Sie allein durch ganz Berlin laufen, mit der Waffe wedeln und mir mit noch mehr *Fehlurteilen* aufwarten?«

Es war eine ungerechte und unfreundliche Ansprache. Man musste Freddy zugutehalten, dass er – beruhigenderweise für Hanni – völlig ruhig blieb, sogar, als Brack auf Freddys Erwiderung nochmals schnaubte und fluchte.

»Nein. Und ja, jetzt, da Sie im Bilde sind, habe ich vor, Millers direktem Vorgesetzten, Colonel Walker, unseren ganzen Verdacht, was Miller getan hat, vorzutragen, einschließlich der Ermordung eines deutschen Polizisten gestern Abend. Ich will ihn um Hilfe bei der Fahndung bitten. Und dafür hoffe ich auf Ihre Rückendeckung.«

»So, tun Sie das?« Brack schüttelte auf seine behäbige Art den Kopf, von der Hanni wusste, dass er Freddy herabsetzen wollte.

»Sie wissen aber doch, dass sie nicht auf Sie hören werden? Dass sie Ihnen das Wort abschneiden werden, sobald Sie Ihre Anschuldigungen vorbringen. Dann werden sie um ihren Mann die Reihen schließen, und wir werden für niemanden Gerechtigkeit erreichen. Das wiederum wird einen öffentlichen Skandal auslösen, und dabei werden Sie Ihre Polizeimarke verlieren. Ich meine nicht. Also nein, ich gebe Ihnen weder Rückendeckung noch sonst irgendetwas.«

Er lässt ihn hängen. Das ist nicht in Ordnung.

Hanni öffnete den Mund, um zu protestieren, aber Freddy reagierte als Erster.

»Das tut mir leid zu hören. Wahrscheinlich haben Sie recht. Ich bezweifle, dass sie es hören oder helfen wollen. Aber im Grunde ist es mir egal. Wenn sie mich abweisen, gehe ich eben wieder hin. Und das werde ich immer wieder tun, bis ich sie dazu bringe, mich ernst zu nehmen und zu kooperieren. Ein bisschen persönliche Erniedrigung in Kauf zu nehmen, ist für Matz' Andenken nicht zu viel verlangt.«

Der Ausdruck kalter Wut in Freddys Stimme ließ Bracks Gesicht dunkelrot anlaufen. »Für wen zur Hölle halten Sie ...«

Freddy gab ihm keine Gelegenheit, den Satz zu beenden. »Noch etwas, Herr Hauptkommissar. Sie müssen wissen, ich gehe nicht mit leeren Händen zu den Amerikanern – ich biete ihnen im Gegenzug etwas an. Sie haben, wie Sie sicherlich sehr genau wissen, ernsthafte Probleme mit Tempelhof. Die Unterwanderung durch Banden ist außer Kontrolle. Sie zweigen von allen Lieferungen, die eingeflogen werden, etwas ab und leiten die gestohlene Ware auf die Schwarzmärkte um. Darunter leidet der Ruf der Luftwaffe. Das ist für sie eine schlechte Situation. Es könnte zu einem Revierkampf zwischen den Banden führen, die unbedingt ebenfalls mitmischen wollen, und das wäre für die ganze Stadt schlecht. Aber ich habe eine Idee, mit der wir die Piraterie und die damit zusammenhängenden Probleme unter Kontrolle bekommen können.«

Das Gleichgewicht im Raum hatte sich beim Wort *Bande* verlagert, bei der kleinen Pause, die Freddy machte, bevor er es aussprach. Hanni war die Pause arg theatralisch vorgekommen, aber sie hatte bei Brack genauso einen starken Effekt, als wäre er aufgesprungen und hätte eine Schusswaffe gezogen. Der Hauptkommissar schoss vor. Er verengte die Augen und baute sich vor Freddy auf.

»Sich in die Sachen einmischen, die auf dem Flughafen vor sich gehen, das sollten Sie auf keinen Fall tun, Schlüssel. Das kann ich Ihnen nicht empfehlen.«

Freddy zuckte die Achseln. Es war nur eine winzige Bewegung, aber die Botschaft dahinter hallte laut wider. Erneut verlagerte sich das Gleichgewicht, und Brack hatte plötzlich keine Macht mehr.

»Warum? Was ist daran falsch? Ich schlage vor, den Amerikanern Schutz vor der Bandenkriminalität anzubieten, die ihre Operationen unterminiert hat. Im Gegenzug will ich nichts als den Mord an Matz zu rächen und den Mann zu fangen, der diese Stadt monatelang in Angst und Schrecken versetzt hat. Was ist daran falsch? Sicherlich würde niemand die Banden- oder persönliche Interessen über die Verbesserung der Sicherheit Berlins oder über die Verurteilung eines Mörders stellen?«

»Großer Gott, was für ein aufgeblasener Narr Sie doch sind.« Der bellende und lärmende Brack war wieder zurück. »Die Amerikaner werden Ihnen niemals trauen, nicht noch einmal, ganz gleich, was Sie ihnen anbieten. Und wenn Sie anfangen, sich in Bandenangelegenheiten einzumischen, machen Sie sich Feinde, die Sie noch schneller zerstören als das Entkommen des Würgers.« Plötzlich lachte er, aber es war ein freudloses, hasserfülltes Geräusch. »Gut. Wenn ich Sie endlich loswerde, gut. Gehen Sie zu Walker, Sie haben meinen Segen. Versuchen Sie, Freundschaften zu schließen, wo Sie keine haben. Das ist Ihr Chaos, Schlüssel, Ihr Begräbnis.«

Freddy erhob sich und nickte Hanni zu, ihm zu folgen. Als er zur Tür griff, drehte er sich um, bevor er sie hindurchführte.

»Es gibt wirklich Chaos, Hauptkommissar, aber es ist nicht meines. Ich bin nicht derjenige, der in die andere Richtung schaut und sich die Taschen füllt. Ich habe saubere Hände in der ganzen Angelegenheit. Alle Korruption, all der Filz, alles, was aus den Polizeikräften entfernt und mit Männern wie Matz Laube ersetzt werden muss, all das hat mit Männern wie Ihnen zu tun. Uns steht Matz' Beerdigung bevor. Das ist herzzerreißend. Aber wenn es in der Welt Gerechtigkeit gibt, dann auch für Sie. Ich beerdige meinen Freund und danach beerdige ich Ihre Karriere. Und das wird kein bisschen herzzerreißend sein.«

Freddy blieb aufrecht, bis er Bracks Büro verlassen hatte und in einen Flur kam, in dem niemand außer Hanni sehen konnte, wie ihn der Kampfgeist verließ. Er brach zusammen. Sie fing ihn auf. Sie standen Arm in Arm und klammerten sich aneinander, schoben die Köpfe dicht zusammen, bis Freddys Atem wieder ruhiger wurde und Hanni sich wieder genug im Griff hatte, um sprechen zu können.

»Worum ging es da gerade? Wieso willst du dir Brack noch mehr zum Feind machen? Und womit willst du Walker überzeugen, Tony fassen zu helfen, anstatt alles unter den Teppich zu kehren?«

Er strich ihr mit den Lippen übers Haar, als er sich wieder aufrichtete. »Eine Spielkarte, die vielleicht gar nichts wert ist. Du hast recht – ich will mir Brack nicht noch mehr zum Feind machen, aber welche Wahl habe ich? Er war nie bereit, mit uns an einem Strang zu ziehen. Und ich bezweifle nicht, dass die Amerikaner so handeln werden, wie du sagtest, und versuchen, den ganzen Fall unter den Teppich zu kehren. Wenn sie das machen, wird Brack sich auf ihre Seite stellen, um in Zukunft ihre Unterstützung zu bekommen, wenn er eine Beförderung oder ein politisches Amt anstrebt. Aber tatsächlich nimmt er Schmiergeld von den Banden an, das meinte ich vorhin. Nur ein Wort an den Polizeipräsidenten, und er ist erledigt – für die Polizei, in der Politik, einfach überall. Und da er jetzt weiß, dass ich ihm auf der Spur bin und ihn vernichten kann, wird er sicher nicht mehr wagen, sich mir in den Weg zu stellen. Was Walker angeht ...« Freddy rieb sich über die Augen. »Ich weiß nicht, ob er zuhören oder uns helfen wird, aber ich muss versuchen, ihn irgendwie für mich zu gewinnen.«

Es war zu erkennen, wie erschöpft er war und dass er nicht mehr genau wusste, was er sagen wollte. Hanni hob die Hand, strich ihm das Haar aus den Augen und legte die Hand an seine Wange. Sein Kopf schwankte, als könnte er im Stehen einschlafen.

»Das ergibt keinen Sinn, Freddy. Was ist das für eine Spielkarte? Wie willst du Walker für dich gewinnen?«

»Durch eine Schuld, die ich noch begleichen muss, eine Verpflichtung, die ich vielleicht nicht wieder einfordern sollte.

Es geht um Elias, Hanni. Ich glaube, dass er das in Ordnung bringen könnte. Und du musst mit mir kommen, wenn ich ihn treffe. Ich bin nach dieser Nacht nicht stabil genug, allein hinzugehen.«

Elias.

Hanni wusste nicht, was sie sagen sollte. Sie hatte nicht gewusst, dass Freddy ihn gefunden und wohin das geführt hatte, und sie wusste nicht, ob sie bereit war, Elias gegenüberzutreten – geschweige denn, der Vergangenheit, die er und Freddy teilten. Davon sagte sie jedoch nichts. Zu sagen, dass sie nicht käme, oder ihrer Verwirrung Ausdruck zu verleihen, würde Freddy jetzt nicht helfen. Sie nickte. Ihre Belohnung war die Erleichterung, die sofort über sein Gesicht glitt.

»Und wenn wir das geschafft haben, Hanni, dann müssen wir ...«

»Nein.«

Jetzt fand sie das Wort, das sie instinktiv wenige Sekunden zuvor hatte sagen wollen.

»Nein.« Sie schüttelte den Kopf. »Nicht reden, Freddy. Sag nicht ›reden‹. Was wir machen müssen, wenn das vorbei ist, ist etwas, das zu viele Menschen nicht mehr können. Wir müssen nur leben.«

Türen öffneten und schlossen sich, Schritte kamen näher. Sie streckte sich und berührte mit den Lippen seinen Mund, dann ließ sie seine Hände fallen und folgte ihm zum Treppenhaus, über das sie aus der Wache gelangten.

Wir müssen nur leben.

Das waren kühne Worte. Ihr Herz sehnte sich danach; und in seinen Augen las sie, dass er sich auch danach sehnte. Wenn sie sich weigerte, in der Vergangenheit verhaftet zu bleiben und hinzufügte *Und wir können leben, weil Reiner weg ist*, könnten die Worte fast echt klingen.

Aber die Vergangenheit hatte einen langen Atem.

Hanni saß im Fond eines unmarkierten Polizeiwagens, der sie durch die grauen Straßen von Mitte fuhr, und musste sich Mühe geben, sich an das Jahr zu erinnern, in dem sie sich befand. Der Anblick so vieler sowjetischer Truppen, die in Reihen marschierten oder an Ecken standen, war ein Schock. Sie musste dagegen ankämpfen, vom Fenster zurückzuschrecken, als das Auto langsamer wurde und sie hereinschauten. Sie kämpfte, um nicht von den Erinnerungen an zerbrechendes Glas und die Schreie der Frauen übermannt zu werden, die aus Dachböden und schlechter gesicherten Kellern als ihrem gezerrt wurden. Es war schwer, nicht wieder unter die Bäume im Tiergarten zu treten und Tonys Atem an ihrem Hals zu spüren, als er ihr seinen Plan, sie zu töten und es einem sowjetischen Soldaten anzulasten, erläutert hatte. Und zu wissen, wie leicht dieser Plan hätte aufgehen können. Sie konnte nicht anders, als Gefahr zu sehen. Als sie an der Kneipe ankamen, an der laut Freddy Elias Hof hielt, hörten sich die Worte *Wir müssen nur leben* wie das naive, unsinnige Geplapper eines Kindes an.

»Sie werden sich alle so benehmen, als würden sie uns gleich verletzen, tun sie aber nicht. Dich zumindest nicht. Ich habe noch einiges gutzumachen.«

Freddys gewollt lockerer Tonfall, als er sie die kurze Treppe hinunter in einen Raum führte, in dem es kein Tageslicht gab, war nicht sehr beruhigend. Das leise Gemurmel, das durch das Lokal lief, als er sie zu einem Tisch im Hintergrund führte, hörte sich nicht nach einem Willkommen an. Die von mehr als einem der narbengesichtigen Trinker gemurmelten Worte »Du hast vielleicht Nerven, wieder hier aufzukreuzen«, auch nicht. Freddy zischte ihr zu, die Bemerkungen zu ignorieren.

»Ich bin nicht hier, um Ärger zu machen, und es tut mir leid, wie es beim letzten Mal gelaufen ist.«

Elias stand nicht auf. Er nahm Freddys entgegengestreckte Hand nicht an. Aber er gab immerhin den finster dreinblickenden Burschen, die sofort hinter ihm erschienen waren, Zeichen zurückzutreten. Das beruhigte Hannis Puls etwas.

»Hast du sie mitgebracht, um Frieden zu wahren?«

Elias ließ den Blick über Hanni wandern. Ihren schwachen Versuch zu lächeln erwiderte er nicht.

»Wird das denn nötig sein?«

Zwischen den beiden Männern breitete sich Schweigen aus. Hanni spürte, dass es viele Ebenen hatte, und sie konnte es nicht interpretieren. Sie sah, wie sie einander maßen, wie stark die Verbindung zwischen ihnen beiden noch war. Dann streckte Elias endlich die Hand aus, sagte: »Setzt euch«, und Freddys Gesicht entspannte sich.

Plötzlich erschienen Getränke, saubere Gläser und ein bequemerer Stuhl für Hanni als der Hocker, auf den sie sich gerade hatte setzen wollen. Als alles getan war, wandte Elias ihr seine Aufmerksamkeit zu. Sein Blick war zu direkt, um angenehm zu sein.

»Sie sind Fotografin, richtig? Freddy sagt, Sie machen großartige Arbeit. Und wurde Ihnen vom Krieg auch die Familie entrissen, wie uns?«

Sie wusste, dass das ein Test war, und wusste nicht, wie sie antworten sollte, außer einem gestotterten: »Ja, aber nicht auf die gleiche Weise.«

»Lass sie, Elias. Sie ist verschlossen über ihre Vergangenheit, und wir haben doch alle genug durchgemacht, um das zu respektieren. Und auch wenn ich dir Hanni gern vorstelle, ist das doch nicht der Grund, warum ich hier bin. Ich brauche wieder deine Hilfe, aber dieses Mal biete ich dir im Gegenzug etwas an.«

Freddy fasste die Wahrheit über Tony für Elias zusammen, der kommentarlos zuhörte, bis auf »Und dein Junge Oli geht auf sein Konto?« Freddy antwortete mit einem Nicken und einer Entschuldigung, die Elias mit einer Handbewegung nach drei Worten unterbrach.

»Deshalb bin ich wieder zu dir gekommen: Miller darf mit Olis Tod oder einem der anderen nicht davonkommen. Wir müssen ihn schnappen, und wenn er sich versteckt hat – wie ich vermute –, dann brauche ich Leute, die die Straßen besser als jeder Polizist durchkämmen können.«

Nachdem Freddy erklärt hatte, was er brauchte, wandte sich Elias dem Kreis der Aufpasser um ihn herum zu. Sie antworteten wie mit einer Stimme, als er fragte: »Könnt ihr das machen?« Dann drehte er sich wieder zu Freddy um, und seine Frage war genauso knapp: »Was bekomme ich im Gegenzug?«

»Die Kontrolle über die Sicherheit der Warenlieferungskette in Tempelhof.« Zum ersten Mal, seit Freddy und Hanni die Bar betreten hatten, legte sich die Feindseligkeit, mit der man ihnen begegnet war, etwas.

Hanni hörte zu, während die beiden Männer hin und her verhandelten. Keiner gab nach, beide legten ihren Fall auf die gleiche, knappe Weise dar. Obwohl es sie aufwühlte, war es nicht schwer, sie sich in Buchenwald vorzustellen, wie sie sich gegenseitig die Gefallen taten, die ihnen einen weiteren Tag das Überleben sicherten, und wie dabei jede Entscheidung und jeder Moment zählte. Zwischen Hannis und ihrem Leben hatte ein Abgrund gelegen. Die ganze Zeit beobachtete Elias sie. Er sagte aber nichts, bis Freddy sich entschuldigte und zur Toilette ging.

»Wie verschlossen ist verschlossen?«

Hanni nahm ihr Glas und trank einen Schluck Wein, der herber war, als sie es gewohnt war. Was sie auch sagen würde, sie würde sich auf ein Mienenfeld begeben. Sie konnte nur auf Zeit spielen.

»Was hat Freddy gesagt?«

Elias zuckte die Achseln. »Dass es jemanden in Ihrer Vergangenheit gibt, der Sie trennt. Das macht mir Sorgen. Dass er Sie liebt, was mir angesichts seiner Verletzlichkeit unterhalb seiner überaus tüchtigen Oberfläche noch mehr Sorgen macht. Ich handle mit Geheimnissen, Fräulein Winter, aber ich mag sie nicht, und mag Menschen nicht, die sie haben. Vor allem, wenn sie sie gut verbergen.«

»Was ist los?«

Freddy war wieder da und sah von einem zum anderen. Hanni konnte ihn nicht anschauen, nicht nach Elias' Worten über Liebe.

Elias lächelte als Erster.

»Nichts. Allerdings glaube ich, dass ich dem jungen Fräulein wohl mehr über deine Gefühle verraten habe als du selbst anscheinend.«

Freddys Protest und Elias' gespielte Selbstverteidigung bescherten dem Treffen ein viel wärmeres Ende als der Anfang es gewesen war. Elias führte sie selbst zur Tür, und dann – als Freddy hinaushuschte, um sicherzustellen, dass das Auto bereitstand – griff er nach Hannis Ellbogen.

»Tun Sie ihm nicht weh. Sie haben eine Schwere um sich herum, die mir nicht gefällt, die mich besorgt. Er ist für mich Familie, und ich bin für ihn Familie – vergessen Sie das nicht.«

Er schüttelte den Kopf, als Hanni nervös verneinen wollte.

»Ich will Ihre Geschichte nicht hören, das steht ihm zu. Ob Sie sie ihm erzählen, müssen Sie mit Ihrem Gewissen ausmachen.«

Er beugte sich näher zu ihr, als Freddy oben auf der Treppe erschien und sie hinauf winkte.

»Ich drohe Ihnen nicht. Wie ich schon sagte, ich handle mit Geheimnissen, aber nicht mit Drohungen. Ich hoffe nur, dass Sie das Richtige tun gegenüber einem Mann, der für mich, im Guten wie im Schlechten, wie ein Bruder ist.«

Er ließ die Hand fallen. Blinzelnd ging Hanni ins Tageslicht zurück, das durch die Stunde, die sie in der Kellerbar verbracht hatte, viel schärfer wirkte.

»Was hat er über uns zu dir gesagt?«

Freddy sah plötzlich zu jung und zu hoffnungsvoll aus, um die Frage zu stellen. Hanni hatte nicht mehr die Kraft, ehrlich zu antworten.

»Es war nichts, nur Scherze. Vom großen Bruder.«

Das gefiel ihm – er strahlte. Er begann, die Abmachung mit Elias nochmals durchzusprechen, und wie er Walker das Ganze im Gegenzug für seine Kooperation verkaufen würde.

»Wir kriegen Miller, Hanni. Wir werden beweisen, wie gefährlich er ist, und ihn demaskieren. Tony Miller oder als wer auch immer er sich entpuppen wird, wird mit seinen Taten nicht davonkommen. Niemand kann seine Geheimnisse oder Verbrechen für immer verbergen.«

Hanni nickte und stimmte ihm zu, aber sie sah nur noch Elias, der sie anschaute, als wäre sie die Gefährliche, und sie konnte nur noch denken: *Wieso glaube ich dann, dass ich es kann?*

»Sie haben Ihren Termin verschoben, Herr Kommissar.«

Colonel Walker betrachtete Hannis violett verfärbte Wange und das Muster der Kratzer, das sichtbar wurde, als sie die Handschuhe auszog. »Und sorgen Sie sich noch immer um dasselbe Problem bezüglich der Sicherheit?«

Freddy setzte sich. Hanni kannte seine Verhaltensmuster in solchen Situationen inzwischen gut genug, um zu wissen, dass er sich Zeit lassen und die Gesprächsführung übernehmen würde – und dass sie seine Langsamkeit zur Weißglut bringen würde.

»Eigentlich nicht. Es geht zwar um Sicherheit, ja, allerdings nicht in Bezug auf die Sowjets, wie ich am Samstag andeutete, trotz allem, was Sie glauben, über die Vorfälle im Tiergarten an jenem Tag zu wissen. Tatsächlich wollte ich mit Ihnen über Tempelhof sprechen.«

»Tempelhof? Was hat das mit mir zu tun? Oder mit Ihnen? Ich habe zu viel Arbeit, um Zeit zu verschwenden, Herr Kommissar, und ich stehe Ihnen hier nicht als Verbindungsoffizier für andere Abteilungen zur Verfügung.«

Der Colonel war offenkundig bereit, das Treffen zu beenden. Freddy würde ihm keine Gelegenheit dazu geben.

»Ich bin nicht hier, um Ihre Zeit zu verschwenden, Sir. Außerdem ist mir bewusst, dass der Flughafen nicht zu Ihrem Befehlsbereich gehört. Aber Tempelhof ist jedermanns Problem, und ich glaube, dass wir uns gegenseitig helfen könnten, wenn Sie mich nur anhören würden. Berlin hat sich im Lauf des vergangenen Jahres zu einem Pfandleihhaus entwickelt. Jeder mit den richtigen – oder vielleicht sollte ich sagen, falschen – Beziehungen kann hier, mit den Worten Ihrer Zeitungen, den ›schnellen Dollar‹ machen. Und Tempelhof als direkter Zulieferer zum Schwarzmarkt ist das Zentrum des Problems. Das ist für die Stadt keine gute Situation. Und für die Air Force dürfte es ein Albtraum bezüglich der Außenwirkung sein, nehme ich an. Ich glaube, ich kann bei der Lösung helfen.«

Walkers tiefer werdendes Stirnrunzeln deutete darauf hin, dass er sich der Probleme, die vom Flughafen ausgingen, mehr als bewusst und nicht gerade erfreut war, daran erinnert zu werden. Er setzte sich aber zurück und hörte Freddy zu, der den Vorschlag vorbrachte, den er mit Elias vereinbart hatte: dass die Air Force Elias' Männer auf dem Flughafen anstellen und als ihre Sicherheitsleute bezahlen sollte. Er lehnte es nicht rundweg ab.

»Das ist eine interessante Idee, und ungefähr genauso unkonventionell wie alles andere, was in dieser Stadt vor sich geht. Und ich will nicht sagen, dass es nicht funktionieren würde, aber Folgendes gebe ich zu bedenken: Ich bin nicht derjenige, der dafür grünes Licht geben kann, und ich verstehe auch nicht, wieso *Sie* damit zu mir kommen. Ich dachte, Sie sind Kriminalkommissar der Mordkommission und nicht für illegalen Handel zuständig, was ich übrigens für eine ebenso undankbare Aufgabe halte wie die Jagd nach einem unsichtbaren Würger. Wieso habe ich das Gefühl, man will mich ... sagen wir vielleicht nicht kaufen, aber erweichen?«

Freddys Schulterzucken legte nahe, dass er erwischt worden war, sich aber nicht darüber sorgte.

»Weil es so ist. Elias Baar ist eine Schlüsselfigur im Berliner Bandenleben, und eine Vereinbarung mit ihm wird dafür sorgen, dass der Flughafen unter Kontrolle und es auf den Straßen ruhiger bleibt, als es jetzt anscheinend zu werden droht. Und ich glaube, dass es Ihrem Ruf nicht schaden wird, wenn Sie die Idee abwägen und sie dann so verkaufen, wie Sie es meiner Überzeugung nach können. Aber nein, Sie haben recht: Tempelhof ist nicht der Hauptgrund, weshalb wir hier sind. Und wenn ich Sie erweichen will, dann weil das, was ich zu sagen habe, nicht leicht anzuhören ist, und ich wollte Ihnen zuerst meinen Wert zeigen.«

Walker zog eine Grimasse. »Sie meinen, Sie wollen mich glauben machen, dass Sie vertrauenswürdig sind, ganz gleich, was ich schon über Sie gehört habe.«

Es war wie ein Tanz – einer bewegte sich vorwärts, bot ein Zugeständnis an, dem der andere zustimmen konnte – und für dieses ausufernde Tempo hatte Hanni einfach keine Zeit. Sie trugen seit Wochen ein Geheimnis mit sich herum, das zum Tod von Matz geführt hatte. Elias hatte recht: Es kam nichts Gutes dabei heraus, wenn man die Wahrheit versteckte – etwas, worüber sie sich mehr als jeder andere klar war. Bevor Freddy also erneut eine Runde um den heißen Brei startete, mischte sie sich ein.

»Tony Miller ist nicht der, für den Sie ihn halten. Er hat am Samstagabend versucht, mich zu töten, und er hat einen Polizisten erschossen. Und der unsichtbare Würger, den Sie gerade erwähnten, das ist er auch. Er ist ein gefährlicher Mörder. Er ist außerdem auf der Flucht und muss aufgehalten werden, bevor er wieder mordet. Und das wird er.«

Walker zuckte zurück, als hätte sie ihn geschlagen. Er versuchte, etwas zu sagen, fand aber keine Worte. Freddy warf Hanni einen Blick zu, der hätte töten können, versuchte aber wenigstens nicht, das, was sie gesagt hatte, zu untergraben.

»Das war vielleicht eine etwas unvermittelte Erklärung, die ich so nicht geplant hatte, aber das ist die Wahrheit. Alle Beweise deuten darauf hin, dass Miller der Mörder ist, der die Stadt terrorisiert. Wir glauben, dass er deutsche Wurzeln hat und hier in Berlin ist, um seine Familie zu rächen, die im Krieg von den Nazis ermordet worden ist. Er hat auch Matz Laube getötet – und versucht, Fräulein Winter zu ermorden –, weil er wusste, dass wir kurz davorstanden, ihn zu schnappen. Und jetzt ist er geflüchtet, und wir müssen ihn mit Ihrer Hilfe finden und seiner gerechten Strafe zuführen.«

Freddy hatte die Vorwürfe gegen Tony rasch aufgezählt, falls Walker ihn niederbrüllen wollte. Er hätte noch weitermachen können, denn der Colonel sah ihn an, als spräche er Chinesisch.

»Das ist unerhört. Captain Miller ist ein Held. Er wird in Berlin von allen geliebt.«

»Deshalb ist er auch so lange damit davongekommen, die Bürger zu ermorden.«

Hanni schaltete sich genauso schnell wie Freddy ein, legte ihre Hypothese vom »Unbekannten, der kein Unbekannter ist« wieder dar und beschrieb das Foto, das sie in Tonys Wohnung gefunden hatte, während der Colonel seine Schreibtischunterlage in Fetzen riss.

»Ich glaube Ihnen nicht. Ich glaube, das ist ein Märchen, das eine Bande Kommunisten in die Welt gesetzt hat, um amerikanisches Personal in Misskredit zu bringen, oder es ist die Rache einer verschmähten Frau. Was auch immer, es ist eine Schande, und ich will, dass Sie gehen.«

»Rufen Sie ihn her.« Freddys Aufforderung durchbrach Walkers zunehmende Verärgerung. »Wenn Miller unschuldig ist, wird er in seiner Unterkunft sein und alles, was wir gesagt haben, entkräften können. Also rufen sie ihn her, damit wir ihm die Gelegenheit geben können, sich zu äußern.«

Walker hätte sie eindeutig lieber beide aus dem Raum geworfen, aber stattdessen griff er nach seinem Telefon, rief seine Sekretärin an und befahl ihr, Miller sofort in sein Büro zu bestellen.

»Sie legen sich am besten eine umfassende Entschuldigung zurecht, wenn der Captain kommt, oder ich werde mit meinem nächsten Telefonat Ihrer Karriere ein Ende setzen.«

Freddy antwortete nicht. Das Schweigen dehnte sich aus. Als kurz darauf das Telefon läutete, fuhren sie alle drei in ihren Sitzen auf.

Er erhielt eine kurze Nachricht. Walkers Ausdruck war weniger souverän, als er das Telefon auflegte.

»Er ist nicht da, richtig? Und niemand weiß, wo er ist?«

Der Colonel sah Hanni nicht an, als er ihr antwortete, und er schien auch nicht fähig zu sein, Freddy in die Augen zu schauen. »Nein. Und bevor Sie fragen: Er ist weder auf einem Flug noch hat er Urlaub eingereicht. Aber das bedeutet noch lange nicht, dass er in der Lage wäre, solch abscheuliche Verbrechen zu begehen.«

Das Zittern in seiner Stimme ließ seinen letzten Satz wie eine Frage klingen.

Freddy beugte sich vor. »Seine Sachen sind ebenfalls weg, nicht? Abgesehen vielleicht von seiner Uniform. Er ist gestern Abend, nachdem er meinen Kollegen getötet hat, zurückgekommen, hat seine Sachen geholt und ist jetzt auf der Flucht, genau wie ich sagte. Und es ist Ihre Pflicht, uns bei der Suche nach ihm zu helfen.«

Da hob Walker den Kopf wieder, und in seiner Stimme lag wieder Härte.

»Nein, das ist es nicht, Herr Kommissar. Meine einzige Pflicht gilt der amerikanischen Luftwaffe und deren Ruf, und die werde ich um jeden Preis verteidigen. Captain Miller wird gefunden werden, und wenn es wirklich Anschuldigungen gibt, wird er uns gegenüber dafür geradestehen. Wir sind fertig, glaube ich.«

Seine Reaktion war keine Überraschung. Sowohl Hanni als auch Freddy hatten befürchtet, dass er sie wegschicken würde, ohne seine Hilfe zuzusagen. Aber Hanni hatte den Morgen mit Erinnerungen an die Vergangenheit verbracht, und sie war darauf vorbereitet.

»Nein, sind wir nicht. Sehen Sie, was Sie da vorschlagen, ist Vertuschung, und davon hatten wir in der Vergangenheit wirklich genug.«

Sie spürte, dass Freddy sich in ihre Richtung drehte, hielt den Blick aber fest auf Walker gerichtet. Er war sehr still geworden.

»Ich treffe bei meiner Arbeit sehr viele Journalisten, Colonel, und seit einer ganzen Weile macht eine interessante Geschichte die Runde. Über eine Schule in Wannsee, die im einen Moment noch da war und im nächsten verschwunden ist. Ein schrecklicher Ort mit einer grauenhaften Agenda, deren Existenz, so scheint es zumindest, ebenfalls vertuscht wurde. Aber Sie wissen alles darüber, nicht wahr?«

»Lassen Sie uns allein.«

Freddy ruckte zu Walker herum, als er begriff, dass der Befehl ihm galt. »Wieso? Was geht hier vor?«

»Warte bitte draußen, Freddy. Es wird nicht lang dauern, aber du musst mir vertrauen, dass ich mich darum kümmern muss.«

Er wollte protestieren, doch Hanni schüttelte den Kopf.

Sie sah ihn nicht an, als er die Tür hinter sich zuschlug. Sie sah weiterhin Walker an. Sie hatte das Gefühl, er würde genauso geschmeidig verschwinden wie Tony, wenn sie ihn aus den Augen ließe. Und sie konnte nicht zulassen, dass er die Kontrolle über das übernahm, was jetzt kam. Hanni schwieg so lange, bis Walker im Stuhl das Gewicht verlagerte und den Mund öffnete, um sie zum Reden zu bringen, dann ging sie auf Angriff.

»Sie wussten von der Hitlerschule. Sie hatten die Namen der Männer – der ehemaligen Naziofiziere –, die sie errichtet haben. Sie hatten die Fotos. Trotzdem ist niemand verfolgt oder zur Verantwortung gerufen worden. Was meinen Sie wohl, wie Ernst Reuter darauf reagieren würde, wenn er es hört, oder die Sowjets?«

Sie verstand sofort, warum Walker den Rang eines Colonels hatte und warum die Presse- und Werbeabteilung in seinen Händen lag. Er versuchte gar nicht zu leugnen oder sie zu fragen, woher sie es wusste und wie sie in die Sache verwickelt war. Er schätzte die Gefahr ein und nahm den schnellsten Ausweg.

»Was wollen Sie?«

Hanni schluckte mühsam. Sie musste konzentriert bleiben. Wenn sie zu schnell auf sein implizites Angebot einging, würde sie den wichtigsten Teil davon vielleicht nicht bekommen.

»Zuerst Ihre Zustimmung, Kommissar Schlüssel alle Männer und Unterstützung zu geben, um die er Sie für die Fahndung bittet. Zweitens Ihr Wort darauf, dass Sie Miller der deutschen Justiz übergeben, wenn Sie ihn zuerst fangen.«

»Und wenn ich diesen beiden Bedingungen nicht zustimme, werden Sie mit der Schule an die Presse gehen?«

Hanni nickte. »Und das tue ich auch, wenn Sie Ihre Zustimmung brechen und den Familien der Opfer keine Chance geben, die Gerechtigkeit zu erhalten, die sie verdienen.«

Walker seufzte. Hanni bezweifelte, dass er bezüglich der zweiten Bedingung sein Wort halten würde, aber der erste Teil war für den Moment ausreichend.

»Gut. Bringen Sie Schlüssel wieder herein, und ich werde dafür sorgen, dass er bekommt, was er braucht.«

Sie gab ihm einen Moment, um ihm das Gefühl zu geben, er hätte erfolgreich mit ihr verhandelt, dann schüttelte sie den Kopf.

»Noch nicht. Es gibt noch etwas, das ich will. Ich will wissen, was aus den Nazis geworden ist, die die Schule errichtet haben. Oder wenigstens aus einem von ihnen. Der Mann, der sich Emil Foss nennt. Ich will wissen, wo er ist.«

Walker hatte etwas auf seinen Block notiert. Er sah auf, als sei er nicht ganz sicher, was sie gerade gesagt hatte.

»Warum wollen Sie etwas über ihn wissen?«

Es war das erste Mal – seit Natan Stein – dass Hanni nach ihrer Verbindung zu ihrem Vater gefragt wurde. Aber es war nicht das erste Mal, dass sie darüber nachdachte, was sie antworten würde.

»Weil sein Name nicht Emil ist, sondern Reiner. Er ist ein Kriegsverbrecher, ein hochrangiges Mitglied der SS, und er hat meiner Familie furchtbaren Schaden zugefügt.«

Es war eine knappe Antwort, die der Wahrheit so nahe kam, wie Hanni es zulassen konnte. Mehr war sie auch nicht bereit, ihm zu geben, was auch immer als Nächstes käme.

Dann antwortete Walker, und seine Reaktion war nicht die Frage nach ihrer Beziehung und ihrem Hintergrund, die sie erwartet hatte.

»Und noch mal, Fräulein: warum? Warum ist es von Bedeutung, wo dieser Mann jetzt ist, oder was er tut? Es tut mir leid, dass Ihrer Familie Schaden zugefügt wurde, aber der Krieg ist vorbei, und Kriegsverbrecher – egal, wie schlimm sie waren oder sind – stehen bei den Menschen nicht mehr an oberster Stelle.«

»Sollten sie aber!«

Hanni konnte angesichts einer so herzlosen Antwort den

gemäßigten Tonfall, den sie die ganze Zeit gewahrt hatte, nicht mehr beibehalten.

»Die Menschen hier haben Unvorstellbares erlitten. Das Leid, das ihnen auferlegt wurde, ist immer noch spürbar. Die Verluste werden nicht einfacher. Das Grauen über die Art, wie Millionen Männer, Frauen und Kinder getötet wurden, verblasst nicht. Nichts davon hat mit dem Krieg aufgehört, nichts davon ist *erledigt*. Wieso sollten also die Menschen, die den Hass geschaffen haben, deren Lebenswerk der Hass war, ohne Konsequenzen davonkommen?«

»Das sollten sie nicht.«

Nun lag keine Härte mehr in Walkers Stimme. Nichts an seinem Verhalten wirkte herzlos. Es war nur die resignierte Akzeptanz der Welt, die Hanni nicht ertragen konnte.

»Aber das werden sie. Die Welt will sich unbedingt weiterdrehen, auch wenn Sie noch nicht dazu bereit sind, Fräulein Winter. In einem Monat oder so wird die Blockade vorbei sein. Danach wird sich Westdeutschland zu einer Bundesrepublik erklären, einem Land außerhalb des Ostens, und Deutschland wird endgültig zweigeteilt sein. Niemand wird sich dann noch um andere Dinge als die Zukunft sorgen, und um die neue Art militärischer Bedrohung, die sie mit sich bringt. Das Jahr 1949 wird zu einer Art Stunde Null erklärt werden, zu einem Zurücksetzen und Neubeginn. Dann wird niemand mehr nach Nazis suchen.«

»Aber ich habe Fotos, die beweisen, wer er war!«

Walker zuckte die Achseln. »Sie haben – wenn ich Ihre Hinweise bezüglich Ihres Wissens in dieser Angelegenheit richtig verstehe – Fotos leerer Klassensäle, die man eher in den Krieg als ins Jetzt verorten würde. Und wenn Sie andere haben, so glaube ich, dass sie genauso leicht als unglaubwürdig abgetan werden könnten. Ich sage nicht, dass das gerecht ist – bitte glauben Sie das nicht. Aber ich sage, dass die Welt so voranschreiten wird.«

Hanni konnte ihn nicht mehr anschauen. Ihre Seele zersprang in tausend Stücke.

»Aber was, wenn es unmöglich ist zu vergessen? Was, wenn manche von uns immer weitersuchen müssen? Was, wenn wir erst in die Nähe eines Neubeginns gelangen, wenn für die alten Sünden bezahlt worden ist?«

Walker antwortete nicht. Er stand auf, ging zu einem Aktenschrank und zog einen Ordner heraus. »Hier. Wenn es für Sie so wichtig ist, nehmen Sie das.«

Er reichte ihr ein Blatt, auf dem zwei Namen abgedruckt waren, die Hanni aus dem Schulordner erkannte, dazu die Adresse eines Orts in Bayern und eines anderen in der Nähe des Schwarzwaldes.

»Das waren zwei der federführenden Männer. Sie haben einen Tipp erhalten und sind entkommen, aber der Britische Geheimdienst hat sie an den hier aufgeführten Orten lokalisiert. Sie werden derzeit beobachtet, aber das ist auch alles, und es wird nicht lang fortgesetzt. Und was Ihren Emil oder Reiner angeht ...« Er zog ein anderes Blatt Papier heraus. »Seine Verbindung zur Schule war nicht nachweisbar, trotz der Warnung, dass er etwas damit zu tun haben könnte. Ich nehme an, die haben Sie mir mitsamt den Fotos ins Büro geschickt.«

Er schüttelte den Kopf, als Hanni ansetzte, etwas zu sagen. »Sagen Sie mir nicht, wie Sie darangekommen sind – besser, wenn ich es nicht weiß. Genauso brauche ich auch nicht zu erfahren, was Sie mit der Information anfangen werden, die Sie, was mich betrifft, nicht hier bekommen haben.«

Er reichte ihr den Akteneintrag mit dem Namen Foss und ein leeres Blatt Papier. Hanni notierte sich, was sie brauchte und starrte die wenigen Worte, die sie über ihren Vater aufgeschrieben hatte, an, als wollte sie sie dazu bringen zu reden.

»Er ist im Harz.«

Walker nickte. »Offenbar. Und dort wird er auch beobachtet. Aber wenn er eine reine Weste behält, wird das bald aufhören.«

Hanni faltete ihre Notizen und steckte sie weg, und das Herz schlug ihr so laut in der Brust, dass sie es in den Ohren hören konnte. Reiner war wirklich weg. Er war Hunderte Kilometer weit weg, sicher zu weit, um mit dem Netz an Informanten in Kontakt zu stehen, mit denen er sich gebrüstet hatte, zu weit weg, um sie zu beobachten.

»Sie könnten es dabei belassen, Hanni.«

Es war das erste Mal, dass Walker ihren Vornamen benutzte. Damit klang er freundlicher, als man bei seiner mit Ordensbändern geschmückten Uniform erwarten würde.

»Er wäre ein Narr, wenn er zurückkäme, und Sie wären eine Närrin, wenn Sie ihn jagen würden. Was er auch getan hat, welche Macht er auch über Sie hatte, kann aufhören und Sie könnten weggehen. Sie haben Optionen, Hanni. Sie müssen nicht zulassen, dass die Vergangenheit über Ihr restliches Leben bestimmt.«

Es klang so einfach, wie er es sagte. Und seine Stimme war viel freundlicher als diejenigen, die sie in ihrem Kopf brüllen hörte: die von Natan, die von Elias und ihre eigene.

Hanni schwieg, als der Colonel Freddy wieder hereinrief und ihm die Hilfe zusagte, um die er gebeten hatte. Sie erzählte Freddy nur das Allernotwendigste über die Schule, als er sie fragte, und sagte nur, dass sie Walker einen Skandal angedroht hatte, falls er nicht kooperiere.

Als sie in den Wagen stiegen, bezeichnete Freddy sie als bemerkenswert. Sie lächelte. Als er vorschlug, irgendwohin zu gehen und in aller Ruhe ein Glas auf Matz zu trinken, stimmte sie zu. Und als er sie auf dem regennassen Pflaster vor ihrer Unterkunft küsste, erwiderte sie den Kuss, als zweifelte sie keinen Moment daran, was er für sie sein könnte.

Und sie beschloss, die Stimmen in ihrem Kopf abzuschalten.

KAPITEL 20

10. MAI 1949

Du siehst mich, du siehst mich nicht.

Jedes Mal, wenn Tony einen Zeitungsständer sah, der mit unzähligen Abzügen seines Fotos beladen war, musste er den Drang zu grinsen unterdrücken. Er war überall und nirgends, und trotz allem, was er dieser Stadt angetan hatte, war er immer noch ihr Liebling.

Heldenhafter Luftwaffen-Captain vermisst

Er war nicht aufgeflogen, sondern die Berichte implizierten, dass die Sowjets ihn geschnappt hatten. Er war nicht in ein Monster verwandelt worden. Sein Verschwinden war vielmehr ein Teil des Propagandakrieges der Stadt geworden, und die Suche, bei der die Menschen gebeten wurden zu helfen, wurde sehr sorgfältig in Worte gefasst.

Tony nahm an, dass der Mantel des Geheimnisvollen, der über seine Taten gedeckt worden war, Colonel Walkers Werk war, und dass die Überschrift – die sicherlich verdaulicher war als die ehrlichere Formulierung *Heldenhafter Captain als Mörder entlarvt* es gewesen wäre – mit Rücksicht auf den Ruf der Luftwaffe angeordnet worden war. Sie legte außerdem die Vermutung nahe, dass der Colonel, was auch immer er wusste oder plante, nicht anfangen würde, Mörder und Mörderjagd zu brüllen und nach Freddy Schlüssels rachelustiger Pfeife zu tanzen.

Tonys Bild war über Berlin verstreut, und zwar nicht nur als der Mann, der er jetzt war. Das Foto der »auf tragische Weise verlorenen Familie, die jemand kennen muss«, auf dem er als Kind zu sehen war, war genauso auf den Ständern zu sehen wie das mit seinem lächelnden, zum Himmel gewandten Gesicht. Nicht dass ihn das beunruhigte. Zu welchen Rückschlüssen die Polizei auch gekommen sein mochte, niemand hatte die beiden miteinander in Zusammenhang gebracht.

Die Geschichte zu dem Familienbild war außerdem bewusst vage gehalten: Ein nicht näher genannter Verwandter suchte nach seinen Lieben, die im Krieg verschollen waren, und hoffte verzweifelt darauf, dass sich jemand mit Hinweisen melden würde. Es gab keinen Hinweis auf einen Zusammenhang mit dem Würger von Berlin, dessen Aktivitäten die sensationsgierigen Zeitungen monatelang gefüttert hatten, und der jetzt kaum noch erwähnt wurde. Das Bild war zu klein, um die Häkchen erkennen zu können. Der Name Müller wurde nicht genannt. Tony war da, aber dann doch wieder nicht.

Nichts davon war für ihn überraschend. Tony verstand – offenbar im Gegensatz zu seinen Verfolgern –, wie leicht es war, nicht gefunden zu werden, wenn es wichtig war, nicht gefunden zu werden, und wie einfach es war, in einer Stadt unsichtbar zu sein, besonders wenn die Stadt so zerrissen war wie Berlin. Tony hatte den Wert von Anonymität vor langer Zeit in Seattle gelernt, und seitdem hatte er dieses Wissen oft angewandt.

Hätte ihn jemand je gebeten, sein wahres Ich zu beschreiben, dann hätte Tony eine sehr einfache Antwort gegeben: Er war vor allem clever, was er sonst auch sein mochte. Und mit clever meinte er schnell, wendig und nie selbstzufrieden. Er war stolz darauf. Und etwas anderes wollte er auch gar nicht sein.

In Berlin hatte Tony eine ausgezeichnete Zeit gehabt. Er war wütend, dass er vor der Beendigung seiner Aufgabe aufgehört hatte, aber das hatte ihn nicht aus der Bahn geworfen. Rausgeholt zu werden war nicht das Gleiche wie geschnappt zu werden, und er hatte nicht die Absicht, sich schnappen zu lassen. Sein Verschwinden hatte er unter der Voraussetzung geplant, nicht geschnappt zu werden. Die Notwendigkeit zu verschwinden, das stimmte, war zwar schneller gekommen als erwartet, aber das änderte nichts daran, wie er es eingefädelt hatte.

Tony hatte geschätzt, dass er für zwei, vielleicht drei Monate versteckt bleiben konnte, bevor ihm das sorgsam angesparte Geld ausging oder seine fehlenden Papiere und Arbeitslosigkeit Verdacht erregen würden. Er hatte angenommen, dass es eine gewisse Suche nach ihm geben würde, man ihn aber nicht finden würde. Berlins Zonen waren klar definiert: Nicht eine Polizeibehörde oder eine der Alliierten Mächte konnte allein über alle Zonen hinweg seine Spur verfolgen. Außerdem war es wie an allen dicht bewohnten Orten, an denen er je gewesen war: Niemand achtete wirklich auf die anderen.

Als Tony ein Held gewesen war, hatten seine Bewunderer sein gutes Aussehen, seine Uniform und die Zigaretten und Süßigkeiten in seinen Händen gesehen. Jetzt, da er ein Niemand war, sahen alle nur einen Bart, einen schäbigen Mantel und einen Mann, der genauso unglücklich dran war wie ein Dutzend andere, die sie täglich sahen. Sein Deutsch war makellos, denn sein Akzent stammte aus dieser Stadt. Die skrupellosen Vermieterinnen, die ihm für eine Nacht ein schäbiges Zimmer vermieteten, interessierte es nicht, wer oder was er war, solange er ihre exorbitanten Preise zahlte. Zwei oder drei Monate eines Lebens im Schatten war erträglich. Es war lang genug, um einen Plan auszuarbeiten, aber nicht lang genug, um sich darin zu verlieren. Und zu guter Letzt war es sogar doppelt so viel Zeit, wie er brauchte.

Die Blockade war vorbei, der Kampf um die Seele Berlins ausgefochten. Die Luftbrücke war ein immer größerer Erfolg geworden, und die weniger offiziellen Versorgungskanäle der Stadt hatten floriert. Die Sowjets waren an den Verhandlungstisch zurückgekehrt, und eine Einigung war erzielt worden. Am zwölften Mai um Mitternacht würden die Absperrungen aufgehoben, und Berlin wäre wieder frei. Züge, Lastwagen und Boote konnten wieder in die Stadt und hinaus, ihre Güter und die Passagiere mussten sich nicht mehr kontrollieren lassen, und Tony hatte vor, ganz unbemerkt eine dieser neuerlich verfügbaren Routen zu nehmen. Und dann ...

Dann würde er Deutschland auf schnellstmöglichem Wege verlassen. Und dann stand ihm die Welt zur Erkundung offen. Wahrscheinlich Frankreich, auf jeden Fall Großbritannien. Neue Länder, neue Städte, eine Neuerfindung. Und es wäre einfach genug zu bewerkstelligen, wenn so viele Menschen, die vertrieben worden waren, immer noch durch Europa zogen und Namen sowie Geburtsorte keine feststehenden Größen waren, oft einfach vergessen oder fröhlich neu ausgedacht wurden. Wenn so viele Möglichkeiten offenstanden. All diese Veränderungen standen noch bevor, und Tony war nur zu bereit, sich darauf einzulassen, aber vorher ...

Er schlüpfte in eine heruntergewirtschaftete Kneipe, deren Kundschaft entschieden alles außer ihren Getränken ignorierte, und bestellte sich ein Bier.

Vorher fanden noch die angekündigten Feierlichkeiten zur Beendigung der Blockade statt. Eine Nacht, in der die Straßen voll sein und die Lastwagenfahrer als die neuen Helden der Stadt begrüßt würden. Die genauso gefeiert würden wie die britischen und amerikanischen Piloten zuvor, die auf den Rückfahrten dankbare Passagiere allzu gern mitnehmen würden. Und davor ...

Davor würde es noch einen Mord geben.

Hanni oder Freddy, die eine oder der andere, also beide. Tony hatte noch nicht entschieden, wen von beiden er nehmen würde; das würde er erst, wenn er sah, welche Möglichkeiten der Abend brachte – egal, wen er ermordete, das Leben des jeweils anderen wäre ruiniert.

Er nippte an seinem Bier und tastete nach der Schlinge, die er jetzt, wo er selbst Beute war, ständig in der Tasche hatte. Feierlichkeiten hatten für ihn immer gut funktioniert, denn die Wachsysteme brachen zusammen, Menschenmengen verschluckten Leute, ein schneller, stiller Mord würde unbemerkt bleiben.

Tony nahm an, dass Hanni und Freddy inzwischen eine Ahnung davon hatten, wie er vorging und dass sie mit seiner Anwesenheit rechneten. Gewiss rechneten sie damit, dass er die Aufgabe beenden wollte, bei deren Vollendung sie ihn unterbrochen hatten. Für das Gefühl des Versagens, das ihm dadurch beschert worden war, würden sie ebenfalls zahlen müssen.

Er winkte den Kellner herbei, zählte die Münzen ab, mit denen er etwas großzügiger sein konnte, und bestellte sich noch ein Bier. Noch zwei Nächte, zwei Leben, die er beenden würde, und dann würde er in aller Ruhe in die Freiheit ziehen. Clever war eigentlich kein ausreichend starkes Wort.

KAPITEL 21

12. MAI 1949

»Sein richtiger Name ist Aaron Müller. Er ist als Deutscher geboren, in Berlin, und die Polizei in ...«, Freddy sah auf seine Notizen, »... Weatherford, Texas, hat gerade die Leiche seiner Frau gefunden.«

»Gibt es irgendjemanden, der ihm nahesteht und den er nicht versucht hat umzubringen?«

Es war eine berechtigte Frage, und mit dem Aufruhr, der darauf folgte, war viel einfacher umzugehen als mit dem schockierten Schweigen, das die Einsatzzentrale kurz zuvor erfasst hatte, als Freddy den Namen des Würgers von Berlin enthüllt hatte. Er ließ den Zorn zu – er galt überwiegend, das wusste er, dem Mord an Matz – dann rief er die Männer wieder zur Ordnung. Es war zu vieles zu erledigen, um die Emotionen außer Kontrolle geraten zu lassen, seinetwegen genauso sehr wie um des Teams willen. Er wartete, während Kopien der beiden Berichte mit den letzten Informationen, die er über Tony zusammengetragen hatte, verteilt wurden, dann wies er sie zuerst auf den kürzeren hin.

»Wie ihr hier in diesem Schriftstück sehen könnt, wurde Nancy Miller offenbar im März 1947 zum letzten Mal lebend gesehen. Niemand hat sie vermisst gemeldet oder Sorgen über ihr Wohlergehen geäußert, bis im September letzten Jahres ein anderer Pilot, der die Blockaderoute flog, anfing, Fragen nach ihrem Aufenthalt zu stellen. Davor hat Miller anscheinend vielen Menschen, einschließlich ihrer Familie, von der er sie entfremdet hatte, viele widersprüchliche Geschichten erzählt, um ihre Spur zu verschleiern. Captain Zielinski, der hier genannt wird und dessen Frau offenbar eine Freundin von Mrs Miller war, bevor diese verschwand, und die sich über die ausbleibenden Reaktionen Sorgen machte, fragte weiter nach ihr und erreichte nichts damit. Nach seiner Aussage war Tony Miller davon kein bisschen erfreut. Auf dieser Grundlage – und unseren Vorwürfen – hat sein Vorgesetzter Colonel Walker eine Überprüfung von Millers zuletzt bekannter Privatadresse in den Vereinigten Staaten angeordnet. Mrs Millers Leiche wurde auf dem Grundstück vergraben gefunden. Das hat wiederum zu einer Wiederaufnahme mehrerer ungelöster Mordfälle an den Orten, an denen Miller früher gewohnt hatte, geführt. Anscheinend betrifft das eine ganze Menge Orte.«

Freddy ließ den Anwesenden eine, zwei Minuten, um die Information zu verdauen, dann wandte er sich dem zweiten, längeren Bericht zu, der das von Hanni aufgedeckte Foto beinhaltete.

»Trotz eurer harten Arbeit hat die Suche nach Miller noch nichts Verwendbares hervorgebracht. Das Familienfoto, das in Deutschland und Berlin verbreitet wurde, hat allerdings einigen Erfolg erbracht. Gestern habe ich einen Telefonanruf aus Hamburg bekommen, von einem Mann, der sich als weit entfernter Verwandter der Müllers gemeldet hat. Dieser Herr Heitmann bestätigte, dass sie, wie vermutet, Juden waren und dass alle auf dem Foto – mit Ausnahme des Jungen in der Mitte – während des Krieges in einem der Konzentrationslager ermordet wurden.«

Er hielt inne und schluckte, bevor ihn das Zittern in seiner

Stimme im Stich ließe. Er musste professionell bleiben und durfte es nicht zu etwas Persönlichem machen, aber der plötzliche Drang, die Namensliste der Opfer laut vorzulesen und ihnen den Respekt eines Gebets für die Toten entgegenzubringen, war überwältigend. Freddy wusste, dass beides ihn fertigmachen würde, aber er konnte nicht weitermachen.

»Entschuldigung, Herr Kommissar, aber hat dieser Verwandte auch bestätigt, dass der fragliche Junge Tony ist?«

Die Frage war – und wahrscheinlich hatte Hanni das auch beabsichtigt – eine Rettungsleine. Sie erinnerte ihn daran, wer er jetzt war und was man von ihm erwartete.

Er nickte kurz in ihre Richtung und räusperte sich. »Ja, das hat er. Glücklicherweise führt seine örtliche Bücherei das *Time*-Magazin. Ich habe ihn gebeten, das Bild des Jungen mit dem Bild darauf zu vergleichen, und als er mich zurückgerufen hat, sagte er, die Ähnlichkeit zu dem Foto im Garten und auch zu Fotos, die er von seinem Vater, Elkan Müller, als junger Mann gesehen hatte, sei unverkennbar.«

»Aber wieso ist Müller am Leben geblieben, und alle anderen nicht?«

»Ist er aus einem Lager entkommen?«

»Wusste die Familie, was für ein Tier er war?«

Die Fragen ergossen sich über Freddy und erzeugten den üblichen Austausch bei Besprechungen, mit dem Freddy arbeiten konnte. Er versprach, nach seinen Möglichkeiten alle zu beantworten, als Brack im Hintergrund durch die Tür hereinkam.

»Soweit sich Herr Heitmann erinnern konnte – und er betonte, dass er nicht die ganze Geschichte kannte – wurde Miller 1937 oder 38 zu einem Onkel in Amerika geschickt, nachdem er mit einer Nazi-Patrouille auf der Straße ›Ärger‹ gehabt hatte, wie er es nannte. Wenn dieser Ärger für Millers Familie so groß war, dass sie ihm eine Passage aus Deutschland hinaus besorgten, obwohl diese für Juden immer schwieriger zu bekommen waren, muss es sehr ernst gewesen sein, wie der Ärger auch ausgesehen haben mag. Ich würde die Vermutung wagen, dass es Millers erster Mord war, aber ich konnte nicht mehr über die genauen Vorkommnisse aus Heitmann herauskitzeln. Was ihn betrifft, hat er nicht nur einen vermissten Verwandten wiedergefunden, sondern ist mit einem Nationalhelden verwandt. Die Wahrheit darüber wird er noch bald genug herausfinden, aber es war nicht meine Aufgabe, ihm das zu erzählen.«

Alle schwiegen, dann erhob sich eine indignierte Stimme. »Wir kennen also seine Hintergrundgeschichte und wissen, dass er ein Mörder ist, aber was passiert jetzt? Seit dem Ostersonntag suchen Männer – unsere und amerikanische – auf den Straßen nach Miller und er ist nicht ein einziges Mal gesichtet worden. Sollen wir noch weiter suchen oder davon ausgehen, dass er endgültig verschwunden ist?«

Freddy behielt Brack im Auge, der sich an die geschlossene Tür lehnte und noch nicht auf sich aufmerksam gemacht hatte, während er antwortete.

»Wir wollen doch Gerechtigkeit für die Toten, oder? Also suchen wir weiter. Miller ist noch in Berlin, darauf würde ich wetten. Es ist nicht nur verdammt schwer, hinauszukommen, sondern nach dem Foto gibt es noch zwei Familienmitglieder, einen Mann und eine Frau, die noch ungesühnt sind – ich finde kein besseres Wort dafür.« Er sah zu Hanni hinüber. »Miller hat Matz ermordet, und vielleicht steht sein Tod jetzt, da sich das Netz um ihn herum fester zuzieht, für den männlichen Verwandten. Miller hat außerdem versucht, Hanni zu töten, es aber nicht geschafft. Wenn wir sein Muster betrachten, muss jetzt noch ein Mord, an einer Frau, durchgeführt werden. Also ...«

Er sah Brack an, ob von diesem Unterstützung käme, doch dessen Gesicht blieb ausdruckslos.

»Wie ihr alle wisst, wird die Blockade heute Nacht aufgehoben, und das Hauptfest wird um Mitternacht am Rathaus stattfinden. Wenn Miller seinem Stil treu bleibt, wird ihn das ans Licht locken. Ich glaube, dass er dann wieder töten will, und danach, wenn die Stadt nicht mehr abgesperrt ist, will er wirklich verschwinden, das glaube ich. Das bedeutet, wir haben nur ein sehr kleines Fenster, um ihn einzufangen.«

»Und einen sehr gefährlichen Ort für so eine Unternehmung.«

Die Köpfe drehten sich, als Brack nach vorne marschierte und Freddy mit einem Wedeln der Hand bedeutete, ihm aus dem Weg zu gehen.

»Ostersonntag war ein Desaster. Heute Abend verhindern wir das. Heute Abend wird nach meiner Methode vorgegangen. Niemand wird Waffen tragen. Wenn jemand etwas anderes sagt, ignorieren Sie ihn. Das Gebiet wird voller Menschen sein; die Emotionen werden aufbranden. Die Geschichte vom Ende der Berlinblockade wird keine Geschichte von Polizisten sein, die zu schnell den Finger am Abzug haben und einen Aufstand verursachen.«

Er verstummte und nahm den jüngsten Polizisten in der ersten Reihe ins Visier, der sich sofort duckte.

»Das ist mein erster Befehl. Der zweite ist genauso einfach: Wenn der Kommissar mit seiner Vermutung recht hat und Miller tatsächlich aufkreuzt, holen Sie ihn diskret heraus. Niemand ruft. Niemand macht eine Szene oder lässt zu, dass er eine macht. Niemand benutzt das Wort Würger oder Mörder, sonst droht Entlassung. Lynchjustiz will ich genauso wenig sehen wie einen Aufstand. Und ein letzter Punkt: Wenn die amerikanischen Sicherheitskräfte, die ebenfalls vor Ort sein werden, und nicht zwingend in Uniform, Miller vor euch schnappen, dann gibt es keine Diskussion darüber, wer das Recht hat, ihn zu fassen. Wir haben ein Abkommen, dass sie ihn uns übergeben werden. Darauf vertraue ich, gleich wie jemand anderes in diesem Raum darüber denken mag.«

Brack unterbrach sich erneut, und dieses Mal sah er Freddy direkt an. »Es geht hier nicht um Egos oder Orden oder Zeitungsüberschriften. Es geht um die Sicherheit unserer Bürger. Verstehen Sie mich alle?«

Übereinstimmend wurde genickt, und im Raum hallte das »Jawohl« wider. Brack gönnte dem Team noch einen strengen Blick, dann rauschte er hinaus und ließ Freddy mit rotem Gesicht und vor Wut schnaubend zurück.

»Lass ihn nicht unter deine Haut. Er will dich dazu bringen, einen Fehler zu machen. Gib ihm diese Genugtuung nicht.«

Hannis Rat war vernünftig, aber Freddy schnaubte abweisend. Brack war schon so tief unter seiner Haut, dass es wehtat.

»Ich traue ihm genauso wenig wie Walker. Ich glaube, dass er den Amerikanern die Gelegenheit geben will, Miller heute Abend selbst zu fassen, und das ist das Letzte, was wir von ihm sehen werden. Brack wird einer Vertuschungsgeschichte zustimmen, und solange der Würger nicht nochmal zuschlägt wird sich außer den Familien der Opfer niemand mehr darum scheren, wer ihnen ihre Lieben genommen hat.«

Und niemand wird je dafür zahlen, was noch schlimmer ist.

Das brauchte er nicht auszusprechen; zumindest nicht Hanni gegenüber.

»Dann lass es nicht zu.«

Freddy hatte gerade das tun wollen, was er an Ostersonntag nicht geschafft hatte: ihr als der Ranghöhere sagen, dass sie nicht zum Rathaus kommen durfte. Er wollte darauf beharren, dass es dieses Mal zu gefährlich war, erneut Tonys Weg zu kreuzen. Dann sah er genauer auf ihre geballten Fäuste und ihr vorgeschobenes Kinn, und er hörte nur noch Matz, der ihn warnte, es gar nicht erst zu versuchen. Er unterdrückte den Impuls, für ihre Sicherheit zu sorgen, so schwer es ihm auch fiel. In Hannis Augen konnte Freddy mehr Entschlossenheit erkennen als in den letzten Wochen in den Augen des gesamten Teams. Diese Entschiedenheit brauchte er in seiner Nähe. Ihre nächsten Worte, die ihn ermutigten, bewiesen das.

»Ich habe es so gemeint, Freddy. Wir dürfen nicht zulassen, dass Brack oder Walker das verderben. Ich weiß, heute Abend werden wahrscheinlich Hunderte, wenn nicht Tausende Menschen da sein, und es ist Wahnsinn, in einer so großen Masse nach einem Mann zu suchen, der entschlossen ist, sich nicht finden zu lassen – und unsere Hoffnung nur darauf zu setzen. Aber das ist mir egal. *Wir* haben den Fall gelöst, und *wir* müssen ihn jetzt zu Ende führen. Tony Miller gehört nicht den Amerikanern oder Brack. Er gehört uns.«

Am liebsten hätte er sie geküsst. Bracks Erniedrigung und seine groben Attacken verblassten. Hanni hatte den Nagel auf den Kopf getroffen, so wie sie es immer vermochte. Miller gehörte ihnen, und er würde geschnappt werden. Freddy war noch nie so bereit für einen Kampf gewesen.

Schon in den ersten fünf Minuten nach ihrer Ankunft auf dem Rudolph-Wilde-Platz verlor Freddy seine Männer aus den Augen. Das einstige großartige Gebäude in Schöneberg, das jetzt als Rathaus diente, trug noch schwere Narben vom Krieg, und der größte Teil seines Glockenturms war noch zerstört. An diesem Abend kümmerte es aber niemanden. Der Platz davor war voller Menschen, die Schulter an Schulter, Hüfte an Hüfte standen. Als sie in Jubelrufe ausbrachen und hin und her schwankten, konnte man nur die fünf Nächststehenden noch erkennen, die anderen Gesichter verschwammen. Alle kämpften darum, einen Blick auf die ersten Lastwagen mit Obst und Gemüse zu werfen, die laut den Nachmittagsradiosendungen schon durch Berlin rollten.

Freddy bewegte sich ebenfalls hin und her, wobei er allerdings nach seinen Leuten Ausschau hielt, nicht nach den Konvois. Er konnte niemand Vertrauten entdecken. Er hatte keine Ahnung, ob seine Offiziere die Überwachungsposten hatten einnehmen können, die am logischsten erschienen waren, bevor jeder begriff, in was für einem unfassbaren Gedränge sie sein würden. Er hatte keine Ahnung, welche der Männer in einheitlich dunklen Mänteln normale Bürger waren, und welche amerikanische Sicherheitsleute in Zivil waren. Oder welche zu den sowjetischen Agenten gehörten, die sich angeblich unter die Menge gemischt hatten. Und er konnte nur darauf hoffen, dass die Böller und die Schreie, die immer wieder das Jubeln durchbrachen, nur von dem bei den Berlinern so beliebten Feuerwerk stammten und nicht etwas Schlimmeres überdecken sollten. Der Abend hatte kaum angefangen, und schon war er erschöpft.

Und die Feierlichkeiten waren, wie Brack ausgeführt hatte, nicht der richtige Ort für einen Kampf. Er war sich plötzlich weniger sicher, diesen Kampf gewinnen zu können.

»Du hattest recht – Wahnsinn ist das richtige Wort hierfür. Wir werden ihn nie finden.«

Freddy musste rufen, damit Hanni ihn verstehen konnte. Er war entschlossen, sie dieses Mal nicht aus den Augen zu verlieren. Oder sie loszulassen. Er hatte schon ein Dutzend Mal überprüft, ob es immer noch ihre Hand war, die er fest in seiner hielt.

»Doch, wenn er will, dass wir ihn finden.«

Abrupt blieb Freddy stehen und wurde von den Leuten, die sofort in ihn hineinrannten, laut beschimpft. »Was meinst du?«

Hanni kämpfte darum, an ihrem Platz und in seiner Nähe zu bleiben, als die wogende Menschenmasse um sie herum drohte, ihre Finger auseinanderzuziehen und sie davonzutragen.

»Denk darüber nach, Freddy. Wenn Tony heute Abend nach jemandem sucht, um ihn zu töten, ergibt es doch Sinn, dass er dabei auf mich oder dich abzielt. Wir haben seine Pläne ruiniert; wir sind ihm ins Gehege gekommen. Er könnte auch ganz einfach uns beide verfolgen. Das konnte ich vorhin nicht ansprechen, sonst hätte Brack uns befohlen, fernzubleiben, aber meinst du nicht auch, dass das Sinn ergibt?«

Das stimmte. Es war ja der Grund, weshalb Freddy sie gern von der Feier ferngehalten hätte. Jetzt, inmitten eines Menschenmeeres, wünschte er, er hätte die Zähne zusammengebissen und ihr befohlen, wegzubleiben.

»Warum kleben wir dann zusammen und stehen hier wie die Zielscheiben? Er hat schon versucht, dich umzubringen, und ich will nicht, dass er einen neuen Versuch startet. Du brauchst Geleitschutz. Du musst ...«

Aber in neuem Feuerwerkslärm und dem scharfen Klang der Rasseln, die die Menschen offenbar mitgebracht hatten, um den Countdown zu untermalen, gingen seine Worte unter. Um ihn herum schwollen die Stimmen in einem Grölen an; sie zählten die Sekunden mit, bis die Blockade endete; von zwölf hatten sie bereits auf neun heruntergezählt. Die Menschen bewegten sich, als wären sie miteinander verschmolzen. Dann entglitt Freddy Hannis Hand, und Freddy angelte panisch nach ihr, traf aber nur Luft.

»Sechs, fünf, vier ...«

Der Countdown klang jetzt wie der Singsang auf der Zuschauertribüne eines Fußballfelds. Seine Rufe nach Hanni wurden davon verschluckt; alles wurde davon verschluckt. *Zwei* und *drei* erschollen. *Eins* ging in einem Jubelschrei unter, der laut genug war, um eine ganze Flugzeugstaffel zu übertönen, die von Tempelhof aus startete. Jemand griff nach Freddy und wirbelte ihn im Kreis herum. Dann schnappte jemand nach seinen Ellbogen und küsste ihn. Flaschen wurden hervorgezogen; Toasts erklangen, die Luft roch nach verschüttetem Alkohol. Freddy schob sich durch die Menge, die wie in einer Siegesfeier taumelte, und rief Hannis Name, bis seine Stimme heiser war, aber sie war außer Sicht- und Reichweite.

Freddy drehte sich um und versuchte, wieder an dieselbe

Stelle zu gelangen, wo er sie zuletzt festgehalten hatte, und sich einen neuen Durchgang zu bahnen. Er erhaschte einen Blick auf zwei seiner Männer, die die Köpfe in den Nacken gelegt hatten, jubelten und lachten, offensichtlich komplett pflichtvergessen. Er meinte, Brack auf der Treppe vor dem Rathaus stehen zu sehen, der die Arme nach oben gestreckt hatte und ihm signalisierte, mehr Männer herzuschaffen, und verlor sofort den Halt, als er es versuchte.

Wieder ging eine Welle der Begeisterung durch die Menge, als jemand, der mit Bier abgefüllt war und ein zu lebhaftes Vorstellungsvermögen besaß, verkündete, er höre einen Lastwagen ankommen. Schon wurde Freddy wieder herumgewirbelt.

Seine Kehle war heiser vom Rufen. Er verlor jegliches Zeitgefühl. Seine Arme und Schultern taten ihm weh von den vielen Händen, die nach ihm geschnappt und an ihm gezerrt hatten. Hanni war weg. Tony könnte zehn Schritte neben ihm stehen, und Freddy hätte es nicht gewusst.

Oder Tony ist vielleicht ganz woanders. Bitte, lieber Gott, lass es so sein.

Freddy klammerte sich an diesen Gedanken, um die blinde Panik über Hannis Verschwinden nicht zuzulassen, die drohte, ihn zu lähmen. Tony musste ja gar nicht hier sein. Er konnte auch an irgendeinem der Bahnhöfe sein, die genauso voll wie der Platz sein mussten. Vielleicht war er bereit, den ersten Zug zu besteigen, der wieder hinausfuhr. Oder er war an einer der Straßensperren, die jetzt entfernt worden waren. Falls es so war, falls Tony gar nicht hergekommen war, dann war er schon so gut wie aus Berlin draußen. Außerhalb von Freddys Rechtsbereich und ohne Gefahr einer Anklage, aber wenigstens weit weg von Hanni.

Wo er auch sein mag, hier ist er nicht.

Vielleicht war es eine trügerische Hoffnung, geboren aus seinem dringenden Wunsch, dass Hanni in Sicherheit sein möge. Egal, was es war. Es war, als wäre ein Blitz durch die dichtgedrängte Menge gegangen und hätte sämtliche Überzeugungen weggebrannt, mit denen Freddy hergekommen war. Tony war zu klug. Heute war der erste Abend, an dem er sicher entkommen konnte. Ganz bestimmt würde er sich doch viel zu sehr darauf fokussieren, um auf das Erreichen seiner Zahlen zu achten oder es an einem so öffentlichen Ort zu machen? Wenn ihm das Beenden seiner Aufgabe immer noch wichtig war, konnte er doch überall töten, und er konnte irgendjemanden töten, Hauptsache, die Aufgabe wurde erledigt. Warum sollte er riskieren, bei einem so großen Menschenauflauf gesehen zu werden? Die Hälfte der Männer hatte ihre Hüte verloren, Fremde umarmten sich gegenseitig. Wenn Tony hier wäre, hätte ihm jemand die Verkleidung, die er gewählt hatte, weggenommen. Jemand würde ihn in eine Umarmung ziehen, dann sein lächelndes Gesicht sehen und sich an die Zeitungsüberschriften erinnern. Jemand würde ausrufen: »Hier ist er! Unser vermisster Held ist wieder da.« Tonys Wiederauftauchen in der Nacht, in der die Blockade fiel, gegen die er gekämpft hatte, wäre der Stoff für Heldensagen.

Nein, Tony war zu klug, um sich da hineinziehen zu lassen.

»Wir haben falsch geplant!« Freddy drehte sich herum und rief die Worte immer wieder in alle Richtungen, verzweifelt bemüht, sich Gehör zu verschaffen. »Wir müssen einen Gürtel um die wichtigsten Zugbahnhöfe legen. Wir müssen sicherstellen, dass alle geleerten Transporte, die die Stadt verlassen, durchsucht werden. Hört mich irgendjemand von der Kreuzberger Wache? Hanni, bist du da?«

Und dann, aus dem Nichts, war sie plötzlich da. Er konnte sie sehen – oder vielmehr einen grünkarierten Mantelärmel, der sich zwölf Schritte vor ihm in die Höhe reckte, außerdem eine lockige Mähne, die nur zu ihr gehören konnte.

»Hanni!«

Die junge Frau – die bizarrerweise über den Köpfen der

Menschen zu schweben schien – drehte sich um und tauchte dann wieder ab. Der Anblick dauerte nur den Bruchteil einer Sekunde, aber mehr brauchte Freddy nicht, und die Hoffnung durchlief ihn. Er fing wieder an, nach ihr zu rufen. Als er ihren Namen zur Hälfte gerufen hatte, stieß ihn plötzlich von hinten etwas, das er nicht ignorieren konnte. Ein Körper drückte gegen seinen, der zu nah, zu ruhig war. Eine oder zwei Sekunden verstrichen. Freddy wartete darauf, dass sich eine Hand auf seine Schulter legte und ihn zum »gemeinsamen Feiern und Trinken« einlud, worauf ein Nein nicht akzeptiert würde. Aber er spürte nur einen langsam ausgestoßenen Atemzug, der warm an sein Ohr drang.

In seinem Kopf drängte ihn eine flüsternde Stimme: »Duck dich, dreh dich um!« Sein Körper reagierte zu langsam.

Etwas Schmales und Dunkles, das schon in dem Augenblick, in dem er es sah, über sein Gesicht huschte, legte sich um seinen Hals. Es wurde angezogen. Ein Ruck ließ ihn auf die Zehenspitzen gehen, er fuchtelte mit den Händen in der Luft herum. Er versuchte, zu schreien, aber seine Kehle war dicht. Er versuchte, nach einer Hand oder einem Ärmel zu fassen, aber er verlor das Gleichgewicht, und er konnte nur noch hoffnungslos mit den Händen wedeln. Niemand hörte ihn, niemand sah etwas. Und nur den Bruchteil einer Sekunde darauf sah und hörte er selbst nichts mehr.

KAPITEL 22

13. MAI 1949

Sie hatte ihn fast gehabt, aber jetzt war er weg.

Die Ereignisse der letzten Nacht waren so lebendig, dass sie kaum begriff, sie nicht mehr zu durchleben. Die Menschenmenge hatte sie auseinandergezogen, sie hatte Freddy verschluckt und sie selbst ebenfalls verschlungen. Hanni erinnerte sich, dass sie herumgewirbelt wurde, in die eine, dann die andere Richtung gezogen wurde, dass sie darum kämpfte, sich aus den Griffen und dem Jubel zu lösen und ihren Platz zu verteidigen. Sie hatte keine Vorstellung davon, wie lang das gedauert hatte; nachdem der Countdown vorbei war, hatte sich die Zeit gedehnt.

»Wenn wir getrennt werden, arbeite dich zur Treppe vor. Dort wirst du sichtbar und in Sicherheit sein.«

Hanni hatte versucht, Freddys Rat zu befolgen, aber das war nicht einfach gewesen, denn die ineinander verschlungenen Arme, durch die sie sich hatte winden müssen, waren ein ebenso verworrenes Hindernis wie die dichte Hecke um die Schule in Wannsee. Sie hatte sich trotzdem weiter vorwärts geschoben; sie machte sich so klein wie sie konnte. Sie hatte immer weiter Freddys Namen gerufen und die Idioten ignoriert, die sich als er ausgaben. Sie hatte weiter nach Tony Ausschau gehalten. Als sie einen abgewürgten Ruf hörte, der eindeutig nach *Hanni* klang, hatten alle ihre Sinne Alarm ausgelöst.

Hanni wirbelte in dem Moment zu der Stimme herum, in dem sie ihren Namen hörte – dieser Augenblick des Innehaltens und Lauschens war in ihrer Erinnerung noch kristallklar. Sie ging auf die Zehenspitzen, drückte und drängelte, um bessere Sicht zu bekommen. Es war eine unmögliche Aufgabe: Es war nichts zu sehen außer breiten Rücken und verschwommenen Gesichtern.

»Heben Sie mich hoch!«

Der Mann, an dessen Ärmel sie zog, brach in Gelächter aus und tat wie geheißen.

»Drehen Sie mich um. Ich muss den ganzen Platz überblicken.«

Ein Kreis öffnete sich, als er sie hochhob, und die Leute drum herum zeigten auf sie und applaudierten, als führte sie eine Zirkusnummer vor. Hanni ignorierte sie, konzentrierte sich darauf, das Gleichgewicht zu halten und betete, dass die Hände, die ihre Taille umfassten, nicht lockerließen. Sie beschrieb einen weiteren Bogen, wirbelte in einer schwindelerregenden Bewegung herum, und plötzlich war er da: Freddy, kaum zwölf Schritte weit weg. Sie schrie seinen Namen zehnmal so laut wie zuvor, aber er verhallte trotzdem ungehört. Sie schrie nochmal, lauter, da stolperte Freddy und glitt zur Seite, und dann stand ganz fest und solide Tony hinter ihm.

»Lassen Sie mich runter!«

Die Zeit blieb stehen, aber Hanni lief los, noch bevor ihr zweiter Fuß den Boden berührte. Trotzdem war sie zu spät. Zwölf Schritte bedeuteten immer noch ein halbes Dutzend unbeweglicher Männer, ein halbes Dutzend tanzender Frauen. Sie stieß, trat und erkämpfte sich den Weg; die Flüche, die sie zu hören bekam, gab sie doppelt und dreifach zurück. Sie brüllte: »Tony ist hier, Tony hat Freddy«, bis sie glaubte, dass ihre Lunge zerbarst. Niemand reagierte – außer ihm.

Hanni war sich sicher, dass für eine Sekunde Tonys Blick ihrem begegnet war, dass er sie direkt angesehen hatte. Er nickte mit einer kalten Zufriedenheit, die sie noch jahrelang in ihren Träumen sehen würde. Und dann war Tony weg. Als Hanni bei Freddy ankam, lag er zusammengekrümmt am Boden, sein weißes Gesicht war wie eine Narbe in der Dunkelheit, und die Menge hatte die Lücken schon wieder gefüllt.

Und jetzt erwartete man von Hanni schon wieder, dass sie diese furchtbaren Augenblicke erneut durchlebte.

»Geht es Ihnen gut, Fräulein Winter? Möchten Sie ein Glas Wasser? Ich verstehe, dass es nicht einfach ist, alles nochmals durchzugehen.«

Hanni schüttelte den Kopf und sah zu Freddy hinüber, der in einem Schweigen dasaß, das, wie sie wusste, nicht auf seine geschundene Kehle zurückzuführen war.

Der Dienststellenleiter Kriminalhauptkommissar Herwig wandte sich wieder seinen Notizen zu und fuhr fort: »Wie ich gerade sagte, haben die Amerikaner – auch wenn wir zu dem Zeitpunkt nichts davon wussten – für Sie und Inspektor Schlüssel eine besondere Sicherheitsstufe verhängt, weil sie glaubten, dass Sie Millers wahrscheinlichste Ziele sein würden. Vielleicht hätten wir das ebenfalls machen sollen.« Er unterbrach sich und blickte zu Brack, der nicht darauf reagierte. »Aber das ist jetzt nicht das Thema. Sie waren dankenswerterweise hinter dem Kommissar in Stellung, als Miller mit seiner Schlinge erschien. Ihre schnelle Auffassungsgabe rettete ihm das Leben und führte auch zur Festnahme unseres Flüchtigen, ohne dass die Geschehnisse bemerkt wurden. Das war, wie wir sicherlich alle zustimmen können, ein exzellentes Ergebnis.«

»Wie geht es jetzt weiter?«

In Freddys Stimme lag ein Kratzen, und es tat Hanni weh, das zu hören. »Sie haben Miller geschnappt. Ich nehme an, sie haben ihn sicher aus der Menschenmenge herausgeholt. Das war gestern, aber er ist nicht hier in der Wache. Was kommt also als Nächstes: Wann übergeben sie ihn?«

Herwig klappte seinen Ordner zu und bediente sich des Lächelns und vorsichtigen Tonfalls, die unerwünschte Neuigkeiten ankündigen.

»Ich habe Sie beide herbringen lassen, um Ihnen das zu erklären. Genauso möchte ich Ihnen natürlich meine Dankbarkeit ausdrücken für Ihre gewissenhafte Mühe beim Lösen des Falles und für ihr glückliches Entkommen, Kommissar Schlüssel. Ich kenne die Übereinkunft mit den Amerikanern – eine Übereinkunft, über die ich, da muss ich doch sagen, vor letzter Nacht hätte informiert werden müssen. Ich verstehe, weshalb Sie sie getroffen haben, und kann Ihre Beweggründe nicht verurteilen. Aber ich fürchte, die Vereinbarung wird nicht durchführbar sein. Andere Erwägungen – die Sie angesichts der delikaten Lage der Stadt sicherlich verstehen werden – müssen vorgehen.«

Die Pause, die darauf folgte, hielt zu lang an. Hanni ertrug sie nicht und konnte sich nicht bremsen, sie auszufüllen.

»Nein! Nein, das ist nicht gerecht. Walker hat uns sein Wort gegeben.«

Sie erwartete, dass Freddy aufspringen und sie unterstützen würde. Er starrte zum Fenster hinaus, kaute auf seiner Unterlippe herum und wich ihrem Blick aus. Sie hatte keine andere Wahl als voranzustürmen.

»Es tut mir leid, Herr Hauptkommissar, aber Colonel Walker hat versprochen, dass Tony der deutschen Rechtsprechung zugeführt wird. Er hat versprochen, dass es keine Vertuschung geben würde, aber Sie deuten gerade an, dass eben doch alles vertuscht werden soll.«

Herwigs Gesichtsausdruck wechselte von Mitgefühl zu Ausdruckslosigkeit. »Diesen Begriff werden Sie außerhalb dieses Raums nicht benutzen, Fräulein Winter. Was Colonel

Walker angeht – er ist heute Morgen nach Amerika zurückgekehrt und ist nicht mehr für diesen Fall zuständig. Und was Miller angeht – sein Schicksal liegt in den Händen des Militärs. Es gibt hier keine ›Vertuschung‹. Es gibt hingegen eine völlig korrekte Respektierung der Befehlskette, und außerdem den Bedarf an zukünftiger Zusammenarbeit. Wir haben zugestimmt, unsere Bitte aufzugeben, dass Miller uns übergeben wird. Hauptkommissar Brack hat gestern seine Unterschrift dafür geleistet, und ich sehen keinen Grund, das Ganze noch weiter zu diskutieren.«

Brack hatte sie unterlaufen, genau wie Freddy vorausgesagt hatte. Herwigs nächste Worte bestätigten das noch. Auf Hannis beklommenen Ausruf »Wie um alles in der Welt konnten Sie das zulassen?« antwortete er: »Vielleicht erfassen Sie nicht ganz, meine Liebe, dass die Blockade zwar geendet haben mag, Deutschland aber immer noch ein besetztes Land bleibt. Die Armeen der Alliierten werden so lange hierbleiben, wie die Sowjets hier sind, und wir müssen effektiv mit ihnen zusamenarbeiten. Hauptkommissar Brack hat hervorragende Arbeit geleistet, um die Banden einzuhegen, die Tempelhof infiltriert haben, und die Sicherheit dort zu erhöhen. Das trägt sehr viel zur Festigung unserer Beziehung mit den Amerikanern bei. Unsere Diskretion bezüglich dieser Angelegenheit mit Miller wird viel dazu beitragen, sie auch angenehmer zu machen.«

Freddys Hände waren zu Fäusten geballt, und die Knöchel traten so weiß hervor wie sein Gesicht gewesen war, als Hanni ihn für tot gehalten hatte. Seine Stimme kratzte nun nicht mehr.

»Und was ist mit dem Jungen, Oli? Er hatte Freunde und wird vermisst. Oder mit den Familien der zehn in ihrem Zuhause ermordeten Menschen? Glauben Sie, sie werden lernen, die Morde als *diese Angelegenheit* zu bezeichnen? Was ist mit Matz Laubes Mutter? Glauben Sie, *diese Angelegenheit* wird ihr die Trauer um ihren Sohn leichter machen? Haben Sie auch einen Plan, um für diese Menschen das alles *angenehmer zu machen?*«

Herwig runzelte die Stirn. »Ich erkenne es an, dass Sie in dieser Sache einen persönlichen Standpunkt haben, Herr Kommissar, aber das ist nicht gerade eine hilfreiche Haltung. Ich bin selbst Polizist, und es tut mir leid, das können Sie mir glauben, dass die Familien nie die Wahrheit erfahren und einen Schuldigen haben werden oder dass sie eine Gerichtsverhandlung erleben, die ihnen Antworten liefert. Ich hoffe, dass zu guter Letzt die Zeit die Heilung bringen wird, nach der wir alle verlangen, und dass auch die restliche Stadt sich von der Angst, die alle durchlitten haben, befreien kann. Der Würger ist geschnappt; es wird keine Morde mehr geben. Es ist nicht perfekt, das will ich gar nicht behaupten. Aber es ist vorbei.«

Freddy schüttelte den Kopf. Hanni wusste, dass er sich gegen das Wort *vorbei* auflehnte. Der Dienststellenleiter kannte Freddy nicht gut genug, um das zu wissen.

»Seien Sie nicht verzagt. Ihre Arbeit wird wertgeschätzt werden, und die von Fräulein Winter ebenfalls. Ich bin mir sicher, dass wir Ihre Gehälter anheben können. Und Miller wird für seine Verbrechen bezahlen. Er wird wegen des Mordes an seiner Frau angeklagt werden und zweifellos auch noch wegen anderer Taten. Er wird auf dem elektrischen Stuhl landen.« Herwig stand auf. »Ich hoffe, Sie finden darin Genugtuung, aber nun müssen Sie mich entschuldigen – es ist einer dieser Tage mit viel zu vielen Aufgaben für meine Zeit.«

Brack stand auf, als Herwig hinausging. Hanni und Freddy blieben bewusst sitzen.

»Mit dieser Brüskierung wird er Sie durchkommen lassen; er wird sich selbst einreden, dass Sie frustriert sind und das verdient haben. Mehr Zugeständnisse wird er Ihnen aber nicht mehr machen. Der Fall ist abgeschlossen, also versuchen Sie nicht, weiter den Helden zu spielen. Und versuchen Sie nicht, sich in meine Vereinbarung mit den Ringvereinen einzumischen, die Ihren Freund ausschließt.«

Brack lächelte das entspannte Lächeln eines Mannes, der sicher war, gewonnen zu haben, als er nach der Tür griff.

»Oder tun Sie doch beides, werden Sie entlassen und machen mir damit das Leben leichter.«

Hanni wartete, bis Brack gegangen war, bevor sie explodierte. »Du wirst dich doch nicht damit zufriedengeben, oder? Eine Lohnerhöhung und Schweigen?«

Freddys Augen loderten, seine Gesichtszüge zeichneten sich scharf ab.

»Dein Ernst? Glaubst du, ich lasse mich so leicht kaufen wie Brack? Wenn er seinen Willen bekommt, werden zehn Familien nie die Wahrheit erfahren. Sie werden nie verstehen, wie oder warum ihre Lieben sterben mussten. Sie werden keinen Frieden finden. Glaubst du ernsthaft, dass ich mir das für sie wünsche?«

»Nein, natürlich nicht.«

Hanni atmete durch, um eine Wut zu bändigen, die sich um Geheimnisse und Lügen drehte, aber nichts mit Freddy zu tun hatte.

»Ich weiß, womit du lebst. Ich weiß, wie wichtig Antworten sind, auch wenn sie nicht ändern können, was passiert ist. Also, lass uns beide tun, was wir tun wollen. Brack ignorieren, den Familien die Wahrheit sagen und dafür verdammt werden, wenn es eben so sein soll. Ich habe Kontakte zur Presse und zum Radio, und du auch. Wir könnten sie einweihen, es sei denn ...«

Sie unterbrach sich. Sie sah in Freddys Augen, dass es kein »es sei denn« gab. Ihm waren die Konsequenzen egal, und sie würde ihn nicht beleidigen, indem sie weitersprach.«

»Pressekonferenz? Morgen früh?«

Freddy nickte. »Morgen früh.« Sein Seufzer war voller Frustration und Sehnsucht. »Vielleicht erreichen wir sogar mehr, als den Familien Frieden zu bringen. Vielleicht wird es sogar einen solchen Aufschrei geben, dass die Amerikaner gezwungen sein werden, Miller auszuliefern, und die Justiz geht ihren richtigen Weg.«

Hanni schaffte es zu lächeln, aber nur kurz. Das war ein schöner Gedanke. Aber sie wussten beide, dass Tony Miller längst weg war, was auch immer aus ihrer Ehrlichkeit resultieren würde.

KAPITEL 23

14. MAI 1949

Die Pressekonferenz fand nicht in der Polizeiwache, sondern in einer örtlichen Schule statt, wo die Aussichten größer waren, Brack im Dunkeln zu lassen, bis sie vorbei war.

Sie hatten ihren jeweiligen Part gut eingeübt, aber als Hanni aufstand, um ihren zu spielen, war sie sich nicht sicher, ob ihre Stimme standhalten würde. Sie hatte Angst. Nicht vor dem, was sie und Freddy im Begriff zu tun waren. Nicht vor den möglichen Konsequenzen. Nicht die Pressekonferenz war der große Fehler gewesen.

»Wir müssen getrennt in die Wache gehen, und du gehst am besten zuerst heim. Sonst wird deine Karriere den Tratsch niemals überleben.«

Freddy hatte gelächelt und sie geküsst, als er sie die dunkle Treppe hinunter und aus seiner Unterkunft hinausführte. Er hatte so getan, als wäre sein Rat ein Scherz. Hanni wusste aber, dass es keiner war. Die männlichen Polizisten machten sich keine Gedanken um ihre eigenen zerknitterten Mäntel, aber sie würden es bemerken, wenn *sie* zwei Tage hintereinander im selben Kleid erschien. Sie würden sich gegenseitig anstoßen und zwinkern und unwitzige Bemerkungen über die Kleiderknappheit machen. Oder sie müsste die Art neugieriger Befragungen über sich ergehen lassen, wie der Briefträger ihr an diesem Morgen eine aufgenötigt hatte, als er ihr auf dem Bürgersteig begegnet war: ob ihm die späte Nacht- oder die frühe Morgenstunde den Weg zur Haustür ihrer Vermieterin ersparte.

Hanni hatte sich eine Antwort erspart. Ihr Kopf war von Freddy ausgefüllt; ihr Körper fühlte sich mit Freddy noch zu neu an. Die Nacht, die sie in seinem Bett verbracht hatte, war unerwartet gewesen, wenn auch so lange herbeigesehnt. Sie spürte die Welt um sich herum kaum.

»Ich dachte, ich hätte dich verloren. Ich dachte, du würdest sterben.«

Die Worte, die sie auf der Wache noch angestaut hatte, sprudelten hervor, sobald sie sie verließen, und rissen alle Mauern ein, die sie zwischen sich errichtet hatten. Der Anblick von Freddy, der mit einer dünnen Schnur um den Hals auf dem Boden gelegen hatte, hatte ihr das Herz stillstehen lassen. Sein Husten und seine Freude, als er wieder zum Leben erwachte und sie neben sich knien sah, ließen es wieder weiter pochen. Wäre er nicht gezwungen worden, ins Krankenhaus und dann zur Wache zu gehen, um eine Aussage zu machen, wäre sie noch in derselben Nacht in seinen Armen gelandet. Deshalb hatte Hanni keinerlei Interesse an den dreisten Bemerkungen eines Briefträgers. Und sie hatte keine Zeit durchzusehen, was er ihr gebracht hatte. Jedenfalls nicht, bevor sie ihr Haar wiederhergestellt, die Kleidung gewechselt und aufgehört hatte, wie eine Verrückte in den Spiegel zu grinsen. Von der Post nahm sie keine Notiz, bis sie fast schon zur Tür hinaus war. Dann wurde ihr Blick auf ein glänzendes Foto auf einer Postkarte gelenkt, und sie hatte vergessen, wie man ging oder wie man atmete.

»Bist du bereit? Ich kann es auch allein machen, wenn du deine Meinung geändert hast.«

Hanni riss sich zusammen, schüttelte den Kopf und folgte Freddy auf ein kleines Podest mit einem Tisch und zwei Stühlen. Die Halle war voller Journalisten, die noch Vermutungen darüber anstellten, weshalb sie hier waren. Keiner von ihnen setzte sich sofort hin. Sie hatten sich darauf geeinigt, dass Freddy keine weitschweifigen Erklärungen machen würde, falls Brack Wind von ihren Plänen bekommen hätte. Er begann zu sprechen, ohne zuvor um Ruhe zu bitten, denn er wusste, dass es schnell genug ruhig werden würde.

»Ich möchte eine Erklärung abgeben. Ich lasse anschließend keine Fragen zu. Bevor ich anfange, wird uns Fräulein Winter daran erinnern, warum wir heute hier sind.«

Er setzte sich, Hanni blieb stehen.

Das Blatt, von dem sie hatte ablesen wollen, nahm sie nicht aus ihrer Tasche. Sie vertraute nicht darauf, dass ihre Finger nicht zitterten, und die nächsten Momente sollten sich nicht um *sie* drehen. Außerdem hatte sie alles auswendig gelernt, was sie sagen wollte. Sie sah in die Gesichter mit den gerunzelten Stirnen und begann.

»Edda Sauerbrunn, fünfzig. Frau von Hannes, Mutter von Vincent, Kai und Caspar. Eine hart arbeitende und gute Frau. Falko Hauke, vierundfünfzig. Ehemann von Silke, Vater von Petra und Kathrin. Ein hart arbeitender und guter Mann. Matilde Scheibel, Rufname Matty …«

Nach den ersten drei Namen herrschte Schweigen im Raum. Nach fünf Namen waren alle Köpfe gesenkt.

Hannis Stimme wurde kräftiger, lauter. Als sie mit der Liste fertig war, lag die Trauer lastend im Raum.

Freddy wartete, bis sie saß, dann stand er auf.

»Jeder dieser Menschen wurde geliebt. Sie alle wurden ermordet. Es ist unsere Pflicht heute, uns an sie zu erinnern und sie zu ehren, und meine Aufgabe ist es, Ihnen den Namen des Mannes zu verraten, den die Stadt den Würger von Berlin getauft hat. Des Mannes, der ihre Leben beendet hat.«

Die Köpfe ruckten wieder hoch.

»Der Mörder dieser zehn Menschen, des jungen Polizisten Matz Laube und eines Jungen namens Oli, den einige von Ihnen vielleicht kannten, und vielleicht noch von vielen anderen Opfern, bei denen wir die Vermutung haben, es aber noch nicht beweisen konnten, war Tony Miller, ein Captain der amerikanischen Luftwaffe. Wenn dieser Name vertraut klingt, dann weil er der Pilot ist, der in der ganzen Stadt als der Held der Berlinblockade bekannt ist.«

Die Worte hingen in der Luft wie die Flugzeuge, die Tony einst geflogen hatte. Dann landeten sie, und der Raum explodierte. Freddy ließ eine oder zwei Minuten den Lärm zu, dann hob er die Hände hoch.

»Es war ein schwierig zu lösender Fall, aber wir ...«, er nickte in Hannis Richtung, »haben ihn gelöst. Den Täter hier gerichtlich zu belangen, hat sich leider als unmöglich herausgestellt, denn die Politik ist dazwischengekommen. Captain Miller wurde aus Berlin verlegt und nach Amerika zurückgebracht. Dort wird er für eine bestimmte Anzahl Morde vor Gericht gestellt. Wahrscheinlich wird er hingerichtet werden. Aber für die Verbrechen, die er hier begangen hat, wird er nicht geradestehen, den Familien unserer Stadt, denen er Unheil zugefügt hat, wird er nicht gegenüberstehen, und das bedaure ich mehr als ich sagen kann.«

Sie hatten sich darauf geeinigt, dass das ihre letzten Worte sein sollten. Freddy wartete, dass Hanni aufstand, und sie stiegen das Podest hinunter, während die Fragen nach dem Wieso und Warum in einer Welle des Zorns um sie herum aufbrandeten. Die einzige Antwort, die sie gaben, lautete: »Fragen Sie Hauptkommissar Brack.«

Die Bar gehörte zu den neueren, die nach der Ankunft der Amerikaner in Kreuzberg eröffnet worden war. Die hellen

Wände und die fröhliche Musik waren ganz anders als die dunklen, traditionellen Wirtshäuser, und nur wenige der örtlichen Polizisten besuchten sie, weshalb Freddy sie vermutlich ausgesucht hatte. Wie auch immer seine Stimmung nach der Vorladung zur Wache sein mochte, sie bezweifelte, dass seine Reaktion den öffentlichen Blick brauchen konnte. Und sie selbst konnte ganz gewiss keine Zeugen brauchen, wenn sie das tat, weswegen sie hergekommen war, und ihm auch noch das Herz brach.

Letztendlich war er viel aufgeräumter, als sie erwartet hätte.

»Ich habe eine Standpauke bekommen, wie ich nie wieder eine haben will, ich bin zum Hilfskommissar degradiert worden und ein Jahr von den Mordermittlungen ausgeschlossen, oder bis ich das Vertrauen aller wieder zurückgewonnen habe. Brack wird mir für immer auf den Fersen sein, und ich bezweifle, ob ich je wieder in die Nähe eines Amerikaners gelassen werde, aber es hätte noch viel schlimmer kommen können. Ich hätte auch komplett von der Polizei entlassen werden können, und das hätte ich wirklich nicht gewollt. Auch wenn, um den Hauptkommissar zu zitieren, »meine völlige Missachtung der Befehle meine Karriere hätte beenden müssen«. Ich glaube, ich habe es einigen der Opferfamilien zu verdanken, denn als ich mich ihm stellte, waren sie schon zu meinen Gunsten vorgetreten.«

Hanni versuchte zu lächeln, aber ihr Mund verzog sich nicht. Freddy bemerkte, dass sie noch nichts gesagt hatte, und er runzelte die Stirn. »Sie werden dich nicht fallenlassen, falls du das befürchtest. Ich habe zu Herwig gesagt, dass das allein auf mein Konto geht, und dass ich dich dazu überredet habe, auf der Konferenz zu sprechen.«

Hanni versteifte sich. Es war ihr egal, was er zu Herwig gesagt hatte, aber sie brauchte einen Vorwand für einen Streit.

»Darum habe ich dich nicht gebeten. Ich weiß nicht einmal,

ob ich weiter mit der Polizei arbeiten will. Vielleicht werde ich mein eigenes Studio eröffnen, wie ich es immer wollte, oder einem anderen beitreten, oder eine Ausstellung machen. Was ich auch beschließe, ich muss ganz bestimmt nicht gerettet werden.«

Freddys Mundwinkel sackten herab. »Das weiß ich. Das habe ich auch gar nicht versucht. Es war nur meine ungeschickte Art, mich für deine Unterstützung zu bedanken. Ohne dich wäre ich nicht durch den heutigen Tag gekommen, und ich habe nicht gesehen, warum du leiden solltest, nur weil ich den Familien einen Abschluss bieten wollte.«

Hanni stellte den Wein ab, von dem sie zu schnell getrunken hatte. Wäre sie eine andere Frau, hätte sie geweint. Einen *Abschluss*. Er hatte so viele davon erlebt, und jetzt würde sie ihm noch einen auferlegen. *Wir sind fertig. Es darf kein zweites Mal geben. Es war ein Fehler. Ich liebe dich nicht so, wie ich behauptet habe.* Das alles musste sie sagen. Alles war gelogen. Aber sie musste wenigstens einen Teil davon so klingen lassen wie die Wahrheit. Seinet-, wenn nicht ihretwegen.

Hanni zitterte, als all die Dinge, die sie nicht hätte tun sollen, plötzlich im Raum standen. Sie hatte die Wahrheit über ihre Vergangenheit versteckt. Sie hatte die Stimmen, die ihr sagten, sie könne keine Zukunft mit Freddy haben, abgewürgt. Sie hatte sich selbst belogen und ihn. Sie hatte sich verliebt und entsprechend gehandelt.

Der letzte Fehler war der Schlimmste. Sie hätte so weiterleben müssen wie die drei vergangenen Jahre, einfach annehmen, was sie Freddy gegenüber empfand, es aber nie zulassen. Aber nun hatte sie es zugelassen, und die Worte und ihre Gefühle waren in der Welt, wo sie nicht hingehörten. Mitten in der Nacht – als nichts als Dunkelheit und Stille sie beide umgeben hatte – hatte sie zugelassen, dass Freddy »Ich liebe dich« sagte, und sie hatte die Worte erwidert. Es war ein Moment, der aus der Zeit gefallen war, ein Moment ungetrübter Schönheit. Er war in dem Augenblick zerbrochen, den sie brauchte, um eine Postkarte umzudrehen.

Weit weg und doch so nah.

Nur eine Zeile. Keine Unterschrift. Ihr Name und Adresse, aber kein Gruß. Sechs Worte auf der einen Seite und auf der anderen der Harz, auf dessen Hügeln der Schnee in der Sonne glitzerte. Eine Zeile, die Hanni wieder zu Hannelore machte. Ich liebe dich, aber nicht genug. Ich liebe dich, und es ist der Weg in die Gefahr. Und jetzt musste sie tapfer sein. Sie hatte ihre Vergangenheit noch nicht wieder gutgemacht. Sie hatte ihren Vater nicht vernichtet. Sie konnte Freddy nicht dadurch zerstören, dass sie diese Lüge lebte: nur seine Hanni zu sein.

Sie straffte die Schultern und sah ihm in die Augen.

»Freddy, es tut mir leid, aber ich muss ...«

»Nein, Hanni, tu es nicht. Keine Entschuldigung, keine Worte, oder zumindest nicht die, mit denen ich jetzt rechne.«

Er war zu schnell für sie. Seine Angst war zu viel für sie. Als er nach ihren Händen griff und sie festhielt, konnte sie ihn dieses Mal nicht von sich schieben.

»Wer er auch war, was er auch getan hat, lass es los.«

Es klang wie ein Echo von Walkers Ratschlag. Hanni durfte es nicht zulassen, durfte nicht darauf hören, wenn sie doch so dringend darauf hören wollte.

»Du verstehst es nicht. Ich bin nicht die, für die du mich hältst. Ich bin ein Feigling, Freddy, und das hast du nicht verdient. Ich muss dir gegenüber ehrlich ...«

»Nein, das musst du nicht. Und wenn doch, höre ich dir nicht zu.«

Der Griff um ihre Finger war so fest, dass er ihre Knochen brechen könnte. Trotzdem konnte sie nur denken: *Lass nicht los.*

»Ich liebe dich, Hanni.«

Nie hatte sie sein Gesicht so ungeschützt oder seine Augen so lodernd gesehen. »Und ich weiß, dass du mich liebst. Was dich auch immer zurückgehalten hat, spielt es noch eine Rolle? Nach allem, was wir einander letzte Nacht gewesen sind, sind das jetzt nicht *wir*? Sind wir nicht ein Paar? Ist es nicht das, was du dir wünschst?«

Sie wünschte es sich mehr, als sie sagen konnte.

Sie wünschte sich, dass Walkers Versprechen, die Vergangenheit könne vergessen werden, stimmte. Sie wünschte sich, dass Reiners Postkarte der letzte Schuss sei, den er jemals in ihre Richtung abgegeben hatte. Sie wünschte sich, für immer Hanni zu bleiben und nie wieder Hannelore zu sein. Sie wünschte sich, als junge Frau wiedergeboren zu werden, so wie Deutschland bald wiedergeboren würde. Was sie sich wünschte, war unmöglich, aber das Wort *unmöglich* wollte Hanni nicht mehr hören. Sie wünschte sich, aus ganzem Herzen zu sagen: »Ja, das sind wir, ein Paar für immer und ewig.«

Also ergab sie sich der Hoffnung und sprach es aus.

MEHR VON BOOKOUTURE DEUTSCHLAND

Für mehr Infos rund um Bookouture Deutschland und unsere Bücher melde dich für unseren Newsletter an:

deutschland.bookouture.com/subscribe/

Oder folge uns auf Social Media:

facebook.com/bookouturedeutschland
x.com/bookouturede
instagram.com/bookouturedeutschland

EIN BRIEF VON CATHERINE

Liebe Leser:innen,

ich möchte euch sehr dafür danken, dass ihr *Der Preis der Freiheit* gelesen habt. Wenn das Buch euch gefallen hat und wenn ihr über meine neuesten Veröffentlichungen immer auf dem Laufenden bleiben wollt, tragt euch einfach unter dem folgenden Link ein. Eure E-Mail-Adresse wird nicht weitergegeben, und ihr könnt den Newsletter jederzeit abbestellen.

deutschland.bookouture.com/subscribe/

Daten spielen in der Geschichte eine so große Rolle – oft sind sie das Erste, was wir lernen. Mit ihnen sortieren wir unseren Blick auf die Vergangenheit. Während ich über die Geschehnisse des Zweiten Weltkriegs geschrieben und sie recherchiert habe, ist mir immer mehr aufgefallen, wie irreführend das Enddatum 1945 tatsächlich ist. Als ich jünger war, habe ich mir 1945 immer wie ein Schachbrett vorgestellt, auf dem alle Spielfiguren wieder an ihren Platz zurückgesetzt worden waren und die Karte von Europa wieder so aussah wie 1939. Das ist natürlich weit von der Wahrheit entfernt. Die Schatten des Krieges dehnten sich aus, in manchen Fällen über Jahrzehnte. Nicht nur in Bezug auf die Menschenleben, die verloren oder zerstört worden waren, sondern auch in Bezug auf das Chaos, das durch vertriebene Menschen, zerstörte

Städte und politische Führer verursacht wurde, die immer noch eher Aggression als den Frieden wollten.

Genau das ist der Hintergrund der zweiten Geschichte um Hanni und Freddy. Berlin hatte sich noch kaum erholt, als 1948 die Blockade der Sowjets begann, und die Furcht, wieder in Lebensmittelknappheit und einen neuen Krieg zurückgestoßen zu werden, muss eine angsteinflößende Erfahrung gewesen sein. Das wird auch den Hintergrund für den dritten Teil ihrer Geschichte abgeben, in dem ihre Welt erneut auf den Kopf gestellt wird. Wie die beiden lernen werden, kann man, so sehr man sich auch anstrengt, nicht schnell genug weglaufen, um die Vergangenheit abzuschütteln ...

Ich hoffe, dass euch *Der Preis der Freiheit* gefallen hat, und falls ja, wäre ich sehr dankbar, wenn ihr eine Rezension schreiben könntet. Ich würde gerne hören, was ihr denkt, und es würde sehr dabei helfen, dass neue Leser:innen eines meiner Bücher zum ersten Mal entdecken.

Ich freue mich über Rückmeldungen meiner Leser:innen. Ihr könnt mich auf meiner Facebookseite, über X, Goodreads oder meine Website kontaktieren.

Vielen Dank,

Catherine Hokin

www.catherinehokin.com

facebook.com/Cathokin
x.com/cathokin

DANKSAGUNG

Meine Hauptpersonen sind zwar keine echten Menschen, aber als ich mich in sie hineinversetzte, waren sie es. Deshalb verdankt diese Geschichte, genau wie all die anderen, die ich geschrieben habe, den Schreibenden von Sachbüchern und wissenschaftlichen Geschichtsbüchern sehr viel, deren Arbeit ich herangezogen habe, sowie auch die oft herzzerreißenden Tagebücher und Memoiren, die ich gelesen habe.

Ich kann nicht alle Quellen, die ich benutzt habe, auflisten, und es gibt Überschneidungen mit meinen vorherigen Büchern, aber hier möchte ich einige gesondert nennen. Zum Nachkriegsleben in Berlin in den 40er-Jahren: *Living with Defeat* von Philippe Burrin; *Black Market, Cold war* von Paul Steege; *Policing the Cold War: The Emergence of New Policy Structures in Europe 1946-1953* von Philip Jenkins (in: The Historical Journal Vol. 31, No. 1, März 1988). Zur Blockade: *The Blockade Breakers: The Berlin Airlift* von Helena P. Schrader und *Daring Young Men: The Heroism and Triumph of The Berlin Airlift-June* von Richard Reeves. Zu Serienmördern: *Whoever Fight Monsters: My Twenty Years Tracking Serial Killers for the FBI* von Robert Ressler und Tom Shachtman. Zu Banden: *German Underworld and the Ringvereine From the 1890s through the 1950s* von A. Hartmann und Klaus von Lampe (in: Global Crime Vol. 9, Februar-Mai 2008); *The Criminal Underworld in Weimar and Nazi Berlin* von Christian Göschel (in: History Workshop Journal No. 75 (Frühling 2013)). Zur Schulausbildung: *The Nazi Conscience* von

Claudia Koonz und *Education in Nazi Germany* von Ian R. James (Student Publications, The Cupola Scholarship at Gettysburg College) *Theresienstadt: Hitler's Gift to the Jews* von Norbert Troller. All diese Bücher und Artikel sind die Lektüre wert, wenn man sich für die Geschichte hinter dem Roman interessiert.

Ich schulde so vielen Menschen Dank, und ich hoffe, sie wissen, wie sehr ich sie schätze. Ich kopiere nicht einfach die Danksagungen von einem Buch ins nächste, auch wenn viele der Namen vertraut sind! Danke an meine Verlegerin Tina Betz für ihre fortdauernde Unterstützung. An Emily Vega Gowers, meine einsichtige und wundervolle Lektorin, die auch in diesem Buch wieder meine Worte viel besser gemacht hat, als sie am Anfang waren. An das Marketing Team des Verlags Bookouture – ihr könnt zaubern. An meinen Sohn und meine Tochter, Daniel und Claire, deren Liebe und Unterstützung niemals aufhören, und an alle in der Welt der Schreibenden, die weiterhin jeden Erfolg bejubeln. In letzter Zeit war es nicht immer leicht, uns persönlich zu treffen, aber die Begegnungen waren sehr wichtig. Und zuletzt, aber nicht als Letztem, danke ich meinem Ehemann Robert, der inzwischen nicht mehr so tut, als ob er sich an alle Plots erinnern könnte, und ohne den ich nicht ein einziges Wort zu Papier bringen könnte. Alles Liebe euch allen.

Printed in Poland
by Amazon Fulfillment
Poland Sp. z o.o., Wrocław